U0058953

秀威
文哲叢書
韓晗主編

現代記憶與實感經驗

現代中國文學散論集

金理　著

秀威資訊‧台北

「秀威文哲叢書」總序

　　自秦漢以來，與世界接觸最緊密、聯繫最頻繁的中國學術非當下莫屬，這是全球化與現代性語境下的必然選擇，也是學術史界的共識。一批優秀的中國學人不斷在世界學界發出自己的聲音，促進了世界學術的發展與變革。就這些從理論話語、實證研究與歷史典籍出發的學術成果而言，一方面反映了當代中國學人對於先前中國學術思想與方法的繼承與發展，既是對「五四」以來學術傳統的精神賡續，也是對傳統中國學術的批判吸收；另一方面則反映了當代中國學人借鑒、參與世界學術建設的努力。因此，我們既要正視海外學術給當代中國學界的壓力，也必須認可其為當代中國學人所賦予的靈感。

　　這裡所說的「當代中國學人」，既包括居住於中國大陸的學者，也包括臺灣、香港的學人，更包括客居海外的華裔學者。他們的共同性在於：從未放棄對中國問題的關注，並致力於提升華人（或漢語）學術研究的層次。他們既有開闊的西學視野，亦有扎實的國學基礎。這種承前啟後的時代共性，為當代中國學術的發展提供了堅實的動力。

　　「秀威文哲叢書」反映了一批最優秀的當代中國學人在文化、哲學層面的重要思考與艱辛探索，反映了大變革時期當代中國學人的歷史責任感與文化選擇。其中既有前輩學者的皓首之作，也有學界新人的新銳之筆。作為主編，我熱情地向世界各地關心中國學術尤其是中國人文與社會科學發展的人士推薦這些著

述。儘管這套書的出版只是一個初步的嘗試，但我相信，它必然
會成為展示當代中國學術的一個不可或缺的窗口。

韓晗

2013年秋於中國科學院

目次 | CONTENTS

「秀威文哲叢書」總序／韓晗　003

輯一　《現代》內外

現代知識份子的崗位：
　　以施蟄存在「文學工廠」與「水沫社」時期的實踐為例　008
雙向的現代意識：《現代》的品格　045
「昔之殊途者同歸」：重識《莊子》、《文選》之爭　061
海派多元文化觀與商業環境中的斡旋　099

輯二　名教與實感

「名教」的現代重構、討論方法及其批判意義　124
胡適「名教批判」論綱　148
在偽士與名教的圍困中突圍　182
文學「實感」論──以魯迅、胡風提供的經驗為例　211
語言與「實感」
　　──通過一封家書釋讀胡風的文字與理論形態　230

輯三　散論與札記

章太炎語言文字觀略說　246
漢園裡的青春：讀《斷章》和《畫夢錄》　273
一言何以成新說
　　──關於文學史理論「共名與無名」的學習札記　283
站在「傳奇」與「詮釋」反面的沈從文研究
　　──評張新穎《沈從文精讀》　307

跋　323

輯一
《現代》內外

現代知識份子的崗位：

以施蟄存在「文學工廠」與「水沫社」時期的實踐為例

　　「海派」文學在清末，被視為科場失意的江浙無聊文人在上海小報小刊上的塗鴉。但魚龍混雜中也不乏才學之士（如王韜），他們逐漸在傳統社會讀書人科舉一條路之外，創出另一番事業成就：辦報辦書局，做買辦搞洋務⋯⋯在古代社會，知識份子的前身「士」是價值世界（即「軸心突破」後的超越世界）的承擔者、支撐者。隨著科舉廢止、社會轉型（日趨多元化、分工日趨細密化），知識份子已不能佔據中心位置而呈現「化整為零」的趨向，演變成各類專家，諸如教授、律師、醫生、工程師、編輯、職業作家等等。形形色色的知識份子依靠其知識技能謀生，而不再依附、借助於統治者「行道」。這批不同於傳統的知識份子大約從19世紀後期開始出現於上海，如鄭觀應、李善蘭、王韜、馮桂芬等。到19世紀末20世紀初，上海的書報出版行業已經推行稿費制度。出版事業與文化市場的發達，逐步走上正軌的稿酬制度提供穩固的經濟來源，這也許會促生若干「遊戲的消遣的金錢主義的文學觀念」[1]；但更重要的是，由此獲得了比封建社會中人身依附關係自由得多的精神活動場所，給人性提供

---

[1]　這是茅盾對「鴛鴦蝴蝶派」的批判，見茅盾：《自然主義與中國現代小說》，《小說月報》13卷7期，1922年。

了相對寬裕和自由的發展空間[2]。20世紀二三十年代是知識份子的成熟期，職業、人格、政治主張與學術均呈現出多元傾向。京海論爭時，杜衡曾回覆沈從文說：「在上海的都市文化與中國現代都市小說文人不容易找到副業，……於是在上海的文人便急迫的要錢。這結果自然是多產，迅速的著書。」[3]海派文化人較早適應了勞動交換的商品社會法則，絕大部分作家憑自己的寫作才能來維持生計，已不再依附於政黨、宗教、統治者，隨著作家作為社會獨立階層的出現，他們對知識份子民間「崗位」也有了日趨清晰的把握。施蟄存即為其中代表。

在本文中，我想以施蟄存從1923年入上海大學求學，到1932年《現代》創刊之前，這十年間的人生經歷與文學實踐為例，考察其如何從受新思潮的激蕩；到親身參與革命活動；到面對「四‧一二」血雨腥風時的倉惶震驚；到放棄革命者的具體身份只是在文學實踐中顯現激進意識，以及這種先前包含著左翼色彩的、模糊的激進意識，如何逐漸褪去政治的外衣而被現代主義的文學意識和自由主義的思想主張所凝定……這一段過程，既是與左翼運動的漸行漸遠，也是對自身崗位的摸索。施蟄存從親歷革命，到在創作與出版的崗位上安身立命，依賴於上海城市社會的飛速發展和職業的不斷細分、衍生，一個整體性的文化生產網路（除寫作外，辦報、編刊、譯書、教學……）無疑為海派文人提供了較為豐富的生存資源和多樣的發展機遇。故而，圍繞著崗位的一系列實踐，可看出與海派文學獨特的制度和環境空間的關聯，也能見出海派文化土壤中所培育出來的文化實踐的特性。

---

[2]　相關論述參見欒梅健：《稿費制度的確立與職業作家的出現》，收入氏著《二十世紀中國文學發生論》，廣西師範大學出版社2006年8月。

[3]　杜衡：《文人在上海》，《現代》4卷2期。

一、施蟄存的「赤色歲月」

從1923年入上海大學求學，到1928、1929年水沫社期間相繼參與《無軌列車》與《新文藝》，這大約7年的時間是施蟄存一生中革命色彩最為濃厚的幾年。來看一下其經歷：

1923年至1924年在上海大學求學，教師中如中文系的沈雁冰、田漢、方光燾，社會學系的惲代英、瞿秋白、施存統等，都是第一代的革命思想家，得風氣之先，施蟄存接受了新文化思想以及革命思潮的薰陶。

1925、1926年秋，施蟄存與好友戴望舒、杜衡先後進入震旦大學法文特別班。震旦兩年間，「青雲子弟氣吞牛，欲鼓風雷動九州」[4]，一時人心激蕩，施蟄存等人親身投入了革命工作。1925年秋，由上海大學的同學陳鈞介紹，施蟄存、戴望舒與杜衡一起加入中國共產主義青年團（C‧Y），參與了散發傳單等具體工作。

1927年「四‧一二」反革命政變後，身為共青團員的施蟄存，「在白色恐怖的威脅之下，撤離校舍，暫時隱避」[5]。不久，戴望舒與杜衡轉到松江施蟄存家中一間小廂樓暫避，「從此成為我們三人的政治避難所，同時也是我們的文學工廠」。「文

---

[4]　施蟄存：《浮生雜詠‧三十五》，《沙上的腳跡》第202頁，遼寧教育出版社1995年3月。

[5]　施蟄存：《最後一個老朋友──馮雪峰》，《北山散文集》第283頁，華東師範大學出版社2001年10月。當時的「清黨委員會」宣佈通緝的共產黨名單中有：「震旦大學，有CY（Communist Youth，共產主義青年團的英文縮寫）嫌疑者施安華。」參見趙凌河：《施蟄存文學年譜》，《東吳學術》2012年第5期。

學工廠」是他們對施家小樓的戲稱，意思是甘願像勞工一樣為文學服苦役。三人閉門不出，只顧埋頭譯書、寫作，將內心焦慮轉化為工作的勤勉。不久，馮雪峰也通過與戴望舒的關係而加入文學工廠。施蟄存有詩云：「小樓忽成逋逃藪，蟄居渾與世相忘。筆耕墨染亦勞務，從今文學有工廠。」[6] 1928年3月，四人同上海光華書局接洽，預備編一本新興文藝小月刊《文學工廠》，結果因內容左傾被書局老闆拒絕。1934年時施蟄存曾在舊雜誌堆中揀出一紙包，出人意料的是，這正是《文學工廠》的紙型，在這份始終未曾印行出來的《文學工廠》創刊號上，一共包含著5篇文章：第1篇是杜衡的譯文《無產階級藝術的批評》（署名「蘇汶」）；第2篇是畫室（馮雪峰）的《革命與智識階級》，後來登載在《無軌列車》上；第3篇是施蟄存模擬蘇聯式革命小說的《追》（署名「安華」），後來也曾在《無軌列車》上發表，並且由水沫書店出了單行本，後遭禁；第4篇是戴望舒以「江近思」的筆名發表的《斷指》；第5篇又是畫室譯的日本藏原唯人的《莫斯科的五月祭》。這份紙型的最後一頁上，還保留了一個「本刊第二期要目預告」：蘇汶的小說《黑寡婦街》、畫室譯《在文藝領域內的黨的政策》、周星予的《文學的現階段》、江近思的詩《放火的人們》、安華的《寓言》、升曙夢的《最近的戈理基》以及綏拉菲莫維支的《戈理基是和我們一道的嗎？》。「這七篇文章，除了那首詩從此沒有下落之外，其餘的後來都曾在別的刊物上發表了。」從上述目錄中不難發現，夭折的《文學工廠》是一份標準的左翼文學刊物[7]。

---

[6]　施蟄存：《浮生雜詠・四十八》，《沙上的腳跡》第207頁。
[7]　施蟄存：《繞室旅行記》，《北山散文集》第64-66頁。

1928年夏，戴望舒、施蟄存先後回到上海，同寓劉吶鷗家中，「這樣就結束了松江的文學工廠，而開始了包括雪峰、吶鷗在內的水沫社」[8]。9月，由劉吶鷗出資，第一線書店開張，9月10日，文藝半月刊《無軌列車》創刊。可惜好景不長，同年12月因「宣傳赤化嫌疑」，第一線書店被勒令「著即停止營業」。同遭厄運的還有《無軌列車》，出至第八期被迫停刊，國民黨將其列入查禁反動刊物，罪狀為「藉無產階級文學，宣傳階級鬥爭，鼓吹共產主義」。1929年9月捲土重來，水沫書店開張，《新文藝》創刊，第2卷第2期排版竣事，即將出版的時候，受到政治壓力，刊物和書店都有被查封的危險，水沫書店諸人無奈之下決定丟卒保車，停辦刊物，保全書店。水沫社出版了許多左翼進步人士的著譯，如柔石的《三姊妹》、胡也頻的《往何處去》，夏衍譯蘇聯台米陀伊基的《亂婚裁判》等等，其中水沫書店於1929年2月推出、列為《今日文庫》一種的馮雪峰譯《流冰》，選輯蘇聯革命初期詩作，被唐弢譽為「金剛怒目，充滿戰鬥意味」[9]。1929年5月到1930年6月，通過馮雪峰與魯迅接洽，合力策劃推出《科學的藝術論叢書》，「系統地介紹蘇聯文藝理論」。而「當時的『水沫書店』是被認為左翼作家大本營的，因為左翼作家時常在書店的樓上召開會議。」[10]而劉吶鷗的一位親密友人也回憶說水沫書店「是受了日本文壇左翼作品盛行的影響，成為左翼作家的大本營」[11]。

---

[8] 施蟄存：《最後一個老朋友——馮雪峰》，《北山散文集》第288頁。

[9] 唐弢：《晦庵書話》第302頁，三聯書店1985年5月。

[10] 一統：《記劉吶鷗》，《文壇史料》第233、234頁，楊之華編，中國日報社1943年。

[11] 隨初（黃天佐）：《我所認識的劉吶鷗先生》，《華文大阪》第5卷第9期，1940年11月。轉引自李今：《海派小說與現代都市文化》第87頁，

這期間,施蟄存也創作了一批「擬普羅小說」、「仿蘇聯小說」,如《追》、《鳳陽女》、《阿秀》、《花》……對於他來說,這似乎是一段「洗淨風花雪月辭」[12]的「赤色歲月」,但是,施蟄存的思想圖景真的是如此明晰而單一麼?我們先從兩份雜誌說起。

二、普羅文學與現代主義的雜糅並置

誕生於1928年9月的《無軌列車》,顯著特徵之一是革命文學色彩濃厚。第1期發表畫室(馮雪峰)譯的Sosnovsky描寫俄國革命的《大都會》。蘇聯文壇的概貌、思潮是《無軌列車》關注的重點。第3期鄭重推出巴比塞的《高爾基訪問記》,被編者譽為「珍貴的稿子」[13]。第5期刊出畫室譯日本黑田辰男著《「庫慈尼錯」結社及其詩》,在類似「編者按」的《列車餐室》中提醒「讀者諸君不要忽略了它」,「這是一篇很重要的,關於新俄『庫慈尼錯』派的有統系的研究。編者不惜抽去了一些別的稿子,把畫室的這篇譯文放進去」。杜衡在第4期上有反映工人罷工鬥爭的《機器沉默的時候》,在第5期上又譯出John Reed《革命底女兒》,「譯者附筆」中介紹John Reed為「革命的美利堅詩人、戲劇家、小說家,尤其是歷史家」,「他依據著流浪的革命者底觀點,向我們表現了熱情和反叛」。先前《無軌列車》上已經刊載過Reed的《公判底試驗》,因「恐怕讀者還不明確地

安徽教育出版社2000年12月。

[12] 施蟄存:《浮生雜詠・四十九》,《沙上的腳跡》第208頁。

[13] 《列車餐室》,《無軌列車》第3期,1928年10月。下文所引《無軌列車》與《新文藝》雜誌的內容,均在文中注出刊號,注釋中不再一一標明。

認識Reed底作風」，杜衡又譯出「較長」的《革命底女兒》，再三推薦這位親身經歷過十月革命的作者，其用意借上面那段話中「革命」、「熱情」、「反叛」等關鍵字可以點出。在施蟄存看來，《無軌列車》上「最重要的一篇文章」[14]是第2期上馮雪峰的《革命與智識階級》。當時魯迅身受創造社、太陽社圍攻，被當成無產階級帥旗的獻祭品。而這篇文章正是針對「創造社諸人及其他等底抨擊魯迅的一事」而作。今天來看，馮雪峰的這篇文章儘管有值得商榷的地方，如他自己所言「機械地把魯迅先生派定為所謂『同路人』，就是受當時蘇聯幾個機械論者的理論的影響」[15]，但文章的基本精神、對魯迅的維護、以及對創造社等「狹小的團體主義精神」的批評都是值得肯定的。而它在歷史上也起到過積極作用，使當時不少的文學青年「恍然大悟」[16]，李何林於1929年4月將《革命與智識階級》輯入《中國文藝論戰》，置於篇首，讚譽其為「很公正的結語」：「對於這一次中國文藝界所起的波動以及知識階級在中國革命的現階段上所處的地位，都下一個持平而中肯的論判」[17]。

　　另一方面，圍繞著《無軌列車》的創作群體，熱烈地追蹤西方（與日本）現代文藝思潮，並在自身創作中加以實驗。第3期《列車餐室》中一段話，頗有「點題」之意：「新聞紙說伯林、北平、上海間將有航空路了。地球上的一切是從有軌變為無軌的時間中。」「無軌」的名號，一方面見出現代科技和工業潮流的

---

[14] 施蟄存：《我們經營過三個書店》，《北山散文集》第308頁。

[15] 馮雪峰：《回憶魯迅》，《雪峰文集》第130、131頁，人民文學出版社1985年7月。

[16] 樓適夷：《雪峰啊雪峰》，轉引自陳早春、萬家驥：《馮雪峰評傳》第57頁，人民文學出版社2003年6月。

[17] 李何林編：《中國文藝論戰》第11、12頁，陝西人民出版社1984年4月。

衝擊，致使舊時空界限瓦解；另一方面也彰顯出自覺的先鋒意識和反叛傳統的姿態。正是在這樣的前提下，現代主義「空運」到了20世紀20年代末的上海。第1期上戴望舒的詩作《路上的小語》表明其對法國象徵詩派後繼者的傾心仰慕，甚至並不介意創作中保留明顯的借鑒痕跡。第3期上施蟄存的小說《妮儂》同樣可以視作對顯尼志勒的致敬，法文和上海話在「non／儂」這個字彙上的詭譎匯合，以及連綿而下的內心獨白，使得這個故事「在心理和語言上取得的效果在當時的一般小說中已是十分罕見的了」[18]。而第4期成為保爾・穆杭的「小專號」，刊有劉吶鷗譯《保爾・穆杭論》以及戴望舒譯穆杭的兩篇小說《懶惰病》、《新朋友們》。

　　1929年9月創刊、編輯人以施蟄存為主的《新文藝》，進一步發展了《無軌列車》時期革命文學與西方現代派文藝交互雜糅的傾向。M・D（茅盾）、雪峰、沈端先、蓬子、許欽文、葉聖陶、彭家煌等進步作家的譯、著不時見諸《新文藝》，為進步文學推波助瀾不遺餘力。與此同時，創刊號上刊出了施蟄存探索新路徑的代表作《鳩摩羅什》，這一獨造的苦心並不寂寞，一封讀者來信對《鳩摩羅什》的評價切中肯契：「二重人格底衝突的苦楚，都給我們充分的表現出來了……在這篇創作裡，我們可以證明施先生運用古事之自然，與想像力之豐富偉大。」1卷6號上迷雲的一篇《現代人底娛樂姿態》，強調「把真實的責任底範圍縮小到自己的身上」，「現代人的娛樂生活畢竟是在惡魔似的技巧中，參以……天使底微妙與精緻」，「瞬間的，物質的，而且無

---

[18] 李歐梵：《色、幻、魔：施蟄存的實驗小說》，《上海摩登》第178、179頁，北京大學出版社2001年12月。對於這篇為人所忽略的小說，李歐梵先生作了出色的解讀。

靡的追求」，「奇異的事情上，出乎意料外的事情上所感的瞬間的溺愛」等等——直可以視為唯美—頹廢派的宣言。總之，《無軌列車》與《新文藝》一方面為革命文學的拓展貢獻自身力量，另一方面又醉心於在藝術表現上的現代實驗。這兩份雜誌先後介紹過的外國作家有瓦萊里、保爾·穆杭、耶麥、魏爾嘉、馬拉美、阿左林、道生、顯尼志勒、谷崎潤一郎、保爾·福爾、巴別爾等等。而編者的趣味在對上述名單的推崇中可見一般。比如創刊號上譯介日本作家片岡鐵兵時，指出他是「日本新興文學的健將」，1卷2號推崇阿左林為「新世紀西班牙的文學開濬了一條新的河流」，同期說明紹介魏爾嘉的原因在於他「在中國還不大有人知道」。類似的敘述背後總可體味出見賢思齊般的趨新意識。

革命意識與現代主義的並置，在讀者與編者的回饋、呼應中也可見出。《新文藝》1卷4號「讀者會」中有讀者「極盼望《新文藝》能成為『唯一的中國現代文藝刊物』」，這的確與施蟄存、劉吶鷗等人對刊物的定位相合拍。同時讀者也要求《新文藝》成為中國「普羅文學」的重要策源地。比如1卷4號登出藏原惟人《新藝術形式的探求》，「編輯的話」中解釋這是為了滿足「有讀者寫信來要求我們刊登『普洛』文藝的理論文字」。1卷5號上署名「RT」的讀者來信最具代表性，在他看來，「我們現在所急切需要的不得不是為社會的條件所課定的解釋我們底環境，決定我們底一般戰術底普羅列搭利亞社會科學和有著提高我們的階級意識底特殊作用底新興文藝」，在這樣的時代課題下，要求《新文藝》「系統底介紹新興文藝底理論」、「先進各國底普羅文藝運動」、「新興文學的創作和翻譯」等等。而編者的答覆是：「本刊第一卷因為種種關係，只能做到包羅萬象各種性質的文藝的『十樣錦』式的雜誌，所以對於普羅文學方面沒有特大

的成就。但現在正在計畫從第2卷起把本刊改革一下，性質側重新興文學。」上述答覆中已然潛藏了某種使雜誌的面貌更加明朗的規劃，果然，1930年3月2卷1號的《新文藝》不僅刊出戴望舒兩首謳歌革命和無產階級的詩篇《流水》、《我的小母親》，而且齊整地推出一組「新興文藝底理論」，包括弗理契作、洛生譯《藝術之社會的意義》，瑪察作、雪峰譯《新演劇領域上的實驗》，伊可維支作、戴望舒譯《唯物史觀與戲劇》，蒲力汗諾夫作、郭建英譯《無產階級運動與資產階級藝術》。「編輯的話」透露出對此番刊物改革的自覺：「本期的內容，顯然已和一卷中各期不同了；這在我們覺得是一個重要的改革，並且是一個進步的改革……」。

法國象徵主義詩歌、日本新感覺派小說、加上蘇聯革命啟發下的普羅文學——《無軌列車》與《新文藝》構築的這一奇妙組合，「時髦」與「革命」[19]並舉，隱含了藝術和政治的雙重激進主義。正如弗萊德里克·R·卡爾指出的那樣：「儘管我們難說其深度如何——先鋒藝術是一種社會和政治的表述」，這時「語言的或其他形式的操作」往往和「新時代的政治」[20]混陳在一起。當時創造社與太陽社的年輕人正在鼓吹「革命文學」，這大概也是時代的共名。然而，施蟄存、戴望舒、劉吶鷗等彙聚的圈子，是不是等同於同一時代風潮下的中國左翼團體？他們與左聯到底構成何種關係？抑或更多的是出於相似的文化背景和藝術趣味而走到一起？在施蟄存日後對《新文藝》轉向的評述中，可

---

[19] 施蟄存等人曾經把他們創辦的第一份刊物命名為《文學工廠》（因為內容太左傾而夭折），在解釋這個名字時說：「當時覺得很時髦，很有革命味兒」。見施蟄存：《繞室旅行記》，《北山散文集》第64頁。

[20] 弗萊德里克·R·卡爾：《現代與現代主義》第37頁，陳永國、傅景川譯，吉林教育出版社1995年11月。

以看出一二端倪。3年之後，即1933年5月，在《我的創作生活之歷程》中，施蟄存回憶道：「這時候，普羅文學運動的巨潮震撼了中國文壇，大多數的作家，大概都是為了不甘落伍的緣故，都『轉變』了。《新文藝》月刊也轉變了。」[21]「不甘落伍」這個詞是頗值得玩味的，它真的意味著上面那段「編輯的話」中所昭示的對革命轉向的自覺麼？寫於1984年的《我們經營過三個書店》對《新文藝》雜誌描述得略為詳細：「第一卷一至六期是傾向性不明顯的同人刊物。在第一卷即將結束的時候，形勢要求我們有所轉變，於是從第二卷第一期起，《新文藝》面目一變，以左翼刊物的姿態出現。」[22]如果說這裡的「形勢要求我們有所轉變」，似乎是一種外在風潮大勢所趨的影響，那麼「面目一變，以左翼刊物的姿態出現」某種程度上就是「聽將令」式的隨機應變。而作於晚年的《浮生雜詠》在描繪《新文藝》轉向時，隱然蘊含了某種傾向性評判：「工廠生產費商量，左右徘徊失主張。可憐八卷《新文藝》，轉向無何自取殃。」[23]尤其這末兩句對當年選擇的品評，已然包含了可惜、懊悔的複雜感情吧。從「傾向性不明顯的同人刊物」到「以左翼刊物的姿態出現」，從現代主義與普羅文學的雜糅並置，到以革命文學取代文學革命的定於一尊──在這一由斑斕豐富到明朗單一的過程中，施蟄存等人的心態是值得探討的：他們曾經參加到普羅文學的眾聲合唱中去（讀者來信所透露的公眾期待也從側面證明了這一點），也毋庸懷疑他們積極推動《新文藝》轉向時的真誠；只是在當時類似「我們

21　施蟄存：《我的創作生活之歷程》，《施蟄存散文》第124頁，浙江文藝出版社1999年1月。
22　施蟄存：《我們經營過三個書店》，《北山散文集》第316頁。
23　施蟄存：《浮生雜詠‧五十五》，《沙上的腳跡》第210頁。

覺得是一個重要的改革，並且是一個進步的改革」一般嚴正的敘述背後，其實潛藏著某種裂痕，而當時施蟄存還未意識到，而在上述三則事後對歷史的某種「重敘」中，這道裂痕變得無法藏身。

三、從左翼文學運動中偏離

這一時期施蟄存的創作中，也呈現出革命文學與現代主義的結合。《無軌列車》創刊號上有施蟄存以筆名「安華」寫下的《委巷寓言》，敘述一群饑餓的刺蝟，先前被「手裡揮動著蒲扇」的稻草人「威嚴懾服」，不敢到菜園裡尋找食物，最終在「與其餓，不如死」的吶喊中衝出土穴，衝破了稻草人的防線。末了刺蝟們開慶祝會，甲說：「不要怕無用的權威。」乙說：「勝利是屬於餓夫。」丙說：「餓夫是不會死的。不啊！永遠存在著。」故事短小，寓意也很淺明。但更多的作品則顯出複雜的意味，比如《無軌列車》第4期上施蟄存的短篇《追》，表面上是左翼小說：一個曾經深受壓迫的工人起來革命，參加糾察隊，在某天晚上遇到了先前暗戀的工廠主的女兒（她顯然是腐敗墮落的資產階級代表，危險卻充滿誘惑力），一陣意亂情迷後護送她出城，結果放走的卻是奸細……施蟄存曾經將《追》理解為「我的一篇擬蘇聯式革命小說」，吸引他的主要是蘇俄文學的新形式與技巧，「即使在當時，我也不能不自己承認是一種無創造性的摹擬：描寫方法是摹擬，結構是摹擬，連意識也是摹擬的」[24]，小說套用「革命加戀愛」的流行題材，也可作左翼主題——提

---

[24] 施蟄存：《繞室旅行記》，《北山散文集》第65頁。

示革命者警惕來自資產階級的腐蝕——的解讀，但是在貧窮／富有、個人／集體、性意識／階級政治的衝突中，施蟄存更想演繹的是「革命所釋放的被壓抑的色情幻想潛藏在每個革命者的心裡，使男性的性本質產生危機，威脅到男性所代表的政治道德，跨越了原本的革命意識形態所劃分的純潔與非純潔的界限」[25]。日後施蟄存文學中某些代表性因子已透出了端倪，例如深入個人內心的異動，探討性慾、幻覺、潛意識對人理性大廈的沖毀。可作同樣解讀的是《新文藝》1卷3號上的《鳳陽女》，故事在失蹤了的主人公的八封書信中展開，描寫一個男子如何驅遣對風騷的雜耍賣藝女人的慾望。施蟄存曾經自述「為了實踐文藝思想的『轉向』，我發表了《鳳陽女》、《阿秀》、《花》這幾篇描寫勞動人民的小說」[26]，許多後來的研究也將這些作品放在「革命小說」中處理，其實《鳳陽女》更多的是在中國情境中再寫西方心理壓抑的母題。小說最終顯現了敘事上的「裂痕」：中國地名的安排以及鄉村環境的描繪可以見出外在寫作風氣的影響下，施蟄存對「真實性」的追求；但鳳陽女駭異的舉動（「大膽的放浪」、殺掉賣藝同伴的行徑）以及結尾處敘述者不得不對讀者解釋他的朋友、即故事主人公有些奇怪脾性……這一切彷彿意味著作者也把握不了筆下的情節與人物，開始懷疑、猶豫。施蟄存模糊意識到了某種無法駕馭的力量，卻還是試圖在常規的範疇內詮釋之；或者倒過來說，作者仍然遵從著時代賦予的寫作規範，但叛逆的衝動已經開始鬱結。「這時候，普羅文學運動的巨潮震撼了中國文壇，大多數的作家，大概都是為了不甘落伍的緣故，

---

[25] 劉劍梅：《革命與情愛：二十世紀中國小說史中的女性身體與主題重述》第159頁，郭冰茹譯，上海三聯書店2009年1月。

[26] 施蟄存：《我們經營過三個書店》，《北山散文集》第317頁。

都『轉變』了……於是我也——我不好說是不是，轉變了。」[27]
因為「不甘落伍的緣故」，所以轉向去寫普羅小說；同樣因為只
是「不甘落伍」而缺乏內在信仰的支撐，「轉變」之後的這幾個
作品徒具革命小說的空殼。雖然《追》、《鳳陽女》等作品在當
時讓施蟄存自以為是「描寫勞動人民」的「實踐文藝思想的『轉
向』」；但是今天看來，這一以貌似普羅文學的轉向，在更本質
與更內在的意義上，卻是施蟄存向屬於自己的文學起點的嘗試與
過渡。那種極力壓抑的愛慾力量終歸要衝破理性與現實主義的轄
制，在這個方向上，我們馬上就可以看到《鳩摩羅什》、《將軍
底頭》等篇什的誕生。

　　我們已經反覆提到：從1923年進入上海大學，到1928、1929
年先後創辦《無軌列車》與《新文藝》，這大概是施蟄存（包括
他的好友、此時期最重要的事業夥伴戴望舒、杜衡）畢生中革命
色彩最為濃厚的一段時間。而他們的文學發軔與追隨革命的起步
也正好相伴隨，但是這些青年知識份子的社會意識與情感體驗總
是不平衡的。杜衡在回憶中的這段話恐怕是有代表性的：

　　　　記得他（指戴望舒——引者注）開始寫新詩大概是在1922
　　到1924那兩年之間。在年輕的時候誰都是詩人，那時候朋
　　友們做這種嘗試的，也不單是望舒一個，還有蟄存，還有
　　我自己。那時候，我們差不多把詩當作另外一種人生，一
　　種不敢輕易公開於俗世的人生。……一個人在夢裡洩漏自
　　己底潛意識，在詩作裡洩漏隱秘的靈魂，然而也只是像夢
　　一般地朦朧的。從這種情境，我們體味到詩是一種吞吞吐

---

[27] 施蟄存：《我的創作生活之歷程》，《施蟄存散文》第124頁。

吐的東西，術語地來說，它底動機是在於表現自己與隱藏
自己之間。[28]

這段評述適合戴望舒、施蟄存與杜衡。他們的文學不是實際鬥爭
與社會生活的反映，而更多的是「隱秘的靈魂」的宣洩，曲曲折
折的暗示，在情感生活的狹小領域內反覆塗抹個人哀愁。他們自
然是追隨革命的進步青年，但缺乏對社會環境的科學洞察，遠不
是叱吒風雲的戰士。經過艱難的摸索、嘗試、徘徊後，他們自己
也意識到了這一點。

　　戴望舒在發表於《新文藝》2卷1期的《英國無產階級文學運
動》中，謳歌英國文壇新的力量——勞動者文學的勃興。這些作
家大多來自底層，有礦工、冶金匠、泥水匠等，戴望舒相信「這
新興的無產階級文學，將照遍了那消失在煙霧中的英國吧」。這
裡發自內心的讚美，強調無產階級文學應該「描寫勞動者和貧民
的日常生活」，以及微諷「三角戀愛一類的玩意兒」，對當時
國內文壇的創作都具有針砭時弊的意義。但戴望舒認為新興無產
階級的作家只能從底層勞動者中崛起，其暗示的另一面就是：小
資產階級的作家不可能成為無產階級作家。這層意思在不久後的
《詩人瑪耶闊夫司基之死》一文中進一步表露，戴望舒在瑪耶闊
夫司基（今通譯為馬雅可夫斯基——引者注）身上看到了革命與
未來主義之間不可調和的矛盾：「革命，一種集團的行動，毫不
容假借地要強迫排除了集團每一分子的內心所蘊藏著的個人主義
的因素，並且幾乎近於殘酷地把各種英雄的理想來定罪；而未來
主義，英雄主義的化身，個人主義在文學上的最後的轉世，卻還

---

[28] 杜衡：《〈望舒草〉‧序》，《戴望舒詩》第44頁，浙江文藝出版社
　　 2001年6月。

免不得在革命的強烈的壓力之下作未意識到的蠢動」，瑪耶闊夫司基自殺原因在於「塑造革命」與「被革命塑造」是「僅有的兩條出路」，詩人「想把個人主義的我熔解在集團的我之中而不可能」[29]。戴望舒在一位同行身上體會到某種自我認同，難道這不可以視為自況麼？這正代表著當時在「兩條出路」間苦苦徘徊的詩人的認識：像瑪耶闊夫司基這般、像「我」這般的小資產階級知識份子是無法成為無產階級作家的。兩年之後，《北斗》雜誌舉辦《創作不振的原因及其出路》徵文，戴望舒的答覆中，將創作的弱點之一概括為「生活缺乏，因而他們的作品往往成為一種不真切，好像紙糊出來的東西。他們和不知道無產階級的生活同樣，也不知道資產階級的生活，然而他們偏要寫著這兩方面的東西，使人起一種反感」。這仍然是對轉變無效而失望的延續，這一失望在文末甚至轉變為「徒然」的慨歎：「我希望批評者先生們不要向任何人都要求在某一方面是正確的意識，這是不可能的，也是徒然的。」[30]從1929年策劃主編《科學的藝術論叢書》到1932年對「正確的意識」的幻滅，的確是一個巨大的轉變。

　　「不甘落伍」的嘗試，「兩條出路」間的苦苦徘徊，轉變無效後的徒然失望——施蟄存同樣身受了這一過程的煎熬。他試驗過「幾篇描寫勞動人民的小說」，但很快「知道是失敗了」，此番「實踐文藝思想的『轉向』」後，得出的結論與戴望舒對瑪耶闊夫司基的理解一致無二：「我明白過來，作為一個小資產階級知識份子，他的政治思想可以傾向或接受馬克思主義，但這種思

---

[29] 戴望舒：《詩人瑪耶闊夫司基之死》，《小說月報》第21卷第12號，1930年12月。

[30] 戴望舒：《一點意見》，《北斗》第2卷第1期，1932年1月。

想還不夠作為他創作無產階級文藝的基礎」[31]，從此，「我沒有寫過一篇所謂普羅小說。這並不是我不同情於普羅文學運動，而實在是我自覺到自己沒有向這方面發展的可能。甚至，有一個時候我曾想，我的生活，我的筆，恐怕連寫實的小說都不容易作出來，倘若全中國的文藝讀者只要求著一種文藝，那是我惟有擱筆不寫，否則，我只能寫我的」[32]。說這番話時，施蟄存已經出版了《將軍底頭》、《上元燈》等短篇集，「惟有擱筆不寫」諸語，近乎窮途末路，其實倒有以退為進的意思，摸索、撞擊、徘徊一一過了，這時已有「我只能寫我的」堅執。

曾經熱烈地歡迎、真誠地讚美革命文學，但是在以身相投的實踐中，最終感到個人主義的無法改變。「只能學到像無產階級那樣地去思索，不能學到像無產階級那樣地去感覺」，把握不住「那集團生活根柢，運動的靈魂」[33]。他們一度置身於普羅文學的行列，但最終分道揚鑣；他們是封建主義的不肖子和現代主義的弄潮兒，卻最終成不了無產階級的鬥士。施蟄存晚年在回憶中經常表示：「我一直認為我是左的，可他們認為我是右的。」研究者則這樣來釋讀：「他用『他們』來指稱那些『正宗』的左翼人士，以示與自己的區別。這裡，他所說的『左』與左翼之『左』最大的區別在於：他僅僅出於一個知識份子的良心，而沒上升到思想和行為，更沒變成一種信仰。他早年的進步行動，步入文壇之後從事文化活動的價值取向，都是以不出賣良知、維護正義為出發點，以最大限度地保護文學的自由性為宗旨，而並非

---

[31] 施蟄存：《我們經營過三個書店》，《北山散文集》第317頁。

[32] 施蟄存：《我的創作生活之歷程》，《施蟄存散文》第124、125頁。

[33] 戴望舒：《詩人瑪耶闊夫司基之死》，《小說月報》第21卷第12號，1930年12月。

熱衷散佈某種凌駕於文學之上的『主義』、造成某種聲勢，組成某種陣勢。」[34]

我們可以馮雪峰為參照，來討論施蟄存言中「我」和「他們」的區別。

馮雪峰是文學工廠的重要夥伴[35]，從1927年秋到1928年春，馮在施家小樓上住了半年。施蟄存自小酷愛舊詩，尤其是李商隱，「一部《玉溪生詩集》常在書桌上，雪峰翻也不翻，有時還斜瞥一眼，給一個『無聊』的評語」[36]。馮雪峰還曾在信中說：「我想我們應振作一下，幹些有意義點的事，弄文學也要弄得和別人不同點。……你們三人（指施蟄存、杜衡、戴望舒——引者注）的翻譯的努力，我實在佩服的。但我希望你們趕快結束舊的，計畫新的，計畫在人家之前的。」[37]施蟄存等人投身出版事

---

[34] 張芙鳴：《執著的中間派——施蟄存訪談》，《新文學史料》2006年第4期。

[35] 儘管在文藝思想上終於分道揚鑣，但施蟄存一直將馮雪峰視作「老朋友」，回憶中情辭殷切：「雪峰很瞭解我們的思想情況，他把我們看作政治上的同路人，私交上的朋友」，「雪峰是一個篤於友誼的人，一個能明辨是非的人，也是一個有正義感的人。儘管在這次論辯（指「第三種人」論辯——引者注）以後，雪峰對蘇汶的作為同路人的期望，多少有點幻滅，但友誼還保持著」，「杜衡於1940年在香港投奔國民黨，使我非常失望。望舒於1950年忽然逝世，也使我極度傷感。雪峰對我們始終保持友誼，也始終在回護我們，我也很感激他。我常常想起當年文學工廠裡四個青年的親密的情誼，現在只剩我一個人，再也沒有同樣親密的朋友，真感到非常寂寞。雪峰的政治生活，我無可敘述；現在我筆下的馮雪峰，是一個重情誼、能念舊的好朋友，是一個熱情團結黨外人士的好黨員。」施蟄存：《最後一個老朋友——馮雪峰》，《北山散文集》第290、291頁，下文施蟄存對與馮雪峰交往的回憶，除另外標明外，均引自此書，不再一一注出。

[36] 施蟄存：《「管城三寸尚能雄」》，《北山散文集》第1023頁。

[37] 馮雪峰致戴望舒信，《現代作家書簡》第148、149頁，孔另境編，花城出版社1982年2月。

業之後，馮雪峰「寄於很大的期望」，「常常勸告我們，要出版些『有意義』的書。他所謂『有意義』，馬克思主義文藝理論是其中之一」[38]。正是馮雪峰的引導和幫助，促成了《科學的藝術論叢書》誕生，得風氣之先，也正是馮雪峰所要求的「計畫新的，計畫在人家之前的」。從上面這些點點滴滴的經歷來看，馮雪峰對施蟄存讀李商隱毫不客氣地給一個「『無聊』的評語」，轉而奉勸「幹些有意義點的事」；在雪峰「計畫新的，計畫在人家之前的」的期許與幫助下，迎來《科學的藝術論叢書》──這些正是一個對於趣味的導引、糾偏的過程。在施蟄存眼裡，馮雪峰「是當時有系統地介紹蘇聯文藝的功臣。他的工作，對我們起了相當的影響」。從文學工廠到水沫社，施蟄存等人的文學實踐，無論是創作還是出版事業，都有著顯明的左傾色彩，馮雪峰對此是「起了相當的影響」的。施蟄存在《浮生雜詠》中寫道：「新俄文學曙光期，洗淨風花雪月辭。摧枯拉朽樹型範，導揚革命福蒸黎。」詩後附注中說：「馮雪峰南來，亦暫住我家。雪峰攜來其所譯《新俄文學之曙光期》等書，皆介紹蘇聯文學者，我等頗受影響。閒居與雪峰論議，其文藝觀點又與我等大異，詫為新奇，然由此而對歐美浪漫派主義文學持批判態度，亦有志於創作批判舊社會、舊制度，為革命服務之現實主義文學。」[39] 不過，「頗受影響」是事實，創作了一些「批判舊社會、舊制度」的文學也不假，可這是在多大的程度上服膺「為革命服務之現實主義文學」呢？這是值得討論的。

深刻地體現出馮雪峰與施蟄存等人文藝觀距離的，則是施蟄存如下的一段回憶：

---

[38] 施蟄存：《我們經營過三個書店》，《北山散文集》第310、313頁。

[39] 施蟄存：《浮生雜詠・四十九》，《沙上的腳跡》第208頁。

劉吶鷗帶來了許多日本出版的文藝新書，有當時日本文壇新傾向的作品，如橫光利一、川端康成、谷崎潤一郎等的小說，文學史、文藝理論方面，則有關於未來派、表現派、超現實派，和運用歷史唯物主義觀點的文藝論著和報導。在日本文藝界，似乎這一切五光十色的文藝新流派，只要是反傳統的，都是新興文學。劉吶鷗極推崇弗里采的《藝術社會學》，但他最喜愛的卻是描寫大都會中色情生活的作品。在他，並不覺得這裡有什麼矛盾，因為，用日本文藝界的話說，都是「新興」，都是「尖端」。共同的是創作方法或批評標準的推陳出新，各別的是思想傾向和社會意義的差異。劉吶鷗的這些觀點，對我們也不無影響，使我們對文藝的認識，非常混雜。惟有雪峰，對這些資產階級的新興文學，並不欣賞，他已堅定地站在無產階級革命文學的旗幟下了。

在劉吶鷗以及受其影響的施蟄存[40]等人看來，新感覺派、未來派、表現派、超現實派，和「運用歷史唯物主義觀點的文藝論著和報導」並無矛盾，完全可以一起歸併在「反傳統」的、「新興」的、「尖端」的文學之下。所以《無軌列車》與《新文藝》也可以一體同陳著「很時髦」的現代主義文學與「很有革命味兒」的普羅文學。馮雪峰已經摒棄「資產階級的新興文學」而

---

[40] 施蟄存承認：「當時在日本流行的文學風尚，他（指劉吶鷗——引者注）每天都會滔滔不絕地談一陣，我和望舒當然受了他不少影響。」晚年接受採訪被問及「您當時創作時，跟穆時英、劉吶鷗等人有無互相影響？」施蟄存的回答是：「當時主要的推動人是劉吶鷗……」參見施蟄存：《我們經營過三個書店》，《北山散文集》第308頁；施蟄存答鄭明娳、林耀德問：《中國現代主義的曙光》，《沙上的腳跡》第170頁。

「堅定地站在無產階級革命文學的旗幟下」，而同一時期的施蟄存等人的文學圖景則還呈現著某種模糊和分裂。

在新感覺派創作中，保留著鮮明的唯美—頹廢主義傾向。這一文藝主張很大程度上是對理想主義與啟蒙立場的反動，在文明走向自我耗竭的末路中發散燦爛、頹靡、帶著肉感與色情的光芒。劉吶鷗、穆時英等人的創作明顯呼應著這一主題。到20世紀初期，普列漢諾夫在高度政治化的範圍內，將頹廢理解為「由垂死社會產生的垂死文化的必然形式」。普列漢諾夫對先前超越道德和常規的「美的歷險」作出嚴厲的道德指控[41]。借此我們可以更深刻地考察馮雪峰「堅定地站在無產階級革命文學的旗幟下」與劉吶鷗、施蟄存等人「非常混雜」的「對文藝的認識」之間的差異。正是馮雪峰曾經翻譯的、作為水沫書店《科學的藝術論叢書》之一的、普列漢諾夫的《藝術與社會生活》，系統闡述了馬克思主義頹廢觀關於頹廢藝術與資本主義社會沒落的關聯，而這正是20世紀30年代中國左翼理論家們批判現代主義的綱領。如錢杏邨在《一九三一年中國文壇的回顧》中指出：「施蟄存所代表的這一種新感覺主義的傾向，一面是在表示著資本主義社會崩潰的時期已經走到了爛熟的時代，一面是在敲著金融資本主義底下吃利生活者的喪鐘」；「這樣的作品的產生，一方面是顯示了中國創作中的一種新的方向，新感覺主義；一面卻是證明了曾經向新的方向開拓的作者的『沒落』。」[42] 也就是說，以馮雪峰為代表的左翼文壇，是在普列漢諾夫的頹廢主題範疇內，將現代主義

---

[41] 參見馬泰·卡林內斯庫：《現代性的五副面孔》中《頹廢的概念》一章，商務印書館2002年5月。

[42] 錢杏邨：《一九三一年中國文壇的回顧》，《北斗》第2卷第1期，1932年1月。

批判為腐朽的資產階級文藝，故而能夠「堅定地站在無產階級革命文學的旗幟下」[43]；而新感覺派諸作家，仍然徘徊不定，因此他們「對文藝的認識，非常混雜」。兩種頹廢主題的交錯，使得新感覺派文學在價值判斷上往往顯出矛盾與遊移，「他們似乎既想表現現代社會的道德淪喪，世風日下，又受著『戰慄和肉的沉醉』的現代美的誘惑，而不禁採取了『以美的照觀的態度』，以『更為通情達理的生活方式』的暗示描寫著色情和肉感的方式」[44]。

馮雪峰的轉變並不只是他個人的行為，也代表著「組織上的要求」。從1931年6月起，「左聯」開始由瞿秋白領導。有研究者曾考察過，「左聯」在由瞿秋白領導之後所發生的明顯轉折是開始要求把工作的重心放到文藝領域中來，「與此同時，『左聯』也開始強調成員的組織紀律性。這些變化意味著『左聯』加強了對文學方面的干預。在瞿秋白的主持下，『左聯』從1931年下半年開始要求清算左翼文學前期的『革命的浪漫諦克』傾

---

[43] 值得注意的是，張聞天在1922年曾著有《王爾德介紹》一文，對頹廢派文學的產生背景與特徵有獨到見解，尤其指出「有人把Decadent這個字譯為墮落派，我們覺得很不適當」，他不滿意在道德「墮落」的層面上理解「頹廢」，因為他從王爾德中讀出了頹廢派文學對「死板的、無感情的、功利的、冷酷的社會」和近代文明的反抗，以及對變動人生、改革現狀的召喚：「受分工的鐵則支配著的現代的人呀！起來，變動變動你們底生活吧。不登天堂，寧入地獄，這樣死一樣地生活著，幹甚麼呢？要求生之快樂吧！要求變動吧！王爾德已在我們前面走了，我們還不趕去嗎？」（張聞天：《王爾德介紹》（與汪馥泉合作），《民國日報‧覺悟》1922年4月3-18日。又可參見《張聞天文集》第一卷，中共黨史資料出版社1990年8月）所以後來文藝自由論辯中他持論公允，在《文藝戰線上的關門主義》一文中呼籲要正確估價「自由人」與「第三種人」的革命方面，這與他深厚的文化修養與理論根柢分不開，與他明白現代主義文學理念的複雜性分不開。

[44] 參見李今：《海派小說與現代都市文化》第99頁。

向」，而解決的辦法是回應「拉普」提出的「唯物辯證法創作方法」。最具代表意味的就是樓適夷對施蟄存的批判[45]，其矛頭直指施蟄存創作中對潛意識等個人心理描寫的渲染。左翼文壇從1931年年底開始嚴厲批判新感覺派，尤其是由此前創作中有新感覺派作風的樓適夷出面，「顯示出左翼內部展開自我檢討的意味。這說明左翼文壇開始認為新感覺主義是一個錯誤和危險的傾向」[46]。

從文學工廠開始，馮雪峰與施蟄存等有過緊密的合作，但是正是在近距離的接觸中，雙方也意識到了某種間距的無法消除。「雪峰曾希望我們恢復黨的關係，但我們自從「四‧一二」事變以後，知道革命不是浪漫主義的行動。我們三人都是獨子，多少還有些封建主義的家庭顧慮。再說，在文藝活動方面，也還想保留一些自由主義，不願受被動的政治約束。」他們曾經是親密的合作夥伴，但終究漸行漸遠。通過描述施蟄存與馮雪峰交往的軌跡，我們大致已經接觸到文學理念上的差異（以及以此為顯影的「思想傾向和社會意義的差異」），逐漸導致了他們的分道揚鑣。

四、現代知識份子民間崗位的確立

1933年5月，施蟄存的《我的創作生活之歷程》收入天馬書店出版的《創作的經驗》，此書主編實為魯迅，作者的全部稿費捐贈「左聯」以作經費，這當然是支持革命事業的義舉，但這篇

---

[45] （適夷）樓適夷：《施蟄存的新感覺主義──讀了〈在巴黎大戲院〉與〈魔道〉之後》，《文藝新聞》第33期，1931年10月26日。

[46] 吳述橋：《新感覺派和左翼文學關係再考察》，《中國現代文學研究叢刊》2012年第1期。

上文中多次徵引的創作談，卻有很多發牢騷的話存乎其中，多多少少彰顯著文藝訴求上的差異。

　　首先，正如上文中已經涉及的，施蟄存等人更多地是在新興、尖端文學的範疇內理解左翼文學思潮，與其說這是立場堅定的革命信仰，毋寧說是追趕時髦的趨新意識。正如施蟄存對劉吶鷗的觀察：「劉燦波喜歡文學和電影。文學方面，他喜歡的是所謂『新興文學』、『尖端文學』。新興文學是指十月革命以後興起的蘇聯文學。尖端文學的意義似乎廣一點，除了蘇聯文學之外，還有新流派的資產階級文學。他高興談歷史唯物主義文藝理論，也高興談佛洛德的性心理文藝分析。看電影，就談德、美、蘇三國電影導演的新手法。總之，當時在日本流行的文學風尚，他每天都會滔滔不絕地談一陣，我和望舒當然受了他不少影響。」[47]自然，這期間他們的文學實踐也顯現出強烈的先鋒意識，施蟄存在《浮生雜詠》中以「不隨時變非高手，能躋尖端是一流」[48]來形容這段歲月，詩後附注對當時心態的描繪是：「文學必須與時代風尚同步發展，固守十九世紀文學創作方法及人際觀念者，即是不達世務。」這一「不隨時變非高手，能躋尖端是一流」的心態也正是當時世界文學流行風潮的橫向移植，「到了三十年代，我們這一批青年，已丟掉十九世紀的文學了。我們受到的影響，詩是後期象徵派，小說是心理描寫，這一類都是Modernist，不同於十九世紀文學」。20世紀20、30年代，左翼文化成為世界範圍內響應熱烈的流行思潮，而施蟄存等人更多地是把「左翼」理解為這一流行思潮中的支脈，「比較左派的理論和蘇聯文學，我們不是用政治的觀點看。而是把它當一種新的流派

---

[47] 施蟄存：《我們經營過三個書店》，《北山散文集》第307、308頁。
[48] 施蟄存：《浮生雜詠·五十》，《沙上的腳跡》第208頁。

看⋯⋯在二十年代初期到三十年代中期，全世界研究蘇聯文學的人，都把它當作Modernist中間的一個Left Wing（左翼）」[49]。也就是說，施蟄存等人是在現代主義的範疇內呼應左翼文學，以一個追求時髦的Modernist的身份，介入Left Wing的文學實踐。反過來說，這樣帶有左翼色彩的文學實踐，更多的是新藝術形式的試驗，而非投身於一種信仰活動。

而當國民黨開始殘酷鎮壓左翼文藝之後，情況自然發生了變化，刊物、書店頻遭查禁，尤其是經歷「四・一二」的血雨腥風之後，意識到「戴望舒、杜衡和我都是獨生子，我們都不能犧牲的，所以我們都不搞政治了」[50]，「1927年4月12日，這一天結束了我的學校生活，也結束了我剛才開始不久的政治生活」[51]。革命的殘酷性與艱巨性，讓這群先前將左翼理解為現代主義支流的、理想主義色彩濃厚的青年們震驚不已。

與此同時，他們也強烈感受到來自左翼文壇的壓力。瑰麗的想像、先鋒的試驗逐漸被沉重的現實圖景與嚴峻的革命形勢所取代，現代主義也終將被左翼現實主義的創作主潮所淹沒。當施蟄存等人心醉的「尖端文學」，被左翼文學從先前一起混跡其中的、色彩模糊的同盟中剔除，他們當然遭遇了困境，「中國跟蘇聯走，就是Realism。他們的政治勢力太大了，我們當然是受壓制的」[52]。於是我們看到如下這般的言論：

---

[49] 施蟄存答劉慧娟問：《為中國文壇擦亮「現代」的火花》，《沙上的腳跡》第179、180頁。

[50] 施蟄存答鄭明娳、林燿德問：《中國現代主義的曙光》，《沙上的腳跡》第171頁。

[51] 施蟄存：《〈文藝百話〉序引》，《北山散文集》第1460頁。

[52] 施蟄存答劉慧娟問：《為中國文壇擦亮「現代」的火花》，《沙上的腳跡》第180頁。

　　　　我的小說，據說是一些不偉大的東西。當今是需要
著偉大的東西的時代。我常常看了別的偉大「作家」的偉
大作品而自愧，於是思想不免有點復古，仍舊把我的這些
小說認為是卑卑不足道的「小家珍說」之流了。

　　　　「小」是「小家」，「珍」是「敝帚自珍」之意。
作品儘管不偉大，不為「大眾」所珍，但「自珍」的權利
想來還不至於被剝奪掉。[53]

與其說這是無可奈何的自我批判，毋寧說是表面溫和而內裡諷刺
性的拒斥。

　　總之，如果分析施蟄存的文學內核，則其中既有張揚文藝自
由的現代主義文學理念，又有反資本主義文明的質素（「頹廢」
主題），而後者往往以左傾化的形態呈現（施蟄存、戴望舒等人
與他們所同情、譯介的現代主義作家馬雅可夫斯基、紀德一樣，
體現出某種模糊性、邊緣性）。當外部環境還算寬容的時候，他
們能一邊維持對革命運動的同情甚至參與，一邊隱身象牙塔中編
織文學夢想；而當「不屬於集團的文學者滾開吧！」[54]的聲音蓋
過文藝自由的主張時，再加上革命現實的血雨腥風，施蟄存先前
政治與文學雙重激進主義的身份就開始分化。「我們自己覺得我
們是左派，但是左翼作家不承認我們。我們幾個人，是把政治和
文學分開的。文學上我們是自由主義。……我們標舉的是，政治

---

53 施蟄存：《〈小珍集〉編後記》，《十年創作集》第797頁，華東師範大
　　學出版社1996年3月。
54 錢杏邨在《安特列夫與阿志巴綏夫傾向的克服》一文中引用了列寧《黨
　　的出版物與文學》中這句話，參見《阿英全集》（1）第466頁，安徽教
　　育出版社2003年7月。

上左翼，文藝上自由主義。」[55]施蟄存1983年寫下的《關於「現代派」一席談》，雖然有「講述故事的年代」的時風印痕，卻側面為50餘年前「把政治和文學分開」的策略提供了理論依據：「有些文章彷彿以為現代派是資產階級文學的新傾向，它反映著資產階級的沒落與腐朽，所以現代派應當否定。另外有些文章認為現代派是一種新型的創作方法，諸如心理分析、意識流、朦朧詩，都是現代派的特徵，而這些創作方法是值得借鑒和學習的。另有一些文章則肯定了現代派的創作方法，同時否定它們的哲學基礎（或說思想性），這樣，眾說紛紜就使現代派的意義有很大的歧異。」而當被問到「你以為這三種觀點，哪一種比較正確？」時，施蟄存沒有明確表態，卻提出「有兩個先決條件要肯定：第一，所謂『現代派』文學是否都是資產階級文學？第二，一個作家的創作方法是否可以和他們的哲學基礎分離？」[56]在施蟄存對現代主義的解讀中，顯然是否定第一種觀點，而接近第二尤其是第三種觀點。第一種觀點，將現代派作為資產階級沒落與腐朽的反映，正是先前所述馮雪峰的理解，在馮雪峰那裡，旗幟鮮明地將政治上的左翼壓倒文學上的現代主義；而對於施蟄存等人，先前「革命」與「時髦」並舉的模糊圖景，漸漸因時勢催逼而作出明晰的分化，「創作方法」和「哲學基礎」可以相分離也正是「把政治和文學分開」的依據。而施蟄存更正面的表達是：

> 文學與政治的關係不能靠簡單公式去解決。不贊成文藝為政治服務，並非就是政治上不贊成革命。我總覺得文

---

[55] 施蟄存答劉慧娟問：《為中國文壇擦亮「現代」的火花》，《沙上的腳跡》第181頁。

[56] 施蟄存：《關於「現代派」一席談》，《北山散文集》第680頁。

藝與政治是兩個不同的東西，不能並在一起講；但反對者
卻反問：「你在政治上是『右』的，文學上又如何能向
『左』？」我的觀點是，假如文學一定要聽命於政治，則
寫出的作品就成了宣傳品，即不是真正的文學了。我不願
這麼幹，我自己搞創作，這不妨礙我在政治上還是「左
翼」的。[57]

借助上述施蟄存對50餘年前的選擇的回音，我們可以看到：這種
「政治和文學分開」，「政治上左翼，文藝上自由主義」的標
舉，在更本質的意義上，其實是施蟄存在建國後社會主義的語境
內，對他們自身在1930年代應對左翼文壇所採取的策略提供一種
「說法」：以當時的實際情形而言，「文藝上自由主義」是他們
身體力行的；「政治上左翼」卻只能理解為厭惡國民黨統治而
「並不拒絕左翼作家和作品」[58]，他們本質上缺乏共產主義的內
在信仰（「假如文學一定要聽命於政治，則寫出的作品就成了宣
傳品，即不是真正的文學了。我不願這麼幹」）。他們以「自由
主義」來為自己的文學保留一點試驗、探索的權利，同時在不參
加具體革命活動的安全閥內，標舉「政治上左翼」。從這一意
義上來說，自由主義才是他們當時在文學與政治上更本質的選
擇[59]，在面對來自「左」、「右」兩邊的壓力下，他們淡化了先
前左翼色彩的趨附，轉向自由主義的中間路線。

---

[57] 施蟄存答夏中義：《漫談七十年來上海的文學》，《文藝理論研究》
1995年第4期。

[58] 施蟄存答劉慧娟問：《為中國文壇擦亮「現代」的火花》，《沙上的腳
跡》第181頁。

[59] 1932年，《東方雜誌》以《新年的夢想》為題，發表了160多位各界知名
人士和普通讀者夢想「未來的中國」和「未來的個人生活」的應徵稿。

其次，從上述新興、尖端文學到「文藝上自由主義」的演變，一方面，自由主義思想成為他們文學觀的內核，以至後來在《現代》雜誌「現代美國文學專號」中倡言：「只有自由主義才是文學發展的絕對而且唯一的保障」[60]；另一方面，從這一自由心性出發，無論是在文學實踐還是日常生活中，他們對自我身份的設定都是一個世俗普通人和自由知識份子。或者說，在與左翼漸行漸遠的同時，他們需要對「自我」進行一個重塑，區別於「『正宗』的左翼人士」，也區別於當年在街頭散發傳單的自己。

1929年7月，施蟄存在一篇書評中盛讚愛德華・李亞的《無意思之書》，「最被人所稱道的便是它的『無意思』」，作者「並不想在這些詩歌故事中暗示什麼意思」，「他並不訓誨他們，也不指導」，「這種超乎狹隘的現實的創造，本來不僅是在兒童文學中占了很高的地位，就是在成人的文學中，也有著特殊的價值」，接下來有針砭時弊味道的是「一直到了現在，一方面是盛行著儼然地發揮了指導精神的普羅文學，一方面是龐然自大的藝術至上主義，在這兩種各自故作尊嚴的文藝思潮底下，幽默

這次活動在知識界反響很大，包括林語堂、朱自清、達夫、梁漱溟、俞平伯、徐悲鴻、樓適夷、顧頡剛、楊杏佛、鄭振鐸、周作人、施蟄存、章乃器、茅盾、巴金、老舍在內的許多學者文人都參加了。其中施蟄存的答覆是：「我夢想中的未來中國，卻與每一個小百姓所夢想著的一樣，完全一樣！是一個太平的國家，富足，強盛。百姓們都舒服，說一句古話：『熙熙然如登春台。』……寫到此，一個朋友在旁邊問：『那麼你以為這時候是個什麼政府呢？』我說：『隨便。……一切都好。總之，我以為政治制度是沒有關係的，問題完全是在人，在人！』」（見施蟄存：《新年的夢想》，《北山散文集》第411頁。）這幅景象，對人的幸福生活的關注超越了國家、民族、階級、政府、政治制度等具體形式，正是持自由主義理念者對美好生活的想像。

[60] 見《現代美國文學專號導言》，《現代》5卷6期，1934年10月。

地生長出來的一種反動——無意思文學」[61]。可見施蟄存稱許的文學，並不負載「暗示什麼意思」以及「訓誨」、「指導」的功能。這一「無意思文學」的另一別名則為「輕文學」，這是施蟄存在現代文學史上的首創（關於「輕文學」，參見後文《海派多元文化觀與商業環境中的斡旋》）。「無意思文學」與「輕文學」，都是在「故作尊嚴的文藝思潮」旁邊，追求消遣性和娛樂性的文學。延續著這一思考的，是《書評家即讀者》、《「文」而不「學」》，這兩篇文章分別作於1937年5月和8月，意思相近，可以放在一起討論。「文藝批評家，縱然他有多大的文藝修養，縱然他有多大的辯才，實際上，他並不超過於一個能夠說出他的讀後感來的讀者的地位」；「一個文學家所看到的人生與一個普通人（這即是說：一個非文學家）所看到的人生原來是一樣的。文學家並不比普通人具有更銳敏的眼睛或耳朵或感覺，但因為他能夠有盡善盡美的文字的技巧去把他所看到的人生各方面表現得格外清楚，格外真實，格外變幻，或格外深刻，使他的讀者對於自己所知道的人生有更進一步的瞭解，這就是文學之唯一的功用，亦即是文學之全部功用。」也就是說，無論是文藝批評家還是作家，他們對知識份子主體的設定都不是一個超乎普通人之上、可以給出「訓誨」與「指導」的啟蒙者。而「對於文藝作品的要求」，也「差不多只是欣賞與消遣」。「文」而不「學」的內涵則是：文學既不是「需要深邃研究的專門學問」，也不應該把它「作為一種政治宣傳的工具」，有這樣傾向的文學家「往往把自己認為是一種超乎文學家以上的人物」[62]。「無意思文

---

[61]　施蟄存：《無意思之書》，《北山散文集》第895頁。

[62]　施蟄存：《書評家即讀者》、《「文」而不「學」》，《北山散文集》第495-497頁，第504-510頁。

學」、「輕文學」與「『文』而不『學』」這三個概念有破有立，是施蟄存文學觀的核心，說明了文學的性質、功能，文學家的使命，創作與接受的關係等等。總之，作者不應該以超越常人的姿態，「顧慮到他的作品將對於讀者產生何種影響」；批評家和普通讀者一樣，無需在乎「故事中暗示什麼意思」而只要「欣賞與消遣」即可，文學只是用「盡善盡美的文字的技巧去把他所看到的人生各方面表現」出來，它沒有「訓誨」、「指導」的功效。在施蟄存的小說中，《善女人行品》、《小珍集》中的篇目大多描繪普通人日常生活的煩惱，而遠離時代的生死搏鬥。《將軍底頭》中四篇，縱然怪力亂神，無論是莊嚴的將軍還是得道高僧，大抵卻是將非凡人物拉到凡人境地，在愛慾和死亡的煎熬中拆解莊嚴、偉岸。1930年代還有一篇不為人提及的短篇《塔的靈應》，同樣致力於拆穿歷史的神聖性，那只是被構造出來的神話，真相不過是普通人機緣巧合促成。這些「解歷史」、俗世化的取向，無妨看作對左翼文學主題的微諷。

由以上所論諸方面可知，無論是追趕時髦的趨新意識，還是根深蒂固的自由心性，施蟄存等人總是否定作家具有充當啟蒙者的能力與資格，厭惡文學被政治利用。在他們從左翼中偏離出去的軌跡中，正是這些成為內在的驅動力。

1932年5月，《現代》雜誌創刊，施蟄存所作《創刊宣言》中有「因為不是同人雜誌，故本志並不預備造成任何一種文學上的思潮、主義或黨派」的表白，可以看成是走中間路線的宣言。施蟄存在回憶中也說：「因為我不是左翼作家，和國民黨也沒有關係，而且我有過辦文藝刊物的經驗。這就是我所主編的《現代》雜誌的先天性，它不能不是一個採取中間路線的文藝刊

物。」[63]「我開始籌編《現代》，首先考慮編輯方向。鑒於以往文藝刊物出版情況。既不敢左，亦不甘右，又不欲取咎於左右，故採取中間路線，儘量避免政治干預。」在《浮生雜詠》中，施蟄存將此形容為「左右逢源無適莫」[64]。這一份《創刊宣言》可以看作樹起自由主義旗幟的標誌。現在我們再來看從20年代初葉，歷經文學工廠、水沫社直到《現代》創刊，這十年，時間不長，但施蟄存（包括圍繞在其周圍的戴望舒、杜衡等人）行過的軌跡卻風雲變幻：從受新思潮的激蕩；到親身參與革命活動；到面對「四‧一二」血雨腥風時的倉惶震驚；到放棄革命者的具體身份只是在文學實踐中顯現激進意識，以及這種先前包含著左翼色彩的、模糊的激進意識，逐漸褪去政治的外衣而被現代主義的文學意識所凝定，到秉持現代主義的文學理念和自由主義的思想主張，從左翼運動中偏離出去——這似乎是一道戰鬥精神日漸萎縮的軌跡[65]，但是，我們可不可以用既符合事實發展又更為積極的視角，來探討這十年歷程所含蘊的可能性？

　　晚年施蟄存接受採訪，針對「您從共青團員轉折到現代主義作家，是非常特殊的情況」的議論，他的回答很乾脆：「並不特殊。」[66]確實，在「五四」以降的知識份子中，施蟄存等人的

---

[63]　施蟄存：《現代雜憶》，《北山散文集》第246頁。

[64]　施蟄存：《浮生雜詠‧六十二》，《沙上的腳跡》第213頁及詩後附注。

[65]　施蟄存在《浮生雜詠‧四十五》中以「小樓一角成高隱，回首前塵百事非」來形容「四‧一二」後的思想劇變，詩後附注又有「思想紊亂，漸覺過去種種，都無是處」（見《沙上的腳跡》第206頁），再聯想到前文中多次提及的類似「戴望舒、杜衡和我都是獨生子，我們都不能犧牲的，所以我們都不搞政治了」之類的表白，的確讓人覺得這是一條戰鬥精神日漸萎縮，頗為頹唐的軌跡。

[66]　施蟄存答鄭明娳、林燿德問：《中國現代主義的曙光》，《沙上的腳跡》第171頁。

發展路向並非鮮見。比如，蕭乾同樣因為參與C・Y而被投入監獄，審訊時，審官拿出一個油印的簿子，「在我的姓名底下，不但有年齡，籍貫，還有幾句鑒定。這下我確實有些發慌，心裡怪我這個組織不該印這麼個東西，更不應該讓他們抄到」[67]。從此，他對黨派活動產生了戒心與抗拒。這一失敗的革命經歷，之於蕭乾日後人生道路的擇取，同樣具有非比尋常的「轉折」意味。再舉一例，1930年11月16日，「左聯」第四次全體大會召開，在通過的六項決議中的第六條寫著：「肅清一切投敵和反動分子——並當場表決開除郁達夫。」當時主持大會的「左聯」常委之一鄭伯奇，在晚年回憶文章中說：「據說，他（指郁達夫——引者注）曾對徐志摩說過：『I am a writer, not a fighter!』這句話引起青年朋友們的不滿。在我主持的一次大會上，通過了請他退出的決議案。」而當事者郁達夫則對記者說：「共產黨方面對我很不滿意，說我的作品是個人主義的。這話我是承認的，因為我是個小資產階級出身的人，當然是負不了……後來，共產黨方面要派我去做實際工作，我對他們說，分傳單這一類的事，我是不能做的……」[68] 1939年，旅居南洋的郁達夫對「I am a writer, not a fighter!」這句話的解釋是：「我不過是一個文藝作者，只想站在自己的崗位上做點文章，並且也用點心思，細細看看來稿。」[69]郁達夫這番誠摯的表白，就如同施蟄存說的「文學與政治的關係不能靠簡單公式去解決。不贊成文藝為政治服務，並非

---

[67] 蕭乾：《未帶地圖的旅人——蕭乾回憶錄》，《蕭乾文集》（第6卷）第40頁，浙江文藝出版社1998年。

[68] 參見許雪雪：《郁達夫先生訪問記》，轉引自李歐梵：《中國現代作家的浪漫一代》第103頁，新星出版社2005年9月。

[69] 參見趙家璧：《回憶郁達夫與我有關的十件事》，收入《逃避沉淪》，陳子善編，東方出版中心1998年1月。

就是政治上不贊成革命。……假如文學一定要聽命於政治，則寫出的作品就成了宣傳品，即不是真正的文學了。我不願這麼幹，我自己搞創作，這不妨礙我在政治上還是『左翼』」那樣，其中潛含著對知識份子某種崗位意識的自覺與謹守[70]。

《現代》雜誌4卷3期上劉瑩姿《我所希望於新文壇上之批評家者》一文，對於動盪時代中崗位的多樣性有過一段揭示：「革命的方式很多，拋炸彈暗殺軍閥的是革命，埋頭在實驗室裡的就未必全是反革命；疾聲大呼的作品是革命文學，潛移默化的作品未必即是反革命文學；描寫農村破產的小說是合乎時代精神，暴露小資產階級沒落的小說未必就是落伍者。殊途同歸的功效仍一樣……」[71]。而施蟄存倚重的崗位，無疑是文學創作和現代出版。這一知識份子崗位的確立，伴隨著他們溝通複雜現實的策略與努力。比如水沫書店在策劃《科學的藝術論叢書》之前，最初出版一批「比較平穩的文藝書」以便讓書店站穩腳跟；後來的大型文藝月刊《現代》，在「採取中間路線」的方針下，借水行舟般發表了魯迅先生《為了忘卻的紀念》等許多傾向進步的文章。至於這10年間，或因政治壓力，或因經濟困厄，或因戰爭爆發，施蟄存等人在出版陣地上屢仆屢起、再接再厲的苦苦支撐，不必贅述。

我們不妨再回到上文提到的、由施蟄存所揭櫫的「輕文學」等概念。從表面上看，「輕文學」所預想的路徑，似乎和左翼

70　關於「知識份子崗位意識」的釐定，參見陳思和：《論知識份子轉型期的三種價值取向》，收入《陳思和自選集》，廣西師範大學出版社1997年9月。

71　劉瑩姿：《我所希望於新文壇上之批評家者》，《現代》4卷3期，1934年1月。

「走向民間」、「走向大眾」的民粹主義路徑不無重合之處[72]。但其實，在對「大眾」的想像上，前者所強調的是有自身特殊性、無須被動接受改造、聽命於人的普通人；這與左翼意識形態設定、能夠朝著鮮明的階級內涵加以改造的「群眾」，大相徑庭。而在對「作家」／「文學家」的想像上，左翼強調的是服務於革命宣傳作用、給出「訓誨」與「指導」的啟蒙者；而施蟄存則追求「各安其位」的知識份子。對具體崗位的執守，可以免除以往曾有的高蹈或虛妄、焦慮或走投無路，轉而恢復平常、踏實和自由的心態。執筆創作或從事出版，如同工匠有一份手藝，在商品社會裡，任何工作都擺脫不了謀生的意義，這就是施蟄存所謂「文學家並不比普通人具有更銳敏的眼睛或耳朵或感覺」，知識份子當然和普通人一樣，憑技能和勞動吃飯。正如本文開篇所述，現代知識份子對崗位的自覺，其實可以視作：社會分工日趨細密、新階層以及這一階層在社會中表達特定價值和職能、社會

---

[72] 1930年代，《現代》雜誌上的兩篇文章也很能體現出這種「重合」。一位署名「森堡」的作者在討論文人與窮困這個話題的短文裡，指出文人有三條道路可供選擇，第一是如當時的作家、詩人彭家煌、朱湘那樣因為堅持個體性的原則，而貧病交加而死或自殺；第二是走出賣靈魂的道路，寫作迎合部分受眾的庸俗低劣的作品，通過炒作等手段來售賣。該文作者所認同的是第三條道路，「所謂第三條路，我以為，就是指那些不把自己跟一般大眾分離開來，反之，卻無時無刻不使自己成為大眾中間的一員之文人所走的路而言。因為自己是大眾中的一員，所以才能夠明確地認清，估定所謂生活苦的真相，才能跟大眾一同去解決問題。」（森堡：《文人的生活苦》，《現代》4卷4期）知識份子應該淡化自身的身份標誌，而主動與民眾融為一體，才能解決其自身的困境。法國作家伐揚・古久列在為《現代》雜誌專門撰寫的《告中國的智識階級》中呼籲：「中國的智識階級！全人類都是在期待著中國能擺脫了帝國主義的羈絆的。你們應當立刻就行動起來。什麼帝國主義者的陰謀，什麼大亞細亞主義，這一切都是要打倒的。你們要走到大眾這方面來。」（《現代》4卷1期）

形態的轉變與進化在海派商業環境中的浮現。這一崗位意識，一方面同施蟄存等人無論在文學實踐還是日常生活中，對自我身份都是設定在一個世俗普通人身上有密切關聯，他們認清廣場意識的虛幻，恢復了面對現代社會時的平和、自由心態。另一方面，這一崗位又超越謀生、職業的一般意義，參與到時代文化的建設中去，就如策劃推出《科學的藝術論叢書》那樣，引領風氣之先，以現代出版的渠道來發表言論，發散精神能量，表達自身的擔當。施蟄存曾經以「文化工作者」一語來表達知識份子崗位的獨特與辯證：這是一個普通而簡單的職業身份認定，但「潛臺詞卻是格外強調主體對於文化的基礎性和建設性的努力。對於一個社會、一個時代的文化建設，文化工作者所要做的不只是創作一兩部文學作品，而是包括文化的傳播、交流、傳承在內的多方面的工作」[73]，就具體職業來講，不外乎作家、譯者、教師、編輯……施蟄存身兼多任，用他更為形象的話來說，「我的職業只有兩種：跨出學校門就進書局門，跨出書局門就進學校門」[74]。對於現代知識份子的崗位自覺建立起來之後，其實踐一直貫穿到施蟄存的晚年[75]。

[73] 「文化工作者」一詞見於《中國文藝工作者十四家對日感言》，《文藝春秋》3卷1期，1946年7月。轉引自王宇平：《〈現代〉之後：施蟄存一九三五～一九四九年創作與思想初探》第52頁，秀威資訊科技股份有限公司（臺北）2008年5月。

[74] 施蟄存：《教師與編輯》，《北山散文集》第476頁。

[75] 比如，有研究者曾列舉施蟄存晚年重操編輯舊業後取得的新成績：「1980年代以來，施蟄存重又操起編輯業務，開始歷時二十餘年的書刊編輯工作，其中比較重要的編輯活動有：1980至1986年為江西人民出版社主編《百花洲文庫》四輯，計40本；1981至1992年為上海文藝出版社主編《外國獨幕劇選》，共6集；1981至2000年主編《詞學》，計12輯；1990至1991年主編《中國近代文學大系·翻譯文學集》，計3卷。」參見劉軍：《龍蛇之蟄，以存身也——建國後施蟄存的文學活動》，華東師

　　對於施蟄存而言說，從文學工廠到水沫社，這十年的人生道路坎坷多變，顯然應和著外部環境的急遽轉折和內在思想的劇烈鬥爭。直到文學創作與現代出版這一知識份子崗位確立之後，那道蕪雜模糊的軌跡逐漸變得清晰，他從散傳單、貼告示、公開演講、遊行示威的革命活動中退出，卻對文學創作、創辦雜誌、出版書籍等投入、保持了長久乃至畢生的興趣與實踐。在面對左、右政治壓力和適應文化工業的生產性規則間探討合作，在以「輕文學」娛樂大眾和自覺意識到「純文藝刊物」所應承擔的「文化使命」[76]間維繫張力，以及積極嘗試西方現代文學技巧來表達現代化過程中人的幽深心理、提升現代文學品格等等，無不可以看作這一知識份子崗位意識的顯現。現在我們可以為那道多變的軌跡畫上一個堅實而具體的支點了，通過它與社會現實、文化建設相呼應，這就是現代知識份子民間崗位的確立。

2005年11月初稿

2013年8月二稿

範大學博士學位論文，2009年。

[76]　參見1934年5月《現代》5卷1期《社中座談・本刊組織編委會之計畫》。

雙向的現代意識：

《現代》的品格

　　「和其他領域一樣，上海在藝術領域內，也以快速成功地吸收西方模式而聞名。的確，在上海，外國租界、社團的存在有利於這種移植。但這座城市的特殊身份也使其易於接受這些模式，以致有人試圖把這稱為『同期性現象』，而不是抄襲模仿。」[1]著名的上海史研究專家白吉爾的上面這段話，大概也成為很多人的共識。下文中，我想以施蟄存等人在《現代》時期的實踐為例，討論他們的創作與翻譯（尤其是這背後體現的現代意識），如何區別於「抄襲模仿」的「同期性」。

一、世界性眼光與民族文化本位建設

　　在《現代》第一卷編務完成後，施蟄存提到：「惟有一事，是我所引為不滿，而料想讀者亦必然以為不足的，那就是每期的畫報，取材於外國文藝界者多，而取材於本國文藝界者少。」（1卷6期《現代》「編輯座談」欄）《現代》第一卷在畫報選材上的缺陷，馬上就在以後各期中得到彌補：2卷1期施蟄存在「社中日記」裡寫道：「老舍先生寄了一枚照片來。這位幽默家的本來面目，想必一定有人願意一見吧？」這一期的「現代文藝畫

---

[1] 白吉爾：《上海史：走向現代之路》第234頁，王菊、趙念國譯，上海社會科學院出版社2005年5月。

報」中大量出現「本國文藝界」內容，如郁達夫、李金髮、周作
人、老舍、巴金、葉靈鳳、穆時英的照片、畫像，俞平伯、冰
心、沈從文、茅盾等的原稿、手札。此後各期「社中日記」經常
留下施蟄存悉心搜求「本國文藝界」照片、圖像的資訊：「今日
讀報，悉邵洵美，李青崖諸人將於十九日到硤石為徐志摩作周
年祭，因發一封快信致邵，託其乘便為《現代》攝影數幀。」
（《現代》2卷3期）「本期有魯迅先生在北平演講的攝影，這是
很難得的材料。我希望各地的讀者能夠利用這種題材，隨時供給
我一些珍貴的攝影。」（《現代》2卷4期）通過在「現代文藝畫
報」這樣的欄目中投入或者增加「本國文藝界者」的內容──我
們經常可以在同一欄目下看到這樣的安排：「魯迅在北平」與
「一九三二年龔果爾文學獎」（2卷4期「現代文藝畫報」欄）；
「柔石紀念」與「華格納爾紀念」（2卷6期「現代文藝畫報」
欄）；「法國革命文藝家之反法西運動」與「春蠶：從作品到電
影」、「創造社：刊物及股票」（3卷2期「現代文藝畫報」欄）
──我們可以揣測編者的用意，興許正想在一種華洋並置、中西
合璧的「互文」圖景中將中國文藝納入到世界現代文藝的大潮中
去。這背後正是有一種開放的世界性眼光在支撐，這種眼光可以
說是貫穿施蟄存文學生涯的始終，請看他不同時期的兩段言論：

> 生活在這個時代中，我們已無法封閉在孤獨與庸愚的隅角
> 裡，過一個古舊的生活。我們的一呼一吸，都已與世界上
> 任何一個隅角裡的人息息相通。我們必須要能瞭解全個世
> 界，才能在這個世界上佔據一個恰如其分的地位。[2]

---

[2] 施蟄存：《〈活時代〉發刊辭》，《施蟄存序跋》第19頁，東南大學出
版社2003年6月。

文學無所謂舶來品，中國人用中文寫的東西都是中國文學，即使寫的是外國人，也是中國文學。文學只有好壞，而不存在舶來問題。……文化有民族基礎，就怕一個民族與世界永遠不通，則其文化必是水平很低的文化。為什麼大家要求有世界觀、世界的交通、世界的物質享受？卻不能文學歐化？事實上文化也要與世界交通呀！[3]

　　這兩段文字，前者是1946年4月施蟄存與周煦良合編一份刊物的「發刊辭」，後者是1990年春節施蟄存在接受臺灣作家訪談時的回答，但這兩段文字表達的意思一脈相承。「我們的一呼一吸，都已與世界上任何一個隅角裡的人息息相通」，在這樣的時代裡，「中國文學與世界文學打成一塊」[4]，中國文學的發展已經被納入世界格局，在其自身的文學創作中，不管與外來文化的影響是否有直接聯繫，都是以自身的獨特面貌加入了世界文學行列，豐富了世界文學的內容，這就是「文學只有好壞，而不存在舶來問題」，關鍵是要建立「文化也要與世界交通」的意識。

　　正是在這樣一種開放的世界性眼光的觀照下，民族文化才能擺脫附屬地位，重建主體性。這樣一番思考在1934年10月推出的「現代美國文學專號」中得到集中體現。在該期的「導言」中，編者提醒讀者美國文學「應該極鄭重的去注意的特徵」之一是「創造」：「美國文學不但已經斷然的擺脫了別國的影響，而且已經開始在影響別國文學了。……誠然，美國文學的創造，是至今還在過程中，而沒有達到全然成熟之境。但是，我們看到這是

---

[3]　施蟄存答鄭明娳、林燿德問：《中國現代主義的曙光》，《沙上的腳跡》第169頁，遼寧教育出版社1995年3月。

[4]　施蟄存、谷葦、錢紅林：《施蟄存訪談錄》，《小說界》1993年第5期。

一種在成長中，而不是在衰落中的文學；是一個將來的勢力的先鋒，而不是一個過去的勢力的殿軍。」「創造」的、「在成長中」的──引來這樣一個參照系，背後正是見賢思齊般的自我期許：「假如我們自己的新文學也是在創造的途中的話，那麼這種新的勢力的先鋒難道不是我們最好的借鏡嗎？」為了「說明整個西洋近代文學的趨勢」，《現代》編者定下長遠的設想和系統的工程：「每卷中介紹一個，那麼，使七八個重要的民族都齊備，卻已經是三四年的工程了。三四年，這在事事必求速成的國人看來，是多麼悠久的時間呀！但我們覺得，即使化三四年的時間來達到一個初步的目標，多少是要比十幾年的蹉跎好一點。基於這個堅信，時間的距離是不會使我們害怕的；我們只要進行，即使是像駱駝那麼遲緩的進行著，我們相信也會有收穫的一天的。」這樣繁複的「三四年的工程」、「駱駝那麼遲緩的」進展，都沒有讓《現代》編者放棄（儘管這項計畫沒有完成，但主要是《現代》停刊等客觀原因所導致，而不出於主觀上的懈怠），因為他們有自己的追求：「我們是更迫切的希望能夠從這樣的說明指示出一個新文化的建設所必需的條件來。自然，我們斷斷乎不是要自己亦步亦趨的去學美國，反之，我們所要學的，卻正是那種不學人的，創造的，自由的精神。這種精神，固然不妨因環境不同而變易其姿態，但它的本質的重要，卻是無論在任何民族都沒有兩樣的。」放眼西方，卻又時時反顧，念茲在茲的恰是民族文化本位的建設。所有繁複而浩大的工程，切實而具體的工作，堅執而恆久的信念，無不落腳在這一「學是為了不學」的苦心上。

這樣的思路也在「現代美國文學專號」的幾篇重要論文中得到顯現。比如李長之作《現代美國的文藝批評》，第一節標題就點明「順路說到中國的急需」：「尤其在中國，我們既然沒有那

種傳統作背境的，似乎更不必冒充某某的嫡派了，然而現在卻依然偏有人，奉外國的木主，而為自己的奴性作擋箭牌，以欺壓本國同胞，所以我們就時時有拆穿的義務了的。」（這多少讓人想起魯迅的指責：「杜威教授有他的實驗主義，白璧德教授有他的人文主義，從他們那裡零零碎碎販運一點回來的就變了中國的呵斥八極的學者⋯⋯」[5]。）同一期上趙家璧的《美國小說之成長》也將奴性的擺脫作為美國文學成熟的起步。對奴性的揭示與批判，反過來就是對自由心性的呼喚，編者在《導言》中正是將「自由」視作「創造」之外，美國文學中另一個「應該極鄭重的去注意的特徵」。而有了自由心性的扶持，一個正直而不偏狹的現代主體才能建立。

正因為具備了一種恢宏而開放的世界性眼光和現代主體意識，在反觀自視時就能夠以寬宏大度的氣魄對待傳統。施蟄存是將美國意象派詩歌介紹到中國，並在創作中躬行實踐的第一人。《現代》1卷2期上有他的《意象抒情詩》一組，緊接著一期上又以《美國三女流詩抄》為題，譯介意象派女詩人陶立德爾（Hilda Doolittle）、史考德（Fvelyn Soott）、羅慧爾（Amy Lowell）的作品。最值得一提的是在詩後「譯者記」中，施蟄存評述羅慧爾女士的詩「最受我國與日本詩的影響（本來現代英美新詩有許多人都是受東方詩之影響的），短詩之精妙者頗有唐人絕句及日本俳句的風味」。施蟄存在將西方意象派詩歌導入建設中的中國現代詩學時，清朗地闡明了「這個潮流所屬的美學血脈與中國傳統詩之間的深刻聯繫。這裡的『意象』已超越傳統詩學，成為東西方

---

[5] 魯迅：《大家降一級試試看》，《魯迅全集》（4）第562頁，人民文學出版社2005年11月。

詩歌美學觀念交彙後產生的現代詩學產物」[6]，這正是一種超越古今中外之畛域而觀其會通的努力。

　　《現代》5卷5期上有施蟄存一篇《我與文言文》，觀點乍一看還頗為驚人——「我根本不承認『文學的遺產』這個名詞！」原因是：

> 現在居然有人稱我們自己的上代的文學為「文學的遺產」了。中國的文學，是整個的中國文學，它並沒有死去過，何來「遺產」？我們既然知道了斷代文學史的錯誤，難道還要蹈入一個新的錯誤中去嗎？所以，倘若我們說文言文已經死了，我們以文言文中的一小部分辭藻用新的方法來引用在新文學中，稱它為「文言文的遺產」，這倒是很可承認的。至於《莊子》與《文選》，雖然並不是屬於我們這時代中的產物，但它也正如我們現在創造著的文學作品一樣，是整個中國文學中的一部分。何謂「遺產」？

我們再聯繫到《莊子》、《文選》之爭時，施蟄存的立論「我不懂得『新文學』和『舊文學』這中間究竟是以何者為分界的」[7]，以及通過《黃心大師》等創作試驗將古典的「評話、傳奇和演義諸種文體」相融合，開出文學新路，足見他取溫故知新眼光，一貫重視民族文化傳統血脈相連的承繼。

6　參見孫玉石：《中國現代主義詩潮史論》第407頁，北京大學出版社1999年3月。

7　施蟄存：《〈莊子〉與〈文選〉》，《北山散文集》第419頁，華東師範大學出版社2001年10月。

　　還有一點要在此注明，「現代美國文學專號」《導言》中對「現代」有這樣一種界定：「在各民族的現代文學中，除了蘇聯之外，便只有美國是可以十足的被稱為『現代』的。其他的民族，正因為過去有著一部光榮的歷史，是無意中讓這部悠久的歷史所牽累住，以致故步自封，盡在過去的傳統上兜圈子，而不容易一腳踏進『現代』的階段。美國則不然。……這例子，對於我們的這個割斷了一切過去的傳統，而在獨立創造中的新文學，應該是怎樣有力的一個鼓勵啊！」這裡的「現代」一詞，用來描述一種與傳統割裂、相對立的新文學，這與上文我們探討的施蟄存重視民族文化傳統血脈承繼的心態與實踐相悖離，也與幾乎同一時間段發表的對「文學遺產」的質疑大相徑庭。揣測其中緣由，不妨如下理解：首先《導言》由「編者」署名寫就，可能其中不全是施蟄存的意見；其次這裡作為借鏡的對傳統的擺脫，主要是指美國文學擺脫那些「糾纏住」自身的「英國的傳統」，這裡主要強調的是對奴性的否棄而張揚自由與創造。而正如上文所說，如果在一種恢宏而開放的世界性眼光和現代主體意識的燭照下，汲取外來文化的精華與承繼民族文化的血脈並無矛盾，本就是相輔相成。正如魯迅的倡議那樣——「外之既不後於世界之思潮，內之仍弗失固有之血脈」[8]。

二、雙向的現代意識與現代民族主體的建立

　　在很長一段時間內，中國現代文學史從「五四」文學革命寫起；又或者，將19世紀末年的戊戌維新凸顯出來成為新的起點

---

[8]　魯迅：《文化偏至論》，《魯迅全集》（1）第57頁。

（大致相當於張灝所謂「轉型時代」的開始）；而嚴家炎先生在近年研究成果及其主編的文學史中，將現代文學的源頭，「從戊戌變法向前推進十年，即從十九世紀八十年代末、九十年代初算起」[9]。嚴先生主要根據陳季同的文學觀念和創作，以「對外交流」為視角重審現代文學的發端，他引了陳季同的一段話來論證「當歷史的時針僅僅指在十九世紀八九十年代，他就已經形成或接受了『世界的文學』這樣的觀念」：「我們太不注意宣傳，文學的作品，譯出去的很少，譯的又未必是好的，因此生出重重隔膜……我們現在要勉力的，第一不要侷於一國的文學，矗然自足，該推擴而參加世界的文學。既要參加世界的文學，入手方法，先要去隔膜，免誤會。要去隔膜，非提倡大規模的翻譯不可，不但他們的名作要多譯進來，我們的重要作品，也須全譯出去。」陳季同提醒中國的同行們時代在一日千里地飛速發展，要積極追蹤、參加到「世界的文學」中去，要提倡大規模的翻譯，

---

[9] 嚴家炎主編：《二十世紀中國文學史》（上）第7頁，全書三卷由高等教育出版社分別於2010年4月、6月、9月出版。本節稍後那段引文，參見「嚴版文學史」第一章《甲午前夕的文學》。相關研究還可參見嚴家炎：《中國現代文學起點在何時？》，《社會科學輯刊》2010年第4期。關於重寫文學史起點。丁帆先生認為嚴先生通過三個方面新發掘的史料——黃遵憲呼籲的語言文字變革、陳季同的文學主張和創作實踐、以及韓邦慶《海上花列傳》發表——可以將晚清作為新文學發軔的背景來看，但是藉此「作為新文學的起點而將其邊界切割於此」，並不合適，理由是「這些創作仍然可以從明清話本小說中找到其白話的源頭」。誠然，「『俗話』『白話』作為語言工具，它只有依附於內容，才有其生命力，沒有理念內容的更新，它只能是一種呆板凝滯的形式而已」（丁帆：《給新文學史重新斷代的理由》，《中國現代文學研究叢刊》2011年第3期。）。但是我以為，至少在陳季同那裡，「理念內容的更新」已經產生，產生於一種「從天下到國家」轉變過程中的焦慮，這種獨特的焦慮前此未見，而在此後的現代文學中綿延不絕，夠得上一種標界性的特徵。

在「譯進來」的同時也「譯出去」。在我看來，關注「世界的文學」並與之溝通的歷史訴求，尤其是「雙向翻譯」意識的確立，不僅可以當作現代文學發端的界標，而且應該成為我們考察20世紀中國文學現代意識的重要維度。在下文中，我將通過1930年代以施蟄存為核心的作家群體，圍繞著《現代》雜誌的實踐，來進一步闡明「雙向的現代意識」之於20世紀中國文學史的意義。

　　1933年，「世界反對帝國主義戰爭委員會」在上海召開遠東反戰大會，到中國的代表團以英國的馬萊爵士和法國作家古久列為首。伐揚・古久列是法國著名作家，《人道報》主筆。10月3日，施蟄存和杜衡訪問了古久列，並要求他給《現代》寫一篇文章，後來該文發表於《現代》4卷1期，開頭是這樣一段話：「除了尚待完成的世界反戰大會歐洲代表團代表的特殊任務之外，我在中國的居留，對於我應當是充滿著教訓的。我發現大部分歐洲人對於中國的意見都靠不住……」[10]次年同樣是在《現代》雜誌上，刊出朱湘的《子沇書信》（《現代》4卷3期），其中有致趙景深的一封：「景深，你知道西方人把我們看作什麼？一個落伍，甚至野蠻的民族！我們在此都被視為日本人！……他們對中國的態度不是輕蔑便是憐憫，因為他們相信中國是一退化或野蠻的國家。」以上這兩則事例，外國作家因在「中國的居留」而得到的「教訓」，英年早逝的中國詩人的激憤，共同指向一個第三世界國家在追尋「現代」的過程中，持續而又顯著的困境──如何向「他者」表達自我。在這樣的困境中，《現代》雜誌的使命

---

[10]　古久列還特別要求施蟄存等人和他「交換一個文件，談談當前中國文藝界的情況。他要我們儘早寫成寄去，他預備參考一下，在法國作關於中國文學的報告」（參見施蟄存：《現代雜憶》，《北山散文集》第266-268頁）。後來這份關於「中國文學現狀」的簡報，由戴望舒轉致了古久列。

與實踐顯得彌足珍貴，它致力於中、西方之間的交互溝通，不僅是讓中國瞭解世界，也希冀世界瞭解中國。對於這一份使命的思考，在他們這一群體的早期文學實踐中已現端倪。

1929年10月，杜衡翻譯了小泉八雲[11]著《文學和政見》。這篇論文以俄國作家托爾斯泰、屠格涅夫的作品在西方世界被譯介為例，探討全球化的時代中，文學對現代民族國家的形成所肩負的功能。「一個民族卻並不靠著智力而能夠在外面被瞭解。使俄羅斯被瞭解的大工程，大部分是它底小說家和講故事的人所完成了。」[12]「小說家和講故事的人」用他們的勞作，證明「人心在俄羅斯也正像在英吉利，或法蘭西，或德意志一樣地感著又愛著又苦痛著」。正是這樣，在武力和智力之外，文學家用「一種單純的力」完成了「公使、外交官、有學識的團體底代表」所未能完成的任務，「一個人寫一部書對於他底國家的貢獻也像打一次勝仗那麼大」。這篇論文更加珍貴的地方在於，它指明：一個民族國家應該平等地進入、參與現代世界，成為世界公民——「西方諸大民族便不能再以為俄羅斯人是一種和他們不同種的人民

---

[11] 小泉八雲原名拉夫卡迪奧‧赫恩（Lafcadio Hearn），1850年6月27日生於希臘伊奧尼亞群島中的桑塔莫拉島（現在的勒夫卡斯島）。當時該島受英國統治，赫恩的父親就是英國守軍中的一名愛爾蘭軍醫，母親則是希臘婦女。1890年，赫恩作為紐約哈帕出版公司的特約撰稿人前往日本，以便尋求創作的靈感及新的文學素材，未曾設想就此結束了半生的漂泊而終老日本。並入籍日本，取名小泉八雲。從1890年來日到1904年去世止，他在日本生活了14年。1930年代小泉八雲的著作被大量譯成中文，引起關注；此前周作人、胡愈之、胡先驌等都介紹過他的思想與文章（詳見劉岸偉：《小泉八雲與近代中國》，《二十一世紀》，2003年10月號）。由於多年的亞洲經驗和強烈的日本認同，小泉八雲的言論已經不能簡單地被看成一個西方人「在外面」的宣論，更何況他自己也出生於弱小民族和殖民地。

[12] 小泉八雲著、杜衡譯：《文學和政見》，《新文藝》第2期，1929年10月。本節中關於小泉八雲觀點的引錄，均出自此文。

了」；但與此同時，要捍衛自身獨特的稟賦不致於被刪刈——
「但是它們也說明了一些關於俄羅斯人，俄羅斯群眾底特殊的又
很偉大的美德的情形——他們底無限的忍耐性，他們底勇氣，他
們底忠實，他們底偉大的信仰心」。「同種的人民」的資格的獲
得，與「特殊的又很偉大的美德」的保有——這正是追求在尊重
差異基礎上的平等參與，而這一過程由文學、由「俄羅斯大作家
底法文，德文，和英文翻譯」奠定基礎——「一切的偏見卻是為
了不瞭解；不瞭解最好是用對於更高尚的情緒的控訴來消滅。而
更高尚的情緒最好是用純文學來引起」。文化不是被後來「附
加」到民族身上去的；相反，正是文化、文學想像確定了民族與
民族認同這些概念本身的涵義。文學想像通過抽繹、展示民族性
格（「特殊的又很偉大的美德情形——他們底無限的忍耐性，他
們底勇氣，他們底忠實，他們底偉大的信仰心」）等方式來建立
共同體的存在。在本尼迪克特・安德森看來，對民族共同體的想
像是一個集體的文化運作，它通過對成員及外人的表徵來創造一
個民族，而小說與報紙為這樣的運作過程提供了技術手段。既是
向內的組織，也是向外的昭示。正是在這個意義上，「純文學」
具備了「對於他底國家的貢獻」；尤其對於長期被排斥在世界公
民之外的民族、現代國家之外的國家來說，這更是「一種政治的
必需」。小泉八雲的這篇文章是面向日本民眾的，而杜衡翻譯
《文學和政見》這篇文章，顯然有本民族自身的現實針對性，即
如朱湘所說：「西方人把我們看作什麼？一個落伍，甚至野蠻的
民族！」身處日本的有識之士對於如何「在外面被瞭解」是這樣
的焦灼，更何況被視為日本人之「映射」的中國民眾呢（「我們
在此都被視為日本人！」）？套用小泉八雲的話說，當下之亟
是：「由中國文學家來辦，由中國人來想，由中國人來寫」。

　　杜衡所譯介的這一設想，的確在他們這群人中得到了踐行。1932年10月至1935年春，在赴法留學期間，戴望舒與後來的法國著名左翼漢學家艾登伯合作，翻譯了茅盾、丁玲、張天翼等人的作品。當時施蟄存在與戴望舒的通信中，也對翻譯工作詳加商討：「我的小說，我以為你可以譯《夜叉》，《梅雨之夕》，《殘秋的下弦月》，《石秀》，《魔道》，《妻之生辰》，《獅子座流星雨》，《霧》，《港內小景》這幾篇，其餘你所選的如《旅舍》等均不必譯，太幼稚了。評傳不必寫，我想你譯好之後找一個法國人做一篇序也好。你的詩集譯好了沒有？Jammes序做了沒有？如做了，乞譯好寄來發表在《文學感覺》月刊中。」更加值得一提的是，施蟄存鄭重提請身在海外的戴望舒將雜誌送到巴黎圖書館：「上星期寄出《東方》二冊《現代》一冊，下星期擬寄《現代》二卷一二三期各五冊，請代分送。最要緊的是巴黎圖書館……」[13]直到1939年8月，「文協」總會授權戴望舒出任經理編輯（葉君健任主編、馮亦代任經理，採用外國雜誌管理模式），在香港創辦《中國作家》雜誌，這是中國第一份直接用外語向世界介紹中國文學的刊物……上述種種，正可以視作尋求「在外面被瞭解」的種種努力。所以，當艾登伯在致戴望舒信中說「有賴於中國人像張天翼，像丁玲，像您，中國會被我們所敬愛、所瞭解的」[14]時候，戴望舒一定倍感欣慰，因為這番熱情洋溢的肯定中蘊含了他們的追求價值——「中國會被我們所敬愛、所瞭解的」。

　　薩義德通過《東方學》提出的警示是：在西方看來，東方不是思想與行動的自由主體，而是一個被剝奪了話語權的「他

---

[13]　施蟄存致戴望舒信，《現代作家書簡》第74、75、83頁，孔另境編，花城出版社1982年2月。

[14]　參見《艾登伯致戴望舒信札》，《新文學史料》1982年第2期。

者」，它不能自己表達，只能依靠西方「代言」。東方並不是一個自然地理方面存在的「客觀事實」，而是歐洲的「發明」和「建構」。西方世界的殖民權力不僅立基在經濟和政治統治之上，同時也仰仗於它自身關於東方以及其他殖民地的文化－知識生產，而如果我們缺乏了面向西方說出自己，以求「在外面被瞭解」的能力，那麼在上述與殖民統治勾結一體的文化－知識生產面前，我們將無所作為，最終的結果就是魯迅所憂心的「沒有聲音的民族」與「無聲的中國」。在早於《東方學》出版近半個世紀而被杜衡譯成中文的《文學和政見》中，小泉八雲注目於一種與東方主義針鋒相對的生產方式，它不依賴武力征服和經濟滲透，而以文學這樣「一種單純的力」來完成。再往前推40餘年，陳季同已然孤明先發般闡明了同樣見解，通過「雙向翻譯」來參與「世界文學」，以消除隔膜與成見。接續著這樣的脈絡，戴望舒翻譯種種最具代表性的中國作家的著作，施蟄存督促將中國的文學雜誌分送國外重要的圖書館……這些實踐儘管微弱，但已經不是在單一的文化框架內以「引入」的方式進行運作，它點點滴滴地彙入針對東方主義式的文化－知識生產的抵抗中。長久以來我們都將以施蟄存為代表的這一群體現代主義色彩濃厚的文學製作，以及他們主持的從《無軌列車》、《新文藝》直至《現代》雜誌的這一系列編輯活動，理解為對西方思潮的橫向移植，這誠然不錯；但是在這之外，我們必須看到他們在「無聲的中國」中表達自己，尋求「在外面被瞭解」的種種嘗試與努力。這是在那些光怪陸離的新感覺派小說和現代派詩歌之外的、另一種現代意識；這是一種兼顧「引入」與「輸出」的雙向的現代主義。魯迅曾經在一番比較後褒揚小泉八雲：「在中國的外人，譯經書，子書的是有的，但很少有認真地將現在的文化生活──無論高低，

總還是文化生活——紹介給世界。有些學者，還要在載籍裡竭力尋出食人風俗的證據來。這一層，日本比中國幸福得多了，他們常有外客將日本的好的東西宣揚出去，一面又將外國的好的東西，循循善誘地輸運進來。在英文學方面，小泉八雲便是其一，他的講義，是多麼簡要清楚，為學生們設想。」[15]一面「將外國的好的東西，循循善誘地輸運進來」，同時又將「自身好的東西宣揚出去」——這正是雙向的現代意識的精義。

先於杜衡翻譯小泉八雲那篇文章兩年，魯迅在著名的講演中大聲疾呼：

> 青年們先可以將中國變成一個有聲的中國。大膽地說話，勇敢地進行，忘掉了一切利害，推開了古人，將自己的真心的話發表出來。……只有真的聲音，才能感動中國的人和世界的人；必須有了真的聲音，才能和世界的人同在世界上生活。[16]

這段話，既針對「鐵屋子」般死寂的國內現實，也面向正在形成中的要「和世界的人同在世界上生活」的全球化情境。這一情境不僅指中國與西方的關係，而且針對在殖民主義構造的世界體系中，中國與其他被殖民國家共同的命運，所以魯迅追問：「我們試想現在沒有聲音的民族是那幾種民族。我們可聽到埃及人的聲音？可聽到安南，朝鮮的聲音？印度除了泰戈爾，別的聲音可還有？」還是在《現代》雜誌中，我們可以發現《現代愛沙尼亞文藝鳥瞰》（2卷6期）、《朝鮮文藝運動小史》（3卷5期），這一

---

[15] 魯迅：《〈奔流〉編校後記》，《魯迅全集》（7）第186頁。

[16] 魯迅：《無聲的中國》，《魯迅全集》（4）第15頁。

道對弱小民族文化傾心關注的目光，自然與前文述及的在「無聲的中國」中表達自己，尋求「在外面被瞭解」的種種嘗試與努力相聯繫。施蟄存等人的倡言與實踐，超越語言翻譯與文學製作的層面，而成為一種政治話語（儘管這一群人素來給人的印象是躲避政治的自由主義者，甚至「第三種人」），它勾連著不斷擴張的全球化語境以及在這一語境下的現代民族國家的文化和身份認同。「無聲的焦慮」凸現了中國自晚清以來所遭逢的最大困厄：如何在「被現代化」的過程中，既向西方學習，又能抵抗住西方而建立現代主體；如何既進入全球化格局成為世界公民，而又保有本民族文化血脈的特質。也正是在這樣的困境以及突破這種困境的嘗試中，向來被視為對立的雙方——魯迅與以施蟄存為代表的這一群體，表現出深刻的一致：他們都在追尋、塑造有能力發出「真的聲音」，有能力自我言說以求得「在外面被瞭解」的現代民族主體與文化主體。借魯迅的話來總結：「現今想要參與世界上的事業的中國人」，一面「將外國的好的東西，循循善誘地輸運進來」，同時又將「自身好的東西宣揚出去」[17]，「內外兩面，都和世界的時代思潮合流，而又並未梏亡中國的民族性」[18]——這正是「雙向翻譯」及其背後支撐著的現代意識的精義所在。

李歐梵先生在討論《現代》雜誌時指出：在1930年代的上海，現代主義通過大量西方作家、作品的被翻譯、被閱讀而進入到中國作家自身的寫作中去，這是一個用「文本置換」進入「現代」的過程[19]。——這個論述當然不錯，但是我們不要忽略了其

---

[17] 魯迅：《〈奔流〉編校後記》，《魯迅全集》（7）第186頁。
[18] 魯迅：《當陶元慶君的繪畫展覽時》，《魯迅全集》（3）第574頁。
[19] 參見李歐梵：《文本置換：書刊裡發現的文學現代主義》，《上海摩

他方面，那種經由現實困境的砥礪而生發的現代意識，比如施蟄存等人向西方世界宣揚中國「現在的文化生活」的嘗試，對民族文化本位建設的呵護，以及在「無聲的中國」中塑造現代主體的種種努力。以施蟄存為代表的1930年代上海的現代主義文學實踐，往往被理解為一次單向的「文化旅行」，即從西方（多數情況下經由日本）抵達中國，而這恰恰也是文化和政治帝國主義的旅行軌跡。本文並非否認這一結論，而只是想豐富我們對「文化旅行」的理解的可能性。

2005年11月初稿

2013年8月二稿

登》「第四章」。

「昔之殊途者同歸」：
重識《莊子》、《文選》之爭

一、施、魯交往以及論爭始末的一般勾勒

1933年施蟄存與魯迅因《莊子》、《文選》交惡一事，當年鼎沸盈天，至今亦廣播人口。但施、魯曾有多年相攜合作、友好交往的經歷，卻往往不得彰明。

1927年「四‧一二」事變後，施蟄存離開震旦大學回到松江。其好友戴望舒、杜衡回杭州。不久因杭州形勢也吃緊，戴、杜潛至松江隱匿在施家。三人閉門不出，譯書寫作，將內心焦慮轉化成工作的勤勉。又將施家小樓稱作「文學工廠」，意思是甘願像勞工一樣為文學服苦役。不久，馮雪峰也來到松江，共同創辦左翼色彩濃厚的同人小刊物《文學工廠》。後來，施等人回到上海，辦起了水沫書店和《無軌列車》等刊物。1929年，美國、法國、日本都出版了好幾種介紹蘇聯文藝理論的書。當時，日本文藝界把蘇聯文學稱為「新興文學」，把馬克思主義文藝理論稱為「新興文學論」。施蟄存和戴望舒、蘇汶買到了一些英法文本，馮雪峰從內山書店買到了日文本，於是引發了翻譯介紹這些「新興」文藝理論的興趣。馮雪峰建議幾人分工翻譯，由水沫書店出版一套《新興文學論叢書》。並且說，「魯迅先生也高興參加翻譯」，「我們考慮了一下，認為系統地介紹蘇聯文藝理論是一件迫切需要的工作，我們要發展無產階級革命文學，必須先從

理論上打好基礎。但是我們希望，如果辦這個叢書，最好請魯迅先生來領導。雪峰答應把我們的意見轉達給魯迅。醞釀了十來天，雪峰來說：魯迅同意了，他樂於積極參加這個出版計畫。不過他只能作事實上的主編者，不能對外宣佈。」[20]在魯迅的指導下，擬定了12種叢書，列為《科學的藝術論叢書》，「魯迅擔任了四本，可見他是積極支援我們的」。

其中魯迅翻譯盧那卡爾斯基的《文藝與批評》是第5種，排印的時候，魯迅要求加入一張盧氏的畫像。施蟄存找來一張單色銅版像，魯迅不滿意。自己送來一張彩色版的，叮囑要做三色銅版。施蟄存印出樣子，送去給魯迅看，還是不滿意，要求重做。施蟄存後來回憶：「當時上海一般的製版所，對於做三色銅版的技術還不夠高明。這副三色版印出來的樣頁，確是不如原樣。但魯迅送來的這一張原樣，不是國內的印刷品。因此，我們覺得很困難。送到新聞報館製版部去做了一副，印出來也還是不符合魯迅的要求。最後是送到日本人開的蘆澤印刷所去製版，才獲得魯迅首肯。今天如果還有人收藏魯迅這本《文藝與批評》，請欣賞一下這一張插圖畫像，這是當年上海所能做出來的最好的三色版。」圍繞著《科學的藝術論叢書》的一系列工作，應該是施、魯交往的開始，很能見出彼此的友好與尊重。

1932年11月23日至28日，魯迅回北京省親，在北京各大學作了演講，這就是著名的「北平五講」。施蟄存想方設法在12月中旬，託北京的朋友弄到有關這次演講的兩張照片和一方剪報。照片分別是魯迅在女師大操場和師大操場的演講，剪報是一段登載

---

[20] 施蟄存：《關於魯迅的一些回憶》，《沙上的腳跡》第110、111頁，遼寧教育出版社1995年3月。以下本節中施蟄存回憶同魯迅的交往，除另標明外，均出自此文，不再一一注出。

在當時《世界日報》上的《幫忙文學與幫閒文學》。施蟄存得到以後，「非常高興，肯定他們是新文學史上的重要史料和文物，當時還未見別的刊物發表」。於是一併編入1933年2月出版的第2卷第4期《現代》雜誌，作為《文藝畫報》的首頁，三件占一頁，還特意另外撰寫了一篇報導。施蟄存的細心為中國現代文學史留下了珍貴史料。

查1933年2月7日魯迅的日記：「下午雨。柔石於前年是夜遇害，作文以為紀念。」這就是名篇《為了忘卻的紀念》的誕生。柔石、殷夫、胡也頻等五位青年作家被害之後，魯迅曾在憤怒和悲痛的情緒中寫下《中國無產階級革命文學和前驅的血》，發表在當年4月出版的《前哨》月刊《紀念戰死者專號》上。在那篇文章裡，魯迅控訴了「敵人的卑劣的兇暴」，但沒有提起五位青年作家的姓名，而且僅署了筆名L‧S。然而憤怒與哀悼在魯迅心中始終不能消釋。勉強壓抑了兩年，終於在二周年紀念日又爆發。這就是魯迅自己說的：「我在悲憤中沉靜下去了，不料積習又從沉靜中抬起頭來，寫下了以上那些字。」在這篇文章裡，魯迅說出了五位被害青年的姓名，被害的地點和年、月、日，以及他們被迫害的情況。這些都是先前報刊上從來沒有公然透露的。文章寫好後，在另外兩個雜誌的編輯部裡擱了好幾天，都不敢用，最後轉到施蟄存手裡。當時形勢緊張，施蟄存考慮了兩三天，決定發表，「捨不得魯迅這篇異乎尋常的傑作被扼殺，或被別的刊物取得發表的榮譽」。文章編在《現代》第2卷第6期的第一篇，為配合這篇文章，施蟄存還特意向魯迅要來了一幀柔石的照片，一張柔石的手跡，又配上了一幅珂勒惠支的木刻畫《犧牲》，真可謂盡心竭力。五十餘年後的1989年，胡喬木訪晤施蟄存時，提及：「那個時候在您的刊物上發表魯迅先生的那篇文

章比在黨的刊物上發表它作用要大得多，您立了一功！」[21]此處「魯迅先生的那篇文章」即指《為了忘卻的紀念》。

　　1933年9月，施蟄存應《大晚報》副刊《火炬》編者崔萬秋的邀請，在他寄來的開列推薦書目的表格上，填下了《莊子》、《文選》兩部書，而魯迅在10月6日的《申報‧自由談》上以「豐之餘」為筆名發表《重三感舊》，將施蟄存的舉動同當時的復古逆流聯繫起來：「然而現在是別一種現象了。有些新青年，境遇正和『老新黨』相反，八股毒是絲毫沒有染過的，出身又是學校，也並非國學的專家，但是，學起篆字來了，填起詞來了，勸人看《莊子》《文選》了，信封也有自刻的印板了，新詩也寫成方塊了，除掉做新詩的嗜好之外，簡直就如光緒初年的雅人一樣，所不同者，缺少辮子和有時穿穿洋服而已。」[22]施蟄存則陸續發表《〈莊子〉與〈文選〉》、《推薦者的立場》、《致黎烈文先生書》以及《突圍》，來表明自己的立場：「近數年來，我的生活，從國文教師轉到編雜誌，與青年人的文章接觸的機會實在太多了。我總感覺到這些青年人的文章太拙直，字彙太小，所以在大晚報編輯寄來的狹狹的行格裡推薦了這兩部書。我以為從這兩部書中可以參悟一點做文章的方法，同時也可以擴大一點字彙（雖然其中有許多字是已死了的）。但是我當然並不希望青年

21　郭豫適：《胡喬木同志訪晤施蟄存先生記》，《文藝理論研究》1994年第1期。

22　魯迅：《重三感舊》，《魯迅全集》（5）第342、343頁，人民文學出版社2005年11月。以下魯迅與施蟄存圍繞《莊子》、《文選》的論爭，魯迅的文字有《重三感舊》、《感舊以後（上）》、《感舊以後（下）》、《撲空》、《答「兼示」》、《〈撲空〉正誤》；施蟄存的則有《〈莊子〉與〈文選〉》、《推薦者的立場》、《致黎烈文先生書》以及《突圍》，均出自《魯迅全集》（5）（及「備考」所錄），除另外注明，不再一一標示，僅在文中括弧內說明。

人都去做《莊子》、《文選》一類的『古文』。」（《〈莊子〉與〈文選〉》）而魯迅也接連發表《感舊以後（上）》、《感舊以後（下）》、《撲空》、《答兼示》等文章進一步加以批駁。一時硝煙頻起。

「說話難，不說亦不易。弄筆的人們，總要寫文章，一寫文章，就難免惹災禍」（《感舊以後（下）》），公共領域內針砭時弊的論爭，往往免不了夾雜針對個人的意氣之爭，甚至上升到無謂的人身攻擊，儘管施、魯之爭中經常會看到「不是為他而發」之類的申明。比如，在對魯迅的反駁中，施蟄存提到「新文學家中，也有玩木刻，考究版本，收羅藏書票，以駢體文為白話書信作序，甚至寫字臺上陳列了小擺設的，照豐先生的意見說來，難道他們是『要以「今雅」立足於天地之間』嗎？我想他們也未必有此企圖」（《〈莊子〉與〈文選〉》），「玩木刻」諸語，明顯是針對魯迅的。在知道「豐之餘」為魯迅筆名的情況下，施蟄存又說：「豐之餘先生畢竟是老當益壯，足為青年人的領導者。至於我呢，雖然不敢自認為遺少，但的確已消失了少年的活力，在這萬象皆秋的環境中，即使豐之餘先生那樣的新精神，亦已不夠振拔我的中年之感了。所以，我想借貴報一角篇幅，將我在九月二十九日貴報上發表的推薦給青年的書目改一下：我想把《莊子》與《文選》改為魯迅先生的《華蓋集》正續編及《偽自由書》。我想，魯迅先生為當代『文壇老將』，他的著作裡是有著很廣大的活字彙的，而且據豐之餘先生告訴我，魯迅先生文章裡的確也有一些從《莊子》與《文選》裡出來的字眼，譬如『之乎者也』之類。這樣，我想對於青年人的效果也是一樣的。本來我還想推薦一二部豐之餘先生的著作，可惜坊間只有豐子愷先生的書，而沒有豐之餘先生的書，說不定他

是像魯迅先生印珂羅版木刻圖一樣的是私人精印本，屬於罕見書之列，我很慚愧我的孤陋寡聞，未能推薦矣。」（《推薦者的立場》）魯迅回擊這是「語無倫次」：「好像是說：我之反對推薦《莊子》與《文選》，是因為恨他沒有推薦我的書，然而我又並無書，然而恨他不推薦，可笑之至矣」，並且順戈一擊，給施蟄存戴上「洋場惡少」的帽子：「他只有無端的誣賴，自己的猜測，撒嬌，裝傻。幾部古書的名目一撕下，『遺少』的肢節也就跟著渺渺茫茫，到底是現出本相：明明白白的變了『洋場惡少』了。」（《撲空》）施蟄存憤憤不平，毫不示弱：「我呢，套一句現成詩：『十年一覺文壇夢，贏得洋場惡少名』，原是無足重輕，但對於豐先生，我想該是會得後悔的。今天讀到《〈撲空〉正誤》，則又覺得豐先生所謂『無端的誣賴，自己的猜測，撒嬌，裝傻』，又正好留著給自己『寫照』了。」（《突圍》）

正因為其中不時顯現意氣之爭，雙方都是怨憤難平，所以曲解、誤會由之而來。在1933年11月5日致姚克的信中，魯迅說：「我看施君也未必認真研究過《文選》，不過以此取悅當道……此君蓋出自商家，偶見古書，遂視為奇寶，正如暴發戶之偏愛擺士人架子一樣。」[23]施蟄存推薦《莊子》、《文選》事出有因，而且為補青年行文貧乏本是好意，談不上「取悅當道」，至於「此君蓋出自商家」云云，倒是近於魯迅自己諷刺過的調查對手「籍貫、出身」等再加以影射的「摩登文例」。

這封信中魯迅還懷疑施蟄存向國民黨獻策：

---

[23] 魯迅致姚克信（1933年11月5日），《魯迅全集》（12）第477頁。

前幾天，這裡的官和出版家及書店編輯，開了一個宴會，先由官訓示應該不出反動書籍，次由施蟄存說出仿檢查新聞例，先檢雜誌稿，次又由趙景深補足可仿日本例，加以刪改，或用××代之。他們也知道禁絕左傾刊物，書店只好關門，所以左翼作家的東西，還是要出的，而拔去其骨格，但以漁利。有些官原是書店股東，所以設了這圈套，這方法我看是要實行的，則此後出版物之情形可以推見。大約施、趙諸君，此外還要聯合所謂第三種人，發表一種反對檢查出版物的宣言，這是欺騙讀者，以掩其獻策的秘密的。

施蟄存涉身的這一「獻策事件」，牽扯到臭名昭著的國民黨圖書雜誌審查委員會，這其實是《莊子》、《文選》公開論爭的背後，魯迅對施蟄存不滿、疏遠的重要原因，再加上之後好友穆時英加入圖書雜誌審查委員會，似乎從側面坐實了施蟄存與審查委員會脫不了干係，所以施自己也明白：「魯迅對『第三種人』的態度，後來才有了改變。大概是由於《莊子》和《文選》的事，由於他懷疑我向國民黨獻策，最後是由於穆時英當了圖書雜誌審查委員，他認為這些都是『第三種人』倒向了反動派，『露出了本相』，從此便對『第三種人』深惡而痛絕之。」[24]；而對於施蟄存來說，這一「獻策」的惡名也讓他深感委屈乃至耿耿於懷。有鑒於此，我們必須對所謂「獻策事件」交待一二。關於圖書雜誌審查委員會的產生與消亡，倪墨炎先生曾有過周徹考訂，其中一段提到：

---

[24] 施蟄存：《〈現代〉雜憶》，《沙上的腳跡》第33頁。

中國國民黨中央宣傳委員會在1934年2月電令上海市黨部
查禁149種圖書，涉及26家出版單位。2月25日，上海出版
界以中國著作人出版人聯合會出面，派出代表向市黨部請
願，並呈文「請求重新審查，分別從輕處理，以蘇商困
而維文化」。國民黨上海市黨部常務委員童行白接見了代
表，接受了呈文，要求出版業提出對149種禁書具體處理
辦法。上海出版業為此必須進一步商議對策。魯迅在《且
介亭雜文二集・後記》中提到的「黨官、店主和他的編
輯」開了一個會，大約就在這時。[25]

魯迅在《且介亭雜文二集・後記》中的相關記載如下：

> 不知道何月何日，黨官，店主和他的編輯，開了一個會
> 議，討論善後的方法。著重的是在新的書籍雜誌出版，要
> 怎樣才可以免於禁止。聽說這時就有一位雜誌編輯先生某
> 甲，獻議先將原稿送給官廳，待到經過檢查，得了許可，
> 這才付印。文字固然絕不會「反動」了，而店主的血本也
> 得保全，真所謂公私兼利。別的編輯們好像也無人反對，
> 這提議完全通過了。[26]

魯迅這篇「後記」作於1935年，所以倪墨炎先生將「黨官，店
主和他的編輯」出席的這一會議作為1934年2月查禁149種圖書之
後，各方商討的反應，推定「大約就在這時」。這可能是倪先生

---

[25] 倪墨炎：《圖書雜誌審查委員會從產生到消亡》，《現代文壇災禍錄》
第214頁，上海書店出版社1996年12月。

[26] 魯迅：《且介亭雜文二集・後記》，《魯迅全集》（6）第475頁。

考訂上的一個疏忽。就在上文提到魯迅致姚克的書信中，已經提到了這次會議，且因是私人間通信，魯迅未用「某甲」替代而直接點出了施蟄存的名字，而這封信寫於1933年11月5日，所以這次會議不會是1934年而很可能是1933年11月初的事，而茅盾在回憶中也說：1933年，「十一月初，我們就料到國民黨要檢查圖書雜誌了。那時國民黨上海市黨部宣傳部招集各出版商和雜誌主編開了一次會，提出今後不准出版和發表『反動』書刊和文章。會上，《現代》的主編施蟄存表示：我們做編輯的不懂政治，文章可登不可登還是由你們來審定。後來就盛傳圖書檢查勢在必行。」[27]。

　　雖然倪先生在時間考訂上有所疏漏，但他對前後背景的交待仍然是確當而值得參考的。還是回到1934年，在國民黨上海市黨部常務委員童行白接受了呈文，並要求出版業提出對禁書具體處理辦法之後，經同業商量，上海書商送上了第二個呈文，提出7條辦法，要求對禁書進行複審，根據不同情況分檔處理，其中第7條提出：「以後出版書籍，除一律遵照出版法於出版後呈送內政部外，如商店等認為出版後或許發生問題者，得將原稿呈請中央黨部或各級黨部指定之審查委員或審查機關先行審查，俟奉准許後再為印行，並將准許證刊入書中」。[28]國民黨中央執行委員會常務會議特地為此進行討論，決定成立審查委員會，機構全稱為中國國民黨中央宣傳委員會圖書雜誌審查委員會，1934年4月5日第4屆中央執行委員會第115次常務會議通過了該審查委員會的「組織規程」，其中提出「本會成立後，由中央宣傳委員會通告各出版機關，將出版書刊稿件送本會審查」，「本會每週經審

---

[27]　茅盾：《一九三四年的文化「圍剿」和「反圍剿」》，《新文學史料》1982年第4期。

[28]　詳可參見倪墨炎：《圖書雜誌審查委員會從產生到消亡》。

稿件之審查意見，呈報中央宣傳委員會備案，如認為有疑異之稿件，應將原件及審查意見隨時送核」，「圖書雜誌出版後，如發現與審查原稿不符時，由本會呈請中央宣傳委員會轉內政部予以處分」等等，並規定「審查之範圍為文藝及社會科學」、「先在上海試辦」[29]。1934年5月，圖書雜誌審查委員會在上海成立[30]，國民黨中央宣傳委員會聘定李松風、潘公展、吳醒亞、吳開先、丁默邨、孫德中、胡天冊、項德言、方治等9人為圖書雜誌審查委員會委員，潘公展、李松風、方治為常務委員，項德言兼任秘書。6月1日，國民黨中宣會頒佈《圖書雜誌審查辦法》，其中提出：「凡在中華民國國境內之書局、社團或著作人新出版之圖書雜誌，應於付印前依據本辦法，將稿本呈送中央宣傳委員會圖書雜誌審查委員會，申請審查」，「凡未經准予免審之圖書、雜誌，不將稿本申請審查者，應依照出版法施行細則第十一條之規定予以處分」[31]等等。

---

[29] 參見：《國民黨中央圖書雜誌審查委員會組織規程》，《中華民國史檔案資料彙編》第五輯第一編「文化」（一）第4、5頁，江蘇古籍出版社1994年。

[30] 據李瑞良在《中國出版編年史》中記錄：「1934年5月，國民黨中央宣傳委員會在上海設立圖書雜誌審查委員會。」見李瑞良：《中國出版編年史》（下卷）第860頁，福建人民出版社2004年5月。而倪文中則以為審查委員會「於6月1日開張工作」、「正式在上海粉墨登場」。審查委員會的籌備等工作應該在5月份開始著手，趙家璧在回憶中記錄著：「審查會於一九三四年五月正式成立前，早已規定原稿送審制。」見趙家璧：《話說〈中國新文學大系〉》，《編輯憶舊》第190頁，三聯書店1984年8月。另外，1934年5月30日《中央日報》上有以《圖書雜誌審委會聘定委員9人不日成立 已在中央舉行首次會議》為題的報導，其中提到：「該會已於本月26日在中央黨部第二會議廳，舉行第一次會議。」

[31] 參見《國民黨中宣部修正圖書雜誌審查辦法》，《中國出版史料》「現代部分」第一卷（下冊）第580、581頁，宋原放主編，湖北教育出版社、山東教育出版社2001年4月。

此前國民黨當局對圖書是實行「事後審查」，現在改為出版前送審，前後經過如上所述，先是上海書商向國民黨上海市黨部的呈文中提出「將原稿呈請中央黨部或各級黨部指定之審查委員或審查機關先行審查，俟奉准許後再為印行」，再是國民黨中央執行委員會常務會議通過《國民黨中央圖書雜誌審查委員會組織規程》規定「將出版書刊稿件送本會審查」，直到國民黨中宣會頒佈《圖書雜誌審查辦法》：「應於付印前依據本辦法，將稿本呈送中央宣傳委員會圖書雜誌審查委員會，申請審查」，凡此種種，往前推，似乎都是1933年11月初施蟄存「獻策」的後果。而對於當時的會議情形，施蟄存解釋如下：

> 說我是獻策的，其實我的目的不是針對左翼文藝，而是為了我們的雜誌。那次會上，先是一些國民黨的人談，其次是出版商人談。談了之後，潘公展第一個點名要我談，我提出，我們編輯，只管看文章，不懂政治，把握不準，只有將文章送給你們看，可登就登，不可登就算。後來有人接著談，就提出了仿效日本的打×法。因此，魯迅對我很有意見，說我向國民黨獻策，迫害左翼文藝。[32]

平心而論，這一出版前送審的具體辦法，對於國民黨而言是加大力度查禁「反動書籍」，對於各書商、編輯則能保全「血本」，這是一個「商討」的結果，施蟄存「為了我們的雜誌」所言不虛，也是一片苦心。魯迅也說過「即使沒有某甲先生的獻策，檢

---

[32] 見《施蟄存談〈現代〉雜誌及其他》，《魯迅研究資料》（9）第232頁，北京魯迅博物館魯迅研究室編，天津人民出版社1982年1月。

查書報是總要實行的，不過用了別一種緣由來開始」[33]，所以這是國民黨當局密織文網、加強文化統治的必然結果，推施蟄存「獻策」（況且這一詞語實在感情色彩鮮明，與施蟄存一貫的為人、品行不合）為始作俑，未必公允。

1934年7月17日，魯迅又在致徐懋庸的信中指責施蟄存「握有編輯兩種雜誌之權，幾曾反對過封建文化」[34]，顯然是不實之詞，可見積怨之深。及至論爭偃旗息鼓，雙方在以後的文章中，偶或還有旁敲側擊，借機諷刺。比如1935、1936年圍繞雜文的價值以及施蟄存主編「珍本叢書」等衝突。

隨著施蟄存與魯迅積怨加深，波及第三者的事情也有發生。比如沈從文，他與施蟄存保持了深厚而長久的友誼。1933年11月，上海市公安局會同捕房人員到現代書店搜查，將巴金《萌芽》一書紙版全部繳去，次年2月公佈禁令。上海文化出版界一度傳言此事與施蟄存有關，而沈從文在1933年12月15日致施蟄存的信中，寬慰後者道：「關於《萌芽》被禁事，巴金兄並無如何不快處。此間熟人據弟所常晤面者言之，亦並無誤會兄與杜衡兄等事……上海方面大約因為習氣所在，故無中生有之消息乃特多，一時集中於兄，不妨處之以靜，持之以和，時間稍久，即無事矣……即一時之間，難為另一方面友好所諒解，亦不妨且默然緘口，時間略長，以事實來作說明，則委曲求全之苦衷，固終必不至於永無人知也。」沈從文又提到一時甚囂塵上的《莊子》、《文選》之爭，勸慰施蟄存：「關於與魯迅先生爭辯事，弟以為兄可以不必再作文道及，因一再答辯，固無濟於事實得失也。兄意《文選》《莊子》宜讀，人云二書特不宜讀，

33　魯迅：《且介亭雜文二集·後記》，《魯迅全集》（6）第476頁。

34　魯迅致徐懋庸信（1934年7月17日），《魯迅全集》（13）第180頁。

是既持論相左，則任之持論相左可，何必使主張在無味爭辯中獲勝。」[35]

　　當時，國民黨正加緊「文化圍剿」。1934年2月19日，國民黨上海市黨部奉中央黨部之命，查禁了149種書籍，其中大多數是左翼作家著作。2月28日，沈從文寫下《禁書問題》，對國民黨當局對於「作家的迫害及文學書籍的檢查與禁止」提出嚴正批判：「對於由事實上說來毫無什麼壞影響的文學書籍，在難於索解的情形下，忽然皆被禁止出售，且同時關於書店紙版與剩餘書籍，也無不加以沒收，這行為我覺得真很希奇。這不過分了嗎？對於這些書籍的處置，真有『非如此處置不可』的理由嗎？我極希望當局有一點比『跡近反動』的措詞更多一些的說明，免得使後人在歷史上多有一件十分含混的記載，免得為人把這件事與兩千年前的焚書坑儒並為一談。」[36]文章出來以後遭到國民黨控制的刊物攻擊。上海《社會新聞》（6卷27、28期連載）認定沈從文「站在反革命的立場」，提倡普羅文學。在當時，這是致人於死命的「罪狀」，故而施蟄存在《文藝風景》創刊號上著文《書籍禁止與思想左傾》為好友辯護：「沈從文先生正如我一樣地引焚書坑儒為喻，原意也不過希望政府方面要以史實為殷鑒，出之審慎……他並非不瞭解政府的禁止左傾書籍之不得已，然而他還希望政府能有比這更妥當，更有效果的辦法……」。不料這一辯護引來魯迅的批駁，以杜得機署名發表《隔膜》一文，援引古代史實，說明「進言者方自以為在盡忠，而其實卻犯了罪，因為另

---

[35]　沈從文致施蟄存信（1933年12月15日），《現代作家書簡》第40、41頁，孔另境編，花城出版社1982年2月。

[36]　沈從文：《禁書問題》，《沈從文全集》（17）第62頁，北嶽文藝出版社2002年11月。

有准其講這樣的話的人在，不是誰都可說的。一亂說，便是『越
俎代謀』，當然『罪有應得』。倘自以為是『忠而獲咎』，那不
過是自己的糊塗」，文末一段點明文章的現實針對性：「施蟄存
先生在《文藝風景》創刊號裡，很為『忠而獲咎』者不平，就因
為還不免有些『隔膜』的緣故。這是《顏氏家訓》或《莊子》
《文選》裡所沒有的。」[37]在魯迅看來，沈從文對「作家的迫害
及文學書籍的檢查與禁止」的批評是「越俎代謀」，而施蟄存自
以為替「忠而獲咎」者鳴不平，未免「隔膜」，「不過是自己的
糊塗」。魯迅在這裡的譏刺略顯過頭，根源可能倒和施蟄存的交
惡有關，尤其最後那一句「這是《顏氏家訓》或《莊子》《文
選》裡所沒有的」。

我們回到《莊子》、《文選》之爭，論爭發端於《申報・自
由談》，參與者除魯迅外，還有茅盾、陳子展、洛夫、高植、周
木齋諸人，等到曹聚仁參與進來，又在他辦的《濤聲》雜誌上開
闢戰場。一時間轟轟烈烈，雙方都動了火氣。然而疾風暴雨實際
上也只持續了兩個月。

施蟄存受批判的理由似乎是很充分的。新文學發難者選擇語
言作為文學變革與思想革新的突破口，邏輯大致是以為文言使國
人的思想束縛在舊的感知模式中，那麼，要與現實世界建立嶄新
的聯繫，必須否棄舊的文言。施蟄存勸讀古書，多少是「開倒
車」。而左翼文化界當時正在討論大眾語問題，工農階級的口語
功能日漸驅逐明清以來的白話文學傳統，可施蟄存勸導青年從古
書中尋字彙，卻不從生活經驗出發，「到實際生活中去，要描寫
工廠者，進工廠去，要描寫農村者，往農村去」[38]而從時代風潮

[37] 魯迅：《隔膜》，《魯迅全集》（6）第45頁。
[38] 致立：《一點異議》，《申報・自由談》1933年10月20日。

來看，專制政府為統一思想，正在掀起尊孔讀經運動，施蟄存無意中陷入反新文化的逆流中。從當時情形來看，幾乎所有參與者都站在魯迅一邊，比如茅盾說：「若為幫助青年們參悟一點做文章的方法或擴大字彙起見，則《莊子》和《文選》實非其倫」，「我們敢說現代小說的作法絕不能在《莊子》或《文選》中參悟到十之一二」[39]。曹聚仁指責施蟄存的看法「完全是錯誤的」，「先生叫青年從《莊子》、《文選》中去擴大一點字彙怕有開倒車之嫌吧？」[40]

施蟄存以一敵眾，難怪要把自己的辯解稱作「突圍」。遺憾的是，同當時許多發源於學術的論爭一樣，這次因為開書目而引發的分歧，很快受到政治因素的干擾。當時魯迅在《「感舊」以後（上）》中反駁施蟄存道：「我也以為『新文學』和『舊文學』這中間不能有截然的分界，然而有蛻變，有比較的偏向，而且正因為不能以『何者』為分界，所以也沒有了『第三種人』的立場。」如果說這裡魯迅扯出「第三種人」還在學術討論範圍之內，那麼洛夫作為左翼理論界持有權威的人士，用二元對立的方法來判定立場，就有政治上綱之嫌了：「《莊子》與《文選》的鬥爭，現在是有客觀和主觀的戰線，要青年開倒車的，就跑到施先生那裡去，如若認為青年是跟著時代要往前邁進的，不應當向墳墓中奔跑者，即就不客氣的到反對者陣營裡來」，「第三者的立論，絕對在這個問題上是不能夠存在的」[41]。在那樣一個人心激蕩的年代，獨斷性的政治力量往往是強勢，要想心平氣和的討

---

[39] 茅盾：《文學青年如何修養》，《文學》第1卷第5號，1933年11月1日。又見《茅盾文藝雜論集》第398、400頁，上海文藝出版社1981年6月。

[40] 曹聚仁：《論莊子與文選》，轉引自劉炎生：《中國現代文學論爭史》第367頁，廣東人民出版社1999年12月。

[41] 洛夫：《咱有點疑義》，《濤聲》2卷44期。

論學術問題的確很難。正如徐中玉先生在評價施蟄存時所論：「我讀過他當年與魯迅筆戰的全部文字，深感在三十年代那時上海的盛言階級鬥爭環境中，要平心靜氣討論問題，非常之難。一旦存在觀點之異，就極易被扯進政治，不是革命就是反革命，二元截然對立，原來並不與尖銳政治相關的問題，不由得會被上綱上線，由缺乏溝通到懷疑敵對，由意氣用事到以牙還牙，類此實例很多。蟄存先生一時被誣為『反動文人』、『國民黨政府審查官員』等等毫無根據。」[42]

2003年10月19日，施老歷經百年坎坷之後安然逝去。其子施達先生在接受記者採訪時，提到：「我父親生平最為遺憾的一件事就是三十年代與魯迅先生的『交惡』。我記得在五十年代我上大學的時候，我父親和我說起過這件事。我父親一直都很敬重魯迅先生的，魯迅先生是他的前輩。當年，我父親列出書目之後，就得了黃疸病住進了醫院。因為這個病是有傳染性，所以和外界沒有聯繫。而這個時候魯迅先生的文章大都是用筆名發表的，我父親看到報紙上有人批評他，不知道是魯迅先生。加上那時候年少氣盛，便與魯迅爭辯起來。後來有人告訴他，寫文章的是魯迅先生，我父親才就此擱筆，並在出院後向魯迅賠禮道歉。」[43]這則事例補充了當時的一些背景，而且解放後，施先生參加各種魯迅的憑弔與紀念活動，從無半點不敬之詞，凡此種種皆可見出施老氣度。

但是，尊敬魯迅是一回事，對自己向以為然的學術觀點的堅持又是一回事。晚年施蟄存在接受採訪時，被問及「當初您在

---

[42] 徐中玉：《小記施蟄存先生》，《新民晚報》2003年10月17日。

[43] 羅四鴒：《學是通家，德稱達士——上海學界追思施蟄存先生》，《文學報》2003年12月4日。

《申報》『自由談』上第一次見到『豐之餘』這一筆名時，是否知道是魯迅先生？」他很明確的表態：「當然應該是知道的。現在許多研究者認為我起初可能並不知道，這是一種不符合當時事實的猜測。那個時候黎烈文主編的《申報》『自由談』副刊，魯迅先生是最出力的撰稿人，投稿最勤，儘管都用的是筆名，可是熟悉新文學文風的人嗅也嗅得出來。當時一篇署筆名的文章來了後，一看肯定是大作家的手筆，倘再仔細一讀全文，從行文字句中一般就知道是魯迅先生寫的。」[44]很明顯，當時施蟄存就知道著文批判他的是魯迅，但並不怯陣，偏要為自己爭上一份辯解的自由。1935年，當鄭振鐸將《莊子》與《顏氏家訓》列為《世界文庫‧中國之部》的書目時，施蟄存又在自己編輯的《文飯小品》第5期上發表《「不得不讀」的〈莊子〉與〈顏氏家訓〉》，為兩年前自己的委屈伸張。直到晚年，他仍然認為：「現在有的中文系畢業生到社會上去，寫出來的文章和中學生差不多，沒有文化味，為什麼？沒有語言功底，尤其沒有古漢語的根底。」這種觀點與半個世紀前推薦讀《莊子》、《文選》的想法顯然一脈相承，讀優秀古文而補青年行文貧乏的主張，施蟄存素所秉持，並無任何敷衍，「我這個人固執得很，30年代的有些觀點與90年代的觀點是一樣的。魯迅先生批判我，我也能批判他的」。不久前，樓昔勇在《施蟄存談與魯迅的關係》中提及與施蟄存的一次談話：「有人問：『魯迅不是罵你洋場惡少』？他馬上說：『那是我不好，是我自己跳出來的啊。這樣一來，魯迅先生就要教育我了。』」[45]這裡的「那是我不好」想來是針對當時

---

[44]　施蟄存：《世紀老人的話‧施蟄存卷》第69頁，沈建中採訪，遼寧教育出版社2003年6月。本段所引施蟄存的自述，除另標明外，皆出自此書。

[45]　樓昔勇：《施蟄存談與魯迅的關係》，《文彙讀書週報》2004年4月2日。

一些個人意氣之爭而發，倘說是推薦讀《莊子》、《文選》，
那我覺得施蟄存當年是據理力爭，後又向來秉持，根本沒有改
變，更加無須認錯（而且我們必須注意樓文所記那次談話的時代
背景，是「文革後期」），等到晚年接受採訪時，被問及那次
論爭，施蟄存卻來了一句：「我覺得沒有必要回憶，從來不做感
想。」這裡大有不再屑於辯解，留待時間證明的意思，六十餘年
的風風雨雨，個中況味，外人大概真的體會不了。

1956年，魯迅的靈柩從萬國公墓遷至虹口公園，瞻拜之際，施
蟄存作有《吊魯迅先生詩》，其辭殷殷，九轉迴腸。尤其「序」
中「蓋樂山樂水，識見偶殊，巨集道巨集文，志趣遂別。忽忽二
十餘年，時移世變，日倒天回，昔之殊途者同歸，百慮者一致」
的慨歎，很見心跡。往事雲煙，後人當可平心靜氣，看看六十餘
年前的爭執中，到底有多少思想背景和學術建設值得我們清理。

二、論爭所體現中國現代思想史上兩大持續言說的路向
　　和語言觀差異

施、魯之爭中大致隱伏著清季以來中國思想界兩大頗為歧異
的思路。一為「溫故知新」。晚清學術發展的趨勢，基本上是沿
著復古的取向「拾級而登」。蒙文通在1922年認識到：「中國從
前的學術，雖也時時都在變動，卻都是循著直線向前發展的。到
了王陽明以後，學問的前進，便是復古。從明末直到現在，只是
把從王陽明起直到孔子時候的學術，依次的回溯一番便了。」[46]
這樣的「復古」取向起意卻並非簡單守舊，主要目的恐怕是疏通

---

[46] 蒙文通：《經學導言》，轉引自羅志田：《國家與學術：清季民初關於
「國學」的思想論爭》第44頁，三聯書店2003年1月。

抉原，通過清理、重構學術統系而「為現實服務」。類似的思路背後聯繫著一種特殊的歷史觀──溫故知新。《駁中國用萬國新語說》中，章太炎將它作為人類與動物區別的標誌：「人類所以異鳥獸者，正以其有過去未來之念耳。若謂過去之念當令掃除，是則未來之念亦可遏絕，人生亦知此瞬間已而，何為懷千歲之憂而當營營於社會改良哉？」[47]在此，他非常強調過往對現在以及未來的重要意義，歷史不是單純的回溯往昔，而意味著一個由過去到現在向未來的動態發展過程。想要抽刀斷水，橫空造就一個「未來的黃金世界」根本不可能，因為「過去的事，看來像沒有什麼關痛癢，但是現在的情形，都是從過去漸漸變來；凡事看了現在的果，必定要求過去的因，怎麼可以置之不論呢！」[48]梁啟超同章太炎政見、學識迴異，但對「溫故知新」真義的領悟卻大致無二：「新民云者，非欲吾民盡棄其舊以從人也。新之義有二：一曰淬厲其所本有而新之；二曰採補其所本無而新之。」尤其值得注意的是，梁啟超將「真能守舊者」同「墨守故紙者流」撇清關係，「淬厲其所本有」立意乃在「新民」：「故吾所謂新民者，必非如心醉西風者流，蔑棄吾數千年之道德、學術、風俗，以求伍於他人，亦非如墨守故紙者流，謂僅抱此數千年之道德、學術、風俗，遂足以立於大地也。」[49]從清末國粹學派的言論到新文化運動後整理國故思潮的興起，隱約可見都是這一「溫故知新」的思路[50]。

---

[47] 章太炎：《駁中國用萬國新語說》，《中國現代學術經典・章太炎卷》第608頁，河北教育出版社1996年8月。

[48] 章太炎：《中國文化的根源和近代學術的發達》，《章太炎的白話文》第15、16頁，遼寧教育出版社2003年3月。

[49] 梁啟超：《新民說》第54、55頁，中州古籍出版社1998年9月。

[50] 詳見羅志田：《國家與學術：清季民初關於「國學」的思想論爭》。本

　　二曰「劈空造就」。從清末到民國到新文化運動，中國趨新人士大多有一共識，即中國傳統無力救國，甚至阻礙富強。必須棄如敝屣，一刀斬斷與過往聯繫，方可劈空造就一新世界。

　　「溫故知新」與「劈空造就」既是學術思路，同時也成為知識份子針對現實發展的一種方案的規劃、設計。二者立意均在創造新生而取法路徑迥異，再往根子裡說，就是如何對待中國的傳統文化。是將它一分為二，釐清精華、糟粕——所以可以部分吸收，溫故知新；還是看作鐵板一塊，盡數毀去——所以要整體否定，劈空自創。

　　將中國傳統兩分的觀點在清季就頗為流行，「如鄧實等人所論『國學』與『軍學』之別、伍莊所謂『君尊』與『民德』之分，以及宋恕所說的往昔中之『國粹』與『國糠』並存」，[51]及至1925年《京報副刊》徵求「青年必讀書」，魯迅答以著名的「我以為要少——或者竟不——看中國書」，被署名「袁小虛」的斥為「荒謬論調」：「絕不能因一派的學說不好，就可以推翻全中國。」這裡反駁魯迅的依據，仍然是傳統文化的兩分法。既然傳統中優劣共存，那麼取其精華、去其糟粕正是創新的憑藉之一。1944年，葉聖陶、朱自清在為《國文教學》作序時，不滿於「青年們不願意讀文言，尤其不願意讀古書」，以為它們跟「現代生活好像無甚關係似的」情況，進而提出「中國人雖然需要現代化，但總是我們中國人在現代化，得先知道自己才成；而這在現時還得借徑於文言或古書」[52]。朱自清素來主張「作文全用白

　　文關於「溫故知新」思路的探討，頗受羅先生此書啟發，特此說明並致謝。

51 羅志田：《新文化運動時期關於整理國故的思想論爭》，《國家與學術：清季民初關於「國學」的思想論爭》第219頁。

52 葉聖陶、朱自清：《國文教學·序》，《朱自清文集》（第二卷）第4

話」，但仍然覺得「文言或古書」在當時是中國現代化的借徑，這正是「溫故知新」思路的體現。

然而另一種態度，是將「現代」與「古代」根本對立起來，從而從整體上否定傳統文化。清末開始，類似「中國有何種學問適用於目前，而能救我四萬萬同胞急切之大禍」的疑問就層出不窮，到1919年，毛子水又問：「中國古代的學術思想裡面，有什麼東西是適應現在中國民族的生活的？有什麼東西能夠適應將來世界人類的生活的？」[53]這樣一種現代／古代截然對立，不能相容的思路，恰與上述「溫故知新」言論背後章太炎式的「過去未來之念」相悖反。而魯迅也經常加入到這一立足於當下生活而拒絕將傳統「創造性轉化」的持續追問中，從1918年提出「保存我們，的確是第一義。只要問他有無保存我們的力量，不管他是否國粹」[54]，到1933年以「圖富強」、「求富強之術」而貶抑「勸人看《莊子》、《文選》」（《重三感舊》）者——也正是這篇文章引發了施、魯爭執。這樣一種因古代文化影響現代人生存，而對傳統不滿、否定乃至整體上判其死罪的思維，陳獨秀表述得再清楚不過：「舊文學，舊政治，舊倫理，本是一家眷屬固不得去此而取彼。」[55]既是「一家眷屬」，那麼根本無法區分什麼內容與形式、整體與部分，實應一竿子打倒。而魯迅的深思熟慮又往往配以偏激之語，「譬如你說，這屋子太暗，須在這裡開一個窗，大家一定不允許的。但如果你主張拆掉屋頂，他就會來調

頁，江蘇教育出版社1988年8月。
[53] 毛子水：《〈駁新潮國故和科學的精神篇〉訂誤》，《新潮》2卷1號，1919年10月。
[54] 魯迅：《隨感錄·三十五》，《魯迅全集》（1）第322頁。
[55] 陳獨秀：《答易宗夔》，《陳獨秀著作選》（第1卷）第408頁，上海人民出版社1993年4月。

和，願意開窗了」[56]，魯迅整體否定的思想，每每以這種「取法乎上，僅得其中」、有意矯枉過正的語言策略出之，無怪乎時人以為駭異。

上述兩大思潮的對峙在1920年代初整理國故運動中暴露無遺，可舉當時投身其中的鄭振鐸，其言論的前後劇變來參考《莊子》、《文選》之爭。1922年10月，鄭振鐸在《文學旬刊》上發表《整理中國文學的提議》，指出：「我們要明白中國文學的真價，要把中國人的傳說的舊文學觀改正過來，非大大的先下一番整理的功夫，把金玉從沙石中分析出來不可。」[57]又說：「我主張在新文學運動的熱潮裡，應有整理國故的一種舉動……重新估定或發現中國文學的價值，把金石從瓦礫堆中搜找出來，把傳統的灰塵從光潤的鏡子上拂拭下去」[58]，鄭振鐸的立場雖是破舊立新，但言下之意顯是承認「沙石」中含著「金玉」、「瓦礫」中藏有「金石」。然而形勢陡轉直下，整理國故為復古思潮開了方便之門，新派大為警覺，「在白話文的勢力尚未十分鞏固的時候，忽然做白話文的朋友自己謙遜起來，自己先懷疑白話文是否能獨力擔負發表意見抒寫情緒的重任，甚至於懷疑到白話文要『做通』，是否先要文言文有根基──先做通文言文打底子；在白話文尚未在廣遍的社會裡取得深切的信仰，建立不拔的根基時，忽然多數做白話文的朋友跟了幾個專家的腳跟，埋頭在故紙堆中，作他們的所謂『整理國故』，結果是上比專家則不足，國故並未能因多數人趨時的『整理』而得了頭緒，社會

56　魯迅：《無聲的中國》，《魯迅全集》（4）第14頁，人民文學出版社1980年9月。
57　鄭振鐸：《整理中國文學的提議》，《文學旬刊》51期，1922年10月1日。
58　鄭振鐸：《新文學之建設與國故之新研究》，《小說月報》14卷1號，1923年1月10日。

上卻引起了『亂翻古書』的流行病」[59]，到1924年8月，鄭振鐸明確反對「新的思想不妨裝在舊的形式裡」的主張，認為「用舊的皮袋來裝酒是最笨的事，皮袋已經用得舊了，漏了，就有最好的好酒，也只是漏盡了不留一滴的，近來漸漸的有人說，新的思想不妨裝在舊的形式裡，其智慧正有類於那種裝酒於舊漏的皮袋的人」，新酒必須裝在新皮袋裡，舊皮袋「不合於現代的人裝進新酒之用」[60]。比這酒、瓶的比喻更為妙絕的是深諳「本是一家眷屬固不得去此而取彼」之理的陳獨秀，他諷刺胡適之的整理國故是「妙想天開，要在糞穢裡尋找香水」，與其這樣的「費盡牛力」，不如自己「趕快製造香水要緊」[61]從整理國故中新派人士言論的轉變，很能見出部分借鑒和整體否定——這兩大思潮的交鋒與更替。

施蟄存與魯迅在1930年代的論爭，多大程度上可以歸入上述清季以來兩大悖異思潮的餘緒中去，或可討論；但論爭的根子大抵一脈相承：即如何對待傳統？（魯迅在參與論爭時，有《撲空》一文，說「問題是不專在個人的，這是時代思潮的一部。」1934年7月17日，又在致徐懋庸的信中指責施蟄存「握有編輯兩種雜誌之權，幾曾反對過封建文化」[62]，顯見得是一年前爭執積怨所致的不切之詞，但又表明《莊子》、《文選》之爭，雖出於「學文法，尋字彙」，但實在是歸託於如何對待傳統文化這一根柢上。）是淬厲固有，溫故知新，行借鑒部分之法；還是毀棄全有，推倒重來，取整體否定之策？是通過損益傳統來融會、重構

---

[59] 茅盾：《進一步退兩步》，《茅盾文藝雜論集》（上）第170頁。
[60] 鄭振鐸：《新與舊》，《文學週報》136期，1924年8月5日。
[61] 陳獨秀：《國學》，《陳獨秀著作選》（第2卷）第517頁。
[62] 魯迅致徐懋庸信（1934年7月17日），《魯迅全集》（13）第180頁。

一個新中國和文化；還是在推倒傳統的基礎上劈空造出一新中國和文化？

從思潮、文化再返回到具體而微的「文法」、「字彙」，即新文學可否向文言資源開放？施、魯之爭的關鍵，正好可以用上面提到的整理國故中兩則言論來概括——是「把金玉從沙石中分析出來」、「把金石從瓦礫堆中搜找出來」；還是「新酒必須裝在新皮袋裡」，自己「趕快製造香水要緊」？施蟄存認為新文學可以向舊文字開放，從《莊子》、《文選》「這兩部書中可以參悟一點做文章的方法，同時也可以擴大一點字彙」（《〈莊子〉與〈文選〉》）；然而魯迅則以為「古書中尋活字彙，是說得出，做不到的」[63]，「現在的青年，大可以不必捨白話不寫，卻另去熟讀了《莊子》，學了它那樣的文法來寫文章」（《答「兼示」》）

而魯迅更擔心的，則是文字背後所黏聯的腐舊思想，在新思潮仍立足未穩之際，阻礙青年人成長，「新式青年的軀殼裡，大可以埋伏下『桐城謬種』或『選學妖孽』的嘍囉」（《重三感舊》）。清末以來，有一種觀念視語言文字為使用的工具；而相對的一方，則在工具論的語言觀之外，發現了文字所負載的思維方式甚至國民精神品性。王國維即為此中代表，他認為：「言語者，代表國民之思想者也。思想之精粗廣狹，視語言之精粗廣狹以為準。觀其言語，而國民之思想可知矣。」[64]魯迅大致延續了這一思路，不過擔心的卻是封建思想以文言為依託，借殼復活，故鬼重來。從1919年致許壽裳的信中道：「中國古書，葉葉

---

[63] 魯迅：《古書中尋活字彙》，《魯迅全集》（5）第395頁。

[64] 王國維：《論新學語之輸入》，《靜庵文集》第116頁，遼寧教育出版社1997年3月。

害人……漢文終當廢去，蓋人存則文必廢，文存則人當亡。在此時代，已無倖存之道。」[65]（這裡，現代人的生活與「漢文」、「古書」的對立，實在是你死我活的針鋒相對。聯想到上文所引朱自清、葉聖陶《國文教學・序》中以「文言或古書」為現代化的借徑，二者取向差異可見一斑）到1925年《青年必讀書》風波中規勸青年「要少——或者竟不——看中國書」，到1927年在一次題為「老調子已經唱完」的講演中，開篇立論：「凡老的，舊的都已經完了！這也應該如此。」又說：「舊文章，舊思想，都已經和現社會沒有毫無關係了，生在現今的時代，捧著古書是完全沒有用處的了」[66]再到1933年《莊子》、《文選》中對「古書中尋活字彙」的鄙棄——如此這般將「漢文」、「古書」、「舊文章」、「舊思想」捆綁一處，「舊的都已經完了」，統統予以廢棄的思路一以貫之。

　　所以，魯迅經常不滿於有人以他為例來說明讀古文對寫白話文的輔翼作用，並時時加以駁斥：「別人我不論，若是自己，則曾經看過許多舊書，是的確的，為了教書，至今也還在看。因此耳濡目染，影響到所做的白話上，常不免流露出它的字句，體格來。但自己卻正苦於背了這些古老的靈魂，擺脫不開，時常感到一種使人氣悶的沉重。」[67]等到《莊子》、《文選》之爭中，施蟄存又以他為例說事，魯迅馬上辯解：「施先生還舉出一個『魯迅先生』來，好像他承接了莊子的新道統，一切文章，都是讀《莊子》與《文選》讀出來的一般。『我以為這也有點武斷』的。他的文章中，誠然有許多字為《莊子》與《文選》中所有，

[65]　魯迅致許壽裳信（1919年1月16日），《魯迅全集》（11）第369頁。

[66]　魯迅：《老調子已經唱完》，《魯迅全集》（7）第321頁。

[67]　魯迅：《寫在〈墳〉後面》，《魯迅全集》（1）第301頁。

例如『之乎者也』之類，但這些字眼，想來別的書上也不見得沒有罷。再說得露骨一點，則從這樣的書裡去找活字彙，簡直是糊塗蟲，恐怕施先生自己也未必。」（《「感舊」以後（上）》）魯迅之所以否定施蟄存用《莊子》、《文選》來擴大辭彙，「參悟一點做文章的方法」，原因正在於「用的是難懂的古文，講的是陳舊的古意思，所有的聲音，都是過去的，都就是只等於零的」，「我們要說現代的，自己的話；用活著的白話，將自己的思想，感情直白地說出來」[68]。魯迅在這裡著眼於語言的思想層面而否定從古書中尋字彙，用「現代的」、「活著的」、「自己的」來揭示現代漢語的「現代質」，這一思想背後，很能見出對文、白轉換以及語言的現代變革等一系列問題極為精微而深刻的認識。而這樣的認識中，已然潛藏了現代語言學的先聲，再前進一步就可以觸摸到將語言上升到本體論等一系列嶄新的理論圖景。

簡言之，現代漢語是一種現代性的話語體系，負載的是現代思想，而古代漢語恰恰相反。「五四」之後所形成的新的白話語言，與古代文言文之間的區別並非僅在形式（即語言的工具屬性）層面上，而是在語言的思想、思維層面上。文、白的轉換，不僅是語體形式的變革，從根本上說，這更是一個創造新的語義系統的工程。也正因為思想與語言的聯屬一體，新文化運動的思想革命才能依託於白話文的推廣而實現。當魯迅呼喚「真的人」的出現，當周作人提出「人的文學」，當胡適張揚「『靈肉一致』的人」，當傅斯年將「為人生的緣故的文學」視作現代文學的「正宗」，這裡的「人」字，從詞語形式、文字系統上來講與

---

[68] 魯迅：《無聲的中國》，《魯迅全集》（4）第15頁。

文言沒有根本區別，但是在思想意涵上，卻具備了嶄新而鮮明的現代性。

　　也正是從語言的思維本性出發，魯迅阻遏現代漢語向文言開放，卻極力促成西方思想經由翻譯這一途徑「從外面侵入」中國文化的肌體，啟動其造血功能。「人從自身中造出語言，而通過同一種行為，他也把自己束縛在語言之中；每一種語言都在它隸屬的民族周圍設下一道樊籬，一個人只有跨過另一種語言的樊籬進入其內，才有擺脫母語樊籬的約束。」[69]要擺脫傳統話語方式的控制，虛心接納異質話語的外力衝擊——魯迅深知其中的繁難艱鉅，「歐化文法的侵入中國白話中的大原因，並非因為好奇，乃是為了必要。……要說得精密，固有的白話不夠用，便只得採些外國的句法。比較的難懂，不像茶淘飯似的可以一口吞下去是真的，但補這缺點的是精密」[70]，為了將「外國的精密的論著」原原本本的輸入進來，「不隨意改變，刪削」，則「硬造」、「硬譯」都是合理的，「現在又來了『外國文』，許多句子，即也須新造，——說得壞點，就是硬造，據我的經驗，這樣譯來，較之化為幾句，更能保存原來的精悍的語氣」[71]——凡此申議，從1925年魯迅在《咬文嚼字》一文中因不滿於當時譯界依從舊習附會外國人名，而遭人圍攻，到1930年同梁實秋圍繞著「硬譯」問題大戰，再到1934年，力挺「歐化文法的侵入」而甘冒「為西人侵略張目的急先鋒（漢奸）」的惡名中傷——魯迅這樣一種輸入新的語法與敘述結構以補充中國人思維含混的主張貫穿始終，

---

[69] 洪堡特：《論人類語言結構的差異及其對人類精神發展的影響》第70頁，姚小平譯，商務印書館，1997年5月。

[70] 魯迅：《玩笑只當它玩笑（上）》，《魯迅全集》（5）第548頁。

[71] 魯迅：《「硬譯」與「文學的階級性」》，《魯迅全集》（4）第204頁。

而鑒於傳統文化的惰性,為求得輸入的「原態」而無損益,不惜犧牲文筆的流暢,甚至「硬造」、「硬譯」;而這,恰與魯迅憂心傳統借屍還魂,而否棄從古文字中尋辭彙,不憚於不看中國書,進而宣告「老的,舊的都已經完了」的思維特質相映照。

在講到翻譯問題時,魯迅多次以「精密」來描述西文的特徵和重塑漢語的目標。何謂「精密」?它不僅指表述系統更趨精確、嚴密,不僅指古代漢語重「道」輕「器」、重「意」輕「言」的特質得以糾正、改善,在更高的層次上,能夠同現代主體的思想、情感和思維方式精深契合,完美表達現代人複雜幽深的心靈世界和日新月異的時代精神──這就是「精密」的意義。魯迅更是以自身的創作實踐,支撐、演繹了「精密」的真義。《狂人日記》橫空出世,「拉開了新舊文學的距離,劃分出一種語言的分界」,「開創了一個新的語言空間」[72]。與之相對應的,正是一種對「新人」的心靈內面和現代主體身份的塑造。

魯迅與施蟄存文字觀的差異,圍繞著《莊子》、《文選》的爭執,孰是孰非,一言難以道清。然而細思之,二人措意不一,出發點本就不同。魯迅擔心舊文字背後負載的腐舊思想影響青年人的成長,而施蟄存關注的是新文學自身的語言建設。值得一提的是,上文從「溫故知新」這一潛伏在中國現代思想史上的理路談起,再論述到施蟄存新文學向舊文字開放的建議,如此勾勒,正是想發見二者內在的關聯──因為這樣一種要求新文學白話語體文向古典母語傳統開放的意識,正是建基於「溫故知新」的言論所體現的,在悖逆性的思想資源間建立互融、溝通的聯繫,戒

---

[72] 參見陳思和:《現代知識份子覺醒期的吶喊:〈狂人日記〉》,《中國現當代文學名篇十五講》第64、65頁,北京大學出版社2003年12月。

絕斷裂式直線前進而強調往復迴環的思維特質之上。而在這樣一種思維特質映照下的語言文字觀，雖不彰顯卻也代不乏人，比如章太炎視語言為一個民族在各個歷史片斷中豐富生活經驗的記錄載體，它「上通故訓，下諧時俗」[73]，正是在這個意義上，「別的有新舊，文字的通不通，也有新舊麼？」[74]又如1922年郭沫若在《孤竹君之二子》裡《幕前序話》一段中，借「青年作家」之口說：「天地間沒有絕對的新，也沒有絕對的舊。一切新舊古今等等文字，都是相對的，假定的，不能作為價值批判的標準。」[75]到1926年，朱光潛認為「想做好白話文，讀若干上品的

---

[73] 章太炎：《〈新方言〉自序》，《章太炎全集》（卷四）第156頁，上海人民出版社1985年9月。

[74] 章太炎：《留學的目的和方法》，《章太炎的白話文》第6頁。

[75] 郭沫若：《孤竹君之二子・幕前序話》，《郭沫若劇作全集》（第一卷）第78頁，中國戲劇出版社1983年7月。值得注意的是，郭沫若在作於抗戰期間的《蒲劍集》、《今昔集》、《沸羹集》中保留了許多他對文字「新」、「舊」的獨特看法。比如1942年5月的一篇《怎樣運用文學的語言》中，郭沫若以親身體驗示人：「我們是用中國字、中國語言寫東西的人，對於中國的書不讀是最要不得的。『五四』以後有些人過於偏激，斥一切線裝書為無用，為有毒，這種觀點是應該改變的了。我自己要坦白的承認，我在中國古書中愛讀《莊子》《楚辭》《史記》，這些書對於我只有好處，並沒有怎樣的毒。」同年8月《關於「接受文學遺產」》一文中，先是羅列了「目前的文藝工作者對於文字卻不免胡亂的使用」的幾則例證（頗為類似施蟄存對於「青年人的文章太拙直，字彙太少」的擔憂），接下來闡述道：「新的辭彙應著時代而產生，文藝家也正負有產生新辭彙的一部分的責任，這也是事實。但舊的辭彙有好些是簡潔而富於韻致的，卻偏偏死去了，我們正應該賦予以新的生命而使它們復活轉來，這也正是產生新辭彙的一種方法」，「死了的我們都應該使它起死回生，更何況並沒有死定！」，「不是舊辭彙的通沒有價值而被篩去，而是有些有價值的珠寶被人遺失了。我們正應該在垃圾堆中把這些珠寶找回來才是」（「在垃圾堆中把這些珠寶找回來」的說法，不讓人想起20年前鄭振鐸所謂「把金玉從沙石中分析出來」、「把金石從瓦礫堆中搜找出來」麼？），緊接著郭沫若更是對十餘年前的《莊子》、《文選》之爭直接作出了回應：「往年曾經鬧過讀《莊子》

文言文或且十分必要。」[76]再到1933年施蟄存倡議從古代經典中擴大辭彙，「參悟一點做文章的方法」，這樣一條強調新文學與母語傳統血緣聯繫的發展脈絡是值得我們梳理的。

三、論爭的辯證與暗合

《〈莊子〉與〈文選〉》一文中，施蟄存如下解釋推薦青年人讀這兩部書的緣由：「近數年來，我的生活，從國文教師轉到編雜誌，與青年人的文章接觸的機會實在太多了。我總感覺到這些青年人的文章太拙直，字彙太少。」這番言辭實在是懇切的，而且文學語言的日漸貧乏與粗糙的確成為新文學創造實踐的一大隱患。創作談《關於〈黃心大師〉》則印證了面對普遍的創作瓶頸，施蟄存的某種文體實驗：

與《文選》的問題，經過魯迅的指責，在近人的論調中還時時發現其微波；但平心而論，這兩部書依然是值得一讀的。」更有意思的是，許是出於魯迅自述自己文章「誠然有許多字為《莊子》與《文選》中所有，例如『之乎者也』之類，但這些字眼，想來別的書上也不見得沒有罷。再說得露骨一點，則從這樣的書裡去找活字彙，簡直是糊塗蟲」——這與郭沫若對魯迅作品的接受存在出入：「我在日本初讀的時候，感覺著魯迅頗受莊子的影響，在最近的複讀上，這感覺又加深了一層。因為魯迅愛用莊子所獨有的辭彙，愛引莊子的話，愛取《莊子》書中的故事為題材而從事創作，在文辭上讚美過莊子，在思想上也不免有多少莊子的反映，無論是順是逆」，於是郭沫若洋洋灑灑從「為莊子所獨有或創用的辭彙，在魯迅作品中實屬屢見」、「引用莊子的完整的詞句」、「用《莊子》書中的故事或寓言作為創作題材」等若干方面對魯迅作了一番「影響的焦慮」般的周徹疏證，而論題題目就叫《莊子與魯迅》。上面提到的幾篇文章，均引自《郭沫若全集》（文學編 第19卷），人民文學出版社1992年1月。

[76] 朱光潛：《雨天的書》，《朱光潛批評文集》第14頁，珠海出版社1998年10月。

　　我不能不承認從前曾經愛好過歐化的白話文體，因為多數從事新文學的人似乎都感到純粹中國式的白話文不容易表現描寫的技巧。但因為近來一方面把西洋小說看得多了，覺得歐式小說中的一部分純客觀的描寫方法，尤其是法國和俄國的寫實派作品，有時竟未免使讀者感覺到沉重和笨拙——可以說是一種智慧的笨拙；一方面又因為重讀唐人傳奇，宋人評話以至明清演義小說，從此中漸漸地覺得它們也有一種特點，那就是與前後故事有諧合性的敘述的描寫，易言之，即寓描寫於敘述中的一種文體。中國小說中很少像西洋小說中那樣的整段的客觀的描寫，但其對於讀者的效果，卻並不較遜於西洋小說，或者竟可以說，對於中國的讀者，有時仍然比西洋小說的效果大。我們不能忽略了中國人欣賞文藝作品的傳統習慣，到現在《水滸傳》、《紅樓夢》始終比新文學小說擁有更廣大的讀者群，這是在文體方面，至少有一半關係的。

　　因為我個人有這樣的感覺，所以近一二年來，我曾有意地試驗著想創造一種純中國式的白話文。說是「創造」，其實不免大言誇口，嚴格地說來，或者可以說是評話、傳奇和演義諸種文體的融合。我希望用這種理想中的純中國式的白話文來寫新小說，一面排除舊小說中的俗套濫調，另一面也排除歐化的句法。或許這仍是「舊瓶盛新酒」的方法，但這所謂舊瓶實在是用舊瓶的原料回爐重燒出來的一個新瓶。

　　……

　　我還要嘗試這純中國式的文體，無論是，也同時是，為「藝術」，或者為「大眾」，我相信這條路如果能

走得通，未始不是一件有意思的工作。但當然，我希望能
寫一篇「正格的」小說。[77]

　　施蟄存「回歸民族傳統」，基於民族文化心理天然的延續，
以及一代又一代創作者貢獻給文字符號系統和文學創作的豐富的
的能指、資訊與技法。顯然其立足點是新文學自身的建設，這與
一般遺老招魂迥然有異。在施、魯之爭的同一年，《現代》雜誌
第3卷第2期「社中座談」上，有讀者詢問「要想研究文學，須看
些什麼書？請介紹幾本研究文學的書籍」、「要如何努力，才能
作出一篇好的作品來？」等問題，施蟄存悉心答覆：「如果照學
校課程標準那樣排列起來，你要研究文學，當先找一本文學概論
看看，先瞭解文學是什麼，然後去找關於你所喜歡的文學中某一
部分的概論書，原理書，作更進一步的研究。同時多看些作品。
這是機械式的辦法。其實從事於文藝的人，大多數不是走這樣的
路的。人們都是先博覽作品，會心不遠，從諸家的作品中了悟出
文學的方法來，然後再找幾本前人所曾下過功夫的關於文藝理論
的書來看，以補自己之不足。至於要我具體的開一張書目給你，
我想這是不妥當的。國學書目不是已經你一張我一張地開不完了
嗎？」可見施蟄存非常注意要青年避免「機械式的辦法」，並且
對「你一張我一張地開」國學書目不以為然。《現代》第3卷第6
期的「社中座談」，施蟄存更是表達了對「模範『傑作』」的不
屑：「拿一般承認的『傑作』來作模範，刻意地模範，卻是練習
寫作的最下劣的辦法。」也就是說，施蟄存立意在創造，正如論
爭中他應答魯迅時所言：「我以為『舊瓶裝新酒』與『新瓶裝舊

---

[77] 施蟄存：《關於〈黃心大師〉》，《施蟄存七十年文選》第356、357
　　頁，上海文藝出版社1996年4月。

酒」這譬喻是不對的。倘若我們把一個人的文學修養比之為酒，那麼我們可以這樣說：酒瓶的新舊沒有關係，但這酒必須是釀造出來的。」勸人讀《莊子》、《文選》，「目的在要他們『釀造』」（《〈莊子〉與〈文選〉》），這顯然同魯迅諷刺的「遺少群」拉開了距離。這正如上文中提到的「溫故知新」一般，貌似「趨古」卻可以達到出新的目的。

《現代》第5卷第5期上有施蟄存文章《我與文言文》，針對當時有人將他同「主張中小學應讀文言」的汪懋祖並舉而提出反駁，觀點乍一看還頗為驚人──「我根本不承認『文學的遺產』這個名詞！」原因是：

> 現在居然有人稱我們自己的上代的文學為「文學的遺產」了。中國的文學，是整個的中國文學，它並沒有死去過，何來「遺產」？我們既然知道了斷代文學史的錯誤，難道還要蹈入一個新的錯誤中去嗎？所以，倘若我們說文言文已經死了，我們以文言文中的一小部分辭藻用新的方法來引用在新文學中，稱它為「文言文的遺產」，這倒是很可承認的。至於《莊子》與《文選》，雖然並不是屬於我們這時代中的產物，但它也正如我們現在創造著的文學作品一樣，是整個中國文學中的一部分。何謂「遺產」？

我們再上溯到《莊子》、《文選》之爭時，施蟄存的立論「我不懂得『新文學』和『舊文學』這中間究竟是以何者為分界的」（《〈莊子〉與〈文選〉》）以及對「『舊瓶裝新酒』與『新瓶裝舊酒』這譬喻」的否定，足見他取溫故知新眼光，一貫重視民族文化傳統血脈相連的承繼。從施蟄存勸導青年以《莊

子》、《文選》為原料加以「釀造」，到通過《黃心大師》等創作試驗將古典的「評話、傳奇和演義諸種文體」相融合，開出文學新路，到編輯《現代》雜誌時「中西合璧」的世界性眼光，我們每每可以在施蟄存身上發現民族文化的現代主體意識，放眼西方，卻又時時反顧。這同魯迅在其早期文言論文中的倡議——「外之既不後於世界之思潮，內之仍弗失固有之血脈」（《文化偏至論》），「時時上徵，時時反顧，時時進光明之長途，時時念輝煌之舊有，故其新者日新，而其古亦不死」（《摩羅詩力說》）——何等相似（同時也讓人想起章太炎的「過去未來之念」）。「激進反傳統」是五四時期大多數知識份子的共識，其實對於魯迅而言，他在眾聲合唱中的獨異之處，倒是值得我們細加剖析的。正如木山英雄先生在討論周氏兄弟時指出的那樣，他們對傳統文化的「批評能力，本身就是一種文化力量。就相反的例子說，比如西方有不少人提倡相當偏激地批判西方文明的思想，但這也可以看作西方文化的一種力量的表現」，對周氏兄弟而言，「自我批判的勇氣，就不外是指向著自己所屬文化的獨立自主的堅強意志」[78]。魯迅對中國傳統文化的抵死苦鬥，即便讓人誤為「民族虛無主義」，即便與他在20世紀初葉的思索從表面形態上看前後矛盾；但是，恰恰正因為有了魯迅早期文言論文中那番「外之既不後於世界之思潮，內之仍弗失固有之血脈」的思辯，魯迅「要少——或者竟不——看中國書」之類的議論才有了不同常人的、堅實的立足點——「指向著自己所屬文化的獨立自主的堅強意志」，這一立足點交織著自我批評的勇氣與文化自主的苦心，恰可看作貫穿魯迅畢生思想的一根通軸。

---

[78] 木山英雄：《關於周氏兄弟》，《文學復古與文學革命》第241頁，趙京華編譯，北京大學出版社2004年9月。

　　施蟄存與魯迅在民族文化建設上的暗合之處，提醒我們必須注意魯迅對待傳統文化的複雜心態。在施、魯之爭的同一年，也就是不到四個月前，在一封致曹聚仁的信中，魯迅坦言：「中國學問，待從新整理者甚多。即如歷史，就該另編一部。古人告訴我們唐如何盛、明如何佳，其實唐室大有胡氣，明則無賴兒郎。此種對象，都須，褫其華袞，示人本相，庶青年不再烏煙瘴氣、莫名其妙。其他如社會史、藝術史、賭博史、娼妓史、文禍史……都未有人著手。」[79]此前魯迅對整理國故有過諷刺：「自從新思潮來到中國以後，其實何嘗有力，而一群老頭子，還有少年，卻已喪魂失魄的來講國故了……然而我總不信在舊馬褂未曾洗淨疊好之前，便不能做一件新馬褂。」[80]然而致曹聚仁信中的言論，卻與先前胡適之整理國故的思路大有吻合之處。魯迅抱怨「都未有人著手」，但說到「著手」，須得如他自己潛心研究與著述《中國小說史略》、《漢文學史綱要》一般，切實的去梳理、輯錄、考證，至少「不讀中國書」是辦不到的。魯迅公開言論與私下主張的差異，其實在當時也算普遍現象，那一代的知識份子往往在「個人」與「社會角色」乃至主張與實踐之間存有分立。

　　魯迅向來注重在複雜的現實情境下，個人公開表白言論的實效性，「就現狀而言，做事本來還隨各人的自便，老先生要整理國故，當然不妨去埋在南窗下讀死書，至於青年，卻自有他們的活學問和新藝術，各幹各事，也還沒有大妨害的，但若拿了這面旗子來號召，那就是要中國永遠與世界隔絕了。倘以為大家非此

<hr>

[79]　魯迅致曹聚仁信（1933年6月18日），《魯迅全集》（12）404頁。
[80]　魯迅：《未有天才之前》，《魯迅全集》（1）175頁。

不可，那更是荒謬絕倫！」[81]到了《莊子》、《文選》之爭，施蟄存起意當然是面向青年的建議、勸導，但遭魯迅批責，而魯迅又將「勸人看《莊子》、《文選》」同「學起篆字」、「填起詞來」等行為並舉，就申辯道：「這些其實只是個人的事情，如果寫篆字的人，不以篆字寫信，如果填詞的人做了官不以詞取士，如果用自刻印版信封的人不勉強別人也去刻一個專用信封，那也無須豐先生口誅筆伐地去認為『謬種』和『妖孽』了。」（《〈莊子〉與〈文選〉》）然而魯迅又用起歸謬法針鋒相對：「施先生說寫篆字等類，都是個人的事情，只要不去勉強別人也做一樣的事情就好，這似乎是很對的。然而中學生和投稿者，是他們自己個人的文章太拙直，字彙太少，卻並沒有勉強別人都去做字彙少而文法拙直的文章，施先生為什麼竟大有所感，因此來勸『有志於文學的青年』該看《莊子》與《文選》了呢？做了考官，以詞取士，施先生是不以為然的，但一做教員和編輯，卻以《莊子》與《文選》勸青年，我真不懂這中間有怎樣的分界。」（《感舊以後（上）》），很顯然，施、魯之爭中也潛藏了公眾角色的扮演與個體行為自在性之間的衝突。

值得注意的是，魯迅對傳統文化態度複雜，卻堅守兩個基本前提：一是不能阻遏西方文化的引介、吸收；二是不能妨礙「現在中國人的生存和發展」，早在1918年，針對當時「保存國粹」的口號，魯迅就提出：「保存我們，的確是第一義。只要問他有無保存我們的力量，不管他是否國粹。」[82]在《華蓋集》中更有明確的表述：「我們目下的當務之急，是：一要生存，二要溫飽，三要發展。苟有阻礙這前途者，無論是古是今，是人是鬼，

81　魯迅：《未有天才之前》，《魯迅全集》（1）175頁。
82　魯迅：《隨感錄·三十五》，《魯迅全集》（1）322頁。

是《三墳》《五典》，百宋千元，天球河圖，金人玉佛，祖傳丸散，秘製膏丹，全部踏倒它。」[83]在作為施、魯之爭餘音的《難得糊塗》一文中，魯迅的喟歎「活的生活已經那麼『貧乏』」[84]，無疑讓人想起他對生存「第一義」的堅執。在他那裡，「現在中國人的生存和發展」已然化作一種無法退讓的價值尺度。

至此，將施、魯之爭納入上述清季以降相關思潮的持續言說中去探討，正想揭示爭執的背後，中國現代以文化建設為本位，專注於主體身份重塑的民族主義思潮，與以「保存我們」為第一義的救亡圖存使命之間的對峙與摩擦。

《莊子》、《文選》之爭演成軒然大波之際，施蟄存曾致信《大晚報》編輯，內中提到：

> 我常常想，兩個人在報紙上作文字戰，其情形正如弧光燈下的拳擊手，而報紙編輯正如那趕來趕去的瘦裁判，讀者呢，就是那些在黑暗裡的無理智的看客。瘦裁判總希望拳擊手一回合又一回合地打下去，直到其中的一個倒了下來，One，Two，Three……站不起來，於是跑到那喘著氣的勝者身旁去，舉起他的套大皮手套的膀子，高喊著「Mr.X Win the Champion.」你試想想看，這豈不是太滑稽嗎？現在呢，我不幸而自己做了這兩個拳擊手中間的一個，但是我不想為了瘦裁判和看客而繼續扮演這滑稽戲了。（《推薦者的立場》）

---

[83] 魯迅：《忽然想到·六》，《魯迅全集》（3）47頁。
[84] 魯迅：《難得糊塗》，《魯迅全集》（5）393頁。

　　這番言論，倒是讓對手頗為會心，魯迅以為「這是很聰明的見解」，類似圍觀看戲的場景在魯迅筆下也反覆出現。今日回望那六十餘年前的硝煙，的確覺得爭論看似熱鬧，「拳擊手」對面廝殺，其實倒是各自為戰。魯迅與施蟄存大抵各有所本，注目不一，而且皆以真誠之心出之，誠如陳子善先生所言：「假如我們認定魯迅從他一貫的立場出發，反對青年人潛心古書，自有其針對現實的內在理路，那麼施蟄存所關心的、所追求的是在民族文學復興過程中，如何將中國文學傳統中的美文屬性與『五四』所提倡的張揚個性、文學自由結合起來。從更深的層次加以考察，魯、施應無根本的分歧，而施蟄存也從未認過錯。」[85]

2005年10月

---

[85]　陳子善：《文學史都是「另寫」》，《當代作家評論》2004年第2期。

海派多元文化觀與商業環境中的斡旋

　　鴉片戰爭後上海被開闢為商埠，逐漸形成華洋共處、五方雜居的公共空間，既有歐風美雨浸淫下的現代西方文明，又有老中國積澱而來的傳統文化，交融碰撞，互相滲透。由於特殊的歷史傳統和地理位置，容納、試驗各種思潮和文化觀念，上海才奠定其在文學史上的重鎮地位。同樣，正因為紮根於海派的文化土壤中，施蟄存才養成了多樣的興趣、開闊的視野與寬廣的胸懷，反過來也可以說，施蟄存博大豐富、搖曳多姿的文化理想和文學創造，正是海派文化特徵具體而微的一則案例。在本章中，我們以此為著眼點，討論如下議題：施蟄存文學實踐所體現的豐富性；施蟄存曾提出「輕文學」觀與「伴侶」編輯理念，由此展開的文化實踐，與市場環境、海派多元文化觀密切相關；而《現代》雜誌之所以成為1930年代、乃至現代文學史上最重要文學陣地之一，其實正得力於施蟄存在多元文化環境中的「借水行舟」與靈活機變。

一、施蟄存文學實踐的多元面向

　　我們從施蟄存的翻譯與創作說起。

　　正是針對在殖民主義構造的世界體系中，中國與其他被殖民國家共同的命運，魯迅才會大聲疾呼：「我們試想現在沒有聲音的民族是那幾種民族。我們可聽到埃及人的聲音？可聽到安南，

朝鮮的聲音？印度除了泰戈爾，別的聲音可還有？」也正「因為所求的作品是叫喊和反抗」，周氏兄弟早年合作翻譯《域外小說集》、《現代小說譯叢》之時，尤其注意「被壓迫民族中作者的作品」，「勢必至於傾向了東歐，因此所看的俄國，波蘭以及巴爾幹諸小國作家的東西就特別多」。這些國家的民族文化和文學傳統不一，卻與20世紀上半葉中國的現實與文學語境有著各種不盡相同的契合，容易激起共鳴，「有些青年都引那叫喊和反抗的作者為同調的」[1]。

　　而談到施蟄存對外國文學的興趣及翻譯實踐，也許我們首先會想到追新求異、現代主義的這一脈，比如對法國象徵主義、英美意象派詩歌、心理分析小說先驅顯尼志勒等的傾心；實際上，施蟄存晚年以「四窗」享譽文壇，而其中代表外國文學翻譯、研究的「西窗」之所以熠熠生輝，其中正少不了一道對弱小民族文化傾心關注的目光，由此才成就其博大、豐富的面向。施蟄存回憶之所以對弱小民族文學產生興趣，主要就是受到周氏兄弟等人的影響（比如《現代小說譯叢》）：「這幾種書志中所譯載的歐洲諸小國的小說，大都是篇幅極短，而又強烈地表現著人生各方面的悲哀情緒。這些小說所給我的感動，比任何一個大國度的小說給我的更大」[2]；「我的前輩翻譯家，一向注意於東歐國家的民族革命文學，盡可能介紹給我國的讀者。現代偉大的作家魯迅和茅盾，都曾翻譯過東歐文學作品。我是在這樣的文學翻譯傳統中成長起來的」[3]。

[1] 魯迅：《我怎麼做起小說來》，《魯迅全集》（4）第525頁，人民文學出版社2005年11月。

[2] 施蟄存：《〈稱心如意〉引言暨譯者跋語》，《北山散文集》第1223頁，華東師範大學出版社2001年10月。

[3] 施蟄存：《致巴佐娃》，《北山散文集》第1814頁。

　　早在參與、主持《新文藝》、《現代》編務期間，施蟄存就推介過《現代希臘文學》、《阿根廷近代文學》、《現代愛沙尼亞文藝鳥瞰》、《朝鮮文藝運動小史》[4]。抗戰時期，施蟄存的翻譯視域尤側重於東歐弱小民族的文學作品，陸續譯出《匈牙利短篇小說選》（商務印書館1936年）、《波蘭短篇小說集》（商務印書館1937年）、《捷克短篇小說選》（商務印書館1937年）、《老古董俱樂部》（匈牙利、保加利亞、瑞典、捷克、南斯拉夫等國短篇小說合集，福建永安十日談社1945年。重版後改名為《稱心如意——歐洲諸小國短篇小說集》（正言出版社1948年）、波蘭作家顯克微支的《戰勝者巴爾代克》（福建永安十日談社1945年）、匈牙利作家莫爾那的《丈夫與情人》（福建永安十日談社1945年）……施蟄存認為，這些弱小國家的民族命運、歷史重軛和「人生各方面的悲哀情緒」與中國相似，令人感動，「我懷念著巴爾幹半島上的那些忠厚而貧苦的農民，我懷念著斯干狄那維亞的那些生活在神秘的傳說與凜冽的北風中的小市民及漁人。我覺得距離雖遠，而人情卻宛然如一。……所可惜的是我們的作家卻從來沒有能這樣經濟又深刻地把他們描寫出來，於是我們不能不從舊雜誌堆裡去尋覓他們了」[5]。

　　1950年代是施蟄存翻譯成果最為集中的時期，他晚年回憶：「1950年至1958年，是我譯述外國文學的豐收季節，我大約譯了二十多本東歐及蘇聯的文學。」[6]比如他譯介了保加利亞作家伊

---

[4]　（希臘）迦桑察季思：《現代希臘文學》，吳克修譯，《新文藝》第1期；孫春霆：《阿根廷近代文學》，《新文藝》第2期；《現代愛沙尼亞文藝鳥瞰》，《現代》2卷6期；《朝鮮文藝運動小史》，《現代》3卷5期。
[5]　施蟄存：《〈稱心如意〉引言暨譯者跋語》，《北山散文集》第1224頁。
[6]　施蟄存：《十年創作集·序言》，《十年創作集》第1頁，華東師範大學出版社1996年3月。

凡‧伐佐夫的小說《軛下》[7]（上海文化工作社1952年）。1990
年在給保加利亞學者巴佐娃的信中，施蟄存這樣說：「伊凡‧伐
佐夫是一位偉大的作家。他的《軛下》是一部偉大的小說。凡是
一部偉大的作品，無論是哪一國的，首先必須具有崇高的思想內
容，其次，必須具有動人的藝術魅力。《軛下》的思想內容是鼓
動人民擺脫土耳其帝國的羈軛，爭取民族解放和民族獨立。這是
一部發揚民族主義、愛國主義的作品。如果說，愛情是人的文學
的永久主題，那麼，愛國主義、民族主義就是一切被侵略、被壓
迫民族文學的永久主題。《軛下》非但深深地感動了你們的人
民，同樣也深深地感動了我和我的讀者。」[8]這樣多元、開闊的
翻譯面向持續了施蟄存終生。他晚年主編《外國獨幕劇選》，還
特意在「引言」中指出：「從一九四六年以後，直到今天，已有
了三十多年。在這期間，全世界各國的獨幕劇，又有了新的發
展。特別是在非洲，拉丁美洲和東歐許多國家，獨幕劇也成為
重要劇種。」[9]這套叢書收錄了世界各國著名的獨幕劇162個，涉
及國家近40個，既有文學大國英國、法國等，也有如烏拉圭、冰
島、南非、古巴等小國。

　　前面提到施蟄存晚年與保加利亞學者巴佐娃的通信，巴佐娃
曾問及：「在今天的『摩登時代』，根據您的看法，像《軛下》
和一切『嚴肅小說』還有存在的餘地嗎？」施蟄存回信表示「這
個問題，使我稍微有些吃驚」：「您是不是認為『現代主義』的
小說不是『嚴肅小說』呢？我以為，『現代主義』只是一個時間

---

[7]　伐佐夫在現代中國最重要的譯介者應該是魯迅（參見彭瑞琪：《魯迅與
　　伐佐夫》，《魯迅研究月刊》2003年第1期）。在這一點上，施蟄存與魯
　　迅這兩位看似趣味殊途且打過筆仗的人卻心心相印。

[8]　施蟄存：《致巴佐娃》，《北山散文集》第1815、1816頁。

[9]　施蟄存：《〈外國獨幕劇選〉引言》（上），《北山散文集》第1320頁。

觀念，或是一種藝術風格。現代主義的作品，也可以有永久的主題。如果沒有，它們便會像時裝一樣，很容易過時，無法存在。當各種沒有崇高主題的現代主義文學作品過時之後，《軛下》將依然存在……」[10]施蟄存的回覆很有意思，在提問者時代語境的重點之外，他還主動關照了藝術風格，顯然在他看來，只要是好的藝術作品，不管是現代主義，還是如《軛下》這般「發揚民族主義、愛國主義」的現實巨作，完全可以並置。也正是這種胸懷，成就了施蟄存文學翻譯豐富的面向與卓越的成就。

　　眼觀六路、取徑多方的稟賦，也在施蟄存的創作中得以體現。儘管發表過《梅雨之夕》、《在巴黎大戲院》這類似乎被烙上標準「新感覺派」風格的小說，但與穆時英、劉吶鷗專注地浸沒在都市「五色的光潮」、「霓虹燈跳躍」（穆時英：《夜總會裡的五個人》）中不同，施蟄存還有一個以江南城鎮為主體的「文學後院」[11]。沈從文早就注意到這一點：「於江南風物，農村靜穆和平，作抒情的幻想，寫了如《故鄉》、《社戲》諸篇表現的親切，許欽文等沒有做到，施蟄存君，卻也用與魯迅風格各異的文章，補充了魯迅的說明。」[12]在新感覺派與左翼所代表的都市現代性與批判性的文學傳統之外，施蟄存關注到了鄉土民間文化在都市中的留存，施蟄存「是從江南鄉鎮進入上海的第一代都市人，但其內心深蘊的鄉土情感與鄉土文化是不可能一朝消失的。通過自己對城鄉兩種文明的體驗，滲透到那些從鄉下來上海謀生的人們心理之中，發現了上海人文化心理的複雜狀態。他們

10　施蟄存：《致巴佐娃》，《北山散文集》第1816、1818頁。
11　吳福輝：《都市漩流中的海派小說》第79頁，湖南教育出版社1995年8月。
12　沈從文：《論施蟄存與羅黑芷》，《沈從文批評文集》第167、168頁，劉洪濤編，珠海出版社1998年10月。

發現的是另一個上海——都市鄉下人心裡的上海。這也是海派的一大貢獻」[13]。

施蟄存家世代儒生，有著深厚的古典文學教養，少年時候耽讀晚唐二李的詩歌（那些奇譎晦暗的因子多少在他日後創作中留下伏筆）；同時對西方文學也有特殊的敏感；他反對「趣味太低級」的舊市民文學，不過多年的編輯刊物經驗，也讓其對讀者市場多有體貼；對於西方心理分析小說的熟稔與借鑒，可能無人出其右，但他也曾「試驗著想創造一種純中國式的白話文。……或者可以說是評話、傳奇和演義諸種文體的融合。我希望用這種理想中的純中國式的白話文來寫新小說，一面排除舊小說中的俗套濫調，另一面也排除歐化的句法」[14]。從其具體的創作流程看，《上元燈》在情調上沿襲古典傳統，《將軍的頭》則一變為佛洛德理論的「故事新編」，《梅雨之夕》則是中國式志怪傳統與西方「心理探秘體」的結合，此後《小珍集》還代表著一個「現代主義回歸到現實主義的後期」[15]，如其自述，是「把心理分析、意識流、蒙太奇等各種新興的創作方法，納入了現實主義的軌道」[16]。

施蟄存早年還未在文壇聞名時，就發表過一篇《新舊我無成見》[17]，這個標題的意思，其實倒也貫穿到其晚年那恢弘開闊的

---

[13] 張鴻聲：《都市文化與中國現代都市小說》第62頁，河南大學出版社1997年9月。

[14] 施蟄存：《關於〈黃心大師〉》，《施蟄存七十年文選》第356、357頁，上海文藝出版社1996年4月。施蟄存對文學傳統的辯證理解，詳見收入本著的《「昔之殊途者同歸」：重識〈莊子〉、〈文選〉之爭》。

[15] 吳福輝：《都市漩流中的海派小說》第79頁。以上「心理探秘體」的說法也引自吳福輝文。

[16] 施蟄存：《關於〈現代派〉一席談》，《文匯報》1983年10月18日。

[17] 原載1923年9月7日《最小》第92號，署名施青萍。由陳子善先生重刊於

「四窗」。「施蟄存是以開放的心靈迎接『現代』的人，但也是能結合中國的實際有選擇地吸收、批判地接受的人，更是回過頭來看民族傳統文化、研究古典文學，以此構成對『現代』的平面性片面化的抵抗的人。」[18]

二、「伴侶」編輯理念與「輕文學」觀

魯迅、沈從文等在1930年代論及海派文學時，雖都語帶貶抑地指出海派文學近商牟利、趣味粗俗，但他們也非常清楚地意識到，海派文學是近代以來才有的一種文學類型，推動海派文學活動的那隻無形的手，是市場與商業社會。

有人曾這樣來分析中國現代期刊的類型：第一種由商業性文化機關出版專以營利為目的，第二種是政治團體或學術團體出版以傳播他們的主張或思想為目的，第三種是學術或文藝團體和商業性文化機關合作出版的，第四種則是愛好文藝的青年自動集資出版的[19]。在施蟄存的定位中，《現代》當屬第一種。創刊是源於現代書局的老闆「要辦一個文藝刊物，動機完全是起於商業觀點，但希望有一個能持久的刊物，按月出版，使門市維持熱鬧，連帶地可以多銷些其他出版物」，「我和現代書局的關係，是雇傭關係」[20]。《創刊宣言》中施蟄存又聲明《現代》並不是「同人雜誌」，並非一個現代派團體與書局合作出版的刊物，即不是

《現代中文學刊》2009年第3期。

[18] 王宇平：《〈現代〉之後：施蟄存一九三五～一九四九年創作與思想初探》第59頁，秀威資訊科技股份有限公司（臺北）2008年5月。

[19] 危月燕（周楞伽）：《談中國的雜誌》，《春秋》第5年第1期，1948年4月14日。轉引自吳福輝：《都市漩流中的海派小說》第131頁。

[20] 施蟄存：《重印全份〈現代〉引言》，《北山散文集》第1296頁。

上述分類裡面的第三種。這就決定了施蟄存主持《現代》期間的編輯方針、技巧，不能不受到商業運作的牽制。

《現代》於1932年5月1日正式出版發行，成為「一‧二八」淞滬抗戰以後在上海最先問世的大型刊物，初版3000冊五天即脫銷，後又加印了3000冊，「這是當時文藝刊物發行量的新記錄。一般文藝刊物，能銷售二千冊，已經算是不錯的了」[21]。《現代》2卷1期推出「創作特大號」，施蟄存在致戴望舒的信中說：「這期創作號銷路特別好，初印八千份，現在已銷完，正在再版中。一號那天，上海門市售出四百本之多，不可不謂盛事也。」[22]後來這一期的發行量突破一萬。現代書局經理張靜廬（正是他出面邀請施蟄存主持《現代》）在回憶錄中好不得意地寫道：「《現代》——純文藝月刊出版後，銷數竟達一萬四千份，現代書局地聲譽也連帶提高了。……第一年的營業總額從六萬五千元到十三萬元，……」[23]

《現代》運作的成功，離不開施蟄存對市場與商業環境的熟稔把脈。比如，讀者、作者、出版方作為文學生產和文學消費環節中的三大要素，彼此之間的互動、擴展至為關鍵。而作為編者的施蟄存特別注重與讀者互動。從創刊起，施蟄存就在雜誌上辟出「編輯座談」欄，與讀者交流自己的辦刊理念、設想、組稿情況，或者向提出良好建議的讀者致謝等等。例如第1卷編務即將完成時，施蟄存在1卷5期的「編輯座談」中提到：「在我個人正在計畫著『下一卷本志應如何革新』的時候，我敬在這裡向本志的愛讀者徵詢一點高見。讀者諸君對於第一卷的本志有什

---

[21] 施蟄存：《我和現代書局》，《北山散文集》第326頁。

[22] 施蟄存：《致戴望舒》（1932年11月18日），《北山散文集》第1538頁。

[23] 張靜廬：《在出版界二十年》，江蘇教育出版社2005年7月。

麼意見嗎？唯有讀者與編者的合作，才能使一個雜誌日有發展，我相信如此。」3卷1期的「社中談座」告訴讀者：「從下期起，『社中談座』這一欄將加一個小標題：『作者・讀者・編者』，因為這三『者』之間一向缺少一個交換意見和消息的地方，所以我們預備在每期的本刊中拓兩三頁的地位來盡這個義務。讀者對於本刊編者或作者有什麼意見，本刊作者或編者對於讀者有什麼徵訊或答覆，都將選擇重要的在這一欄中發表。」3卷4期「社中談座」，有讀者提出三點意見，一是希望「多刊登些文藝攝影及木刻畫等」，二是恢復一度停刊的書評欄，三是「一個雜誌刊登三個長篇譯作（應該是戴望舒譯、法國拉第該作《陶爾逸伯爵的舞會》以及張天翼作《洋涇浜奇俠》——筆者按），讀者以為是一個不好的現象」，因為間隔過長，部分情節「早已忘卻，以致看了無頭無尾的作品。使讀者莫名其妙，所以我以為每期以刊登一篇長篇為限」。對於上述第二、三條意見，施蟄存「決意接受」，在同期就恢復了書評欄，「長篇待現在有的登完後，就只連載一個」，對於第一條意見，則誠懇見告：「至於畫報，我們也極想擴充，不過一時材料經濟等關係，一時怕未見得可能。」同時，作為作者的茅盾、張天翼等人，也經常在「社中談座」欄現身，回答普通讀者對於自己作品的「徵詢」，這些交流使得雜誌變得活潑生動。施蟄存在《現代》創刊號的「編輯座談」中即提出過雜誌是讀者「伴侶」的編輯觀：「對於以前的我國的文學雜誌，我常常有一點不滿意。我覺得他們不是態度太趨於極端，便是趣味太低級。前者的弊病是容易把雜誌的對於讀者的地位，從伴侶升到師傅。雜誌的編者往往容易拘於自己的一種狹隘的文藝觀，而無意之間把雜誌的氣氛表現得很莊嚴，於是他們的讀者便只是他們的學生了；後者的弊病，足以使新文學本身日趨於崩

潰的命運……我將依照了我曾在創刊宣言中所說的態度，把本志編成一切文藝嗜好者所共有的伴侶。」後來回憶中又說：「這其實是我在編輯上的個人理想，因此在編《現代》雜誌時就試圖想實行，將為社會、為讀者提供一個廣泛的閱讀空間。所以每期編訖後，我都很用心地寫一篇編輯的後記，以此交流互通編者、作者、讀者之間的資訊情況。」[24]我們後人通過這樣一個「廣泛的閱讀空間」，不僅瞭解到圍繞《現代》的編者、作者、讀者之間的良好互動，而且管窺出當年那一時代市民社會、文化生活、文壇情景的千姿百態。

1933年5月29日，施蟄存在致戴望舒的信中，提到準備「弄一點有趣味的輕文學」[25]。其直接體現可能就是次年創辦《文藝風景》。《文藝風景》的創辦，或許也與杜衡加入《現代》編務有關（從《現代》3卷1期起，編輯人由施蟄存、杜衡合署），儘管是少小結交、多年合作的事業夥伴，但二人之間難免存在文藝思想、編輯理念上的齟齬。《現代》5卷1期「社中座談」裡有《本刊組織編委會之計畫》，提出對刊物進行革新，在「關於整個編輯態度」的說明下有「從輕性的到重性的」一項：

> 也許是所謂「商業競賣」的結果吧，為要迎合多方面讀者的趣味起見，一般雜誌刊物很顯然的有著一種日趨輕易的傾向。比較嚴重一些的文章，雖然明知其有價值，但究竟因為害怕著大部分讀者的消化不良，許多當編輯的都不甚

---

[24] 施蟄存：《世紀老人的話・施蟄存卷》第63頁，沈建中採訪，遼寧教育出版社2003年6月。

[25] 施蟄存致戴望舒信，《現代作家書簡》第79頁，孔另境編，花城出版社1982年2月。

喜歡登載。我們現在已經很少看到有什麼雜誌還在幹著嚴肅的理論，切實的大規模的批評，有系統的翻譯介紹這些傻子工作了，我們所慣有的是一些雜文，讀後感，文人軼事這一類東西。我們已經不再在製造著寶貴的精神的糧食，而是在供給一些酒後茶餘的消遣品了。本刊的以往，雖然未必一定十分發展了這種退步的傾向，但究竟沒有對一個純文藝刊物所應負的文化使命加以十分的注意。今而後，除了創作還是依了意義的正當與藝術的精到這兩個標準繼續進展外，其他的門類都打算把水準提高，儘量登載一些說不定有一部分讀者看了要叫「頭痛」的文字。我們要使雜誌更深刻化，更專門化；我們是準備著在趣味上，在編制的活潑上蒙到相當損失的。

這一段話，很可能是杜衡的意思，至少施蟄存的想法不占多數。「沒有對一個純文藝刊物所應負的文化使命加以十分的注意」——這對先前《現代》雜誌的實踐，其實提出了不小的批評。犧牲「趣味」和「活潑」使雜誌「更深刻化，更專門化」——這一所謂的「從輕性的到重性的」革新，與施蟄存在創刊號「編輯座談」中提出的不希望把「雜誌的氣氛表現得很莊嚴」的編輯理念相違背，所以施蟄存在編到《現代》第5卷時，「就逐漸放棄編務，讓杜衡獨自主持」。也正是在這個時候，施蟄存開始籌辦「以輕倩見長的純文藝刊物」——《文藝風景》，「倘若我以《現代》為官道，則《文藝風景》將是一條林蔭下的小路。我們有驅車疾馳於官道的時候，也有策杖閒行於小徑上的時候。我們不能給這兩條路作一個輕重貴賤的評判，因為我們在生活上既然有嚴肅的時候，也有燕嬉的時候；有緊張的時候，也有閒散的時

候；則在文藝的賞鑒和製作上，也當然可以有嚴重和輕倩這兩方面的。」[26]。這可以理解為他不滿於「《現代》將日趨於嚴重整肅」而引發的一個後果[27]。

「輕文學」觀（包括前文提到的「無意思文學」）與「伴侶」編輯理念基本上構成了施蟄存文藝思想的核心，簡單說來，就是在「故作尊嚴的文藝思潮」旁邊，追求一點消遣性和娛樂性的文學。施蟄存不希望自己的雜誌「表現得很莊嚴」，還曾特意通過《現代》徵文，傾聽「一般理論家和著作家」之外的普通讀者關於「文學之效用」的看法[28]，這可以理解為對原先被壟斷的話語權的開放。「輕文學」觀與「伴侶」編輯理念，其實都注重與普通讀者的互動[29]；這背後是施蟄存對讀者市場的信心，借助這一已然形成的讀者市場，「輕文學」就能繞開受主流文化控制的文學戰場，開闢自己的生存地盤。

說到底，「輕文學」的實踐，離不開海派多元文化觀。在1930年代，屬於國家社會意志體現的國民黨官方文化，既不能提供市民社會的文化需求，「三民主義」也無法建立起主流的認同；以左翼為代表的階級政治文化，在商業性的上海都市中，難以滿足市民大眾個人生活空間的文化需求；而精英的知識份子文

[26] 施蟄存：《〈文藝風景〉創刊之告白》，《文藝風景》創刊號，1934年6月。

[27] 關於杜衡加入《現代》編務所引發的人事糾葛、及施蟄存的反應，可參見拙著《從蘭社到〈現代〉：以施蟄存、戴望舒、杜衡與劉吶鷗為核心的社團研究》第四章第二節《「〈現代〉同人」辨析》，東方出版中心2006年6月。

[28] 參見1934年9月《現代》5卷5期「社中談座」。

[29] 儘管創作過《梅雨之夕》、《巴黎大戲院》一類略顯深奧的心理分析小說，施蟄存還是承認：「無論把小說的效能說得如何天花亂墜，讀者對於一篇小說的要求始終只是一個故事。」見《小說中的對話》，《宇宙風》第39期，1937年4月16日。

化，仍然居於學院的象牙塔之內。可以說，海派文學正逢其時，在「無名」[30]的文化狀態中，建立起一種新興的都市文學，這種文學主要適應市民階層，就像施蟄存在「一般理論家和著作家」之外，努力使得雜誌與普通讀者銜接。現代都市商業經濟迅猛發展，促使整個社會結構產生變化，從而造成了一個有廣泛成員加入的市民階層。「這些人的生活方式，開始脫離了中國傳統都市市民工作與閒暇時間不分的階段。據記載，上海在19世紀開始出現西方式的週六與八小時工作制，人們的閒暇處理方式成為一種社會化現象，勢必要以社會化的娛樂給予滿足。這至少造成兩種情勢，一是大眾市民要參與文學娛樂生活，打破了文學由文人一手把持的原有局面；二是大眾市民人數眾多，文學素養不高，要求享受到較為通俗的文學娛樂作品，而這絕不是古代的較為艱深、數量又少的文人文學所能代替的。」[31]

　　施蟄存提出「輕文學」觀，與上述社會結構、文化形態的轉換息息相關。不過必須澄清的是，施蟄存的姿態絕非無原則的俯身遷就。張愛玲是最體貼海派的，但是在驚喜於「這裡有一種奇異的智慧」之前，也還承認海派是「新舊文化種種畸型產物的交流，結果也許是不甚健康的」[32]。將文化精神引向市民層面，危險是「新舊文化種種畸型」與封建性沉滓泛起。施蟄存在闡釋「伴侶」編輯理念時，一方面反對「態度太趨於極端」，另一方面就反對「趣味太低級」，否則「足以使新文學本身日趨於崩潰的命運」。無論是文學創作還是編輯實踐，施蟄存的理念、表

---

[30] 對「無名」的概念說明與理論闡釋，參見陳思和：《共名與無名》，收《陳思和自選集》，廣西師範大學出版社1997年9月。
[31] 張鴻聲：《都市文化與中國現代都市小說》第12、13頁。
[32] 張愛玲：《到底是上海人》，《張愛玲文集》（4）第20頁，安徽文藝出版社1994年7月。

現都極為辯證。對「禮拜六派」之類的「海派」，抑或穆時英、劉吶鷗等「新感覺派」的「新海派」，沈從文都不假辭色，唯獨對於施蟄存則敬重有加[33]。施蟄存不希望自己的雜誌「表現得很莊嚴」，但是對於「禮拜六派」之類的趣味，施蟄存以為「太低級」，當然是不認同的，他有自己純文學的追求（可以聯想到：關於《現代》雜誌上詩歌「晦澀」的指責不絕如縷，而恰是施蟄存的辯護、捍衛，為現代詩派的成長壯大推波助瀾），恪守著《〈現代〉創刊宣言》中標舉的「文學作品的本身價值」。所以，施蟄存的實踐，不妨看作在通俗性、大眾文學和精英性質的純文學之間探討一種合作。

三、多元環境中的斡旋

上述在多種勢力間斡旋、甚至不妨說「走鋼絲」的策略，貫穿著施蟄存主持《現代》雜誌的整個過程。

我們不妨來回顧《現代》創刊時的內外條件。「一・二八」爆發以前，左翼刊物如《拓荒者》、《北斗》均已遭查禁，只有宣揚民族主義文學的《前鋒月刊》和商務印書館發行的《小說月報》還在出版。戰後，商務印書館編譯所、圖書館和印刷廠都被毀壞，《小說月報》無法復刊，《前鋒月刊》本就是一幫烏合之眾佔據，被日軍一炮轟跨。淞滬戰爭持續雖不到三個月，但使上海的經濟、文化、民生都遭到極大破壞，幾乎所有文藝刊物都停止，1932年5月1日創刊的《現代》雜誌，自然成為當時上海唯一的文藝刊物，戰事引發的百業凋敝，成就了《現代》的一支獨

---

[33] 參見沈從文：《郁達夫張資平及其影響》、《論穆時英》、《論施蟄存與羅黑芷》，收入《沈從文批評文集》。

秀。另一方面，1931年「九・一八」事變後，文化界左翼與非左翼（國民黨御用文學除外）共同意識到了他們之間存有的共識，這種共識也是《現代》得到多方支持的文化背景因素──這是「天時」。其次，自1927年以來，各地文化人歸趨上海，需要雜誌刊物提供言論空間──這是「地利」。再次，在現代書局經理張靜廬的設想中，施蟄存是「挺適宜的一位編輯。對無論哪一方面都沒有仇隙，也不曾在文壇上對某一位作家發生過摩擦」[34]。而對於施蟄存來說，此前《無軌列車》、《新文藝》包括夭折的《文學工廠》的過程種種，既提供了豐富的編輯經驗，也讓他深刻意識到一份刊物生存的艱難，編輯如果憑自己的心性任意壟斷刊物的風格，或者為追趕激進的文學思潮而不惜冒政治風險，那麼，這個刊物就很難長久運轉下去。以上經驗教訓堪稱「人和」。無怪乎施蟄存在《浮生雜詠》中感歎：「一紙書垂青眼來，因緣遇合協三才。」[35]這裡的「協」，既指內外有利條件的交彙，其實也預示著需要在派別林立、政治敏感、商業利益的複雜環境中妥協、「走鋼絲」。

書局老闆商業動機的先天因素，決定了《現代》不能有明顯的政治立場。在籌畫《現代》之前，現代書局曾出版過《拓荒者》、《大眾文藝》等幾種左翼刊物，都被國民黨查禁；之後又出版鼓吹民族主義文學的《前鋒月刊》，雖然毀於淞滬戰爭，但書局在名譽和經濟上都受到損害卻是不爭的事實。所以張靜廬等人再要辦一個文藝刊物，「動機完全是起於商業觀點」，之所以挑中施蟄存，也是因為他既非左翼作家，和國民黨也沒有關係。

---

[34] 張靜廬：《在出版界二十年》第150頁。

[35] 施蟄存：《浮生雜詠・六十一》，《沙上的腳跡》第212頁，遼寧教育出版社1995年3月。

這番考慮，施蟄存是完全領會的，「我的《現代》絕不可能編成為一個有任何政治或文藝傾向性的同人雜誌」，《創刊宣言》也趕緊奠下基調，「間接地說明這個刊物沒有任何一方面的政治傾向，刊物的撰稿者並沒有共同的政治立場。對於出版家現代書局來說，這樣一篇《創刊宣言》是必要的，它可以保證不再受到因出版政治傾向鮮明的刊物而招致經濟損失」[36]。所以當「第三種人」論爭展開時，施蟄存「一開頭就決心不介入」，「在整個論辯過程中」也「始終保持編者的立場」。而當杜衡加入編務後，施蟄存又竭力使「《現代》保持原來的面貌」，甚至和杜衡定下協議「堅持《創刊宣言》的原則。儘管我們對當時的左翼理論家有些不同意見，但絕不建立派系，絕不和左聯對立」。[37]「從第四卷起，《現代》的銷路逐漸下降，每期只能印二三千冊了」[38]，而重要的影響因素之一就是雜誌沾上了「第三種人」色彩（至少外人看來如此），這倒是一個反證：雜誌有了政治傾向之後（哪怕是若有若無的），它對商業利潤的追求必然受到損害。

力求中立的態度也體現在刊物的欄目沿革上，從3卷1期起，《現代》新增「隨筆・感想・漫談」一欄，編者在「社中談座」裡提到開闢這一欄目的設想是要提供給作者與讀者「一個發表一點對於文藝與生活各方面雜感的場合。這裡的文章，對象是沒有限制的，無論是對於國家大事，社會瑣聞，私人生活或文藝思想各方面的片斷的意見」。正是在這一欄目裡，我們讀到了不少針砭時弊的言論，包括魯迅的《看蕭和看蕭的人們記》（3卷1期）、《關於翻譯》（3卷5期）、《小品文的危機》（3卷6期）

[36] 施蟄存：《重印全份〈現代〉引言》，《北山散文集》第1297頁。
[37] 參見施蟄存：《〈現代〉雜憶》，《北山散文集》第248、264頁。
[38] 施蟄存：《我和現代書局》，《北山散文集》第327頁。

這一系列體現現實戰鬥精神的雜文名篇。不料7個月後，4卷1期的「獨白開場」內，編者告知：「本來，本刊每期開端的篇幅有叫做『隨筆‧感想‧漫談』的一欄的，內容不限於文藝，舉凡政治或社會一切重要問題都可以談到。卻不料結果與我們原來的理想剛巧相反：一切應該談的話，我們都不可能談；可能談的話，卻多數不必談。我們考慮再四，到底還是決定把那一欄廢掉」，取而代之的新欄目叫「文藝獨白」，「供給愛護本刊的讀者和作者以公開發表關於文藝的意見的園地」。從「內容不限於文藝，舉凡政治或社會一切重要問題都可以談」，到「把雜論的範圍仍然限制到純文藝方面來」，專供「發表關於文藝的意見」──這番轉變，顯然是出於規避敏感的時政問題而求保身。

但是，《現代》斡旋於左翼文學與政府御用文學之間「無偏黨」的姿態，並不等同於毫無原則、渾渾噩噩。總的來說，《現代》向左翼作家與自由主義作家開放，「但國民黨方面的文章，我是攔住不登的」[39]；並且在「不介入政治漩渦」[40]、不影響商業利潤的的前提下力所能及地為進步事業提供支持。正如徐遲的評價那樣：「這是一個努力團結多方面的力量，盡可能地發出一點時代的聲音的好刊物。表面上只注意藝術性，骨子裡卻也有進步性。」[41]丁玲被捕後的持續報導以及發表魯迅《為了忘卻的紀念》，已無須贅言，不妨再舉一例。

在1930年代上海租界當局的容許範圍之內，寫無產階級革命小說，必須避免一些說明，情節的發展也得省略一些樞紐，整個

---

[39] 施蟄存：《施蟄存談〈現代〉雜誌及其他》，《魯迅研究資料》（9）第231頁，北京魯迅博物館、魯迅研究室編，天津人民出版社1982年1月。

[40] 施蟄存：《讀〈現代〉重印本書感》，《北山散文集》第1053頁。

[41] 徐遲：《江南小鎮》第103頁，作家出版社1993年3月。

故事的前因後果，要讀者自己去體會。《現代》雜誌上就有好幾篇這樣的小說。比如3卷2期發表了樓適夷的一個短篇《死》。小說講述一個化名「李大姐」的女同志，夜晚在西藏路上被國民黨特工綁架逮捕，受到嚴刑拷打。特工要威逼她供出同志的地址。小說著重描寫了人物的心理狀態：在酷刑和侮辱之下，曾經想屈服。經過思想鬥爭，認清生和死的意義，終於堅持下去，為革命而犧牲。但作者在這篇小說中，沒有說明李大姐是何等樣人。她為什麼被綁架？那個「黑大個子老王」為什麼要綁架她？他要逼她說出來的是個什麼地址？兩個月之後，編者收到一封署名「石心照」的讀者來信，如下：

編輯先生：

　　當我看完了三卷二期適夷君作的《死》以後，我的腦子昏昏亂亂，幾乎令我不知所看的是什麼。於是又反覆看了有四次之多，但是始終看不清到底所寫的是什麼。

一、為什麼那個女子走在大街上被黑大個子老王架上
　　汽車？是不是綁票？（但是那女子是窮的。）

二、老王是個作什麼的？

三、用抽打刑罰逼那女的說些什麼？

　　還有，「上海足足弄掉了二三百個地方……用木殼槍保護你，用不著怕……」這是不是逼親，或舊小說上的搶親？但是……（真不明白）還有（多著呢，不說了。）

　　就以上的問題，我費了三周夜的思索，始終還是不明白。現在請問編者對於我的這幾句話有什麼意見。

　　最後，我要說的是：文章雖然貴乎含蓄，但是含蓄得太高深了，也只有作者（或《現代》的編者）能懂得。

愚笨的讀者（如我）是一點也不懂得。哎，只怨我少念幾年書吧！

　　　　　　　　　　　　　　　　　　　石心照

實際上確實有些天真的讀者，特別是內地的讀者，不瞭解革命鬥爭的形勢，更不瞭解作者的處境，對於這些小說，常常感到「朦朧」，但是這封信比較特殊，施蟄存的考慮是：「從這封信的署名『心照』看來，我猜想這封信不能從正面文字去理解。他並不是真的看不懂《死》，而是在諷刺作者，也是在諷刺革命文學。我研究之後，覺得不能從此信所表現的文字以外去答覆。」[42]於是在3卷6期的「社中談座」中，施蟄存將「石心照」來信全文刊出，並答覆如下：

心照先生：

　　你的來信始而使我們驚詫，終而使我們感歎。你對於適夷君的《死》所發的幾點疑問，請原諒，我們也沒有可能一條一條的答覆你。我們只能說這篇小說描寫的是，一位從事社會革命的女性因政治關係而被捕的情形。此外，我們沒有什麼好說，只能請你把那作品看一個第五次。

　　你說「文章雖然貴乎含蓄……」，但我們不得不告訴你，在目前這情勢下，有些文章是不得不含蓄，倒並不是故意賣弄機關以圖欺騙讀者。寫文章而不會含蓄，在

---

[42] 參見施蟄存：《〈現代〉雜憶》，《北山散文集》第272頁。

今日之下所能遭到的運命，想來你也不至於完全不知道
吧……

編者

施蟄存就是用這樣「心照不宣」的方式回擊了意圖不軌者，為革
命文學作了辯護。

1934年，戴望舒在巴黎認識了超現實主義詩人姚拉（Jolas），
姚拉在戴望舒那裡見到了《現代》雜誌。「他就直接寫了一封信
給我，希望我的刊物出一個專號，介紹和宣傳超現實主義文藝。
當時我以為這一種文藝思潮，在中國不能起什麼作用，反而會
招致批判，於是就覆信婉謝了。」[43]其實就個人而言，施蟄存對
作為西方文藝界最新潮流的超現實主義是懷有好奇和興趣的。比
如他和當時具有超現實主義風格的畫家龐薰琹、周多[44]等有著良
好的友誼與合作，《現代》雜誌曾請這些畫家設計過佈滿超現實
趣味的封面；但是要出一個超現實主義的專號，施蟄存就顯得特
別謹慎，誠如研究者的洞察：「身為主編，他必須以雜誌的得失
為第一考量。超現實主義和之前的達達、未來主義一樣，與中國
的現實社會似乎隔膜甚厚，『不能起什麼作用』；而且，在『異
議』、『論爭』此起彼伏的『多事之秋』，出版一本『超現實主
義文藝專號』立即招來各方尤其是遵奉現實主義的左翼陣營的
『批判』，幾乎是可以預見的現實。為了省卻不必要的口舌之爭

---

[43] 施蟄存：《米羅的畫》，《北山散文集》第875頁。
[44] 施蟄存注意到，「周多、林風眠、龐薰琹、雷圭元，他們的畫都有超現
實主義的影響。尤其是龐薰琹，他帶回來的作品，幾乎都是超現實主義
的風格」。施蟄存：《米羅的畫》，《北山散文集》第875頁。

和更多麻煩，施蟄存選擇了『婉謝』。」由此正見出施蟄存在
「個人旨趣與公眾職位之間」的商兌與妥協[45]。

　　《現代》1卷5期上發表了施蟄存翻譯的英國評論家阿爾杜
思・赫克斯萊（Aldous Huxley）的《新的浪漫主義》一文，作者
將浪漫主義分為新、舊兩種：「舊浪漫主義」主張「最高的政治
價值便是個人的自由」，「個人主義與自由便是他們所追求的最
後的福利」。與此相對，布爾什維克主張的「集團主義」則是一
種「新的浪漫主義」，「革命的自由主義者不承認人除了個人的
靈魂之外，同時還是一個社會的動物，所以他們是浪漫的。布爾
什維克則不承認人是有甚於一個社會的動物的地方，只想以一定
的訓練工夫把他們變成一架完善的機器，這也不免是浪漫的。所
以說這兩種思想都是過度和偏執的」。而作者態度是：「我個人
對這兩種浪漫主義都不大滿意」，「如果要我自己的路，我絕不
在這兩者之中揀取一種；我是主張在這兩者之中採取一個中庸之
道的，可以有永久價值的唯一的人生哲學是一種包含一切事實的
哲學──心靈的事實和物質的事實，本能的事實和智慧的事實，
個人主義的事實和社會的事實」。施蟄存特意在「譯者後記」中
指出：「我覺得在這兩種紛爭的浪漫主義同樣地在中國彼此衝突
著的時候，這篇文章對於讀者能盡一個公道的指導的。」很顯
然，翻譯這篇文章，標明了施蟄存對當時盛行的文學思潮的態
度，他心目中新舊浪漫主義在中國的代表分別是指左翼作家和新
月派、論語派自由主義知識份子。正如前文所言，施蟄存是在雙
線作戰的語境中，提出「輕文學」觀和「伴侶」編輯理念：一方
面反對「態度太趨於極端」，另一方面反對「趣味太低級」；一

---

[45]　胡榮：《從〈新青年〉到決瀾社──中國現代先鋒文藝研究（1919—
　　　1935）》第183、184頁，復旦大學出版社2012年10月。

方面反對「儼然發揮了指導精神的普羅文學」,另一方面反對「龐然自大的藝術至上主義」[46]。施蟄存與左翼方面的齟齬已有多種討論(也可參見前文),後者那方面卻揭櫫不多。比如,對於林語堂主編《人間世》刊載「斗方名士式的『倡合』」做法,施蟄存就表示過不滿,認為「文白的兼收並蓄,實際上便是一種對五四的叛變」[47]。此外,從「伴侶」編輯理念出發,《現代》編者不願意領導青年,但這並不意味著放棄對現實社會的責任,「我們不願意作過分的誇張,以為號召讀者的宣傳。我們願意盡了一個文藝雜誌所能做的革命工作,但我們不肯虛張聲勢,……對於一般安於逸樂,昧了危亡,沒有看見中國社會的種種黑暗、沒落、殘頹景象的有希望的青年們,我們願以《現代》為一面警惕的鏡子,使他們多少從這裡得到些刺激和興奮,因而堅定了他們的革命信仰,這就是我們的目標了」(「社中座談」,《現代》3卷4期)。「鏡子」是文學間接反映現實(也標明了文學特殊性)的經典比喻,施蟄存藉此表達其工作的落腳點:通過具體的文學創作、學理討論等方式來表達對人生的思索、進而介入社會。這也正是前文提到的知識份子對民間崗位的執守。

1934年10月,《現代》推出「美國文學專號」。編者在《導言》中概括「美國文學中有兩個應該極鄭重的去注意的特徵」,其一是「自由」:「我們堅信,只有自由主義才是文學發展的絕對而且唯一的保障」,「在現代的美國文壇上,我們看到各種傾向的理論,各種傾向的作品都同時並存著;它們一方面是自由的辯難,另一方面又各自自由的發展著。它們之中任何一種都沒有得到統治的勢力,而企圖把文壇包辦了去,它們也任何一

---

[46] 施蟄存:《無意思之書》,《現代》1卷1期,現收入《北山散文集》。
[47] 《文壇展望》,《現代》5卷3期。

種都沒有用政治的或社會的勢力來壓制敵對或不同的傾向」。《現代》推出「美國文學專號」，本就意在通過介紹美國文學的「豐富」來提示、幫助當下「本國新文學的建設」，上述這番對自由辯難、自由發展的文壇格局的描述，正是施蟄存心嚮往之的。

對於自己所秉持的「既不敢左，亦不甘右，又不欲取咎於左右」的中間派路線，施蟄存留下這樣兩句詠懷：「左右逢源無適莫，衡文吾道一中之。」[48]但是對於這樣一種「走鋼絲」般的苦心孤詣，並非人人都能理解。早在1934年，就已經有人說《現代》「不左不右，亦左亦右」，可事實上它又受到左右兩方面的攻擊，胡風在《粉飾，歪曲，鐵一般的事實》將《現代》等同於「第三種人」的同人刊物，中共建國後也有研究者指其為「資產階級反動文學刊物」；而1934年國民黨當局對《現代》雜誌的定位則是「半普羅的」[49]。無怪乎施蟄存多次表示：「許多人看慣了同人雜誌，似乎不能理解文藝刊物可以是一個綜合性的、百家爭鳴的萬華鏡，對於我主編的《現代》，總愛用同人雜誌的尺度來衡量……他們沒有一個人曾看過全份《現代》，更沒有看過我的《創刊宣言》。」[50]這裡面，有深深的、不被理解的委屈。

以上諸方面所討論的施蟄存通過《現代》雜誌的策略與實踐：在通俗性、大眾文學和精英性質的純文學之間探討合作；在追求商業利潤的同時「借水行舟」般承擔文藝使命，「給全體的文學嗜好者一個適合的貢獻」；斡旋於左、右政治勢力之間力求

---

[48] 施蟄存：《浮生雜詠·六十二》，《沙上的腳跡》第213頁。

[49] 參見《上海市黨部文藝宣傳工作報告》，陳瘦竹：《左翼文藝運動史料》第319頁，南京大學學報編輯部1980年5月。

[50] 施蟄存：《〈現代〉雜憶》，《北山散文集》第248頁；以及《重印全份〈現代〉引言》，《北山散文集》第1296、1297頁。

「無偏黨」的姿態──這些靈活與機變，正得自於施蟄存對海派文化空間獨特性的把握。

2013年8月2日

輯二
名教與實感

「名教」的現代重構、討論方法及其批判意義

一、從「新語」到「名教」

　　清民之際新名詞大量出現，體現出中國人思維方式與價值觀念的現代變革。但是其中也潛藏著危險，自清末以來持續的名詞膨脹正是誘發現代名教的重要成因。

1、新詞語生成、輸入之盛

　　清季新詞的大量出現始於製造局之譯書，傳教士和新式報刊也起了相當作用。以個人貢獻而論，不得不提到梁啟超。1897年，梁啟超在《變法通議・論譯書》中指出「新出之事物日多，豈能悉假古字。故為今計，必以造新字為第一義」[1]。1899年，《汗漫錄》以新意境、新語句與古風格來揭起「詩界革命」，其中「新語句」主要是指運用「歐洲語」、「新名詞」以體現「歐洲真精神真思想」。儘管後來出於對「革命」詞義潛在威脅的恐懼，梁啟超修正了「詩界革命」的批評標準[2]，但正是在他的倡

---

[1]　梁啟超：《變法通議・論譯書》，《飲冰室合集・文集之一》第74頁，中華書局1988年9月。

[2]　梁啟超在「詩界革命」後期強調「風格」、「意境」而淡化「新語句」，說：「過渡時代，必有革命。然革命者，當革其精神，非革其形式。吾黨近好言詩界革命。雖然，若以堆積滿紙新名詞為革命，是又滿洲政府變法維新之類也。能以舊風格含新意境，斯可以舉革命之實

導下，《清議報》、《新民叢報》等出現大量使用「新語句」
——如「自由」、「民主」、「共和」、「平等」——的詩歌。
或許梁在詩歌領域還略顯保守，但是對於散文的態度則更放得
開，下筆多嵌入新名詞及外國語法，這正是「新文體」（人稱
「啟超體」）的重要特色。1902年，《新民說·論進步》宣告：
「社會之變遷日繁，其新現象、新名詞必日出，或從積累而得，
或從交換而來。故數千年前一鄉一國之文字，必不能舉數千年後
萬流匯遝、群族紛拏時代之名物、意境而盡載之、盡描之，此無
可如何者也。言文合，則言增而文與之俱增。一新名物、新意境
出，而即有一新文字以應之。新新相引，而日進焉。」[3]同年黃
遵憲來信告訴梁啟超正是在其推動下，朝野上下對新名詞趨之若
鶩：「此半年中，中國四五十家之報，無一非助公之舌戰，拾公
之牙慧者。乃至新譯之名詞，杜撰之語言，大吏之奏摺，試官之
題目，亦剿襲而用之。」[4]

　　清民之際，新語入華漸成趨勢，言談、作文中新語層出不
窮，連清末科舉改試策論的卷子中，「滿紙只有起點、壓力、熱
力等字」[5]。李寶嘉特撰《新名詞詩》四首：

矣。苟能爾爾，則雖間雜一二新名詞，亦不為病。不爾，則徒示人以儉
而已。」並對譚嗣同、夏曾佑等人「頗喜搏撦新名詞以自表異」不以為
然。梁啟超：《飲冰室詩話》，《新民叢報》第29期，1903年4月11日。
引自《梁啟超學術論著集·文學卷》第376頁。具體解說可參見陳建華：
《「革命」的現代性：中國革命話語考論》，上海古籍出版社2000年12月。

[3]　梁啟超：《新民說·論進步》，《新民叢報》第10號，1902年6月。

[4]　黃遵憲：《水蒼雁紅館主人來簡》，《新民叢報》第24期，1903年1月
13日。引自《辛亥革命前十年間時論選集》（第一卷上冊）第336、337
頁，張枏、王忍之編，三聯書店1960年。

[5]　葉德輝：《郋園書札·與南學會皮鹿門孝廉書》，《葉德輝集》（1）第
318頁，學苑出版社2007年7月。

處處皆團體，人人有腦筋。保全真目的，思想好精神。
勢力圈誠大，中心點最深。出門呼乙太，何處定方針。

短衣隨彼得，扁帽學盧梭。想設歡迎會，先開預備科。
舞臺新政府，學界老虔婆。亂拍維新掌，齊聽進步歌。

歐風兼美雨，過渡到東方。腦蒂漸開化，眼簾初改良。
個人寧腐敗，全體要橫強。料理支那事，酣眠大劇場。

陽曆初三日，同胞上酒樓。一張民主臉，幾顆野蠻頭。
細思皆膨脹，姑娘儘自由。未須言直接，間接也風流。[6]

雖語出戲謔，但確實反映出當時新名詞膨脹的情形（且上述羅列
的當年時髦名詞絕大部分早已成為今人的口頭用語）。詩中描寫
的語文狀況，未必僅限於精英領域，作為時代潮流的集約化符號
的新名詞，也大量滲透、傳播到民間。

在入華新名詞中，蔚為大觀的當然是「日本新名詞」。1911
年刊行的《普通百科新大詞典》「凡例」中說：「吾國新名詞
大半由日本過渡輸入」[7]。時人對襲用日本新名詞的情狀多有寫
照：「年來由日本販入之新名詞，人人樂用」[8]，「自日本移譯

6　李寶嘉：《南亭四話》，轉引自馮天瑜：《新語探源──中西日文化互
　　動與近代漢字術語生成》第5頁，中華書局2004年10月。馮先生此書是研
　　究近代以降新語生成與輸入的代表著作，本文在討論新語這一部分中多
　　次參考了馮先生的論述，特此說明並致謝。

7　參見摩西編：《普通百科新大詞典》，中國詞典公司1911年。轉引自實
　　藤惠秀：《中國人留學日本史》第292頁，譚汝謙、林啟彥譯，三聯書店
　　1983年8月。

8　皕海：《基督教文字播道事業之重要》，《中國近代出版史料二編》第

之新名詞流入中土，年少自喜者輒以之相誇，開口便是，下筆即來，實文章之革命軍也」[9]。

2、對新詞語的拒斥

　　當然，晚清民初士人排斥新語者亦不乏其人。據馮天瑜先生考證：「西洋新語入華，自明末以降，已歷三百年，然直至1896年以前，因力度有限，並未引起人們重視，……但1896年以後，隨著日本新名詞的成批湧入，使得視語文傳統為命脈的士大夫階層十分驚恐，遂起而抵制。」[10]

　　戊戌時期，葉德輝譏諷道：「更可笑者，筆舌掉罄，自稱支那，初哉首基，必曰起點。……論其語，則翻譯而成詞，按其文，則拼音而得字。非文非質，不中不西，東施效顰，得毋為鄰女竊笑耶！」[11]在他與王先謙等人共同制定的《湘省學約》中，也對《湘報》好用新詞力加抨擊。

　　張之洞是遊學東瀛和廣譯東書的重要倡導者，但是當遊學和譯書的必然結果──新詞語及其負載的新思想大舉入華之際，張之洞卻心生抵觸，1903年底1904年初，在其主持制定的《奏定學堂章程‧學務綱要》中特列「戒襲用外國無謂名詞以存國文端士風」一條，對外來詞（尤其是日本名詞）大加討伐：「古人云：文以載道。今日時勢，更兼有文藝載政之用……凡通用名詞自不宜剿襲摻雜。日本各種名詞，其古雅確當者固多，然其與中國文辭不相宜者亦複不少。近日少年習氣，每喜於文字間襲用外國名

　　　333頁，張靜廬編，中華書局1957年。
[9]　徐珂：《清稗類鈔》（第4冊）第1732頁，中華書局1983年。
[10]　馮天瑜：《新語探源──中西日文化互動與近代漢字術語生成》第510頁。
[11]　葉德輝：《郋園書札‧答人書》，《葉德輝集》（1）第324頁。

詞諺語，如團體、國魂、膨脹、舞臺、代表等字，固欠雅馴。即
犧牲、社會、影響、機關、組織、衝突、運動等字，雖皆中國所
習，而取義與中國舊解迥然不同，迂曲難曉。又如報告、困難、
配當、觀念等字，意雖可解，然並非必需此字。而舍熟求生，
徒令閱者解說參差，於辦事亦多窒礙。此等字樣，不勝枚舉，
可以類推。」[12] 1905年12月，張之洞電告學政：「近時惡習，無
論官私何種文字，率喜襲用外國名詞，文體大乖，文既不存，
道將安附？」[13]張之洞態度之迎拒適足反映其心目中「中學為
體，西學為用」所規劃的限度，也表徵了轉型時代中士人的典型
心態。耐人尋味的是，據江庸《趨庭隨筆》記載，張之洞晚年任
體仁閣大學士，兼管學部，決計利用職權抵制日本名詞在中國的
氾濫，「凡奏疏公牘有用新名詞者，輒以筆抹之。且書其上曰：
『日本名詞』。後悟『名詞』兩字即新名詞，乃改稱『日本土
話』」。此外，當時學部擬頒一檢定小學教員的章程，張以為
「檢定」一詞來自日本，欲更換而不得妥帖之語，猶豫再三，
該章程終被擱置[14]。上引張之洞指摘「少年習氣」所襲用的幾例
新名詞，大多已成為今人的習慣用語，再加上他厭而難棄的矛
盾情形，反證明新語輸入之不可阻擋。這也是我們下文討論名
教批判的前提之一，反對名教絕非如舊人物一般厭惡、抵抗新
語彙。

　　1907年，林紓在《拊掌錄》中的一段跋尾中表示：「老人英
產，力存先英軌範，無取外國之名詞，以雜其思想。此語固甚恰

---

[12] 參見《東方雜誌》1904年第3期。

[13] 胡鈞：《張文襄公（之洞）年譜》第243頁，《近代中國史料叢刊正編》
第五輯，沈雲龍主編，文海出版社（臺北）1973年。

[14] 江庸：《趨庭隨筆》第7頁，《近代中國史料叢刊正編》第九輯，沈雲龍
主編，文海出版社（臺北）1967年。

餘懷也。……吾中國百不如人，獨文字一門，差足自立，今又以新名詞盡奪其故，是並文字而亦亡之矣。」[15]1915年9月，辜鴻銘在北京大學的開學典禮上以諧謔的語調抨擊道：「現在人做文章都不通，他們所用的名詞就不通，譬如說『改良』吧，以前的人都說『從良』，沒有說『改良』，你既然已經是『良』了，你還改什麼？你要改『良』為『娼』嗎？」[16]

　　讀書人反對新名詞往往出於民族主義與保存國粹的態度。清季最後幾年，由於西方民族主義思想的引入，語言文字被視為「國粹」的當然組成，「合一種族而成一大群，合一群而奠居一處，領有其土地山川，演而為風俗民質，以成一社會。一社會之內，必有其一種之語言文字焉，以為其社會之元質，而為其人民精神之所寄，以自立一國。一國既立，則必自尊其國語國文，以自翹異而為標致。故一國有一國之語言文字，其語文亡者，則其國亡；其語文存者，則其國存。語言文字者，國界種界之鴻溝，而保國保種之金城湯池也。」[17]有人指責新名詞輸入導致國民精神墮落[18]，鄧實更是以為「變易其國語，擾亂其國文」是今之「歐美列強所以多滅國之新法也」[19]。這其中章太炎的意見值得重視。「衛國性、類種族者，惟語言歷史為亟」[20]，從捍衛「漢種語文」的角度，外來的新語實足警惕。但他在比較

15　林紓：《〈拊掌錄〉跋尾》，《林紓文選》第39頁，許桂亮選注，百花文藝出版社2006年10月。

16　轉引自馮友蘭：《三松堂自序》第319頁，三聯書店1984年12月。

17　鄧實：《雞鳴風雨樓獨立書·語言文字獨立》，轉引自羅志田：《種界與學理：抵制東瀛文體與萬國新語之爭》，《國家與學術：清末民初關於「國學」的思想論爭》第145頁。關於此段史實，羅先生討論甚詳。

18　參見《新名詞輸入與民德墮落之關係》，《東方雜誌》1906年第12期。

19　黃節：《國粹學報敘》，《國粹學報》第1年第1期。

20　章太炎：《重刊〈古韻標準〉序》，《章太炎全集》（四）第203頁。

中西語文短長之後，認為「漢土所闕者在術語」，「歐洲所完者在術語」[21]；「中國文辭，素無論理」，強調「科學興而界說嚴，凡夫名詞字義，遠因於古訓，近創於己見者，此必使名實相符，而後立言可免於紕繆」[22]。顯然章太炎並不全然反對創制新語，清末民初，借創制定義精密、概念規範的新語來改變中國人「含混閃爍」的思維習慣，得到很多思想精英的認同（比如王國維、嚴復，稍後的魯迅、周作人等）。對於「新事新物，逐漸增多，必須增造新字，才得應用」的說法，章太炎以為「這自然是最要」，他的特異之處在於「遠因於古訓」一條，即創制的方法「但非略通小學，造出字來，必定不合六書規則。至於和合兩字，造成一個名詞，若非深通小學的人，總是不能妥當」[23]。支持「增造新字」，但須得「深通小學」。這是否提醒我們：在適應新的「現代性」需要而與傳統實現一定程度的「斷裂」時，應該保持對部分傳統（比如中國的重要構詞法等）適度的尊重，這或許成為現代轉換的接引與契機。早在1890年，有著豐富翻譯經驗並且對西學東漸作出巨大貢獻的傳教士傅蘭雅總結翻譯過程中「創造專業術語的原則」，其中重要一條即是「新術語必須盡可能地與漢語的一般結構相一致」[24]。荀子曾鑒於戰國時代「奇辭起，名實亂」的情形而矚望「若有王者起，必將有循於舊名，有作於新名」（《荀子·正名》），語言的穩定性與變異性正是在

---

[21] 章太炎：《規〈新世紀〉》，《民報》24號，第29頁，1908年。

[22] 章太炎：《論承用維新二字之荒謬》，《章太炎政論選集》（上）第242-244頁，中華書局1977年。

[23] 章太炎：《我的生平與辦事方法》，《章太炎的白話文》第73頁，遼寧教育出版社2003年3月。

[24] 轉引自馬西尼：《現代漢語辭彙的形成——十九世紀漢語外來詞研究》第80頁，黃河清譯，漢語大詞典出版社1997年3月。

「循於舊名」與「作於新名」的辯證融合中並行不悖。

3、新語輸入的合理與潛藏的危險

學人中不同時流而對新名詞有理性態度者，首推王國維。1905年在《論新學語之輸入》中，開宗明義肯定了新語入華：「近年文學上有一最著之現象，則新語之輸入是已」，「我國學術而欲進步乎，則雖在閉關獨立之時代，猶不得不造新名。況西洋之學術駸駸而入中國，則言語之不足用，固自然之勢也」。反映新器物的新名詞，自明末以來不在少數，人們較易接受；但表徵新思想的新名詞，在「中體西用」占主導的格局中則每遭非議（如前文所例舉），而王國維正是在思想與語言的關聯中評價「新言語輸入」的意義：「言語者，思想之代表也。故新思想之輸入，即新言語輸入之意味也。十年以前，西洋學術之輸入，限於形而下學之方面，故雖有新字新語，於文學上尚未有顯著之影響也。數年以來，形上之學漸入於中國，而又有一日本焉，為之中間之驛騎，於是日本所造譯西語之漢文，以混混之勢而侵入我國之文學界。好奇者濫用之，泥古者唾棄之，二者皆非也。」[25]面對新詞語「以混混之勢而侵入」，「泥古者唾棄之」當然不智，「好奇者濫用之」亦復無益，王國維的這番評議發人深省。

順著王國維的思路，我們已可大致觸摸到新語輸入的必要性與意義、價值所在。語言學家薩丕爾說：「語言，像文化一樣，很少是自給自足的。」[26]辭彙對於文化、思想與社會有著強

---

[25] 王國維：《論新學語之輸入》，《教育世界》第96期，1905年4月。引自《靜庵文集》，遼寧教育出版社1997年3月。

[26] 薩丕爾：《語言論》第173頁，陸卓元譯、陸志韋校，商務印書館1997年。

烈的依附性與共變性，尤其在轉型時代，隨著外來事物、思想的大規模入華，詞語的「侵入」、新變與增生是正常不過的事情，正如梁啟超所謂「社會之變遷日繁，其新現象、新名詞必日出」。

馮天瑜先生將新術語「在學術文化層面」的作用羅列為三點：「塑模並規限近代諸學科的發展。造就新文體，推動白話文運動。提供新思想的語文部件。」[27]經過這一「語文部件」所搭建的傳播平臺，中國人將現代文明的成果部分地轉化為中國文化的一部分。從「一般思想史」的角度而言，正是那些看似在不經意間反覆使用的表示新生事物與新思想的新名詞，在社會實踐中，既體現出中國人思維方式與價值觀念的變革，同時又艱難參與、推動了這一變革過程，在潛移默化中重塑了中國人的「自我感知框架」（frames of self-perception）[28]。

對於本文的論題而言，概述以上這番情形——清季民初新語輸入之盛，拒斥者的不明智，以王國維為代表的理性態度以及新語輸入的必要性——的意義在於說明：首先，自清末以來持續的名詞爆炸確實是誘發現代名教的重要成因，這是胡適在1920年代揭起名教批判的背景；其次，以王國維為代表的理性態度可以規範本文的議論範圍，即下文論及反抗名教必須在語言學家陳原所謂「語彙學的辯證法」中具體展開。所謂「語彙學的辯證

---

[27] 馮天瑜：《新語探源——中西日文化互動與近代漢字術語生成》第615頁。

[28] 參見王汎森：《中國近代思想文化史研究的若干思考》，收入《史學方法與歷史解釋》，康樂、彭明輝主編，中國大百科全書出版社2005年4月。王先生在此文中對新名詞成為塑造「自我感知框架」的資源有所提及。這個概念來自美國文化人類學家格爾茨，參見柯利弗德‧格爾茨：《革命之後：新興國家中民族主義的命運》，《文化的解釋》第284、285頁，韓莉譯，譯林出版社1999年11月。

法」是指「語言的吸收功能和語言的污染現象」「互相矛盾而存在」[29]。一方面,「任何一種有生命力的語言,它不怕同別的語言接觸,它向別的語言借用一些它本來所沒有,而社會生活的發展要求它非有不可的語言」;另一方面,「當借詞達到超飽和程度」,「濫用外來詞」,就會引發「語言污染」[30]。也就是說,我們應該放下語文上的盲目排外與民族主義藩籬,對新名詞採取迎受態度;不過,同時也應該意識到,清末以來國人確如「久處災區之民」,求新者的饑不擇食中危險也暗中滋長,新語入華的力倡者梁啟超就有過這樣的反省:

> 壬寅、癸卯間,譯述之業特盛,定期出版之雜誌不下數十種。日本每一新書出,譯者動數家。新思想之輸入,如火如荼矣。然皆所謂「梁啟超式」的輸入,無組織,無選擇,本末不具,派別不明,惟以多為貴,而社會亦歡迎之。蓋如久處災區之民,草根木皮,凍雀腐鼠,罔不甘之,朵頤大嚼,其能消化與否不問,能無召病與否更不問也,而亦實無衛生良品足以為代。[31]

　　這正如嚴復總結的近代中國讀書人面對新說的兩種態度:「不為無理偏執之頑固,則為逢迎變化之隨波。」[32]上面這兩方

---

[29] 陳原:《語言與社會生活》第62頁,三聯書店1980年4月。

[30] 參見陳原:《語言與社會生活》第49頁;陳原:《社會語言學》第287-288頁,學林出版社1983年8月。

[31] 梁啟超:《清代學術概論》,《梁啟超論清學史二種》第80頁,朱維錚校注,復旦大學出版社1985年9月。

[32] 嚴復致熊純如(1916年9月20日),《嚴複集》(第3冊)第648頁,中華書局1986年1月。

面規約著我們批判名教的前提，還是借王國維的話說吧，面對著新詞語「以混混之勢而侵入」，首先與「泥古者唾棄之」劃清界限，然後仔細考察「好奇者濫用之」所含藏的危險，而名教正是其中危險之一。

二、名教概念的流變與現代重構

「名教」本來特指以正名定分為主的封建禮教。西漢武帝時，將符合封建統治利益的政治觀念、道德規範等立為名分，定為名目，號為名節，制為功名，以之教化。名教蘊含的實質正是圍繞正名定分並以之為教化來建立長幼有序、尊卑有別的秩序。

近代以降激烈批判名教，較為顯著者是譚嗣同1896年撰寫的《仁學》。他明確地用「以名為教」來表述名教的實質並揭示其中可怕的命定論色彩對人實際生活與實踐的壓制。1908年，章太炎在《排滿平議》中揭示「殉名」[33]的危害，「殉名」可以理解為以身殉名教。此處不妨參考以賽亞・伯林的意見，「太多人渴求文字魔力」（即「符咒」），「將人類犧牲於文字」，於是，「社會真實單元所在的個人經常被作為犧牲而獻祭於某個概括觀念、某個集合名詞、某塊旗幟」[34]。此處「獻祭」，正可指向「殉名」、為名教所吞噬。同一年在《四惑論》中章太炎又批判「以論理代實在」，這一文章最直接的產生背景，「是對《新世紀》假借服膺於科學、順應於進化、尊重唯物及信奉自然規則等

---

[33] 章太炎：《排滿平議》，《章太炎文選》第291頁，上海遠東出版社1996年7月。

[34] 參見以賽亞・伯林：《赫爾岑與巴枯寧論個人自由》，《俄國思想家》第106~110頁，彭淮棟譯，譯林出版社2001年9月。「社會真實單元」一句出於赫爾岑《彼岸書》，轉自上引伯林一文。

等名義來否定同盟會綱領及群眾實際鬥爭的憤懣」、「為了回擊《新世紀》對《民報》和同盟會綱領的詆毀」[35]。於是遂有對《新世紀》諸人「時吐譎觚之語，以震盪人」[36]的描畫。「譎觚之語」正可視為名教，「惑」既指「譎觚之語」中不證自明、「今人以為神聖不可干」的觀念學說（日本學者木山英雄先生稱其為「理念偶像」[37]），又被太炎用來形容深受「震盪」者面對「譎觚之語」時的心靈狀態，這裡沒有飽含豐富生存體驗的精神探索，而只是為「惑」所震懾、誘導，取消了獨立思考與判斷，轉而精神渙散、個性淪喪，只在思維世界中留下空白的「跑馬場」，供種種名教符號大行其是地加以填塞。章太炎告訴世人：現代意識形態歸根結底是人為建構，如果將人們有限的認識絕對化，用新的觀念崇拜來桎梏人，就會造成精神枷鎖與強迫機制。章太炎顯然已經預感到了名教的實質、危害與名教運作機制中深藏的現代迷信與社會專制的認識論起源。

1926年12月，馮友蘭在《名教之分析》中說：「所謂名教，大概是指社會裡的道德制度，與所謂禮教的意義差不多。」這仍然是「名教」的基本義，但馮友蘭同時指出：「在實踐方面，概念在中國，卻甚有勢力。名教、名分，在中國有勢力。名所指的就是概念。」進而將守節、殉夫這種中國歷史上「不合理的事情」，歸咎於「屈服於名、概念」[38]。

---

[35] 參見姜義華：《章太炎評傳》第104頁，百花洲文藝出版社，1995年12月。

[36] 章太炎：《臺灣人與〈新世紀〉記者》，原載《民報》第二二號，轉引自姜義華：《章太炎評傳》第105頁。

[37] 參見木山英雄：《「文學復古」與「文學革命」》，《文學復古與文學革命：木山英雄中國現代文學思想論集》第213頁，趙京華編譯，北京大學出版社2004年9月。

[38] 參見馮友蘭：《名教之分析》，原載《現代評論》第二周年紀念增刊，1927年1月；引自《三松堂全集》（第十一卷），河南人民出版社2000年

　　兩年後，胡適在《名教》一文中將馮友蘭的意思理解為「『名教』便是崇拜名詞的宗教」，進而直截了當地說：「『名教』，便是崇拜寫的文字的宗教；便是信仰寫的字有神力，有魔力的宗教。」這裡對「名教」概念的理解、對名教危害產生因由的分析，正是本文立論所據。胡適是現代中國揭起名教批判的代表性人物，有兩點值得注意：首先，名教批判是胡適思想中持續發展的一條脈絡，他「向來反對『名教』」，對那些不涉實際的（包括「不察中國今日之情形」與不關切「社會人生切要的問題」）、被抽象出來成為空洞的符號、成為「空空蕩蕩、沒有具體的內容的全稱名詞」[39]，有著清醒的警覺。比如「問題與主義」之爭，胡適是在一個特殊的語境與時代風習中揭起「問題與主義」之爭，如果還原到當時的歷史情境中，它未必全然如後人認為的那樣意味著新文化陣營的分裂、馬克思主義與非馬克思主義的第一次論戰，至少在反對空言「主義」上雙方有很深共識。「問題與主義」之爭只有納入到胡適名教批判的持續脈絡中才能更清晰地顯示其主旨。其次，胡適名教批判的哲學背景是實用主義。實用主義哲學基本不討論形而上學和知識論，反對沉迷在各種抽象的理論中，排斥形形色色的主義，而以解決實際社會問題為宗旨。胡適曾總結過「實驗的方法」：「（一）從具體的事實與境地下手；（二）一切學說理想，一切知識，都只是待證的假設，並非天經地義；（三）一切學說與理想都須用實行來試驗過；實驗是真理的唯一試金石。」[40]從上述論述中可以導出名教

12月。

[39]　胡適：《三論問題與主義》，《胡適文存》（一）第266-267頁，黃山書社1996年12月。

[40]　胡適：《杜威先生與中國》，《胡適文存》（一）第278頁。

批判的若干方法論：注意概念知識、學說主義的具體語境，謹防將它們抽象為空洞的符號或頂禮膜拜成不可質詢的觀念偶像，而應該堅持向實踐開放。胡適的名教批判得到了實用主義哲學的理論支持，他希望以此來醫治中國學界的「目的熱」與「方法盲」，徹底改變迷信抽象名詞以及把「主義」用作蒙蔽世人停止思想的絕對真理的建構[41]。

根據以上梳理，「名教」本來特指以正名定分為主的封建禮教。而近現代以降，譚嗣同、章太炎等人在具體使用過程中，一方面接續了古代名教批判中所針對的命定論色彩；另一方面淡化其封建禮教的意味，尤其是到了馮友蘭和胡適這裡，逐漸將「名教」重構、表述為「崇拜名詞的宗教」、「信仰寫的字有神力，有魔力的宗教」。由此對「名教」概念的理解、對名教危害產生因由的分析，對立「名」為教過程中的思維邏輯（用胡適的話說即「奴性邏輯」，即現代中國對名詞、概念的空言與獨斷的俯首貼命，對人自由、豐富的精神世界與實踐的一種壓制）的揭示，正是本文立論所據。

總結一下，現代名教有兩層內涵：首先是指一種「名詞拜物教」，關心的不是具體語境具體問題而只是空洞的符號；其次它指向一種消極的思維方式，本質上是現代迷信，「對於抽象名詞的迷信」往往演變為對於「絕對真理」與終極教條的迷信，而拒絕在歷史與社會的行進中向實踐開放。這樣的歸納首先來自當時人的具體表述；其次在今人的論述——比如胡明、尹權宇在胡適研究[42]，

---

[41] 詳參收入本著的《胡適「名教批判」論綱》一文。

[42] 尹權宇：《反「名教」與胡適思想》，收入《現代學術史上的胡適》，耿雲志、聞黎明編，三聯書店1993年5月；胡明：《胡適「名教」批判》，收入《胡適思想與中國文化》，廣西師範大學出版社2005年8月。

郜元寶討論90年代中國的文學文化[43]——之中，已經在相近的語意範圍內使用「名教」一詞。本課題是在這一延長線上繼續深入。上述界定還必須作出補充：中國近現代史上那些頻繁出現的關鍵字（比如「自由」、「民主」等），我們無法得知人們在使用這些詞語時是「接受西方觀念」，還是將固有理想投射到西方觀念之上的結果。一方面，各種論戰爭執中，主義混淆不清往往成為各方指責論敵的重要依據；另一方面，許多主義話語本身的內涵、外延都難以確定，即便在「原產地」的西方，種種主義的思想光譜也蕪雜不清，對於中國這樣身處西學東漸、中西彙通語境中的後發國家而言，許多關鍵字、學說、主義等缺乏明晰的語意界定，本就是不得不然的事情（再加上接受過程中幾乎無法避免的誤讀）。我所謂的名教批判並非在上述意義上糾纏於名實不符的現象，並非抽象出一種對某某主義的應然、本質的定義，再執此孤懸的標準去考察歷史，以為合之則明、不合則為名實不符。本課題的著眼點是具體個人對觀念的特殊的接受情形，正如胡適揭示的立名為教的「奴性邏輯」。所以重點不是以話語分析的方式來處理現代中國重要觀念（關鍵字）的具體面貌，而是討論隱伏在思想、學說、主義背後的一種思維方式。「對於抽象名詞的迷信」往往演為對於「絕對真理」與終極教條的迷信，而拒絕在歷史與社會的行進中向實踐開放。

三、名教的運作機制與心理動因

　　名教，借赫爾岑的話來說，即對名詞符號的「強迫的敬

---

[43]　郜元寶：《在新的「名教」與「文字遊戲」中穿行：文化爭論的一份個人備忘錄》，《鍾山》1996年第6期。

重」，而這樣的「敬重將會限制一個人，將會狹隘其自由」，「這就是拜物」，即名詞符號的「拜物教」[44]。語言學家陳原在討論「語言拜物教」時說過：「把人的任何一句話都說成是不可改變的，必須照辦的『神示』，那就是語言的物神化。只有『神示』才能句句照辦。但現代社會沒有神，所以也就不可能有『神示』。迷信是不能產生力量的。」[45]顯然，現代名教等同於陳原所謂的「語言拜物教」（或米爾斯所謂的「概念的拜物教」[46]）、「語言的物神化」，本質上這是一種迷信。

要更深入地理解名教的內涵，應該考查名教的運作機制。名教常常產生於某種類似神學般的信仰——對抽象的象徵符號與理論原則的信仰以及試圖用這一符號、原則來整體性地涵蓋、解決問題的信仰。

胡適說：「名教的信條只有一條：『信仰名的萬能』……深信『名』有不可思議的神力。」[47]魯迅有相類似的說法，謂之「『符咒』氣味」：「新潮之進中國，往往只有幾個名詞，主張者以為可以咒死敵人，敵對者也以為將被咒死」[48]。這些陳述都

---

[44] 赫爾岑《法意書簡》：「人惟不屈物以從其理，亦不屈己以就物，始可謂自由待物；敬重某物，如果不是自由的敬重，而是強迫的敬重，則此敬重將會限制一個人，將會狹隘其自由……這就是拜物——你被它壓服了，不敢將它與日常生活相混。」轉引自以賽亞・伯林：《赫爾岑與巴枯寧論個人自由》，《俄國思想家》第110頁。

[45] 陳原：《語言與社會生活》第47頁，三聯書店1980年4月。

[46] 美國社會學家米爾斯（C.Wright Mills）批評帕森斯在《社會系統》一書中「並沒能實實在在地從事社會科學研究，因為他已受如下思想支配，即他所建構的社會秩序模型是某種放諸四海而皆準的模型；因為他實際上把他的這些概念奉為神明了」，此即「概念的拜物教」。參見C・賴特・米爾斯：《社會學的想像力》第37、50頁，陳強、張永強譯，三聯書店2001年7月。

[47] 胡適《名教》，《胡適文存》（三）第46、52頁。

[48] 魯迅：《〈現代新興文學的諸問題〉小引》，《魯迅譯文集》（5）

揭示了名教運作機制中深藏的神秘性與權威性，而危險正是由此而來。

胡風指明「搶奪思想概念」每每與「脫離生活」相聯繫[49]。也就是說，名教往往將個人同現實生活與實在世界隔離開來，身陷名教的個人無視、甚至排斥他原本置身在這一生活與世界中的真切經驗，轉而迷信「名的萬能」與「神力」。這近似於漢娜‧阿倫特所描述的「意識形態思想」，它「擺脫了我們憑五官感知的現實，認為有一種『更真實』的現實隱匿在一切可感知事物的背後，從這個隱匿的地方來控制事物」，它假定「用一種觀念便足以解釋從前提發展出來的一切事物，經驗不能說明任何事物，因為對一切事物的理解都在這種邏輯推論的連貫過程中」，由此將「人能力中的內在自由換成簡單的邏輯外衣，人以此可以幾近粗暴地強迫自己，就像他被某種外部力量強迫一樣」。名教的奴隸就被這樣一種力量、一種「特殊形態的邏輯」所控制，「與同伴們失去接觸，也和周圍的現實失去接觸」，「在失去這些接觸的同時，人們也失去了經驗和思想的能力」，由此導致的後果是「對於他們來說，事實與虛構（即經驗的真實）之間的區別，真與偽（即理想的標準）之間的區別已不復存在」[50]。

第359、360頁，人民文學出版社1958年12月。周作人也曾議及過「符咒」、「文字在中國的一種魔力」等問題：「我平常有一種偏見，不大喜歡口號與標語，因為彷彿覺得這是東方文化的把戲，是『古已有之』的東西，玩了沒有什麼意思。假如相信它有實在的神力，那就有點近於符咒，或者只是根據命令，應時應節地裝點，這又有點類似八股了。」周作人：《介紹政治工作》、《文字的魔力》，《看雲集》，河北教育出版社2002年1月。周作人在1930年代指摘「符咒」、八股遺風，大多是對左翼文壇風習的一種隱晦諷喻。

[49] 胡風：《今天，我們的中心問題是什麼？》，《胡風全集》（2）第614頁，湖北人民出版社1999年1月。

[50] 漢娜‧阿倫特：《極權主義的起源》586-587、590頁，林驤華譯，三聯

　　在名教的心理動因中還隱藏著一種祈求，祈求對具體問題「創世紀式」的解決，「招牌一掛就算成功」[51]。「對於抽象名詞的迷信」往往演為對於「絕對真理」與終極教條的迷信，而拒絕在歷史與社會的行進中向實踐開放（胡適所謂「奴性的邏輯」）。顯然，現代名教所產生的這種類似神學般的信仰——對抽象的符號與理論原則的信仰以及試圖用這一符號、原則來整體性地、一次性地涵蓋、解決問題的信仰，正是對「活的現在」、人的實踐與精神自由的壓制。恩格斯曾批評道：「對德國的許多青年作家來說，『唯物主義的』這個詞只是一個套語，他們把這個套語當作標籤貼到各種事物上去，……就是說，他們一把這個標籤貼上去，就以為問題已經解決了。」[52]在這種情況下，「唯物主義的」對於那些「青年作家」而言，就是一種名教。而真正的馬克思主義者「絕不把馬克思的理論看做某種一成不變的和神聖不可侵犯的東西」[53]「人應該在實踐中證明自己思維的真理性，即自己思維的現實性和力量，亦即自己思維的此岸性。」[54]思維的「此岸性」顯然與名教的奴性邏輯針鋒相對。

　　此外，名教聚結、膨脹與私慾驅動也有緊密關聯。以「名」為教、操「名」之柄而牟利、愚人，自古而然（錢鍾書先生在

書店2008年6月。

[51]　魯迅：《今春的兩種感想》，《魯迅全集》（7）第408頁，人民文學出版社2005年11月。

[52]　恩格斯致康・施米特（1890年8月5日），《馬克思恩格斯選集》（第4卷）第475頁，中共中央馬克思、恩格斯、列寧、史達林著作編譯局編，人民出版社1972年5月。

[53]　列寧：《我們的綱領》，《列寧選集》（第1卷）第203頁，中共中央馬克思、恩格斯、列寧、史達林著作編譯局編，人民出版社1972年10月。

[54]　馬克思：《關於費爾巴哈的提綱》，《馬克思恩格斯選集》（第1卷）第16頁。

《管錐編》中議及過這一問題[55]）。魯迅感慨「新名詞」傳入中
國後「便如落在黑色染缸」中化為「濟私助焰之具」。他有一著
名「戰法」──「麒麟皮下揭出馬腳」[56]，即在美名的標榜中勘
破「行私利己」者的嘴臉，打破其高懸的「護符」，我們必須注
意到魯迅對「名」背後複雜的建構圖景的洞察，越過具體主張而
追究主張背後是否有認真、誠懇的「心」，否則，任何「美名」
都會墮落為「空名」。

四、本課題的討論方法

　　課題旨在探討現代名教的成因、危機；它何以成為中國現代
思想文化發展中的一大隱疾；以及在批判現代名教的過程中，幾
位具有代表性的知識份子的思想、文學與實踐所提供的啟示意
義。據此，我嘗試採取史學考察和文學研究相結合的方法。

　　史學考察主要包括：通過「名教」的歷史流變來梳理出基本
概念；通過對時人言論、報刊、出版物等的考察來重建名教風行
的語境；尋繹讀書人、知識份子（如胡適和魯迅）的言論、文學
和實踐（包括涉及的幾次論爭）來把握其對名教批判的持續關懷
等。借史華慈的話講，思想史的考察一方面要有「對於觀念本身
內容的高度重視」，另一方面還要「具體地研究特殊的觀念本身
如何適時的與特殊的政治人物發生關係的各種實際情形」[57]。我

---

[55] 參見錢鍾書：《管錐編》（第4冊）第1243～1249頁，中華書局1979年
　　10月。
[56] 魯迅：《偶感》，《魯迅全集》（5）第506頁。
[57] 史華慈（Benjamin Schwartz）：《關於中國思想史的若干初步考察》，
　　《中國思想史方法論文選集》第251頁，韋政通編，上海人民出版社2009
　　年6月。

想這裡所謂的「實際情形」應當包括：考察這些關鍵字和概念在什麼樣的具體語境中生成，在進入現實的傳播過程中內涵發生了何種轉變與增殖，同一旗號下新生的意義是否有內在矛盾……而我對現代名教的考察可能更加關注一個名詞消極的變異，即：當一個具體的名詞變成名教以後，是否還和現實相對應？抑或變成高度封閉、拒絕向實踐開放的強勢意識形態？這樣一種運思和操作方式對歷史發展和社會文化建設造成了何種影響？

　　本課題嘗試文學與思想史的跨學科研究。但這並非兩種研究方法的僵硬拼湊。「史」的考察主要以實證方式提供問題的背景。對於文學研究的運用則作如下說明：

　　從研究對象來說，20世紀中國文學史在我心意中可以理解為現代中國知識份子的心靈史，20世紀中國社會曲折發展的歷史進程，蘊涵了中國知識份子最大的寄託與失落，歡愉與激憤。尤其是這一群體努力以文學實踐在現代人的精神世界裡有所洞見，這本就是20世紀中國文學史研究的題中應有之意。胡適揭起名教批判目的是檢討「五四」新文化運動在輸入種種「主義」時的懸空與浮泛，魯迅對「偽士」的批駁則警醒世人潛藏在新學話語背後消極的思維方式（詳下文）。且不少文學作品對圍繞名教的相關問題都有敏感發現：魯迅《傷逝》、茅盾《虹》、張天翼《出走以後》深刻描述了「新名詞」的啟蒙作用及其糾纏著的困境，被「半生不熟的名詞」所啟蒙的個體如何避免名教俘獲而成長為「真的人」；郁達夫《血淚》揭示名教世界背後的私慾驅動，「主義的鬥將」們操「名」之柄以牟利、愚人……這都值得我們總結。

　　從題旨來說，課題在揭示現代名教的危害、成因及特徵之後，試圖重點討論的是批判的可能，而這與文學密切相關。所謂

立「名」為教，往往是抹擦掉立「名」過程中的造作、構制，而化為自然、「天性」。也就是說，名教壓抑性的生成，往往是啟動一種內在化的機制，將對名教的臣服鍥入人的感性世界。所以針鋒相對，「脫觀念世界之執持」離不開與感性機能、個人感覺緊密相聯的文學，尤其是文學的「實感」，這是反抗名教的重要資源。比如從根本上說，魯迅把握世界的方式是一種文學的方式，具體到他的思想形態與知識生產方式，更是與文學具有同一性。魯迅之所以能夠避免眾多同代人因理念操作的失度而身陷名教世界的命運，根本上源於文學的成全。甚至不妨說，有效的知識生產必須滲透著實感，與生活息息相關，與主體的存在往復溝通，即：以置身於我們自己的具體問題和生存困境為契機，才是有效的知識生產。這成為一種根本性的態度，由此才能避免空洞的名詞堆砌與冷漠的符號操作[58]。

　　具體方法上，我將借用文本細讀等文學研究的手段。比如通過對小說《傷逝》的細讀，將其理解為「五四」啟蒙之父對名教圍困中「啟蒙」未經合法化的深刻質疑[59]。子君只是在「半生不熟的名詞」的意義上被涓生從西方文學中販賣的觀念所征服，而沒有將這些觀念內化為自身的血肉。「他們誰也沒有干涉我的權利！」，但這恰恰是一個被干涉、被權威從外部導入而塑型的「自我」。所以，只停留於名詞傳遞式的啟蒙——準確地說，未經生命機能化的啟蒙——是脆弱而不堪一擊的。具體來說，啟蒙並不是由外在或「眾數」權威自外而內植入的絕對命令，它必須由先驗的觀念形態轉化為一種更加本源性的存在，啟蒙就由這樣

---

[58] 詳參收入本著的《文學「實感」論——以魯迅、胡風提供的經驗為例》一文。

[59] 詳參收入本著的《在偽士與名教的圍困中突圍》一文。

的存在自然而然地導源出來，在誠實的生命源頭上確立自己的資源與實踐。這種存在，竹內好以為就是魯迅式的「文學」。通過上述具體文本的解讀，將作品與作家、審美與社會等內外資訊呼應、結合起來。

五、現代名教批判的意義

本文處理問題的特殊性還在於，它黏連著後發國家在特殊時代中的困境，這是「一個離開了中國近代化問題就不存在」[60]的問題。由前文所述，「名」（學說、主義、思想……）在現代中國的創制——新的字詞符號以及其所代表的嶄新的概念、思想內容的出現、撒播——大抵離不開一個翻譯、引介西方現代思想知識的過程。但問題的特殊性在於：一方面，魯迅認為當時人所面對的「名」，大多是在西方歷史發展中已然產生，其中蘊含著「無論是在物質文明還是精神文明方面都優越於亞洲的價值」[61]，也就是說，這些「名」是現成的（已經產生），優越的（已被證明）；而另一方面，在中國與亞洲，又往往缺乏產生這些「名」、思想與價值的社會經濟基礎、制度條件等。這個時候，「近代主義」式的「偽士」往往應運而生。所謂「偽士」，即指以種種不健康的主體態度去接受、操作「新名」（現代知識）的人。以舊的思維方式去接受新的知識，依據外來的權威不假思索地接受新觀念並膜拜為「神聖不可干」的理念偶像，這個

---

[60] 伊藤虎丸：《早期魯迅的宗教觀》，《魯迅、創造社與日本文學》第95頁，孫猛、徐江、李冬木譯，北京大學出版社2005年11月。

[61] 伊藤虎丸：《魯迅與日本人——亞洲的近代與「個」的思想》「序言」第5頁，李冬木譯，河北教育出版社2002年5月。

時候，名教就產生了。何以這是一種「現代」形態的名教，如上所述，因其黏連著後發國家在特殊時代中的困境。本文的追問是：當遭遇那些黏附著科學、進步價值的新名詞之後，主體是否有健康的精神態度、堅實的根基去接受，並且「把它變成我自己的」，而非不自覺地身陷名教迷夢中。而這正是名教批判的旨歸所在。

中國現代是大規模輸入西潮的時代，也是一個名詞爆炸的時代，各種口號、學說、主張、思潮、主義如過江之鯽，但真正進入中國人主體世界內部並且對中國社會與思想文化發展產生積極影響、作用的少之又少。這其中「偽士」當道、名教膨脹正是一大原因。在20世紀中國文學史的發展過程中，產生過大量口號式的短語（「寫真實」、「兩結合」、「三突出」、「純文學」等），其抽取「本質」的簡化能力，在變革時代曾發揮過巨大的以簡馭繁的動員作用。但同時也引發深刻的危機：它們往往去除事物之間的細微差異，去除難以剝離的思想、情感，去除感性的血肉，而不對流動的現實和具體的實踐開放。現代名教批判為辯證討論上述問題提供了反思的平臺與可能。

瞿秋白在他最後的文章中說過一段很沉痛的話：中國現代的「文人」、「書生」「對於宇宙間的一切現象，都不會有親切的瞭解，往往會把自己變成一大堆抽象名詞的化身。一切都有一個『名詞』，但是沒有實感。……對於實際生活，總像霧裡看花似的，隔著一層膜。」[62] 在今天的社會與文化建設中名教的陰霾並未散去。比如說面對「向西方學習」這樣自近代以來持續而重要的課題時，那種立「名」為教、唯「名」是舉的思維定勢與運作

---

[62] 瞿秋白：《多餘的話》，《多餘人心史》第63頁，東方出版社1998年6月。

（將西方各種主義、思潮膜拜為普遍、終極的真理，或者走馬燈似的輪換符號……）並沒有絕跡，甚至依然大行其道。一個世紀前，當面對「只偷一些新名目，以自誇耀，而其實毫無實際」的普遍性困境時，魯迅提倡「用科學之光照破」名教的奴僕們「所舉的各主義」[63]。這樣一種突破主義、思潮的空殼而探習隱伏在其根柢、滋養其生長繁茂的「神髓」的態度至今值得我們深思：不應該把現代思想以及由這些思想提供的成果，當作既定的公理、教條與法則來接受，而要從造就思想的「本柢」中來學習，方才可以避免僵滯的名教話語產生；而這樣把握住的整體的、能動的「精神」，才能夠真正參與到我們在具體、活生生的現實中處理、重建自身的「名」與「實」等關係的經驗中去。

2010年6月5日改定

---

[63]　魯迅：《〈奔流〉編校後記》，《魯迅全集》（7）第194頁。

胡適「名教批判」論綱

　　胡適在1928年寫下《名教》一文，「名教」本來特指以正名定分為主的封建禮教，但胡適在具體表述中將其理解為「信仰寫的字有神力」、崇拜「抽象名詞」的宗教。由此來批判迷信「空空蕩蕩、沒有具體的內容」的名詞，質疑以這樣的空洞符號來裝點門面，以及潛藏其中的思維方法上的致命缺陷。名教批判正是胡適思想發展中一條持續而整體性的脈絡，也成為其反省新思潮的切入點。進而，名教批判正不妨視為「五四」新文化運動在展開過程中返身自省的一次嘗試。本文由此重提胡適名教批判這一課題。

一、《名教》一文的材源、題旨與現實背景

　　《名教》篇首開宗明義地解釋道：「『名教』便是崇拜寫的文字的宗教；便是信仰寫的字有神力，有魔力的宗教。」[1]然後提及兩位對名教問題已有所分析的現代學者。一位是馮友蘭，1926年12月，馮在《名教之分析》中指出：「在實踐方面，概念在中國，卻甚有勢力。名教、名分，在中國有勢力。名所指的就是概念。」進而將守節、殉夫這種中國歷史上「不合理的事

---

[1]　胡適：《名教》，原載《新月》第1卷第5號，1928年7月10日；後收入《胡適文存》（三），黃山書社1996年12月。本章引用此文依據《胡適文存》，以下不再注出。

情」，歸咎於「她是屈服於名、概念」[2]另一位是江紹原，在其所從事「古代名禮的研究」中，正從學理上系統而客觀地討論先民是如何命名、如何以名護己和以名傷人的諸問題[3]。胡適文中引述中國民間崇奉名教的例子，大多來自江紹原的搜集、介紹。可以說，馮、江二位的論述，是胡適揭起名教批判的、直接的思想材源。然而，胡適絕非接過話頭「往下說」，他將標語口號視作名教的「祖傳法寶」和顯要形態，而早在1919年10月，胡適陪同杜威赴山西演講，途中但見街邊路燈柱上貼滿「黑地白字的格言」，已大為不安：「人人嘴上能說許多好聽的抽象名詞」是「道德教育的一大障礙」，且在致高一涵、張慰慈的信中明確表示「這個意思，我將來當作文詳細說明。」[4]此文當指《名教》。不妨說，《名教》一文是胡適夙年憂心與關注的賦形。

所以儘管江紹原「細大不捐，雅俗無別」地搜集名教的材料，但基本不出民俗學、人類學的學術研究範疇；但是胡適卻筆鋒一轉，立即注目起當下現實中「名教的信徒」的種種言行。作為綱常制度的名教，可以隨著封建社會的解體而消失，但崇名、拜名的心理和思想形式，卻會延續下來，表現出超越社會制度的

---

[2]　參見馮友蘭：《名教之分析》，原載《現代評論》第二周年紀念增刊，1927年1月；引自《三松堂全集》（第十一卷），河南人民出版社2000年12月。

[3]　江紹原的這一系列研究可參見：《名禮》，《語絲》第99期，1926年10月2日；《「呼名落馬」》，《語絲》第102期，1926年10月23日；《「寄名」》、《「借名」》、《「偷名」》、《「撞名」》，《語絲》第105期，1926年10月30日；《無題》，《語絲》第110期，1926年12月18日；《「家父家母」乎？「楊堅夫妻」乎？》，《貢獻》1卷8期，1928年2月15日；《呼山水諸精之名》，《貢獻》1卷8期，1928年2月15日等。

[4]　胡適致高一涵、張慰慈信（1919年10月8日，稿），《胡適來往書信選》（上）第73頁，中國社會科學院近代史研究所中華民國史組編，中華書局1979年5月。

特點。這是胡適賦予「名教」新內涵的深刻之處，其實也見出其所注目更在現實。

胡適從口號標語的氾濫入手，剖析名教產生的緣由，他舉了一個極有針對性的例子：

> 少年人抱著一腔熱沸的血，無處發洩，只好在牆上大書
> 「打倒賣國賊」，或「打倒日本帝國主義」。寫完之後，
> 那二尺見方的大字，那顏魯公的書法，個個挺出來，好生
> 威武，他自己看著，血也不沸了，氣也稍稍平了，心裡覺
> 得舒服的多，可以坦然回去休息了。於是他的一腔義憤，
> 不曾收斂回去，在他的行為上與人格上發生有益的影響，
> 卻輕輕地發洩在牆頭的標語上面了。

在這個例子裡，少年人所秉持的、由口號標語所負載的「名」，其具體意涵根本不錯（「打倒賣國賊」、「打倒日本帝國主義」），具有無可辯駁的時代合理性；少年人的錯在於「心理上的過癮」與「無意義的盲從」。標語口號作為「一種宣傳的方法，政治的武器」的效用胡適未必不知，但在實際情形中往往流於阿Q精神勝利法式的自慰與洩憤，正如胡適在「問題與主義」之爭中揭示過的，為「抽象名詞」所迷惑、俘虜，往往源自「畏難求易，只是懶」[5]。標語口號原是出於動員、鼓舞之用，現在非但無法落到實處，反而成為懶人停止思想與實踐的幌子，這就是名教危害所在。所以篇末胡適要針鋒相對舉出「力行」。而每當國難臨頭標語口號滿天飛舞之時，胡適總不忘提醒世人名教誤國，不如多

---

[5] 胡適：《多研究些問題，少談些「主義」！》，《胡適文存》（一）第252頁。

幹實事。比如1933年3月日軍侵佔熱河，胡適寫下沉痛的《全國
震驚以後》，將「口號標語」和「精神文明、寶華山念經，金剛
時輪法會」等列入「一家眷屬」的「寶貝」[6]；華北事件應「使
我們更明白救國不是輕易的事」，「口號標語全無用處」[7]；他
尤其注意規勸熱血青年：「基本責任到底還在平時努力發展自己
的知識與能力……只有拼命培養個人的知識與能力是報國的真正
準備工夫」，「一切聳聽的口號標語固然都是空虛無補」[8]。

　　停留在名教形態中而不涉實際、不進入實踐過程的主張，胡
適稱呼為「紙上的學說」（這個提法可能來自陸遊的詩句：「紙
上得來終覺淺，絕知此事要躬行。」）。他在其哲學史中將墨子
學說和實用主義哲學相綜合，說道：「墨子說單知道幾個好聽的
名詞，或幾句虛空的界說，算不得真『知識』。真『知識』在於
能把這些觀念來應用。……須是到了實際上應用的時候，才知
道口頭的界說是沒有用的。」[9]反抗名教就是褪去「名」的「虛
空」的符號形態，在實踐中檢驗、修正，「把所知的能否實行，
來定所知的真假，把所知的能否應用，來定所知的價值」。胡適
還曾批評有些「我們國內的少年，見了麥子說是韭菜，卻要高談
『改良農村』、『提高農民生活』，真是癡人說夢！」這些少年
的主張就禁閉在「紙上」而無從到實際生活中發生效用，所以胡
適建議：「少談主義，多研究一點有用的科學。帶了科學知識作

---

[6]　胡適：《全國震驚以後》，《胡適全集》（21）第598、599頁，安徽教
　　育出版社2003年9月。

[7]　胡適：《沉默的忍受》、《自責知恥才能有救——在歸綏的演講》，
　　《胡適全集》（22）第316、320頁。

[8]　胡適：《為學生運動進一言》、《向記者談學生運動》、《青年人的苦
　　悶》，《胡適全集》（22）第414、713、722頁。

[9]　胡適：《中國哲學史大綱》（卷上），《胡適學術文集・中國哲學史
　　（上）》第110、111頁，姜義華主編，中華書局1991年12月。

工具，然後回到田間去，睜開眼睛看看民眾的真痛苦、真問題。
然後放出你的本事來，幫他們解除痛苦，解決問題。」[10]此外，
對「紙上的學說」的批判還意味著，移植任何學說、理論，都必
須一方面探悉該學說、理論發生作用時特定的語境和問題史脈絡
——否則，就是胡適譏刺的「口口聲聲自命的什麼主義的信徒，
而不知道這個什麼主義的歷史與意義」[11]；另一方面必須考察所
引介的學說、理論與我們自身現實與問題情境間的關係——這是
胡適經常舉證的比方，一個醫生「必須實地診察病人的實在病
情，他的學理只能幫助他懂得某種現狀是某種病症，某種病症該
用某種治療法」，不考察實情而幻想依靠著幾句「湯頭歌訣」包
醫百病，那是愚蠢的[12]。胡適對「紙上的學說」的批判，其關心
在於：「五四」是西潮蜂擁而入的時代，但何以大多數理論的引
進，不僅沒有幫助國人洞察那些深具現實迫切性的問題，反而在
很大程度上參與固化了「不合現代需要」的、「傳統的思想方法
和習慣」[13]，流於名教「空泛的口頭禪」。

　　胡適根據鄭玄「古曰名，今曰字」的說法，將名教解釋為對
文字的崇拜，而文字是思想的形式，所以反對名教就是反對思想
停滯、將思想定為一尊，「從根本上來說，杜絕語言上的籠統、
含混、抽象，就是杜絕思想上的懶惰、盲從與淺薄」[14]。在胡適

---

[10] 胡適：《湯爾和譯〈到田間去〉的序》，《胡適遺稿及秘藏書信》
　　（12）第231、236頁，耿雲志編，黃山書社1994年12月。

[11] 胡適：《劉熙關於〈愛國運動與求學〉的來信附言》，《胡適全集》
　　（21）第350頁。

[12] 胡適：《歡迎我們的兄弟——〈星期評論〉》，《胡適全集》（21）第
　　180、181頁。

[13] 胡適：《思想革命與思想自由》，《胡適全集》（21）第455頁。

[14] 胡明：《胡適「名教」批判》，《胡適思想與中國文化》第94頁，廣西
　　師範大學出版社2005年8月。

看來，「迷信抽象名詞」，即「把主義用作蒙蔽聰明停止思想的絕對真理」[15]；「思想切不可變成宗教。變成了宗教，就不會虛而能受了，就不思想了。我寧可保持我無力的思想，絕不肯換取任何有力而不思想的宗教」[16]。名教豈不正是一種「有力而不思想的宗教」？而當「成見」變成「固定的『主義』」或「時髦的黨綱信條」，「懶惰的人總想用現成的，整套的主義來應付當前的問題，總想拿事實來傅會主義」，這就是立名為教之後放棄了思想與「獨立的精神」[17]。

此外，《先秦名學史》將《易經》中的象、卦這類象徵符號都納入「名」的範疇來討論，從此意義上說，反對符號拜物教對人類的異己統治，也是名教批判的內容之一。胡適在白話文運動中反對文言、反對「套語」，正是反對固定化的符號表達對人思想的束縛。這也可理解為胡適給予現代社會的啟示：沒有符號標誌，人與人之間無法交往、通訊，但同時也要警惕人的符號化、警惕人對外在力量（包括「名」）的迷信。

綜上，胡適的名教批判，在思想精神領域反對迷信抽象名詞和尚文輕質的形式主義，主張理論向現實開放；在社會實踐領域反對教條化而重實際、力行；在人格修養方面則反對盲目輕信而強調人格獨立。

胡適在1932年總結曾獲得多數人心擁戴的國民黨之所以「漸漸失去做社會重心的資格」，原因之一是「能唱高調而不能做實事」[18]，這開始失去資格的日子，大約即在1928年至1929年間。

---

[15] 胡適：《介紹我自己的思想》，《胡適文存》（四）第454頁。
[16] 胡適致陳之藩信（1948年3月3日，稿），《胡適來往書信選》（下）第351頁。
[17] 胡適：《〈獨立評論〉的一周年》，《胡適全集》（21）第638頁。
[18] 胡適：《慘痛的回憶與反省》，《胡適文存》（四）第332頁。

在蔣介石對孫中山遺教的歪曲、利用之下，三民主義已成了「一個缺乏基本內涵，在政策上顯現上有較大隨意性的一些口號的堆積」[19]。此期間胡適與國民黨的幾番齟齬（對「黨化教育」的抗爭、人權論戰、批判「知難行易」等）[20]，正是《名教》一文的現實背景，也必須通過這一系列時論的互文語境來體會《名教》的主旨。值得注意的是，1928年6月，負責國民黨宣傳工作的胡漢民致信胡適：「還是治標之標，快要到治標之本了，卻離治本兩字相差尚遠……一個人太忙，就變了只有臨時的衝動。比方當著整萬人的演說場，除卻不斷不續的喊出許多口號之外，想講幾句有條理較為子（原文如此──筆者注）細的話，恐怕也沒有人要聽罷？」[21]胡漢民可能是實話實說，但胡適顯然不滿意。一個月後寫《名教》一文抨擊「中國已成了口號標語的世界」，正是失望於「能唱高調而不能做實事」。1919年6月胡適曾撰文歡迎《星期評論》，在這篇見證胡適與國民黨人最初友誼的文章中，特為指出：「現在的輿論界的大危險」是「偏向紙上的學說」，「因為二千三四百年前的柏拉圖和阿里士多德，和我們時代不同、事勢不同、歷史地理不同，他們的話是針對他們的時勢說的，未必能應用於我們中國今日的時勢」，可見「一切學理、一切Ism，都只是這種考察的工具」，所以「輿論家的第一天職」應是「細心考察社會的實在情形」。《星期評論》避免了「空泛

---

[19] 參見高華：《南京國民政府權威的建立與困境》，《革命年代》第28-33頁，廣東人民出版社2010年1月。

[20] 相關研究可參見楊天石：《胡適和國民黨的一段糾紛》，收《尋求歷史的謎底──近代中國的政治與人物》，首都師範大學出版社1993年7月；羅志田：《個人與國家：北伐前後胡適政治態度之轉變》，收《亂世潛流：民族主義與民國政治》，上海古籍出版社2001年10月。

[21] 胡漢民致胡適信（1928年6月29日），《胡適來往書信選》（上）第437-438頁。

的口頭禪」而「腳踏實地」，有「具體的態度」[22]。這是胡適對新生政治力量的期望，但未曾想，不到十年，當初寄予希望的「我們的兄弟」已然淪為「口號堆積」、名教氾濫的淵藪。胡適此時批判之屬[23]，可能正出於失望之深。

由上所述，1928年胡適寫《名教》一文前後期間，不滿國民黨政權的一系列「訓政」舉措，雙方時有摩擦，其筆鋒所向皆有現實針對。但同時，《名教》也是胡適思想發展過程中順理成章的產物，前有伏筆，後有呼應。如1918年3月，胡適指責「如今的人，往往拿西洋的學說，來做自己的議論的護身符」，其實不同時代的西哲「各有他們不同的境遇時代。因為他們所處的時勢、境遇、社會各不相同，所以他們懷抱的救世方法便也各不相同」；「不去研究中國今日的現狀應該用什麼救濟方法，卻去引那些西洋學者的陳言來辯護自己的偏見」，這是「大錯」；「不管這些哲人和那些哲人是否可以相提並論，是否於中國今日的問題有可以引證的理由」而盲目引證，便是「奴性的邏輯」。胡適甚至察覺到了那些「不察中國今日之情形」的主義、學說產生的根源之一，在於人思維的憊懶與盲從（所謂「奴性的邏輯」）[24]。1932年寫作《四十自述》時，回憶自己17歲時發表在《競業旬報》上的文章，不無自得之意，「比起現在一班在幾個

---

[22]　胡適：《歡迎我們的兄弟——〈星期評論〉》，《胡適全集》（21）第180、181頁。

[23]　胡適此期間的作為，當然不能為南京政府所容忍，國民黨幾乎到了要「法辦」胡適的地步；而好友高夢旦、張元濟都曾致信胡適勸其出言謹慎、明哲保身，可見彼時胡適對國民黨的批評必不惜力。參見高夢旦致胡適信（1927年），《胡適來往書信選》（上）第451頁；胡適日記（1929年6月2日），《胡適日記全編》（5）第425頁，曹伯言整理，安徽教育出版社2001年10月。

[24]　胡適：《旅京雜記》，《新青年》第4卷第3號。

抽象名詞裡翻筋斗的少年人們，我還不感覺慚愧」[25]。1933年，他在回覆一位在北大學教育的學生的信中，告誡「喜歡用許多不曾分析過的抽象名詞」是「時代病」，「我不希望北大的同學也走上這條死路」[26]。對名教的關注甚至影響到胡適的文學觀，他將少年人寫不出好文章來的原因歸納為「不肯寫眼前的生活，偏要搬弄口頭的名詞來變戲法」[27]。特為值得注意的是，1935年胡適與陶希聖在《獨立評論》上展開關於「名詞障」的筆戰，此事件背景是當年一月，十教授發表《中國本位的文化建設宣言》，由此引發中國本位和全盤西化論戰。在陶希聖看來，所謂本位文化，就是「反抗外來侵略的民族獨立自由的爭鬥的文化」[28]，誰要反對本位文化，就要承擔為資本主義辯護的責任。胡適沒有作出正面回應，他輕易就把論題扭向了「濫用名詞」、「文字障」、「名詞障」、「用一個抽象名詞來替代許多具體的歷史事實」……文末並且給出多條勸誡：「切不可亂用一個意義不曾分析清楚的抽象名詞」、「與其用抽象名詞，寧可多列舉具體的事實」、「名詞連串的排列，不能替代推理」、「凡用一個意義有廣狹的名詞，不可隨時變換它的涵義」[29]。胡適對陶的幾

---

[25] 胡適：《四十自述》，《胡適文集》（2）第427頁，人民文學出版社1998年12月。

[26] 胡適致孫長元信（1933年12月13日，稿），《胡適來往書信選》（中）第224頁。

[27] 胡適：《獨立評論‧一一八號編輯後記》，《胡適全集》（22）第153頁。

[28] 陶希聖：《思想界的一個大弱點》，《獨立評論》154號，1935年6月9日。圍繞「名詞障」的筆戰文章，除所引外，還包括陶希聖：《為什麼否認現在的中國》，收《中國文化建設討論集》，馬芳若編，國音書店1936年；胡適：《略答陶希聖先生》，《獨立評論》154號，1935年6月9日。

[29] 胡適：《今日思想界的一個大弊病》，《獨立評論》第153號，1935年6月2日。

次答覆，初看實在讓人吃驚，他似乎根本沒有切中陶希聖的核心議題。其實早在1931年，陶在致胡的信中就討論過「自責主義」和「反帝國主義的意識」，從信中文字來看，雙方對此問題早有辯駁[30]。要說胡適不瞭解陶希聖的關切在於民族自救和反抗帝國主義大概站不住腳。胡適日記中曾保留「名詞障」筆戰中致陶希聖信，一方面是打招呼[31]，一方面是表示：此次「責備賢者」完全是出於自身名教批判──戒絕「用名詞變戲法」以促使國人思想的表達趨於「明白清楚」，「我們承兩千年的籠統思想習慣之後，若想思想革新，也必須從這條路入手」──的持續關懷，「此意我懷抱已久，七年前寫《名教》一文，即擬繼續鼓吹此意」。胡適心知雙方分歧所在，但仍將批評落腳在「濫用名詞」上，或如有研究者所以為的是轉移焦點[32]，但對名教批判的持續關懷未必不是原因之一。胡適經常將一些有具體語境的論爭「別有用心」地最終歸結到名教批判上去（比如就在同一年針對有人說「個人主義的人生觀是資本主義社會的人生觀」，胡適以為「這是濫用名詞的大笑話」[33]），一個人持續地在一處聚焦點上發力甚至不惜「乾坤大挪移」，可見關注重心所在。在他心目中，「濫用名詞」、「懶惰籠統」的危害對於民族建設來說實在不是小問題，可能與西化、本位的尋路一樣重要。

---

[30] 陶希聖致胡適信（1931年），《胡適來往書信選》（下）第487-490頁。

[31] 胡適寫道：「此次借用尊文作例子，實無絲毫惡意，至多只有《春秋》『責備賢者』之微意，因餘人實不足引證也。」見胡適日記（1935年6月10日），《胡適日記全編》（6）第491頁。

[32] 王中江先生認為：「胡對陶所作的最後答覆又一次表明，他還是沒能切中陶的問題。」參見王中江：《全盤西化與本位文化論戰》，《二十世紀中國思想史論》（上卷）第359頁，許紀霖編，東方出版中心2000年7月。

[33] 胡適：《個人自由與社會進步》，《胡適全集》（22）第284頁。

　　胡適自陳「向來反對『名教』」[34]，旁觀者也有此「觀感」。比如1932年，時為中學教員的羅爾綱致信胡適，稱自己「雖然沒有什麼成績，但本著吾師的思想態度去指導他們，也曾改正了不少的頹廢了的學風」，其中主要一例即「教他們明白中國人所信仰的『名教』觀念的無意識」[35]，可見在親近的門生眼中，「反對『名教』」正是胡適代表性的「思想態度」。由上文列舉可知，這一「思想態度」在胡適一生的不同時期，多有閃現（1928年之後，將相關發言歸於「名教」題下自是順理成章，而此前的意見多有圍繞這一議題而作文章，《名教》一文的發表可視作將這些意見充分「顯題化」），這些聲音自有其現實針對，有具體的觸發契機與不同的訴求對象，但是其中是否存在貫穿始終、可以獨立出來、具有普遍性的思想資源，可供今人啟發？胡適編《文存》三集時，將收在《人權論集》裡的幾篇議政文章略去，其實如上文所述，《名教》也有「討論政治」的用意且同樣已被收入《人權論集》單行，但胡適仍予保留，可見在其心目中，該篇自有超越一時政治範圍的思想價值，顯示出對「重要問題的態度」[36]。總之，名教批判既在胡適思想脈絡中持續演進，也是把握其「思想內在整體性的一條重要線索」。他以「名學」作為學術生涯的起始；選擇語言作為新文化運動的切入點；在方法論上求實、重行；名教批判也是其「文明批判」的重要主題[37]。

---

[34] 胡適：《跋〈白屋文話〉》，《胡適文存》（三）第524頁。

[35] 羅爾綱致胡適（1932年8月2日），《胡適來往書信選》（中）第125、126頁。

[36] 胡適：《〈胡適文存三集〉自序》，《胡適文存》（三）第2頁。

[37] 參見尹權宇：《反「名教」與胡適思想》，收入《現代學術史上的胡適》，耿雲志、聞黎明編，三聯書店1993年5月。

二、名教批判的哲學支持

　　胡適自稱其言論文字皆是「實驗主義的態度在各方面的應用」[38]，更有「我是個實驗主義者，向來反對『名教』」[39]的現身說法，故而接下來需要辨析的是：胡適所接受的實用主義如何支持名教批判，講清楚實驗主義如何「反對名教」，也就順理成章地可以從實用主義哲學中導出名教批判的若干「方法」。

　　首先，在胡適看來，真理是待驗的假設，並非一成不變、供人膜拜的理念偶像。按照胡適「歷史的方法」的「兩頭說」，一方面，任何學說、主義都與其所發生的具體時空相關聯；另一方面，「知識思想是人生應付環境的工具」（胡適以為這是杜威哲學的「基本觀念」），所以評判的標準是其發生的效果，「從前這種觀念曾經發生功效，故從前的人叫他做『真理』；因為他的用處至今還在，所以我們還叫他做『真理』。萬一明天發生他種事實，從前的觀念不適用了，他就不是『真理』了，我們就該去找別的真理來代他了」[40]。真理並不封存在「任何觀念中絕對固有的價值」裡，應該伴隨人類的經驗而「保持新鮮」、「不斷完善」[41]。胡適此種態度也是對中國傳統中尚虛求名一面的否定。

　　其次，正因為「實驗主義絕不承認我們所謂『真理』就是永永不變的天理」，所以人們必須養成獨立思想而不盲從的「科學方法」，借杜威的說法，胡適將其解釋為「智慧的個性」

---

[38] 胡適：《我的歧路》，《胡適文存》（二）第332頁。

[39] 胡適：《跋〈白屋文話〉》，《胡適文存》（三）第524頁。

[40] 胡適：《實驗主義》，《胡適文存》（一）第225、234頁。

[41] 格里德（J.B. Grieder）：《胡適與中國的文藝復興》第98、99頁，江蘇人民出版社1993年7月。

（Intellectual individuality），即「獨立思想，獨立觀察，獨立判斷的能力」，「使少年人能自己用他的思想力，把經驗得來的意思和觀念一個個的實地證驗，對於一切制度習俗都能存一個疑問的態度，不要把耳朵當眼睛，不要把人家的思想糊裡糊塗認作自己的思想」[42]。胡適每常為「少年人」現身說法：「我的思想受兩個人的影響最大：一個是赫胥黎，一個是杜威先生。赫胥黎教我怎樣懷疑，教我不信任一切沒有充分證據的東西。杜威先生教我怎樣思想，教我處處顧到當前的問題，教我把一切學說理想都看作待證的假設，教我處處顧到思想的結果。這兩個人使我明瞭科學方法的性質與功用……從前禪宗和尚曾說，『菩提達摩東來，只要尋一個不受人惑的人』。我這裡千言萬語，也只是要教人一個不受人惑的方法。被孔丘、朱熹牽著鼻子走，固然不算高明；被馬克思、列寧、史達林牽著鼻子走，也算不得好漢。我自己絕不想牽著誰的鼻子走。我只希望盡我的微薄的能力，教我的少年朋友們學一點防身的本領，努力做一個不受人惑的人。」[43]對胡適的這些說法人們容或有歧義，但其語重心長和針對現實的苦心是值得體貼的，他希望醫治國人的「目的熱」和「方法盲」，反對「把主義用作蒙蔽聰明停止思想的絕對真理」，由此解放「對於抽象名詞的迷信」。這些都是支持名教批判的「科學方法」。

第三，「活動的能力」與「實行的精神」。在實用主義看來，知（思維）作為形成認識對象的前提，與主體的實踐活動應相融合。「知（knowing）就其本義而言也就是做（doing）」。

---

[42]　胡適：《實驗主義》，《胡適文存》（一）第214、248頁。
[43]　胡適：《介紹我自己的思想》，《胡適文存》（一）第452、453、463頁。

實用主義之所以反對傳統哲學，正因為形而上學的思辨僅停留於
對實在的抽象描述與解釋，這與主體介入現實、變革環境的活
動始終彼此懸隔[44]。按照《關於費爾巴哈的提綱》中的著名說法
——「哲學家只是用不同的方式解釋世界，而問題在於改變世
界。」——來界分，實用主義顯然屬於「行動哲學」。杜威1919
年來華講學，離華前夕在北京五個團體舉行的公餞會上發表兩年
來的觀感，特別指出中國知識階層應該具備「活動的能力」與
「實行的精神」。因為理想方面常常有不能解決的問題，例如有
好政府然後有好教育，有好教育然後有好政府，我們還是先造好
政治再讓他發現好教育呢？還是先造好教育再讓他產生好政治
呢？這是循環的問題——正如先有雞還是先有蛋的問題一樣——
永遠解絕不了的。要想解決，只有下手去實行。胡適對此深以為
然，在日記中寫道：「杜威先生注意實行的精神，這是他的臨別
贈言，我們應該紀念。我從前解惠施『連環可解也』一句，曾引
齊君王後用槌打碎玉連環的故事，來說這種永永無法解決的問題
只有一個實際的解決法，即是這個道理。」[45]「解連環」的故事
胡適確實經常提到，甚至寫到《後努力歌》中。這裡一以貫之的
提倡，與胡適在名教批判中強調從「紙上的學說」中走出來而力
行、實幹的精神桴鼓相應。

　　第四，「實驗主義注重在具體的事實與問題，故不承認根本
的解決。他只承認那一點一滴做到的進步，——步步有智慧的指
導，步步有自動的實驗，——才是真進化。」[46]此項容後詳論。

---

[44] 參見楊國榮：《胡適與實用主義》，《胡適評傳》第406頁，耿雲志編，
上海古籍出版社1999年7月。

[45] 胡適日記（1921年6月30日），《胡適日記全編》（3）第346、347頁。

[46] 胡適：《我的歧路》，《胡適文存》（二）第332頁。

三、在名教批判的脈絡中重識「問題與主義」之爭

　　自20世紀50年代以來很長的一段時期內，「問題與主義」之爭在研究著述及近現代史教科書中，往往被描繪為「馬克思主義和反馬克思主義的第一次論戰」[47]。50年代胡適遭受中共全面批判，心緒不寧，當時口述自傳中留下所謂「我和馬克思主義者衝突的第一回合」[48]云云，不免「重寫歷史」，無意中倒配合了他的批判者。羅志田先生曾指出，「對胡適個人而言，『問題與主義』之爭應置於他在新文化運動後期開始『談政治』的一系列有關政治的言論和行動中去考察」[49]，此誠知人之論。筆者認為，除此之外，「問題與主義」之爭也應納入胡適名教批判的脈絡中去理解，從時間上看，揭起名教批判為後出，但在我看來，1928年的《名教》一文是胡適素來關懷的「顯題化」，相關問題一直是其討論重心，為論述方便，不妨用名教批判來表述胡適這一持續的思想脈絡，「問題與主義」之爭既是先發之伏筆，也是這一脈絡的重要組成。我們檢尋胡適先前的若干言論，即可發現，重問題而輕主義的措意，其來有自。

　　胡適事後對撰寫《多研究些問題，少談些「主義」》的意旨多有解釋。比如在1930年回憶道：「五四」之後，「國內正傾向於談主義。我預料到這個趨勢的危險，故發表『多研究些問題，少談些主義』的警告」。時隔十幾年，「這些話字字句句都還可

[47]　彭明：《五四運動史》第470-499頁，人民出版社1984年4月。

[48]　唐德剛譯注：《胡適口述自傳》第190頁，華東師範大學出版社1993年4月。

[49]　羅志田：《對「問題與主義」之爭的再認識》，《激變時代的文化與政治》第64頁，北京大學出版社2006年9月。

以應用到今日思想界的現狀。十幾年前我所預料的種種危險──
『目的熱』而『方法盲』，迷信抽象名詞，把主義用作蒙蔽聰
明停止思想的絕對真理─────都顯現在眼前了」[50]；「我在十
年前，便提出『多研究問題，少談主義』的意見，希望引起一班
愛談大道理的人的覺悟。十年以來，談主義的更多了，而具體的
問題仍舊沒有人過問。只看見無數抽象名詞在紙上炫人眼睛，
迷人心智，而事實上卻仍舊是一事無成，一事不辦。」[51]1950年
代的口述自傳中進而說道：在1919年，「我已經覺察到」輸入
學理「已有走向教條主義的危險」，《多研究些問題，少談些
「主義」》的意思是「想針對那種有被盲目接受危險的教條主
義」[52]。這些回憶中「預料」、「覺察」等語可能有後見之明的
味道，但證之以上文列舉的材料，可知反對空談主義，胡適在
「五四」前已有先聲；後來因一篇文章而揭起「問題與主義」之
爭，在其自身的思想脈絡中確有鋪墊；「問題與主義」之爭關注
的是「抽象」、「虛空」的名詞對於人的思想方法的侵蝕（「炫
人眼睛，迷人心智」），這正是名教批判的題中之義；而高談主
義卻荒疏具體問題的歪風愈演愈烈，故而多年後以《名教》一文
再次抨擊，實為順理成章的延續。

　　《多研究些問題，少談些「主義」》文末，胡適提請「讀者
不要誤會我的意思」，「並不是勸人不研究一切學說和一切『主
義』。學理是我們研究問題的一種工具。……種種學說和主義，
我們都應該研究。有了許多學理做材料，見了具體的問題，方才

---

[50] 胡適：《介紹我自己的思想》，《胡適文存》（四）第454頁。
[51] 胡適：《湯爾和譯〈到田間去〉的序》，《胡適遺稿及秘藏書信》
　　（12）第235頁。
[52] 唐德剛譯注：《胡適口述自傳》第175、191頁。

能尋出一個解決的方法」。胡適憂心和反對的，是「輿論家」把一切「主義」「掛在嘴上做招牌」，尤其是其中暗藏的「奴性邏輯」、「鏡子式的思想」，「一知半解的人拾了這些半生不熟的主義，去做口頭禪」。這一危險情形，胡適後來用「名教」來概括；也可以認為：胡適辨析「問題」與「主義」，正是從「思想方法和習慣」上去考察名教的生成、運作機制及危害。正因為在「思想方法和習慣」中深植了不健康的、「奴性的邏輯」，易被名教趁虛而入，所以針鋒相對，胡適的度人金針是號召人們用獨立的思想力量和不斷的實踐來指導自己的工作，這樣才能不做任何「主義」的奴隸，不被標語口號牽著鼻子走，「方才可以漸漸解放人類對於抽象名詞的迷信」，此即《介紹我自己的思想》一文教給「少年朋友們」的「一點防身的本領」[53]。對獨立的思想方法的重視可以追溯到胡適早年，在小說《真如島》中借筆下人物口吻歎道：「只可憐我們中國人總不肯想，只曉得隨波逐流，隨聲附和。國民愚到這步田地，照我的眼光看來，這都是不肯思想之故。」[54] 1929年，在一篇《從思想上看中國問題》的文章中，胡適尤為提出思想接受過程中「抵抗」的可貴：「不抵抗也許是看不到思想的重要，也許是不曾瞭解新思想的涵義。抵抗之烈也許是頑固，也許是不輕易相信，須心服了然後相信。」[55]根據胡適論述，我們可以這樣來理解：「抵抗」是一個動態、主動的思想接受過程，是將名詞置回到「實際狀況」中，用「調查試驗來證實或否證」，由此淬煉出「心服了然後相信」的思想，由此方可告別「口頭禪」式的名教。而未經「抵抗」就「輕易

---

[53] 胡適：《介紹我自己的思想》，《胡適文存》（四）第454頁。
[54] 胡適：《四十自述》，《胡適文集》（2）第429頁。
[55] 胡適：《從思想上看中國問題》，《胡適全集》（21）第416、417頁。

相信」，則是「下意識地接受了但是卻很欠智慧的行為」[56]，這種「鏡子式」的「接受」，很容易為名教俘獲。我們都很熟悉竹內好的魯迅論中對「抵抗」的意義的討論，尤耐人尋味的是，胡適與魯迅這兩位立場迥異的知識份子，如此神合般地珍愛「抵抗」，因為正是這樣一種素質，可以在問題出現的源頭上遏止名教氾濫。

除自身思想淵源之外，胡適揭起「問題與主義」之爭還關涉時風與「近因」。民初無疑是一「主義」風行的時代，「自從『主義』二字來到中國以後，中國人無日不在『主義』中顛倒。開口是『主義』，閉口是『主義』，甚至於吃飯睡覺都離不掉『主義』！眼前的中國，是充滿『主義』的中國；眼前的中國民，是迷信『主義』的中國民。……就今日中國的信主義與用主義者，至少有十分之九是非真誠：有的為權，有的為利，有的為名，有的為吃飯穿衣。」[57]「主義」風行天下正是胡適揭起「問題與主義」之爭的時代背景。既然「主義」之類的抽象名詞已然成為人人皆可裝點門面的招牌，那麼不妨從研究具體問題入手；既然在同一名號下聚合的思想觀念與政治派別實則「中間也許隔開七八個世紀」，在這種情況下，避談「主義」倒能提供一條區分不同營壘的陣線。所以胡適《多研究些問題，少談些「主義」》一上來就說：「安福部也來高談民生主義了，這不夠給我們這班新興論家一個教訓嗎？」正有劃清界限之意[58]。

與安福部別異之後，胡適以「我們這班新興論家」、「新興論界的同志」來表達清晰的群體意識。「問題與主義」之爭中雙

---

[56] 唐德剛譯注：《胡適口述自傳》第173頁。

[57] 周德之：《為迷信「主義」者進一言》，《晨報副刊》1926年11月4日。

[58] 參見羅志田：《對「問題與主義」之爭的再認識》，收入《激變時代的文化與政治》。

方在反對空言等議題上均有共識（此已為多種研究所揭示，毋庸贅述），而這些共識，確實在若干方面切中名教風行的弊端。「五四」是大規模輸入「主義」的時代，胡適何嘗能免俗，甚至他就是引入西方思想模式解決中國社會問題的最突出者。但胡適對新思潮的反省是切中時弊的：他並不是在籠統的意義上反對一切學說、主義，他反對的是迷信「空空蕩蕩、沒有具體的內容」的名詞，質疑以這樣的空洞符號來裝點門面，以及潛藏其中的思維方法上的致命缺陷。這些「預警」，「畢竟有先見之明」[59]。

胡適在《多研究些問題，少談些「主義」》文末提請「讀者不要誤會我的意思」，「並不是勸人不研究一切學說和一切『主義』」，藍公武和李大釗為糾正胡適行文予人因噎廢食之病，都補充道：「主義的自身並沒有什麼危險。所謂危險，都在那貫徹主義的實行方法」[60]，「主義的危險，只怕不是主義的本身帶來的，是空談他的人給他的」。胡適在後文中也認可了這些補充，將表述修訂為「多研究些具體的問題，少談些抽象的主義」。這些意見都可與名教批判相溝通，名教問題的發生，並不在於主義、學說本身，而是「名」和「主體」之間一種不健康的關聯。在《三論問題與主義》中，胡適將自己在這場爭論中的旨意總結為「解放人類對於抽象名詞的迷信」，「抽象名詞的迷信」表現為：將「空空蕩蕩，沒有具體的內容」的「抽象名詞」奉為「金科玉律的宗教」、「用作蒙蔽聰明，停止思想的絕對真理」——由此可理解上文所謂「名」和「主體」之間一種不健康的關

[59] 參見羅志田：《再造文明的嘗試：胡適傳（1891-1929）》第196頁，中華書局2006年6月。

[60] 藍公武：《問題與主義》，《中國現代思想史資料簡編》（第一卷）第533頁，蔡尚思主編，浙江人民出版社1982年1月。

聯。這也正是對名教所指與特徵的概括。胡適還說：「因為愚昧
不明，故容易被人用幾個抽象名詞騙去赴湯蹈火，牽去為牛為
馬，為魚為肉。」1908年，章太炎在《排滿平議》中揭示過「殉
名」[61]的危害，「殉名」可以理解為以身殉名教。以賽亞‧伯林
也感慨「太多人渴求文字魔力」（即「符咒」），「將人類犧牲
於文字」，於是，「社會真實單元所在的個人經常被作為犧牲而
獻祭於某個概括觀念、某個集合名詞、某塊旗幟」[62]。將胡適的
思路與上述這些意見相參照，可以豐富我們對名教危害的認識，
因為名教的氾濫，人類社會與歷史上發生過不少「獻祭」、「殉
名」、為名教所吞噬的悲劇。

四、「根本解決」之辨證

縱觀胡適對「問題」與「主義」的議論，其核心意見是兩
條：一、拒絕空談主義；二、主張一點一滴的社會改良，世上沒
有包醫百病的靈丹妙藥，也不存在一蹴而就的「根本解決」。後
者更具本質意義，是前者的邏輯延伸。「『主義』的大危險，就
是能使人心滿意足，自以為尋著包醫百病的『根本解決』，從此
用不著費心力去研究這個那個具體問題的解決法了。」《新思潮
的意義》中又聲言：「文明不是籠統造成的，是一點一滴的造成
的。進化不是一晚上籠統進化的，是一點一滴的進化的。」[63]胡

---

[61] 章太炎：《排滿平議》，《章太炎文選》第291頁，上海遠東出版社1996
年7月。

[62] 參見以賽亞‧伯林：《赫爾岑與巴枯寧論個人自由》，《俄國思想家》
第106-110頁，彭淮棟譯，譯林出版社2001年9月。「社會真實單元」一句
出於赫爾岑《彼岸書》，轉自上引伯林一文。

[63] 胡適：《新思潮的意義》，《胡適文存》（一）第533頁。

適後來在很有總結與示範意味的《介紹我自己的思想》一文中寫道：實驗主義「只能承認一點一滴的不斷的改進是真實可靠的進化」，新文化運動再造文明的途徑「全靠研究一個個具體的問題」，這是「根本觀念」[64]。

胡適在1922年的《我的歧路》中回憶：陳獨秀被捕後，「我接辦《每週評論》，方才有不能不談政治的感覺。那時正當安福部極盛的時代，上海的分贓和會還不曾散夥。然而國內的『新』分子閉口不談具體的政治問題，卻高談什麼無政府主義與馬克思主義。我看不過了，忍不住了，──因為我是一個實驗主義的信徒，──於是發憤要想談政治。我在《每週評論》第三十一號裡提出我的政論的導言，叫做『多研究些問題，少談些主義！』……我等候了兩年零八個月，中國的輿論界仍然使我大失望。一班『新』分子天天高談基爾特社會主義與馬克思社會主義……」[65]時隔三年的事後回憶，胡適追溯論戰的幾個對手，不獨馬克思主義，包括黃凌霜的無政府主義與傾向基爾特社會主義受羅素影響的研究系（如梁啟超、張君勱、張東蓀、藍公武），都主張「根本解決」。在「五四」前後幾年間輿論界、知識界的「新分子」中，「根本解決」、「根本改造」是流行口號[66]。胡適似乎有獨抒異見欲挽時風的味道。這一另闢蹊徑的形象在周策縱先生的記錄中也可得到印證：「史華滋教授嘗對我說，他覺得五四時代中國知識份子不脫中國傳統中『全體主義』（Totalism）思想習慣的影響，總想全盤處理，全盤解決問題。

---

[64] 胡適：《介紹我自己的思想》，《胡適文存》（四）第453頁。

[65] 胡適：《我的歧路》，《胡適文存》（二）第331頁。

[66] 對此段史實已有的論述，參見李林：《重論「問題與主義」之爭》，收入《胡適與現代中國文化轉型》，劉青峰編，中文大學出版社1994年；羅志田：《對「問題與主義」之爭的再認識》。

他所說的也許可適用到許多人；不過我提醒他，也有許多人不完全如此，尤其是胡適，他就有意識地認為，中國問題不可能找到一個簡單的萬靈丹來『全盤解決』。」[67]

　　然而複雜的是，在現代中國持續動盪的時局中，由「根本解決」而一舉實現穩定和富強，對大多數國人來說都是夢想，胡適並不除外。以思想文化為中心的新文化運動因同人開始談政治而分裂為緩進和急進兩派，前者主張繼續從思想文化教育入手從長計議，後者則認為政治運動和非政治運動應雙管齊下。北伐期間，胡適就曾放棄不談政治的諾言而主動呼應國民革命，正因為彼時他認為國民革命可能給中國帶來一個「根本解決」[68]。不過，一個一度心存「根本解決」夢想的知識份子，又每每反躬自省、警告他人：「在這個煩悶的政局之下因忍耐不住而想求一條『收效極為迅速』的捷徑，這種心理雖學者也不能免，這是我們很感覺惋惜的。」[69]胡適未嘗能免俗但從總體上而言又否定「根本解決」的態度，提醒我們不妨悉心探究，「根本解決」中暗藏了何種破壞性因素，讓胡適放心不下。

　　就本文論題而言，「根本解決」的幻想與名教的心理動因[70]暗合，二者皆隱藏著一種祈求，祈求對具體問題「創世紀式」的解決，「對於抽象名詞的迷信」往往演為對於「絕對真理」——這一「真理」允諾整體性地、一次性地涵蓋、解決任何問題——

---

[67]　周策縱：《胡適對中國文化的批判與貢獻》，《胡適評說八十年》第374頁，子通主編，中國華僑出版社2003年1月。

[68]　參見羅志田：《個人與國家：北伐前後胡適政治態度之轉變》，《亂世潛流：民族主義與民國政治》第238頁。

[69]　胡適：《〈一個時代錯誤的意見〉附記》，《胡適全集》（21）第516頁。

[70]　詳參收入本著的《「名教」的現代重構、討論方法及其批判意義》文中「名教的運作機制與心理動因」一節。

的迷信，而拒絕在歷史與社會的行進中向實踐開放。這種以「立名為教」的迷信、「招牌一掛就算成功」的態度，來取代對具體問題負責任的研究和以開放的心靈來尋求解決問題的努力，正是胡適所謂「奴性的邏輯」。也許正因為當時「根本解決」的風氣太盛，流於空談，又暗藏名教危險，且容易圈定某種主義定為一尊（胡適對此是有所警惕的：「單有一致的團體主張，未必就是好的。安福俱樂部何嘗沒有一貫的團體主張呢？所以我們所希望的團體主張必須是仔細研究的結果。」[71]），胡適才覺得有必要「反戈一擊」。

胡適在對「根本解決」的質疑與不滿中實有洞見，但後來日漸被特定的政治力量與輿論導向引導到僅以馬克思主義為對立面，尤其1950年代大陸清算胡適思想流毒的運動中，「實行一點一滴的改良，反對社會主義革命」成為批判焦點[72]。而胡適也認為實驗主義和辯證法的唯物史觀這「近代兩個最重要的思想方法」有重要區別，「辯證法出於海格爾的哲學，是生物進化論成立以前的玄學方法。實驗主義是生物進化論出世以後的科學方法。這兩種方法所以根本不相容，只是因為中間隔了一層達爾文主義」，達爾文的生物演化學說「教我們明瞭生物進化，無論是自然的演變，或是人為的選擇，都由於一點一滴的變異，所以是一種很複雜的現象，決沒有一個簡單的目的地可以一步跳到，更不會有一步跳到之後可以一成不變」[73]。

---

[71] 胡適：《歡迎我們的兄弟──〈星期評論〉》，《胡適全集》（21）第178頁。

[72] 參見李達：《胡適思想批判》，《胡適思想批判》（第二輯），三聯書店1955年3月；胡思杜：《對我父親胡適的批判》，《中國青年》第56期，1951年1月。

[73] 胡適：《介紹我自己的思想》，《胡適文存》（四）第453頁。

這是一個值得辨證的問題。

首先，在當時共產黨人（至少已開始接受馬克思主義的群體）中，對於空談主義、迷信「根本解決」而不去努力實行，是有著反對聲音的。陳獨秀認為，「改造社會」應該「在改革制度上努力」，但也要知道，「無論在何種制度之下，人類底幸福，社會底文明，都是一點一滴地努力創造出來的」，那些「徹底」、「完全」、「根本改造」等想法，都是「懶惰的心理底表現」[74]。「我們改造社會，是要在實際上把他的弊病一點一滴、一樁一件、一層一層漸漸的消滅去，不是用一個根本改造底方法，能夠叫他立時消滅的」[75]。這些話，還在《主義與努力》等文章中一再申明。此外，毛澤東早年也曾受胡適實驗主義薰陶，他在《湘江評論》的《創刊宣言》中把實用主義哲學當作思想領域內的指導學說，對《多研究些問題，少談些「主義」》也有呼應，青年毛澤東決定不赴法勤工儉學而安於「在國內研究各種學問的綱要」，據說也是受到胡適影響[76]。1942年毛澤東在《整頓黨的作風》中說：「直到現在，還有不少的人，把馬克思列寧主義書本上的某些個別字句看作現成的靈丹妙藥，似乎只要得了它，就可以不費氣力地包醫百病。」[77]這裡的行文用語都很像胡適，可以佐證羅志田先生的觀點：「把『研究問題不空談主義』和『反對高調主張，提倡研究中國實際情形』結合起來討論，就

---

[74] 陳獨秀：《隨感錄‧懶惰的心理》，《新青年》第8卷第2號，1920年10月。

[75] 陳獨秀：《答鄭賢宗》，《陳獨秀著作選》（第二卷）第194頁，任建樹、張統模、吳信忠編，上海人民出版社1993年4月。

[76] 毛澤東致章士釗信（1920年3月14日），《新民學會資料》第63頁，中國革命博物館、湖南省博物館編，人民出版社1980年9月。

[77] 毛澤東：《整頓黨的作風》，《毛澤東選集》第822頁，中共中央毛澤東選集出版委員會編，人民出版社1964年4月。

更能看出中共主張與胡適觀念的直接關聯」[78]。當然從總體傾向而言，毛澤東是主張採用蘇俄式激進方法來整體解決中國問題的，但這中間隱伏著一個問題：是注重主義與中國革命實踐相結合，還是將它們看作「現成的靈丹妙藥」，「只要得了它」，就幻想從根本上解決了任何疑難雜症？以某種名號、主義作為根本解決的途徑而掩飾其間的空談與懶惰，恰為立名為教的顯現，而懶惰心理又是名教生成的心理機制，胡適一直以為這是「國中最大的病根」[79]。但這又與危機深重的時代中人們對整體性解決方案的熱烈渴求一體兩面。李大釗在「問題與主義」之爭中的發言恰體現了此種思路：中國的嚴峻現實需要根本解決而馬列主義提供了根本解決的途徑，而其高度的理想主義與烏托邦色彩恰能把大多數人動員、組織起來[80]。其實馬克思主義也並不迷信一蹴而就。恩格斯那段話——「對德國的許多青年作家來說，『唯物主義的』這個詞只是一個套語，他們把這個套語當作標籤貼到各種事物上去，……就是說，他們一把這個標籤貼上去，就以為問題已經解決了。」[81]——正是諷刺以「根本解決」為幌子而掩飾

---

[78] 羅志田：《對「問題與主義」之爭的再認識》，《激變時代的文化與政治》第132頁。

[79] 胡適：《對於〈努力週報〉批評的答覆》，《胡適全集》（21）第271頁。

[80] 王汎森先生這樣描述閱讀《獨秀文存》時得到的「一種印象」：「先前許多困難的問題或兩端的意見，後來都逐漸找到一個會通解決的辦法，那便是用社會主義來重新考量那個問題；原先是泥中鬥毆，此時都有另進一境豁然開朗的感覺，而《獨秀文存》竟像是一部《天路歷程》般。」「目迷五色的各種『主義』在中國競逐，再理想、再荒謬的『主義』都有人提出過，而且帶有異常濃厚的實驗色彩」，而最後馬克思主義脫穎而出，此與它能提供「一個會通解決的辦法」有很重大聯繫。參見王汎森：《思潮與社會條件》，《中國近代思想與學術的系譜》第259、260頁，河北教育出版社2001年11月。

[81] 恩格斯致康·施米特（1890年8月5日），《馬克思恩格斯選集》（第4卷）第475頁，中共中央馬克思、恩格斯、列寧、史達林著作編譯局編，

空談與憊懶，在這種情況下，「唯物主義的」對於那些「青年作家」而言，就是一種名教。所以真正的馬克思主義者「絕不把馬克思的理論看做某種一成不變的和神聖不可侵犯的東西」[82]。在名教批判的範疇內可以把上述問題表述為：我們是不是可以制定一套窮盡一切的、目的論式的說教？我們是不是可以獲得脫離現實過程本身的終極規範？在卡爾·曼海姆看來，「馬克思跨出的最重要的一步」正是「抨擊社會主義中的烏托邦因素」：

> 如果我們今天問一個受過列寧主義訓練的共產主義者，未來的社會實際上會是什麼樣的，他會回答說這個問題是違反辯證法的，因為未來本身也將在它形成的實際辯證過程中被決定。但這種實際辯證過程是什麼呢？
>
> 它表明，我們不能事先計算一個事物應當是什麼樣或將是什麼樣的。我們只能影響形成過程的總趨勢。我們始終面臨的具體問題只能是下一步。政治思想的任務不是去設立應當是什麼這樣的絕對論題。理論，甚至包括共產主義理論，只是形成過程的一個功能。理論與實踐之間的辯證關係就在於這一事實：首先，產生於明確屬於社會的衝動的那種理論，能澄清局勢。在澄清過程中現實經歷著變化。我們由此進入新的局勢，從中又產生出新的理論。[83]

人民出版社1972年5月。

[82] 列寧：《我們的綱領》，《列寧選集》（第1卷）第203頁，中共中央馬克思、恩格斯、列寧、史達林著作編譯局編，人民出版社1972年10月。

[83] 卡爾·曼海姆：《意識形態與烏托邦》第128頁，黎鳴、李書崇譯，周紀榮、周琪校，商務印書館2009年7月。

對於「問題與主義」之爭而言，即便我們把胡適視作馬克思主義的對立方，那麼借助上引曼海姆的這段話，我們不也可以觸摸到胡適所提供的辯難的意義，甚至是對馬克思主義者的一種及時提醒。

這還提示我們第二個問題，「根本解決」和主義崇拜密不可分。在「問題與主義」之爭中，「李大釗對其抱持『主義』的說明，預示著激進的中國共產運動所將採取的意識形態的方向與內容」[84]，但同時，中國共產黨人對「主義」的複雜性也有所認識，將某種主義——尤其是自外輸入而不與中國實際相結合的虛懸的主義——視作「包醫百病」的「靈丹妙藥」，這就形同名教信徒迷信抽象名詞的萬能，將主義當作宗教。一方面，主義崇拜在變革時代中提供了強大的組織、動員功效；另一方面，「『主義』變得愈理想化、愈激進，便愈能成為革命政治的工具，也愈能動員群眾，革命領導人便也愈有聲望與權力。革命領導人愈有聲望與權力，便愈自我膨脹、自以為是，也愈可以對自己的政治行為不負政治責任」[85]。也就是說，主義崇拜有工具效用，但其內附的名教危險又容易造成政治活動的空洞化、甚至與先前的理想目標相異化。此外，「根本解決」的危險還在於試圖圈定某種主義定為一尊的傾向。國民黨和中共都根據單一的主義信仰建立起組織和行動模式，從革命實踐來說無疑有成功之處，但也容易產生問題，所以共產黨人多次以糾正教條主義為題開展整風運動。

---

[84] 林毓生：《「問題與主義」論辯的歷史意義》，許紀霖編：《二十世紀中國思想史論》（上卷）第296頁。

[85] 林毓生：《「問題與主義」論辯的歷史意義》，許紀霖編：《二十世紀中國思想史論》（上卷）第302頁。

　　從現實來看，中共圍繞著主義所作的種種宣傳、組織、驅遣與動員，可謂登峰造極；但是，中共高層內部，也一直有警惕「主義」萬能、或避開「主義」糾纏而力行實踐的清醒力量。以致唐德剛先生在1990年代初感慨道：「至若『多談問題，少談主義』之實驗主義的抽象學理，豈非『黑貓白貓』哉？微黑貓白貓，焉有今日一千四百萬之個體戶？⋯⋯黑貓白貓所宗，實胡學之正宗也。⋯⋯儒法既是一家，國共又何分軒輊。」[86]語出幽默。卻不乏識見。

　　儘管面對「根本解決」，胡適的意見和馬克思主義被視作「不相容」，但是，在注重實踐、不迷信一蹴而就、反對教條主義等諸多方面，雙方其實共用著同樣的經驗。以上複雜的情形提示我們還必須從學理的層面加以探究。對「根本解決」的否定，其哲學根源出於實用主義真理觀的工具論傾向。實用主義真理觀首先與「人本主義」相統一，認為真理是相對於人、相對於人變化著的經驗而存在的，以滿足人的需要的程度為尺度。其次，根源於進化論而同絕對理性主義的傳統哲學拉開距離。傳統哲學試圖一勞永逸地發現永恆不變的真理，比如「第一因」、「絕對本質」、「最高的善」、「終極目的」等。正如詹姆士所說：「理智主義者的偉大假設是：『真理』的意義主要是一個惰性的、靜止的關係。當你得到了任何事物的真觀念，事情就算結束了。」[87]進化論標誌著一個根本的轉折：從全部本質轉向具體變化，從根本上一次性地規定事物的智慧轉向具體地規定現實事物

---

[86]　唐德剛：《論「轉型期」與「啟蒙後」》，《自由主義之累——胡適思想的現代闡釋》「代序」，歐陽哲生著，上海人民出版社1993年12月。

[87]　詹姆士：《實用主義》第102頁，陳羽綸、孫瑞禾譯，商務印書館1979年8月。

的智慧。杜威把進化論的解釋稱為「發生學和實驗的邏輯」，即關於具體事件的發生和發展的邏輯，哲學只有放棄對絕對起源和絕對終極性的研究，才能對產生出它們的具體價值和具體條件進行探討[88]。將這一達爾文主義的進化論移用於解釋社會，就產生了「第三者的哲學」立場：在杜威看來，社會不是固定存在，而是處於不斷朝向未來的過程中的變化與進步；但是，社會的變化與進步只能一點一滴地進行，注重當下特殊的、具體的社會問題的解決，而排斥根本性的革命和改造。杜威在來華演講中提到社會哲學和政治哲學「不外急進和保守兩派」，然而，「人類的生活，不是完全推翻可以解決的，也不是完全保守可以解決的。人類的責任，是在某種時間、某種環境，去尋出某種解決方法來，就是隨時隨地去找出具體的方法來應付具體的問題。這便是第三者的哲學」[89]。在選擇演講題目時，胡適特意要杜威講講「實驗主義的政治哲學」，他對此自是拳拳服膺。《我們走哪條路？》中，胡適認為「根本態度和方法」「不是懶惰的自然演進，也不是盲目的暴力革命，也不是盲目的口號標語式的革命，只是用自覺的努力作不斷的改革」，這是艱難而迂緩的方法，但捨此之外，再「不承認別有」快捷、簡單容易或根本解決的方法[90]。繼承自杜威的思想來路，由此清晰可見。

　　一切觀念、理論都需要進一步加以探索、檢驗、修正，而非一成不變，這對揭露傳統形而上學關於永恆不變的真理觀的缺

---

[88] 詳參趙敦華：《杜威的進化發生學方法》，《杜威、實用主義與現代哲學》第42頁，俞吾金主編，人民出版社2007年2月。

[89] 杜威：《社會哲學與政治哲學》，杜威在北大法科大禮堂的演講，自1919年9月20日起共講16次，由胡適口譯，《杜威五大講演》第4~6頁，安徽教育出版社1999年9月。

[90] 胡適：《我們走哪條路？》，《胡適文存》（四）第315頁。

陷，實有助益。當然，實用主義真理觀與馬克思主義還是有區別的。實用主義在揭批傳統哲學抽象、僵化的理性主義的同時，也走向否定真理的相對穩定性、一般性，僅視真理為效用，是觀念在實踐活動中產生的令人滿意的結果。而一般來說，馬克思主義承認客觀真理的存在，認為真理是人們對於客觀事物的本質及其規律的正確反映。此外，實用主義強調觀察效果而忽視理論在一定條件下具有超前性、開拓性等，這反映在「問題與主義」之爭中，就是李大釗強調「一個共同趨向的理想主義」對社會運動所產生的先導作用，而胡適基本避談。從學理層面上分析，實用主義與馬克思主義自然存在分歧，但同時也不乏相似、一致之處。比如在反對心物二元、把科學主義與人本主義相結合、尤其是理論和實踐的關係方面，均不乏彼此溝通的思想觀點。

對於「根本解決」的駁難中，可能還內含著馬克思主義理論固有的決定論與能動論的糾纏，這自是一個由來已久的大問題，此處無法展開，僅點到為止。「馬克思主義是決定論和能動論的特殊混合物，因為二者都是社會歷史發展一般規律的學說，也是革命實踐的哲學。在馬克思主義世界觀中，人既是歷史的主體又是它的客體；人既是自己過去歷史的產物，又是自己未來的創造者。」[91]能動論與決定論的糾纏，內附著階級鬥爭理論、政治與經濟的關係、馬克思主義關於人的意識和能動性對歷史的作用等複雜問題。李大釗在《再論問題與主義》末尾一節專門談「根本解決」，他以俄國革命為例提出：「經濟問題的解決，是根本解決。經濟問題一旦解決，什麼政治問題，法律問題，家族制度問

---

[91] 莫里斯·邁斯納：《李大釗與中國馬克思主義的起源》第138頁，中共北京市委黨史研究室編譯組譯，中共黨史資料出版社1989年8月。關於該問題的具體討論，參見此書第六章。

題，女子解放問題，工人解放問題，都可以解決。」顯然，李大釗對於「根本解決」的認同，建基於歷史唯物論和馬克思主義決定論原理。而胡適所揭示的「根本解決」中暗藏的「奴性的邏輯」，李大釗是完全領會的：「『根本解決』這個話，很容易使人閒卻了現在，不去努力，這實在是一個危險。」這正是對胡適的呼應。其實，能動論在李大釗早年的世界觀中占主導地位。他在1916年指出：「青年之自覺，一在沖決過去歷史之網羅，破壞陳腐學說之囹圄，勿令僵屍枯骨，束縛現在活潑潑地之我……」[92]這是對青年們起而行的熱烈呼籲，表明其對於人類在變革世界過程中巨大的精神力量和能動性的深信不疑。當李大釗接受馬克思唯物主義歷史觀的普遍原理時，並沒有放棄對有意識的、有主動性的人們根據自己意願改造社會的信心（《我的馬克思主義觀》一文中對有些「歷史的唯物論者」所持有的決定論和宿命論提出了坦率的批評[93]）。「在『問題與主義』的爭論之後，當他開始形成比較堅定的政治信念時，特別是1920年中國第一個共產主義小組成立之後，他完全不可能再忽視與其能動性的衝突相對立的馬克思主義決定論原理」[94]，李大釗嘗試在馬克思主義思想體系的範圍內協調二者的關係。《再論問題與主義》中說：「可是專取這唯物史觀（又稱歷史的唯物主義）的第一說，只信這經濟的變動是必然的，是不能免的，而於他的第二說，──就是階級競爭說，──了不注意，絲毫不去用這個學理作工具，為工人聯合的實際運動，那經濟的革命，恐怕永遠不能實現；就能實現，也

---

[92] 李大釗：《青春》，《李大釗文集》（上）第204頁，人民出版社1984年10月。

[93] 李大釗：《我的馬克思主義觀》，《李大釗文集》（下）第64、65頁。

[94] 莫里斯・邁斯納：《李大釗與中國馬克思主義的起源》第137頁。

不知遲了多少時期。」這裡所謂的「第一說」與「第二說」，正是決定論與能動論的糾纏。李大釗已然注意到「根本解決」中所暗含的名教陰影（「招牌一掛，就算成功」）以及荒疏主觀能動性與個人持久實踐的危險（「閒卻了現在，不去努力」），所以最後來了一個折衷：「遇著時機，遇著情形，或須取一個根本解決的方法；而在根本解決以前，還須有相當的準備活動才是。」雖然馬克思的著作中對經濟決定論的論述非常充分，但他也反覆強調人創造了歷史，社會改造不是通過抽象的設想，而是通過人的自覺活動來實現的。從這一意義上來說，胡適在「問題與主義」之爭中的意見，關注人在怎樣的前提條件下如何實現理想，以及避免空談而通過實踐來發揮人在社會中的能動作用，這些對於中國的馬克思主義者們而言，未必不是有益的警醒。

　　由上文所述，因為反對「根本解決」，所以胡適不主採取激進的革命。1916年1月留學期間，他就表示：「吾並非譴責革命，因為，吾相信，這也是人類進化之一必經階段。可是，吾不贊成早熟之革命，因為，它通常是徒勞的，因而是一事無成的。……吾對當前正在進行的中國之革命，不抱太多的希望。誠然，吾對這些革命者則深表同情。作為個人來說，吾倒寧願從基礎建設起。吾一貫相信，通向開明而有效之政治，無捷徑可走。持君主論者並不期望開明而有效之政治。革命論者倒是非常渴望，但是，他們卻想走捷徑──即通過革命。」[95]胡適同情革命，但潛意識中對破壞秩序的恐懼，又使其幾乎不加分析地拒絕革命，傾心於維持現狀等於無限推遲了在特殊時代中的「行動」，這適足反映了胡適的兩難處境。《我們走哪條路？》

[95]　胡適日記（1916年1月31日），《胡適日記全編》（2）第335頁

以「怎樣解決中國問題」為議題，開篇提出了三種說法：國民黨國民革命的目的在於「求中國之自由平等」，中國青年黨的國家主義運動「就是要國家能夠獨立，人民能夠自由，而在國際上能夠站得住」，中國共產黨則要求「鞏固蘇聯無產階級專政，擁護中國無產階級革命」，但是胡適截住話頭，以為「這種討論徒然引起無益的意氣」，而「我們深信自覺的探路總勝於閉了眼睛讓人牽著鼻子走」。接下來他提出自己的方案，消極的目標是打倒「五鬼」——貧窮、疾病、愚昧、貪污、擾亂；積極的目標是建立一個治安的、普遍繁榮的、文明的、現代的統一國家。其中每一項都包括具體的衡量指標，比如，「治安」的包括良好的法律政治，長期的和平，最低限度衛生行政。「普遍繁榮」的包括安定的生活，發達的工商業，便利安全的交通，公道的經濟制度，公共的救濟事業⋯⋯這顯然是一個從政治到社會、經濟、文化等各方面的系統而艱巨的綜合工程，非一次暴力革命所能解決，而出之以解決具體問題的思路。所以胡適聲稱：「我們都是不滿意於現狀的人，我們都反對那懶惰的『聽其自然』的心理。然而我們仔細觀察中國的實際需要和中國在世界的地位，我們也不能不反對現在所謂『革命』的方法。我們很誠懇地宣言：中國今日需要的，不是那用暴力專制而製造革命的革命，也不是那用暴力推翻暴力的革命，也不是那懸空捏造革命對象因而用來鼓吹革命的革命。在這一點上，我們寧可不避『反革命』之名，而不能主張這種種革命。因為這種種革命都只能浪費精力，煽動盲動殘忍的劣根性，擾亂社會國家的安寧，種下相殘害相屠殺的根苗⋯⋯」[96]然而問題在於，「自由主義漸進改革的途徑預設著最

---

[96] 參見胡適：《我們走哪條路？》，《胡適文存》（四）。

低限度的社會、政治、與文化秩序的存在；在這樣的秩序之內以漸進和平的方式進行逐項改革才有其可能。但中國當時的政治、社會、與文化秩序均已解體，它是處於深沉的政治、社會、與文化三重危機之中。在這樣整體性危機之中的人們，渴望著整體性的解決。自由主義式漸進解決問題的方式，並不能適合當時許多人急迫的心態，也提不出立即達成整體性解決的辦法。」[97]胡適擔心的是任何所謂「根本解決」的方案都會導向武斷和僵化，在「根本解決」的鼓吹中實不乏名教的空幻夢想和奴性邏輯；但是小心翼翼的「評判的態度」，無法在變革時代中提供有效的行動綱領和「一種充分的方向意識」，以滿足人們對於改變世界的渴求——「而這這畢竟是隨著形勢惡化到徹底的混亂與絕望的程度，為中國人所愈益關心的東西」[98]。據此可見，胡適圍繞著「根本解決」所出示的洞見與不見。

2011 年 10 月 22 日

---

[97] 林毓生：《「問題與主義」論辯的歷史意義》，《二十世紀中國思想史論》（上卷）第296、297頁。

[98] 參見格里德：《胡適與中國的文藝復興》第280、289頁；余英時：《中國近代思想史上的胡適》，《重尋胡適歷程》第211-217頁，廣西師範大學出版社2004年9月。

在偽士與名教的圍困中突圍

一、從新語生成到名教膨脹

　　筆者在《「名教」的現代重構、討論方法及其批判意義》一文中已指出：辭彙對於文化、思想與社會有著強烈的依附性與共變性，尤其在轉型時代，隨著新生事物、外來思想的大規模湧現，詞語的新變與增生是正常不過的事情。面對清末以來中國持續的「名詞爆炸」、「主義風行」之局，首先當與「泥古者唾棄之」劃清界限，然後實應仔細考察「好奇者濫用之」（借王國維的話）所含藏的危險[1]。

　　李大釗在「五四」前後注意到「世間有一種人物、主義、或是貨品流行，就有混充他的牌號的，紛紛四起」[2]。1926年，周德之在名為《為迷信「主義」者進一言》的文章中記錄了如下觀察：「自從『主義』二字來到中國以後，中國人無日不在『主義』中顛倒。開口是『主義』，閉口是『主義』，甚至於吃飯睡覺都離不掉『主義』！眼前的中國，是充滿『主義』的中國；眼前的中國民，是迷信『主義』的中國民。……就今日中國的信主義與用主義者，至少有十分之九是非真誠：有的為權，有的為

---

[1]　參見收入本著的《「名教」的現代重構、討論方法及其批判意義》一文的第一部分。

[2]　李大釗：《混充牌號》，《李大釗文集》（2）第311頁，人民出版社1999年10月。

利，有的為名，有的為吃飯穿衣。」[3]差不多同一時候，馬君武也諷刺「主義癖」：「無論何種主張，皆安上主義二字，其中每有不通可笑的，又有自相衝突的。」[4]這是一個「主義」風行天下的時代；而「主義」的生成、膨脹與個人私慾的驅動暗中勾結；且「主義」往往自身被抽象出來成為空洞的符號，這其中「混充牌號」者有之，「不通可笑」者有之，「自相衝突」者有之……這幾乎就是惡性循環：正因為「主義」能滿足私慾，故時人趨之若鶩，按現在的時髦說法，「主義」遂成某種象徵資本，而其象徵性的社會功用愈演愈烈，則「主義」愈發墮為空洞的名詞符號。

　　正是在這樣的時代風習中胡適揭起「問題與主義」之爭與「名教」討論，藉以反思新文化運動在輸入種種「主義」時的懸空與浮泛[5]。「主義初起時，大都是一種救時的具體主張。後來這種主張傳播出去，傳播的人要圖簡便，使用一兩個字來代表這種具體的主張，所以叫他做『某某主義』。主張成了主義，便由具體計畫，變成一個抽象的名詞，『主義』的弱點和危險，就在這裡。」[6]1928年胡適寫了《名教》一文，「現在我們中國已

3　周德之：《為迷信「主義」者進一言》，《晨報副刊》1926年11月4日。
4　馬君武：《讀書與救國》，《晨報副刊》1926年11月20日。
5　詳見收入本著的《胡適「名教批判」論綱》一文。
6　胡適：《多研究些問題，少談些「主義」！》，《胡適文集》（2）第55頁，人民文學出版社1998年12月。「問題與主義」之爭未必全然如後人認為的那樣意味著新文化陣營的分裂，至少在反對空言「主義」上雙方有很深共識。其中情形可參見羅志田：《胡適傳》第八章「問題與主義」一節，中華書局2006年6月；《激變時代的文化與政治》「對『問題與主義』之爭的再認識」一節，北京大學出版社2006年9月。此外，名教批判是胡適思想發展中一條前後貫穿的脈絡，以此角度亦可進入對「問題與主義」之爭的理解。詳見收入本著的收入本著的《胡適「名教批判」論綱》一文。

成了口號標語的世界」，而「口號標語正是『名教』的正傳嫡派」，「大多數喊口號，貼標語的，也不外這兩種理由：一是心理上的過癮，一是無意義的盲從」，胡適從口號標語的氾濫入手，剖析名教產生的緣由，他舉了一個極有針對性的例子：「少年人抱著一腔熱沸的血，無處發洩，只好在牆上大書『打倒賣國賊』，或『打倒日本帝國主義』。寫完之後，那二尺見方的大字，那顏魯公的書法，個個挺出來，好生威武，他自己看著，血也不沸了，氣也稍稍平了，心裡覺得舒服的多，可以坦然回去休息了。於是他的一腔義憤，不曾收斂回去，在他的行為上與人格上發生有益的影響，卻輕輕地發洩在牆頭的標語上面了。」[7]少年人標舉的口號根本不錯，具有無可辯駁的時代合理性，他的錯在於「心理上的過癮」與「無意義的盲從」。

「五四」是大規模輸入西潮、「主義」的時代，胡適何嘗能免俗，甚至他就是引入西方思想模式解決中國社會問題的最突出者，其詩作中標語口號的句子也不乏其例。但無論如何胡適對新思潮的反省是值得我們重視的：他並不是在籠統的意義上反對一切標語口號、學說、主義，胡適顯然也承認「名詞是思想的一個重要工具」[8]。反抗名教並不是指打破、棄絕「名」的所有形態──言說、概念、理念、主張、學說、主義……我們就此歸於沉默不言，果如是，可能就喪失了彼此交流的人類公共平臺；簡單來說：我們是在一個由「名」引導的世界中，討論其中的一種極端形態，或者說有危險的形態，即現代名教。「名教」本來特指以正名定分為主的封建禮教，而胡適賦予其新義（「崇

7　胡適：《名教》，《胡適文集》（2）第140～142頁。以下對此文的引用不再一一注出。

8　胡適：《今日思想界的一個大弊病》，《獨立評論》第153號，1935年5月。

拜名詞的宗教」）[9]，他的論述幫助我們理解現代名教的具體所指與特徵：比如作為抽象名詞的「主義」，掩蓋了「救時的具體主張」，人們所關心的不是具體語境具體問題，不關涉社會實際與個人生命，而只是迷信「空空蕩蕩、沒有具體的內容的全稱名詞」；比如名實不符、魚目混珠，在一個名詞爆炸的時代中，往往有不真誠的欺世盜名者「混充牌號」。現代名教的另一層意思，用胡適的話來說，就是「對於抽象名詞的迷信」[10]、「信仰名的萬能」，屈服於、滿足於「文字的神力」、「紙上的學說」[11]而不具備介入歷史實踐的能力。正是上引那位「少年人」以「心理上的過癮」與「無意義的盲從」為主的精神機制與思維邏輯。所謂「名教」正是指這種「立名為教」、對名詞符號的「拜物教」，胡適譏為「奴性的邏輯」。而魯迅謂之「『符咒』氣味」：「新潮之進中國，往往只有幾個名詞，主張者以為可以咒死敵人，敵對者也以為將被咒死」[12]。這些陳述都揭示了名教運作機制中深藏的神秘性與權威性，而危險正由此而來。比如，「他們把思想概念當作一面大旗，插在頭上就可以嚇軟讀者的膝蓋。旗子是愈高愈好，於是他自己也就騰空俯視了」。所謂「騰空俯視」，往往指的是通過「思想概念」，把個人的存在從他身

---

[9]　1926年，馮友蘭發表《名教之分析》，指出「屈服於名、概念」往往導致「不合理的事情」。初步從學理上分析了名詞崇拜的內涵，不過較為簡略，而胡適揭起「名教」討論的緣由之一是受馮文啟發。參見馮友蘭：《名教之分析》，原載《現代評論》第二周年紀念增刊，1927年1月；引自《三松堂全集》（第十一卷），河南人民出版社2000年12月。

[10]　胡適：《三論問題與主義》，《胡適文存》（一）第272頁，黃山書社1996年12月。

[11]　胡適：《多研究些問題，少談些「主義」！》，《胡適文集》（2）第54頁。

[12]　魯迅：《〈現代新興文學的諸問題〉小引》，《魯迅譯文集》（5）第359、360頁，人民文學出版社1958年12月。

處的世界中、從與他周遭事物的交互關係中抽離出來，所以「搶奪思想概念」每每與「脫離生活」相聯繫[13]。身陷名教的個人無視、甚至排斥他原本置身在這一生活與世界中的真切經驗，轉而崇拜、迷信「名的萬能」與「神力」。

二、何謂「偽士」：「偽士」及其對立面

1908年，魯迅在《破惡聲論》中提出了「偽士當去，迷信可存」的論題，此處首先細讀這一文獻，並與魯迅同期論文相勾連，具體通過三組對比，以揭示「偽士」的面貌與特徵。

1、「偽士」與「獨具我見之士」

《破惡聲論》[14]開篇即渲染出籠蓋四野的「寂漠」感，緊接著卻筆鋒一轉：「吾未絕大冀於方來，則思聆知者之心聲而相觀其內曜。內曜者，破黮暗者也；心聲者，離偽詐者也。」「內曜」——打破「黮暗」，聯想到康德對「啟蒙」的定義，尤其是西文中Enlightenment一詞的原義（「照亮內心」）——當指人內心的自覺；「心聲」，不是倚靠「多數」、「外來」、「自上而下」的聲音，而是人發自內心的真的聲音（「誠於中而有言」）。然後魯迅通過人類與自然物的對比，刻畫出「內曜」、「心聲」的特質：自然物是被動應和，而人類「特異」在於不隨外物變遷的主動性、主體性，這就是「內曜」、「心聲」的作

---

13 胡風：《今天，我們的中心問題是什麼？》，《胡風全集》（2）第614頁，湖北人民出版社1999年1月。

14 本文對《破惡聲論》的引用均根據《魯迅全集》（人民文學出版社2005年11月），以下對此文的引用不再一一注出。

用。「今之中國，其正一擾攘世哉」，「擾攘」的言論，被魯迅歸納為「惡聲」，這源於「內曜」、「心聲」的「不可見」。作為「惡聲」的理論後盾，「則有科學，有適用之事，有進化，有文明」，這四者都是當時最典型的啟蒙話語，代表著進步的意識形態，「騰沸於士人之口」，但何以它們會轉變為擾攘的「惡聲」？魯迅解釋如下：「特於科學何物，適用何事，進化之狀奈何，文明之誼何解，乃獨函胡而不與之明言，甚或操利矛以自陷。嗟夫，根本且動搖矣，其柯葉又何侂焉。豈誠其隨波弟靡，莫能自主，則姑從於唱喁以熒惑人；抑亦自知其小陋，時為飲啖計，不得不假此面具以釣名聲於天下耶。」這一段話具體指明了「內曜」、「心聲」流失的原因：一是為私慾所蒙蔽，「號召張惶」新學話語者大抵假「公名」而「釣名聲於天下」；二是被「眾囂」所挾持，「輕才小慧之徒」對新學話語一知半解，「莫能自主」，卻隨波逐流般搖旗吶喊，「從於唱喁以熒惑人」。以上兩類正是「偽士」的構成。比如《科學史教篇》曾將矛頭指向當日將科學救國「日騰於口者」，於科學繁盛之「本根」、「本柢」實則函胡不明。魯迅早年平議晚清思想界種種代表性思潮，每每失望，「對於這些『主義』的批判，是指缺乏『個性』和『精神』之『根底』的這些『主義』，或者拋棄精神改造的無批判地『輸入』的這些『主義』，或對它們的『膜拜』，絕對不能聯繫到真正意義上的人類解放這一問題上的，而不是對『國家』、『科學』、『道德』等等的本身的否定」[15]。突破主義、思潮的空殼而探賾隱伏在其根柢、滋養其生長繁茂的「神髓」——這鑄成了魯迅文明批評的方法論核心。

---

[15] 伊藤虎丸：《魯迅早期的尼采觀與明治文學》，《魯迅、創造社與日本文學》第52頁，孫猛、徐江、李冬木譯，北京大學出版社2005年11月。

「考索未用，思慮粗疏，茫未識其所以然，輒皈依於眾志」、「捨己從人，沉溺逝波，莫知所屆」，魯迅清晰地勾勒出「中無所主」者被蒙昧、虜獲的情形。而「偽士」們操持著「新名」、「正信」，自命權威，卻往往斫傷他人的精神自由。這個過程中，又是「中無所主」者最易「心奪於人」，被「偽士」所「殖民」，甚或變成新的「偽士」──這幾乎就是惡性循環。所以，魯迅樹立起「不和眾囂，獨具我見之士」，「思想行為，必以己為中樞，亦以己為終極」，在自我生命與民族文化的精神本源上確立、展開思想與實踐。只有這樣的人，才能衝破「輊才小慧」、「澆季士夫」等「偽士」們編織出來的「惡聲」滔天的羅網，敢於「自別異」，和勢力強大的「眾數」、「正信」相抗，大膽提出自己孤立無援的見解；敢於「白心」，不「掣維新之衣，用蔽其自私之體」、不「蒙幃面而不能白心」、不「羞白心於人前」，而直抒己見、「吐露本心」、「放手直幹」……

2、「偽士」與「迷信」

「偽士當去，迷信可存」，「當」字顯示出斬釘截鐵的決斷，而「可」字多少意味著一定的餘地，就是說這裡有可以辯證討論的地方。「迷信」中危害與增益交織，魯迅這一思路指示著「火中取栗」一般的工作。他並非站在「反科學」、「反近代」的立場上發言，對迷信所釀成的「火災」心知肚明[16]，而偏要由「大火」圍困中取出的「栗」到底是指什麼？在魯迅的語境中，

---

[16] 魯迅在留日期間所寫的最早的論文《中國地質略論》裡，痛斥道士們「因迷信以弱國，利用家而害群」。「五四」時期的《隨感錄》中，對所謂「國粹」的批判也多指向涉及宗教與封建迷信的言論行為。

迷信表達著「人心向上之需要」，與科學並非決然對立，二者在「神思」的涵養下，共同淬煉出「寂漠」之境中召喚世人超越向上、創進不已的精神力量[17]。

更重要的是，迷信是對「正信」的抵拒。「顧吾中國，則夙以普崇萬物為文化本根，敬天禮地，實與法式，發育張大，整然不紊。……設有人，謂中國人之所崇拜者，不在無形而在實體，不在一宰而在百昌，斯其信崇，即為迷妄，則敢問無形一主，何以獨為正神？宗教由來，本向上之民所自建，縱對象有多一虛實之別，而足充人心向上之需要則同然。」所謂「無形」「一宰」之教，應指在西方有深厚傳統的基督教，一般而言，偶像（「實體」）崇拜與多神（「百昌」）崇拜往往是人類宗教的早期形態，而成熟的標誌即信仰對象的抽象化（「無形」）與固定化（「一宰」），由此比較而貶中褒西往往是老調。魯迅以為「足充人心向上之需要」是人類宗教的共同特徵，而「多一虛實」實非本質區別；出於對人類精神自由的爭取與呵護，他更反感樹立「正神」而將信仰固定的思維。面對斥迷信為「迷妄」的論調，魯迅又反問何為「正信」：「且今者更將創天下古今未聞之事，定宗教以強中國人之信奉矣，心奪於人，信不繇己，然此破迷信之志士，則正敕定正信教宗之健僕哉。」關於「定宗教以強中國人之信奉」，有學者以為指康有為立孔教為國教之事，也有推測是以基督教代中國宗教說，不管確指何者，魯迅反對的是精神的定於一尊。由上可知：不管是對「正神」的排斥，抑或對「正信」的拒絕，魯迅立場堅定：反抗任何外在的權威，由上而下地強人以從，而倡揚以人自身為根基的不斷超越的精

---

[17] 在《破惡聲論》的語境中，迷信表達「人心向上之需要」，與科學相溝通，抗拒著「正信」。限於篇幅，本文只討論上述第三點。

神。這裡的「精神」也不是什麼虛無飄渺的東西，《破惡聲論》為「賽會」、「神龍」辯護，著眼點即在於二者同農人生活本身與情感寄託、精神想像的切身而實在的聯繫，這裡的基點仍然植根於生命的血肉真實之中。故伊藤虎丸先生以為「迷信可存」「姑且可以理解為一種反語」[18]，拒斥那些拿著「正信」來裁決他人的態度，這種裁決正出於「偽士」的態度，而「迷信」之外，其實並無「正信」。只有自發的、內發的信仰才是真正的信仰，它本就有著執著、癡迷而被「偽士」們譏為「迷妄」的色彩。

魯迅晚年有篇雜文《〈如此廣州〉讀後感》，當時「新黨」對廣東人的迷信「加以譏刺」，魯迅卻抱不平，「然而廣東人的迷信卻迷信得認真，有魄力」，相比之下，「在江浙」就是「模糊」與「不認真」，而其中隱藏著欺騙。魯迅並非為封建陋習招魂，文末點明主旨：「廣東人的迷信，是不足為法的，但那認真，是可以取法，值得佩服的」，而「中國有許多事情都只剩下一個空名和假樣，就為了不認真的緣故」[19]。魯迅判斷「真信」、「偽信」的標準不在於宗教教義，而是一般教徒的主體態度。這一標準貫穿始終。

魯迅對自居為信徒者的不「堅信」、「無特操」深惡痛絕，而對「鄉曲小民」的迷信，則給予寬容、以至褒揚。究其實，「迷信」中潛藏了他以為寶貴的質素，此即魯迅不惜「火中取栗」的根源所在：因為聲發自心，「惟向所信是詣」，所以是真正的信仰，這種由自我本心發軔的信仰一旦建立起來，則很難撼搖。真誠相信（「有自信，不自欺」）、篤力以行（「埋頭苦

---

[18] 伊藤虎丸：《早期魯迅的宗教觀》，《魯迅、創造社與日本文學》第88頁。
[19] 魯迅：《〈如此廣州〉讀後感》，《魯迅全集》（5）第460、461頁。

幹」、「拼命硬幹」[20]）、不謀私、不浮滑，這些就是抵拒「偽士」橫行的品質。通過「迷信」與「偽士」的對舉與考察，魯迅指出：「無特操」者即「偽士」。這一對主體精神態度的標舉與考較，已經成為魯迅判別「偽士」的尺度。如果根植於生命自身的血肉真實（比如「賽會」、「神龍」之於農人）與個體自由（「繇己」）的精神作用，則即使是「迷信」、「信之失當」，也不能隨便加以諷刺、排擊；而如果自上而下地被授予，即便標舉的是「正信」，也不算真正的信仰。同樣，即便是負載著正確價值、意涵的學說、主義，倘若沒有健康的精神態度去承納，則不但會演成欺世盜名的流氓式遊戲，甚或將其蛀成空名、假名。

3、「偽士」與「氣稟未失之農人」

《破惡聲論》中魯迅將「普崇萬物」作為中國具有「始基」意義的「信」或「宗教」，當它落實到「農人」的個體身上時，就成為「性」、「氣稟」，這些與人的本真狀態緊密相連，卻丟失於「多艱」之「民生」與違反天性、受傳統污染的「士大夫」，正是在這一意義上魯迅說「文學革命者」最初的要求是「掃蕩了舊的成法，剩下來的便是原來的人」[21]。「蓋澆季士夫，精神窒塞，惟膚薄之功利是尚，軀殼雖存，靈覺且失。於是昧人生有趣神閟之事，天物羅列，不關其心，自惟為稻粱折腰；則執己律人，以他人有信仰為大怪，……偽士當去，迷信可存，今日之急也。」一方面，「氣稟」、「精神」喪失於「功利」、「稻粱」；另一方面，「靈覺」是與「顧瞻百昌，審諦萬物」、

---

[20] 魯迅：《中國人失掉自信力了嗎》，《魯迅全集》（8）第122頁。
[21] 魯迅：《〈草鞋腳〉小引》，《魯迅全集》（6）第21頁。

「人生有趣神閟之事,天物羅列」相關聯,在魯迅視野中,受「神思」涵養,宗教與文學、詩歌是交相激蕩的,而「精神窒塞」的士人恰與此相昧。

緊接著,魯迅將「氣稟未失」的狀態形容為「厥心純白」,相類的還有「白心」。兩個概念都來自《莊子》。《天地》篇中:「機心存於胸中,則純白不備」,「純白」是指未受污染的本然之心。「白心」出自《天下》篇,基本可以理解為「明白其心,表白心願」[22]。對精神舒展的肯定和對坦陳心聲的要求結合起來,可以理解為:「純白」、「白心」都是為了鼓勵執著於內心的真實狀態並真率地加以表達,擺脫外部制約或眾數的意見。顯然「白心」的概念與上文討論過的信仰的自發性、內在性是相關的。早在弘文院學習時,魯迅和許壽裳談論國民性問題,就說:「我們民族最缺乏的就是誠和愛,換句話說:便是中了作偽無恥和猜疑相賊的毛病。口號只管很好聽,標語和宣言只管很好看,基本上是只管說得冠冕堂皇,天花亂墜,但按之實際,卻完全不是這回事。」[23]「白心」、「厥心純白」的提出顯然與這樣的思考有關,強調真誠、直白、聲發自心,讓表達的名號直接關聯內心,讓心聲直剖明示,不要「附麗」,不要作偽。這些,都是遏制「口號」、「標語和宣言」天花亂墜卻不關實際的可貴因素。《狂人日記》中的一句「你們立刻改了,從真心改起」,可以看作魯迅對「偽士」的喝令。

---

[22] 參見陳鼓應注譯:《莊子今注今譯》第1001頁,商務印書館2007年7月。
[23] 許壽裳:《我所認識的魯迅・回憶魯迅》,《魯迅回憶錄》(專著,上冊)第487頁,北京出版社1999年1月。

　　這種真率直白的態度，還與自由暢達的想像力密切相關。「白心」、「靈覺」本就受到「神思」的激發，湧現出源頭活水般的創造力，這是魯迅視若瑰寶的，當他面對「藉口科學，懷疑於中國古然之神龍」的指責，辯護道，「夫龍之為物，本吾古民神思所創造，例以動物學」，則「自白其愚」。魯迅這裡所張揚的「白心」中含茹的原初性與創造性交相激蕩的精神能力，當是中西思想資源會通的產物。比如儒釋道三家都討論的「初心」，李贄揭舉的「童心說」，袁枚《隨園詩話》中標示詩人的「赤子之心」等。李贄說：「夫童心者，絕假純真，最初一念之本也。若失卻童心，便失卻真心；失卻真心，便失卻真人。人而非真，全不復有初矣。……然童心胡然而遽失也？蓋方其始也，有聞見從耳目而入而以為主於其內，而童心失。其長也，有道理從聞見而入而以為主於其內，而童心失。……」（《童心說》）當「聞見道理」取代「童心」則「人而非真」，恰如魯迅說「精神窒塞」、「靈覺且失」而淪為「偽士」。其後袁宏道力倡「性靈說」時，鼓吹「無聞無識真人」（《敘小修詩》）、譏諷「毛孔骨節俱為聞見知識所縛」之人（《敘陳正甫會心集》），與李贄的意見異曲同工。倘若轉向西方，我們首先想到的是尼采，他認為哲學家須有「初次（有創始性地）看察事物」的特性，「他不讓種種觀念、意見、書籍插在自己與事物之間，他的天性未受俗見的污染，他永遠保留著看事物的新鮮的第一眼」[24]。李贄反對「聞見道理」、袁宏道鼓吹「無聞無識」，與尼采「不讓種種觀念、意見、書籍插在自己與事物之間」正是一個意思。我們不能草率地以反智主義來苛責上述見解，因為在形形色色、潮來

---

[24] 尼采：《作為教育家的叔本華》，轉引自周國平：《尼采》第47、48頁，上海人民出版社1986年7月。

潮往的「聞見」中，積聚著太多看似天花亂墜實則人云亦云、
「莫知其可」的輿論、甚至斧鉞人天性、使得主體的內在空間
被懸置、漠視的「俗見」。越是身處資訊爆炸、傳播媒介發達
的時代，越容易為種種流行的意識形態所壓迫。正是在這一意
義上，「新鮮的第一眼」與「白心」共用的自由暢達的「創始
性」（而不受強制灌輸），它們對人天性、內在精神空間的守
護，以及對「毛孔骨節」俱為俗見所縛的警覺，可以幫助個人
抵抗現代名教的污染。當然尼采還說過，沒有赤裸裸的現實，
只有不斷被解釋的現實。現實一旦進入人的視野，就不可避免
落入紛紜的符號網路中，它們還會按照各自的權力關係結成相
對穩定的「解釋的循環」，永葆「新鮮的第一眼」何其困難，
沒有人可以宣稱自己是從「白板」開始面對世界、生活的。強
調「白心」、「新鮮的第一眼」，意在提醒世人對以不健康的主
體態度去承納口號、學說、主義等有所反思。《破惡聲論》曾指
出「偽士」的危害之一在於「執己律人」，「偽士」拿著所謂的
「正信」自上而下地去裁決他人，卻不覺悟這可能是一種對精神
自由的傷害；同時也沒有反省這裡的「己」是出於健康的主體精
神，還是來自外部的權威與「眾數」的灌輸。我們必須要有這樣
一層自覺。

　　當魯迅失望於「偽士」時，內心自然對「真實的人」、「精
神界之戰士」矚望良多。「農人」並不構成「精神界之戰士」的
全部，但由於「農人」、「樸素之民」特殊的質地，他們要求喚
起的是主觀能動性與主體創造力，而不倚靠外在而多數的權威給
予「正信」，這就能夠抵禦啟蒙過程中「偽士」的產生。也可以
說，反抗「偽士」是魯迅國民性批判的重要構成。

三、名教與偽士的勾結

在魯迅筆下，名教有種種賦形。「奴才」們打著「鮮明好看的旗子」[25]行私利己，「做戲的虛無黨」標舉「好看的假面具」[26]、「甜膩的話頭」[27]，而「多少偉大的招牌，去年以來，在文攤上都掛過了，但不到一年，便以變相和無物，自己告發了全盤的欺騙」[28]。魯迅每為名教所苦，恍如跌入「文字遊戲國」，中國的「名」（口號、標語、說辭、主義等）往往游離於想和做的實際之外，自行擴張，不受實際制約，「一切總愛玩些實際以上花樣，把字和詞的界說，鬧得一團糟」[29]，「文字遊戲國」根本上就是「名教之國」，在「名教之國」裡，「大抵是名實並用者失敗，只用其名者成功」[30]，「盜名」、「借名」者蜂起，「假名」、「空名」、「亂名」隨即氾濫成災。使人們對一切「名」失去信心的，恰恰是名教；在名教時代中，恰恰沒有「發生」、「容納」新「名」的可能。「中國人總只喜歡一個『名』」，只要有新鮮的名目，便取來玩一通，不久連這名目也糟蹋了，便放開，另外又取一個。真如黑色的染缸一樣，放下去，沒有不烏黑的。」[31]

---

[25]　魯迅：《再論雷峰塔的倒掉》，《魯迅全集》（1）第204、205頁。
[26]　魯迅：《通訊》，《魯迅全集》（3）第27頁。
[27]　魯迅：《我們不再受騙了》，《魯迅全集》（4）第441頁。
[28]　魯迅：《葉永蓁作〈小小十年〉小引》，《魯迅全集》（4）第150頁。
[29]　魯迅：《逃名》，《魯迅全集》（6）第409頁。
[30]　魯迅：《慶祝滬寧克服的那一邊》，《魯迅全集》（8）第197頁。
[31]　魯迅致姚克信（1934年4月22日），《魯迅全集》（13）第82頁。

　　如上文所言，魯迅平議形形色色的流行思潮，每每失望，他並不是批判「士人」、「新黨」所趨附的名詞符號及其所代表的意涵價值，而是將口號、名詞、言論、學說、主義等同主體相剝離，勘查他們實際的道德操守，結果往往發現「提倡者思想不徹底，言行不一致」[32]。此即流弊所在，因為「倘以欺瞞的心，用欺瞞的嘴，則無論說A和O，或Y和Z，一樣是虛假的」[33]。所以魯迅呼喚「真的聲音」、「真態度」[34]而最痛恨「假此面具以釣名聲於天下」的「偽士」。「真」、「偽」之辨關注的是個人與他所倡言的言論、思想，亦即秉持「名」者與其所標舉的「名」之間的關係，是否是獨立自覺與真誠無偽的。

　　借名、盜名以「遂其私慾」者，是偽士群體構成中最等而下之者，但問題並不是僅僅納入道德論範疇就可以解決的（否則實在也太簡單了）。有一類偽士，我們考察其「精神態度」時，發現弊端並非出於「欺瞞的心」、「欺瞞的嘴」之類道德素質的低劣，癥結在於「名」是新的，精神態度與思維方式卻是舊的。在此我們必須重溫康德《答覆這個問題：「什麼是啟蒙運動？」》中的告誡：「一場革命也許能夠廢除專制的政府及其私利的追求。但革命本身不能夠改變思維方式。新的偏見如同它們所取代的舊的偏見一樣，將會成為駕馭缺少思想的廣大人群的圈套。」舒衡哲在討論「五四」啟蒙時提醒道：「關於自然和社會的新的科學知識本身不足以對抗長期以來形成的屈服於專制權威的習慣。這樣，啟蒙就不僅僅意味著是新的知識，而是意味著一種

---

[32]　魯迅致宋崇義信（1920年5月4日），《魯迅全集》（11）第382頁。

[33]　魯迅：《論睜了眼看》，《魯迅全集》（1）第255頁。

[34]　參見魯迅：《無聲的中國》，《魯迅全集》（4）。

新的思維方式。」[35]啟蒙必須經由「新的知識」與「新的思維方式」這兩個支點來實現，但是「一場革命」與「新的知識」出現，並不必然確保思維方式的更新，也就是說，很可能出現以舊的思維方式去接受新的知識的情形：一方面是名詞的「正」而「新」，一方面是主體態度的「偽」而「舊」，以後者去擔負前者，不但產生不了應有的積極影響，可能還將「新名詞」染為「烏黑一團」[36]，魯迅形容為「皮毛改新，心思仍舊」[37]。前文中所謂「奴性的邏輯」正是「舊」之一種，所謂「舊」，是指並沒有在主體內心培育出堅實的接受、含納、消化根基。借用伊藤虎丸先生的比方，偽士批判的實質，就是一個類似「接球手」[38]的問題：當「球」迎面飛來時，「接球手」是否已經作好準備伸手牢牢地接住它；當遭遇那些黏附著科學、進步價值的名詞、學說、主義之後，主體是否有健康的精神態度、堅實的根基去接受、消化，並且「把它變成我自己的」。這一步如果不達成，即便是新的、正確的知識，也可能淪為僵硬分割身外現實的名教。名教與偽士的勾結正在於此。

　　「變成我自己的」──這個說法來自美國學者威廉・巴雷特對克爾凱郭爾的評斷。「哲學主要關心個人和他的生活方式，而

---

[35] 舒衡哲（Verra Schwarcz）：《「五四」：民族記憶之鑒》，李存山譯，中國社會社會科學院科研局、《中國社會科學》雜誌社編：《五四運動與中國文化建設──五四運動七十周年學術討論會論文選》（上冊）第173頁，社會科學文獻出版社1989年10月。以上對康德的引用，借鑒、綜合了舒衡哲與何兆武先生的譯本，參見康德：《答覆這個問題：「什麼是啟蒙運動？」》，《歷史理性批判文集》第24頁，何兆武譯，商務印書館1990年11月。

[36] 魯迅：《偶感》，《魯迅全集》（5）第506頁。

[37] 魯迅：《隨感錄四十三》，《魯迅全集》（1）第347頁。

[38] 伊藤虎丸：《早期魯迅的宗教觀》，《魯迅、創造社與日本文學》第96頁。

不是概念和概念化的知識。概念的邏輯推演絕不能把握個人種種非常普遍的東西——他的感情、特殊的思想、激情和氣質等等。」[39]這裡與其說克爾凱郭爾放棄了概念，不如說他富有創見地區分了真理的兩種類型：他並不否認客觀的、非個人的知識、真理，比如2加2等於4，用巴雷特的話來說，這類知識「一旦我知道，就知道了，不需要繼續努力，把它變成我自己的」[40]。但除此之外，還有一類哲學的真理，它不像數學公式那樣有必然性，也不是「地球圍繞太陽轉」這般陳述一個事實判斷，而主要和個人的行為密切相關（「對我來說是確實的真理」[41]），「這裡成為問題是一個人自己對真理的個人佔有——『佔有』來自拉丁文詞根proprius，意指『一個人自己的』」[42]。關於上述兩種類型的知識之區別，俄羅斯宗教哲學家弗蘭克有過一段生動描述：「從內部認識社會和政治生活，參與其中，感受其波瀾激蕩，享有其鮮活經驗，這是一回事，像自然科學家研究食蟻熊的生活那樣研究這種社會政治生活，則完全是另一回事。在前一種情況下，鮮活經驗以其全部生命力、豐富性、具體性、原生性直接展示於從內部來認識它的思想；向這種思想展示的是完全不同的一種量度，第二種思想類型不可能具有這種量度，

---

[39] 參見張汝倫：《現代西方哲學十五講》第49頁，北京大學出版社2003年1月。

[40] 威廉·巴雷特：《非理性的人》第169頁，楊照明、艾平譯，商務印書館2004年5月。

[41] 參見克爾凱郭爾1935年8月1日的日記：「問題在於瞭解自己，認清上帝真正希望我做什麼；問題在於找到一個對我來說是確實的真理，找到一個我能夠為它而生為它而死的觀念。」轉引自L·J·賓克萊：《理想的衝突——西方社會中變化著的價值觀念》第166頁，馬元德、陳白澄等譯，商務印書館1983年5月。

[42] 威廉·巴雷特：《非理性的人》第170頁。

它只是從外部去認識這裡現有的實在的週邊圖景或者外露的表層。」[43]

　　作類型區分當然不是為了排除2加2等於4之類的知識操作，而是因為我們所討論的新名詞與主義話語，並不都是「自然科學家研究食蟻熊的生活」這一路，所以，在獲取另外一路具備「完全不同的一種量度」的名詞概念時，需要「我們的全部內在本質參與」，需要「全部生命力、豐富性、具體性、原生性」的投入。否則，缺陷不僅在於你認識到的僅止於「現有的實在的週邊圖景或者外露的表層」，而且意味著這樣的認識只附著於主體的「表層」、「皮膚」，沒有「肉身化」、機能化，沒有「和我們的生命本身合為一體」[44]。找到科學、合理的概念、主義……也許並不困難，在現代中國這樣一個啟蒙時代中，它們甚至充斥四周；然而更重要的是，我們必須讓這些概念、主義與個人經驗、生命「實感」相摩擦，「參與其中，感受其波瀾激蕩，享有其鮮活經驗」，在「生命經驗的深處孕育」，──這個過程，這樣一個在遭遇新的名詞概念與主義話語之後，「繼續努力，把它變成我自己的」過程，關乎生命實踐，飽含個人承諾，力求在日常生活中加以深化、持存……

四、「接球手」對偽士的克服

　　魯迅「偽士當去」的決絕表述，啟發我們重視現代名教的吊詭面貌：即便是科學的、有著充分時代合理性的概念、主張，如

---

[43] 弗蘭克：《生活在先，哲學在後》，《人與世界的割裂》第4頁，徐鳳林、李昭時譯，山東友誼出版社2005年5月。
[44] 參見弗蘭克：《生活在先，哲學在後》，《人與世界的割裂》第2、3頁。

果在個體身上欠缺堅實的生發基礎或接受立場，同樣容易助長名教。在這樣的理解中，偽士是與新詞語相關聯的啟蒙者，但這類啟蒙者並不具備合法性，由他所標舉的新思想、主義、學說、思潮，看似熱鬧紛紜（立「名」為教之後往往就會變成時髦的意識形態），實則「不過留下一個空泛的名詞」，甚至「連名目也奄奄一息」[45]，丸山升先生總結為「作為一時的流行很快消逝這種中國新文化的根底之淺薄」[46]。站在偽士反面的，借用上文那個比方，即合格的「接球手」。

筆者在《「名教」的現代重構、討論方法及其批判意義》一文中曾議及：學說、主義、思想……在現代中國的創制——新的字詞符號以及其所代表的嶄新的概念、思想內容的出現、撒播——大抵離不開一個翻譯、引介西方現代思想知識的過程。「接球手」問題的特殊性在於，它黏連著後發國家在特殊時代中的困境，這是「一個離開了中國近代化問題就不存在」[47]的問題（由此也可明瞭與偽士相關的何以是一種「現代」形態的名教）。具體而言：一方面，「接球手」面對的學說、主義，大多在西方歷史發展中已然產生，其中往往蘊含著「無論是在物質文明還是精神文明方面都優越於亞洲的價值」[48]，也就是說，它們是現成的（已經產生），優越的（已被證明）；而另一方面，在中國與亞洲，又往往缺乏產生這些學說、思想與價值的社會經濟基礎、

---

[45] 魯迅：《〈進化和退化〉小引》，《魯迅全集》（4）第255頁。

[46] 丸山升：《「革命文學論戰」中的魯迅》，《魯迅・革命・歷史：丸山升現代中國文學論集》第55頁，王俊文譯，北京大學出版社2005年11月。

[47] 伊藤虎丸：《早期魯迅的宗教觀》，《魯迅、創造社與日本文學》第95頁。

[48] 伊藤虎丸：《魯迅與日本人——亞洲的近代與「個」的思想》「序言」第5頁，李冬木譯，河北教育出版社2002年5月。

制度條件等，這個時候，「近代主義」式的「偽士」往往應運而生。伊藤虎丸對「偽士」有精當的概括：「『偽士』之所以『偽』，是其所言正確（且新穎），但其正確性其實依據於多數或外來權威而非依據自己或民族的內心。」[49]而「近代主義」是竹內好獨創的概念，主要指「在殘存著等級制意識的前近代社會裡，將歐洲近代思想作為權威從外部拿來時產生的意識形態」，「也就是說，基督教也好，馬克思主義也好，存在主義也好，被拿來的確實都是歐洲近代思想，但是，接受這些思想的主體方面的意識，仍殘存著前近代的等級制意識，即尊卑觀念、權威主義，歐洲近代思想是被作為權威接受下來的」[50]。竹內好矚望於一種「真正的近代」、「魯迅型的近代」，這樣的一種近代化方式並不表現為清晰的理論與實踐形態，而表現為血肉黏連的苦苦掙扎。竹內好賦予了「掙扎」、「抵抗」、「轉化」、「回心」等概念以特殊的意義。「面對自由、平等以及一切資產階級道德的輸入，魯迅進行了抵抗。他的抵抗，是抵抗把它們作為權威從外部的強行塞入。他把問題看透了，那就是把新道德帶進沒有基礎的前近代社會，只會導致新道德發生前近代的變形，不僅不會成為解放人的動力，相反只會轉化為有利於壓制者的手段。……總而言之，他並不相信從外部被賦予的救濟。」[51]

依據上述思路，我們來重讀《傷逝》。

---

[49] 伊藤虎丸：《亞洲的「近代」與「現代」》，《魯迅、創造社與日本文學》第13、14頁。

[50] 參見伊藤虎丸：《魯迅與日本人——亞洲的近代與「個」的思想》「序言」第7頁。

[51] 竹內好：《作為思想家的魯迅》，《近代的超克》第148頁，李冬木、趙京華、孫歌譯，三聯書店2005年3月。

> 默默地相視片時之後，破屋裡便漸漸充滿了我的語聲，談
> 家庭專制，談打破舊習慣，談男女平等，談伊孛生，談泰
> 戈爾，談雪萊……。她總是微笑點頭，兩眼裡瀰漫著稚氣
> 的好奇的光澤。

這番敘述也許是極具代表意味的「五四」啟蒙圖景吧：一個
渴望學習新觀念的年輕女性，無助地愛上了故事中的第一人稱敘
事者。子君將涓生視為啟蒙者，涓生通過從西方文學中獲得的觀
念、價值征服了子君，以至於涓生求愛的動作都是沿襲自西洋電
影（「我含淚握著她的手，一條腿跪了下去……」），而這個
「食洋不化」的舉動竟然成為子君後來無數次懷舊、溫習的對
象。「五四」啟蒙者的絕大部分說服力源自於上述圖景中的那些
新名詞，由此組織出來的現代性話語無疑具有一種威權，如杜
贊奇所說，因為它的表達者可以用現代性的名義來壓制他人[52]。
啟蒙者通過翻譯的供給獲取了文化與象徵資本，又在播撒現代性
話語的過程中取得了一種想像性的領導權，涓生正是其中的一
個。其實即便在當時，啟蒙運動的領袖也隱隱地對此生出了某些
質疑，1920年9月，胡適在北大開學典禮上的演講中，就以為這
是「淺薄的『傳播』事業」：「現在所謂新文化運動，實在說得
痛快一點，就是新名詞運動。拿著幾個半生不熟的名詞，什麼
解放，改造，犧牲，奮鬥，自由戀愛，無政府主義……，你遞給
我，我遞給你，這叫做『普及』。這種事業，外面幹的人狠多，
盡可讓他們幹去，我自己是賭咒不幹的，我也不希望我們北大同

---

[52] 杜贊奇：《現代性話語的知識和權力》，轉引自史書美：《現代的誘
惑：書寫半殖民地中國的現代主義（1917-1937）》第82頁，何恬譯，江
蘇人民出版社2007年4月。

學加入。」[53]

魯迅在《傷逝》中的敘述，以及胡適的不滿，其實指向同一幅圖景——「半生不熟的名詞」的傳遞。在這些經典的啟蒙圖景中，完成的只是話語的翻譯、編排、傳遞與默認，這些自然是必須的，但問題在於這樣的啟蒙完全只是觀念形態的存在（到這一步是遠遠不夠的），《傷逝》告訴我們這種觀念形態的存在甚至凌駕於生命與死亡之上。一個類似上帝般的啟蒙者在宣諭（「破屋」裡「充滿了我的語聲」），一個被啟蒙者默然地接受（「總是微笑點頭」）。喊著「我是我自己的」子君只是在「半生不熟的名詞」的意義上被涓生從西方文學中販賣的觀念所征服，而沒有將這些觀念內化為自身的血肉。「他們誰也沒有干涉我的權利！」，但這恰恰是一個被干涉、被權威從外部導入而塑型的「自我」。所以，只停留於名詞傳遞式的啟蒙——準確地說，未經生命機能化的啟蒙——是脆弱而不堪一擊的；不合格的「接球手」基本上沒有勇氣或能力貫徹他們一切類似「我是我自己」一般的倫理衝動。這樣的理解對子君來說非常殘酷，還是借竹內好的話說吧，對於這篇環繞著道德懺悔情緒的小說的解讀，「沒有人道主義插足的餘地」，唯有這樣，才能獲得「現實感」。我們把《傷逝》解讀為「五四」啟蒙之父對名教圍困中「啟蒙」未經合法化的深刻質疑。自然，這裡質疑的矛頭，更主要地指向涓生，由他所主導的啟蒙是失敗的，本質上這就是偽士的啟蒙。甚至可以說，子君的缺陷，幾乎毫無例外地也集中在涓生身上。

---

[53] 胡適：《提高與普及》，《胡適文集》（2）第65、66頁。林紓在新文化運動初起時抨擊新文化「學不新，而唯詞之新」（林紓：《論古文之不宜廢》，《民國日報》1917年2月8日），可見新舊兩派對名詞爆炸所產生的危害有一定共識。

　　先前關於《傷逝》的理解中，有一種具有代表性的意見，在討論悲劇何以發生時歸咎於「歷史原因」：「宣揚個人解放愛情自由的資產階級民主主義思想，在反對封建制度和封建思想的鬥爭中，曾經起過進步的歷史作用，在中國，在五四前後，它構成了反封建革命潮流的一個部分。但是，這種思想有著嚴重的局限。當革命形勢向前發展，特別是在十月社會主義革命以後，中國無產階級登上歷史舞臺，馬克思列寧主義開始在中國傳播的歷史條件下，它愈來愈顯得軟弱無力了。」誠然不錯，但略微顯得空疏，這樣的意見著力於在歷史條件的變遷中考較思想的科學性與革命性，它集中於「思想」而對獲得「思想」的主體、尤其是這一主體的思維方式關注不夠，我要追問的是：即使涓生「跟上形勢」，選擇了正確的思想解放武器，他是否一定就能避免成為偽士？如果回答是肯定的，即判斷的最終根據只在思想的真偽，那麼魯迅在革命文學論戰中與創造社與太陽社的辯難，意義何在？柯林武德認為「反思」（reflection）這個詞的哲學本意不僅在於它所「關懷的」對象客體，也包含「思想對客體的關懷，故而它既關懷著客體，又關懷著思想」[54]，是不是可以這樣理解：「反思」的對象不僅涉及客體，同樣針對著建構了對象的主體自身的思維方式。我們不妨以這樣的考慮來「反思」「五四思想啟蒙」。其實在現代漢語中，「思想」一般來說是名詞，但傳統的思與想的動詞涵義仍有保留，「思想」在觀念內涵上的面貌以及對這種思想的接受、運思方式理應一併納入對「思想」的完整理解中，所以上文提及啟蒙必須經由「新的知識」與「新的思維方式」這兩個支點來實現。也就是說，我們必須以「現代基本觀

---

[54] 參見柯林伍德：《歷史的觀念》第2、3頁，何兆武等譯，商務印書館1997年9月。

念」和「現代思維方式」這兩方面的關懷來理解「思想現代性」（Modernity of Thinking and Ideas）[55]。

涓生是一個發現了舊社會黑暗根源的獨醒者、先覺者，但還不能說他已經獲得了真正的主體性，在這個階段，「他雖然確實擺脫了過去自己深信不疑並且埋沒於其中的『被賦予的現實』，但他是被作為『新的權威』的新的『思想』和『普遍真理』所佔有」[56]，而不是擁有。涓生並沒有以現代的思維方式與主體態度去接受新的知識與名詞，後者是「作為權威從外部強行塞入」。對於這樣一批獨醒者的心靈世界，可以借用弗蘭克的話來描述：

> 企圖「逃避」世界的虛華瑣事，以便在與世無爭的孤獨中安享平靜的生命，這種感傷主義——田園式的願望是虛偽的和錯誤的。這種願望的基礎是一種暗自的信念：我之外的世界是充滿邪惡和誘惑的，而人本身，我自己，是無罪孽的和善良的……然而實際上，這個惡的世界就包含在我自身之中，所以我無處可逃……誰還生活在世界中和世界還生活在他之中，誰就應當承擔世界所賦予的重擔，就應當在不完善的、罪孽的、世俗的形式中活動……[57]

《傷逝》的敘事中讓人頗感費解的是，先前可以使涓生「驟然生動起來」的子君，何以在涓生的視域中，那麼快的顯現出退步、保守、甚至庸俗：「子君竟胖了起來……管了家務便連談天的工

---

[55] 黃興濤先生認為：「沒有這種『思想現代性』的整體性形成，社會『現代化』的整體使命將是無法全面實現的」。參見黃興濤：《清末民初新名詞新概念的「現代性」問題》，《天津社會科學》2005年第4期。

[56] 伊藤虎丸：《魯迅與日本人——亞洲的近代與「個」的思想》第120頁。

[57] 弗蘭克：《精神事業與世俗事業》，《人與世界的割裂》第254頁。

夫也沒有,何況讀書和散步」,「但子君的識見卻似乎只是淺薄起來」……如果我們參照弗蘭克的論述,這可以理解成:從一個有著「我自己,是無罪孽的和善良」的信念、依借著「新的『思想』和『普遍真理』」從原先身在其中的現實世界脫離出來、「企圖『逃避』世界的虛華瑣事」的「我」的眼光看出去,仍然處於世界內部和世俗形式中(在相識初期,涓生就認為子君「大概還未脫盡舊思想的束縛」,顯然涓生意識中子君和自己在啟蒙結構中的位置是不同的,他原本就高高在上)、並且擔負著「虛華瑣事」(「餵阿隨,飼油雞」)的子君,無可避免地變得「怯弱」、「無聊」、「淺薄」……

　　涓生陷入的正是這樣一種「感傷主義──田園式的願望」,而恰恰這是「虛偽的和錯誤的」。「獲得某些思想和精神,從已往自己身在其中不曾疑惑的精神世界中獨立出來,可以說是容易的。比較困難的是,從『獨自覺醒』的驕傲、優越感中被拯救出來,回到這個世界的日常生活中(即成為對世界負有真正自由責任的主體),以不倦的繼續戰鬥的『物力論』精神,堅持下去,直到生命終了之日為止。──這是比較困難的。」[58]從伊藤虎丸先生上述這番話中可以分析出兩個不同階段,合格的「接球手」要擺脫淪為偽士的危險就必須完整經歷兩個階段,而我們會發現涓生恰恰還處於第一個階段:

　　在第一個階段,人被「新的『思想』和『普遍真理』」從上面或從外部被賦予、所佔有,他越是身陷這些往往裏挾著權力色彩的觀念形態中,其個人的存在越是容易從他置身的世界中、從他與周遭事物的交互關係中抽離出來。這個時候,「如果價

---

[58] 伊藤虎丸:《〈狂人日記〉》,《魯迅、創造社與日本文學》第116、117頁。

值外在於己身，如果身外強力迫使我們行動，那麼我們就會淪為它們的奴隸──也許那是一種極其崇高的奴役方式，但奴役就是奴役。」[59]倘若「外在於己身」、裏挾著「身外強力」的價值，附著於口號、主義、思想、學說等形態出現，那麼「半生不熟的名詞」對人的奴役就在不動聲色間展開。在這個階段，他常常以「先覺者」自負（涓生在子君面前陶醉於「獨自覺醒」的優越感），因獨握真理而對「後進者」示以輕蔑、焦躁（涓生對子君日益生出的「鄙棄感」），又往往因「獨異」而感受到來自社會的傷害（《傷逝》中這樣描寫涓生：「我覺得在路上時時遇到探索，譏笑，猥褻和輕蔑的眼光，一不小心，便使我的全身有些瑟縮……」）。滿足或止步於這一階段的個體，一方面，在這個世界內部找不到自己的位置（涓生四處碰壁，「不知道怎樣跨出那第一步」），他越是沉迷於觀念形態的存在，越是與日常生活格格不入。這個時候名教的網羅已向他張開，「記住某種一般性教條，熟讀某種普遍性理論，並且去信奉它們，並不是具有思想」[60]，「強迫的敬重」反而「限制一個人」、「狹隘其自由」[61]。另一方面，他對現實的批判往往會淪為「抽象的姿態」

59 以賽亞・伯林：《浪漫主義的根源》第76頁，呂梁等譯，譯林出版社2008年1月。這段話出自伯林對康德道德哲學的轉述。
60 伊藤虎丸：《魯迅與日本人──亞洲的近代與「個」的思想》第122頁。
61 「強迫的敬重」出於赫爾岑《法意書簡》：「人惟不屈物以從其理，亦不屈己以就物，始可謂自由待物；敬重某物，如果不是自由的敬重，而是強迫的敬重，則此敬重將會限制一個人，將會狹隘其自由……這就是拜物──你被它壓服了，不敢將它與日常生活相混。」（轉引自以賽亞・伯林：《赫爾岑與巴枯寧論個人自由》，《俄國思想家》第110頁，彭淮棟譯，譯林出版社2001年9月。）按此理解，名教即是空洞的名詞所「壓服」，出於「強迫的敬重」而非「自由的敬重」。被「壓服」之後「不敢將它與日常生活相混」，即上文所述身陷裏挾著權力色彩的觀念形態中，其個人的存在容易從他置身的世界中、從他與周遭事物的交互

而「逃遁到空空蕩蕩的世界裡去」[62]，他的實踐無法進入社會與歷史，甚至可謂無效，涓生自歎「過去一年中的時光全被消滅，全未有過」，「只有寂靜和空虛依舊」。於是，先覺而勇敢的青年，很快地墜入疲勞、頹廢……總之，這一階段的個體並未將「半生不熟的名詞」內化到血肉機能中，如果對此無所自覺則止步於不合格的「接球手」，甚或變成偽士，被名教俘獲。

所以，進入第二個階段的意義不言自明。必須在這個階段通過「抵抗」而克服偽士、成長為合格的「接球手」。所謂「抵抗」，並不是拋棄在第一個階段獲得的那些「思想」和「普遍真理」，而是「從被一種思想所佔有的階段，前進到將其作為自己的思想所擁有的階段——真正獲得主體性的階段」[63]。這也就是上文述及克爾凱郭爾時所說的「繼續努力，把它變成我自己的」。他將「外在於己身」的觀念收歸於個人、含納於心，這個時候的主義、思想、學說等已然「及身」，甚至化為一種生命感覺，持存著這樣的生命感覺，將主體位置降落到現實境遇中，投入現實世界成為負有自由責任的主體。這個時候他已經完全濾去了瘋狂、焦慮、憂鬱等在「五四」文學中經常可以發現的「現代主義者」似的症狀，而置身於具體的世界中，腳踏實地、沉穩堅毅、埋頭苦幹，魯迅筆下的黑衣人、夏禹、墨子正是其中典型。《狂人日記》最後，主人公幡然自省：「我」未必沒有吃過人——「這個惡的世界就包含在我自身之中」，這是魯迅文學的起點，我們馬上看到了投身在「不完善的、罪孽的、世俗的」世界

關係中抽離出來。

[62] 盧卡契：《現代主義的意識形態》，《現代主義文學研究》（上）第148-151頁，中國社會科學出版社1989年5月。

[63] 伊藤虎丸：《魯迅與日本人——亞洲的近代與「個」的思想》第122頁。

中的文字，這就是魯迅的雜文，在「風沙撲面」的現實中糾纏與
苦鬥，正是從「惡的世界就包含在我自身之中」的覺悟起步，承
擔起了「世界所賦予的重擔」（魯迅雜文的意義，在我看來，不
僅僅是對外部世界種種弊端的揭露、批判；同樣出於魯迅對自我
生命本身的安放、成全），「回到這個世界的日常生活中，以不
倦的繼續戰鬥的『物力論』精神，堅持下去」。

　　由仍然處於上述第一個階段的涓生所引導的啟蒙註定失敗，
而身經第二個階段掙扎淬煉的、魯迅的文學，是一種關乎生命具
體性的文學，還是借弗蘭克的話：「今天和當下的事業以及我對
自己周圍人的關係，是與我生命的具體性，與生命的永恆本質相
聯繫⋯⋯我就必須完成切近的具體事業，因為生命的永恆因素
就是表現在這些具體事業之中。」[64]所謂「生命的具體性」，在
我的理解，是不將「個人」凝固成一個自外於現實世界、高高在
上而又一塵不染的封閉「自我」，而是捨身到「不完善」、甚
至污濁罪孽的現實中，通過「完成切近的具體事業」──哪怕
它們是平庸、煩瑣的（往往如此）──來擔負起變革現實世界的
責任。

　　「接球手」的成長歷程告訴我們：「半生不熟的名詞」傳遞
還未完成啟蒙，由未經掙扎、抵抗的啟蒙者（偽士）所引導的啟
蒙，並不具備合法性。具體來說，啟蒙並不是由外在或「眾數」
權威自外而內植入的絕對命令，它必須由先驗的觀念形態轉化為
一種更加本源性的存在，啟蒙就由這樣的存在自然而然地導源出
來，這種存在，竹內好以為就是魯迅式的「文學」，「在他，是
有著一種除了稱作文學者以外無可稱呼的根本態度的」[65]，「文

---

[64] 弗蘭克：《精神事業與世俗事業》，《人與世界的割裂》第262頁。
[65] 竹內好：《魯迅》，《近代的超克》第108頁。

學家魯迅是無限地產生出啟蒙者魯迅的終極的場所」[66]文學這一「終極的場所」使得思想消逝於其間復又誕生於其間。也就是說，在現代中國，思想與價值，必須褪去抽象、僵固的名詞符號形態，轉而機能化、肉身化，被個體的血肉掙扎所檢驗，被生命氣息所浸潤。合格的「接球手」必須在這樣誠實的生命源頭上確立自己的啟蒙資源與實踐。

2009年4月初稿
2013年8月18日改定

---

[66] 竹內好：《魯迅》，《近代的超克》第16頁。

文學「實感」論

──以魯迅、胡風提供的經驗為例

一、問題的提出：名教時代與文學提供的可能性

　　在上海某高校的一次會議上，詩人翟永明朗讀了自己關於母女兩代對話的作品《十四首素歌》，「朗誦結束後，一位學理工出身的婦女攔住我，責問我為什麼不像某些詩人那樣用母親這一形象來歌頌祖國，同時認為我所抒寫的『母親』這一形象是她（她使用『我們』，意即與她一樣用慣性思維把『母親』這一名詞指稱為某個固定理想的一群人）所『不懂』的」[1]。在這位受過高等教育又有著留學背景的女士以及她所謂的「我們」心目中，母親＝祖國，這一經由詩歌所體現的倫理觀顛撲不破。將祖國比喻成母親無可厚非，危險的是，任何試圖將母親還原為原始語義、具體形象和私人命名的努力，會遭致「聽不懂」、「缺乏現實感」的責難。這似乎給創作帶來了很大壓力，于堅早就感歎過在這樣一個時代裡，說出「大樹」竟然變得「極為困難」：「第一個接受者理解他是隱喻男性生殖器。第二個接受者以為他暗示的是庇護，第三個接受者以為他的意思是棲息之地……第X個接受者，則根據他時代的工業化的程度，把樹作為自然的象

---

[1]　翟永明：《詩人離現實有多遠》，《正如你所看到的》第19、20頁，廣西師範大學出版社2004年12月。

徵……」[2]。今天的文學創作已經越來越喪失「實感」，這就是朱小如先生指出的：「仔細考量這一代作家在功成名就後的平常生活和創作出來的作品之間的關聯。不難發現他們都已不再具有寫作初期那種『自然的、時刻體驗著』的與生活肌理交融，血脈相連關係。」[3]文學不再面對元氣淋漓的生活世界，而彷彿只是面對一大堆僵硬的符號與說教。我把這理解為現代名教的症候。「名教」本來特指以正名定分為主的封建禮教，本文主要借用其中立「名」為教的意思[4]。所謂立「名」為教，往往是抹擦掉立「名」過程中的造作、構制，而化為自然、「天性」。這就是上面那位婦女心中「母親＝祖國」這一等式的形成，她進而理直氣壯地以此來要求文學，對於事物的編派、說教，自以為是而又肆無忌憚地遮蔽、取締了事物本身，這種遮蔽、取締的力量暢通無阻，強大到排斥任何質疑，而再生產的過程從人為的操作變成自然的心理認同，也就是說，名教壓抑性的生成，往往是啟動一種內在化的機制，將對名教的臣服鍥入人的感性世界，在生存活動中「習慣成自然」般的顯現。這樣的支配、「治理」方式比之於傳統壓迫，更為隱蔽而不易為人所察覺。

身處名教時代是否已束手無策？借上面那個例子來說，我們如何從現代名教的陳腐說辭中解救出對「母親」樸素的感受？福柯將「反抗」描述為：「通過繁複、並置、解脫來發展行動、思想和慾望，而不是借助不斷劃分和金字塔式的等級制，擺脫和各

---

[2]　于堅：《棕皮手記・拒絕隱喻》，《于堅集》（卷5）第126頁，雲南人民出版社2004年1月。

[3]　朱小如、賈夢瑋：《由「創作局限論」引出的問題》，《南方文壇》2008年第2期。

[4]　關於現代名教的界定，參詳收入本著的《「名教」的現代重構、討論方法及其批判意義》一文。

種舊的否定性範疇之間的聯繫。……更注意肯定的、多樣的，差異的而非統一的，流動的而非一體性的，靈活安排的而非系統的。相信遊牧而非定居才是具有生產性的。」⁵在此，靈動變易的文學似乎更具備反抗的可能。可與此相參證的是蘇珊·桑塔格提出的「新感受力」，她發現「現代生活的所有狀況」「鈍化了我們的感覺功能」、「毒害我們的感受力」，「我們感性體驗中的那種敏銳感正在逐步喪失」。所以，「現在重要的是恢復我們的感覺。我們必須學會去更多地看，更多地聽，更多地感覺」，把感性從僵死的程式與教條中解放出來，成長為一種「新感受力」。就像哪裡有壓迫哪裡就有反抗、危險在此解救亦在此一樣，桑塔格在感性領域覺察到了敗壞之象（感性世界被現代名教編制的僵硬話語所填塞，感知模式被現代名教生成的「特殊形態的邏輯」所侵蝕），同時也從這裡起步尋求希望，而藝術的特徵正在於「更新和培養感受力和意識」、「改變滋養一切特定的思想和情感的那種腐殖質」⁶。其實，自浪漫派和席勒開始，就不斷有思想家試圖通過審美在感性世界中進行「去蔽」一般的更新來實現人的解放，恢復與生命直接接通的感性的優先地位。更簡單一點說，既然壓迫已經深入到了感性的、無意識的和想像的領域，那麼「文學」原就是針對這個領域，甚至可以說開創了這個領域，自然應該在這個領域中發揮作用⁷。這樣，文學就重新具備了生產性和反抗的可能。20世紀初，魯迅正是通過主觀內

---

⁵ 米歇爾·福柯：《反法西斯主義的生活藝術》，李猛譯，《天涯》2000年第1期。

⁶ 參見蘇珊·桑塔格：《反對闡釋》、《一種文化與新感受力》，《反對闡釋》第9、16、17、348、349頁，程巍譯，上海譯文出版社2003年12月。

⁷ 參見羅崗：《「生命權力」、「文學反抗」與文學的「先鋒性」》，《中華讀書報》2006年5月31日。

面世界的考察而發現了「偽士」[8]與名教膨脹（他以「惡聲」來
形容），針鋒相對，他借力而展開反抗的基點，正是「心聲」、
「內曜」，而能對「心聲」、「內曜」施以正本清源作用的，捨
「文學」其誰？

　　按照胡塞爾的看法，歐洲文明是一個哲學的文明，自從哲學
在希臘誕生以來，歐洲人就生活在科學文化中，這個文化傳統使
得西方人以為可以在自由、理性等理論活動與概念框架內最終理
解自我和人在宇宙中的位置。但恰恰是科學使得我們疏離了生活
世界和我們自己的生命。哲學家沒有負起溝通科學和生命的責
任。這個時候，米蘭·昆德拉說，哲學家把表述人對世界的具體
感受的任務讓給了詩人和小說家[9]。文學源於具體的生存領會，
源於靈動活潑的「心」。魯迅掙脫種種「惡聲」之後而益信「心
聲」之可貴，竭力為文學爭取必要的空間，理由之一正在於，
「詩人和小說家」可以從名教世界中拯救出我們對世界的「具體
感受」。現代名教的膨脹與理性引導的世界秩序及知識體系世界
觀的確立交相糾纏，而文學與此有殊途之處，個中差別有位現
代學者作過總結：「哲學解釋自然，乃從自然之全體觀察，複
努力以求解釋之。科學實驗自然，乃為自然之部分的觀察，以
求實驗而證明之。文學描寫自然，科學家實驗自然之時，必離我
與自然，即以我為實驗者之謂也；文學家描寫自然之時，必融
我入自然，即我與自然為一之謂也。」[10]顯然，這裡的意思並不

8　魯迅在早期論文《破惡聲論》中提出了「偽士」這一概念，基本上可以看
　　作名教衛道士，魯迅對現代名教的揭破與反抗，圍繞著「偽士」批判而展
　　開。關於這個問題，參詳收入本書的《在偽士與名教的圍困中突圍》一文。
9　轉引自張汝倫：《現代西方哲學十五講》第270頁，北京大學出版社2003
　　年1月。
10　錢基博：《現代中國文學史》第3頁，上海書店出版社2004年8月。

在於文學對抗哲學、科學，套用海德格爾的辭彙，文學提供了一種理解此在與存在之關係的可能性，文學與哲學、科學這三者對自然世界的不同理解方式對人類而言都是必要、重要的，我們只是警惕其中一者的逾度而變成獨霸一切、壓抑他者的權威，「蓋使舉世惟知識之崇，人生必大歸於枯寂，如是既久，則美上之感情漓，明敏之思想失，所謂科學，亦同趨於無有矣」[11]。王元化先生說：「倘使一旦偏離了作為感性形態的具體現象去侈談本質，不管在什麼動聽的名義下，都會造成一種抽象思維的專橫統治。」[12]文學與「作為感性形態的具體現象」有著天然的親密性，重視文學，就是為了提供一種警惕、反抗現代名教「專橫統治」的可能性。這其中，「實感」是一種重要的資源，以下主要通過魯迅與胡風的經驗來探討其內涵與特徵[13]，最終我們會發現，這不僅是文學的問題，同樣可以溝通在何種意義上，知識的生產才是有效的。

二、實感的內涵：創作過程中對生活保持血淋淋的心靈感受的可靠途徑

瞿秋白曾把中國現代「文人」的特徵概括為：「對於宇宙間的一切現象，都不會有親切的瞭解，往往會把自己變成一大堆抽

---

[11] 魯迅：《科學史教篇》，《魯迅全集》（1）第35頁，人民文學出版社2005年11月。

[12] 王元化：《文學的真實性和傾向性》，《上海文學》1980年12期。

[13] 本文以魯迅與胡風為例，王國維、章太炎、周作人、沈從文等都為「實感」注入過鮮活的資源。尤其沈從文提供的經驗，劉志榮先生曾做過剀切的闡述，參見劉志榮：《狂人康復的精神歷程──20世紀40～70年代沈從文的心靈線索》，收入《一江柔情流不盡──復旦師生論沈從文》，張新穎主編，安徽教育出版社2008年3月。

象名詞的化身。一切都有一個『名詞』，但是沒有實感。……對於實際生活，總像霧裡看花似的，隔著一層膜。」[14]實感與「抽象名詞」的分立，可以溯源至《莊子・逍遙遊》：「名者，實之賓也。」這裡的「實」意味著實際內容；借用胡風的意思，所謂「實感」，首先是指主體對「具體事物和運動」的直接的、實在的「經驗」與「感覺」（而非「霧裡看花似的，隔著一層膜」），並且在文字中呈現這一「經驗」與「感覺」。按照胡風的推論，「語言是極老實、極誠懇的東西」，它親密地附著於「被客觀事物所引起的感覺」，而如果「原來就沒有實際事物和運動的感覺」或者在「使用中失去了具體事物和運動的感覺」，那麼根本就沒必要去放言高論這種沒有實感的「陳詞濫調」[15]。實感在此相當於魯迅珍視的所謂「實地經驗」[16]。同時我們也可以看出，對於脫離實際的、空洞的名教世界的積聚、膨脹，實感能夠起到抑制的作用。

霍布斯曾這樣定義「感覺」：「『感覺』是一種影像，由感覺器官向外的反應及努力所造成。」[17]不妨以此為參考來定義「實感」：要力圖呈現出對於「實際生活」、「具體事物和運動」的真實、實在的「影像」，必須通過感覺器官的「反應及努

---

[14] 瞿秋白：《多餘的話》，《多餘人心史》第63頁，東方出版社1998年6月。

[15] 胡風：《致梅志》（1965年），《胡風家書》第437-447頁，復旦大學出版社2007年4月。關於這封家書的釋讀，參見收入本著的《語言與「實感」——通過一封家書釋讀胡風的文字與理論形態》一文。

[16] 魯迅曾打過比方來形容「實地經驗」的可貴：「更好的是觀察者，他用自己的眼睛去讀世間這一部活書。這是的確的，實地經驗總比看，聽，空想確鑿。我先前吃過乾荔支，罐頭荔支，陳年荔支，並且由這些推想過新鮮的好荔支。這回吃過了，和我所猜想的不同，非到廣東來吃就永不會知道。」魯迅：《讀書雜談》，《魯迅全集》（3）第462頁。

[17] 霍布斯：《論物體》，《西方古典哲學原著選輯・十六──十八世紀西歐各國哲學》第91頁，北京大學哲學系編譯，商務印書館1975年7月。

力」，也就是說，實感指向的是主體的一種能力，恰如桑塔格所謂的「透明」：「透明是指體驗事物自身的那種明晰，或體驗事物之本來面目的那種明晰」，這是「藝術——也是批評——中最高、最具解放性的價值」[18]，用胡風的話說，即「感應力的新鮮」[19]。

按照上述定義，實感力圖呈現出具體事物和生活世界的原貌，昭示著一種「回到事物本身」的力量；但它又並非是簡單地如「白板」一般無損耗地複製客觀原貌（事實上這也沒辦法做到），實感無法戒絕主體的介入，它本就是一個同主客體「融然無間」的化合過程緊密結合的概念。胡風早就啟示我們在這樣一個複雜而精微的張力形態中來把握實感：

> 主觀公式主義者以為他自己是思想（當然是「革命思想」，「絕對理念」的摩登形態）的工具，所以在作品裡面用人物這個工具來說明「思想」；因而，那並不是從客觀對象把握出來的真實，只不過是由於他自己那一種「意識的存在」的活動特性，使他的「思想」和他的「人物」實際上反而成了他自己的「工具」的。……客觀主義者以為他自己是客觀對象的工具，只要「實事求是地去觀察它，熟悉它」，不讓實事求是後面有什麼主觀要求在把握（認識反映）過程裡面起作用，客觀對象就可以原樣地裝進他自己這個「工具」裡面而被反映出來；然而，那並不是什麼真的客觀對象，只不過是他自己的只能在客觀對象

---

[18] 參見蘇珊・桑塔格：《反對闡釋》，《反對闡釋》第16頁。

[19] 胡風：《文藝工作的發展及其努力方向》，《胡風全集》（3）第182、183頁，湖北人民出版社1999年1月。

> 的局部性或表面性上面飄浮或向它屈服的「意識的存在」
> 的投影，他的「人物」實際上是被他的「意識的存在」
> 所歪曲所虛偽化了的。……現實主義者……從對於客觀
> 對象的感受出發，作家得憑著他的戰鬥要求突進客觀對
> 象，和客觀對象經過相生相剋的搏鬥，體驗到客觀對象的
> 活的本質的內容，這樣才能夠「把客觀對象變成自己的東
> 西」而表現出來。在現實主義者，創作過程是一個生活過
> 程，而且是把他從實際生活得來的（即從觀察它和熟悉
> 它得來的）東西經過最後的血肉考驗的、最緊張的生活
> 過程。[20]

　　首先，文學必須是從「客觀對象」、「實際生活」出發，而
不是從任何「『革命思想』，『絕對理念』的摩登形態」出發，
這個起點必須是未經現代名教所分割、圖解的現實。黑格爾的美
學服務於他的「理念」，但他對藝術創作的獨特性有著深刻認
識，他將「明確掌握現實世界中現實形象的資稟和興趣」作為
「創造活動的首要條件」：「在藝術和詩裡，從『理想』開始總
是很靠不住的，因為藝術家創作所依靠的是生活的富裕，而不是
抽象的普泛觀念的富裕。在藝術裡不像在哲學裡，創造的材料不
是思想而是現實的外在形象。所以藝術家必須置身於這種材料
裡，跟它建立親切的關係；他應該看得多，聽得多，而且記得
多。」[21]文學藝術的起點是「生活的富裕，而不是抽象的普泛觀
念的富裕」，所謂「生活的富裕」，就是指通過「置身」生活世

---

[20]　胡風：《論現實主義的路》，《胡風全集》（3）第522、523頁。

[21]　黑格爾：《美學》（第一卷）第357、358頁，朱光潛譯，商務印書館1996年
　　　6月。

界，「跟它建立親切的關係」，而獲得「明確掌握現實世界中現實形象的資稟和興趣」。而這與實感是相溝通的，「實」在漢語中本就有充實、富裕之意。

其次，保持主體對對象的直接的、與原始狀態的接觸，這是無比重要、必要的，但是只到此為止是不夠的，或者以為「不讓實事求是後面有什麼主觀要求在把握（認識反映）過程裡面起作用」則更屬淺見。實感本就指「作家對現實的深知，對於現實生命的深刻的感受」[22]，它離不開作家積極主動的姿態與感應力對現實的突擊，但之所以強調「感應力的新鮮」，是指這種感應力的發源並不是被現代名教所鈍化的主觀世界（要警惕精神空間被由外而內、自上而下所灌輸、拋售的「理念偶像」所充斥。在此可以參照王元化先生的意見：「作家的認識活動只能從作為個別感性事物的形象出發。在全部創作過程中，並不存在一個游離於形象之外從概念出發進行構思的階段。」[23]）。實感既是突破概念、符號的牢籠（瞿秋白所謂「霧裡看花似的，隔著一層膜」），客觀事物被主觀精神突入，彼此化合——主體發揚戰鬥精神來「克服」對象，即「深入、提高」；而對象也「克服」主體，即「擴大、糾正」——之後，在主體內部形成的感受、認識；也是作家在藝術創作過程中對生活保持血淋淋的心靈感受的可靠途徑，實感在此又可以實體化為指向這一途徑、達成這一體驗過程的力量：「作家的思想態度上沒有和人民共運命的痛烈的主觀精神要求，黑暗就不能夠是被痛苦和憎恨所實感到的黑暗，光明就不能夠是被血肉的追求所實感到的光明，形象就不能夠是

---

[22] 胡風：《一個要點備忘錄》，《胡風全集》（2）第634、635頁。

[23] 王元化：《劉勰的譬喻說與歌德的意蘊說》，《文心雕龍講疏》第156頁，上海古籍出版社1992年8月。

被感同身受的愛愛仇仇所體現出來的形象」[24]。

　　在胡風那裡，主觀公式主義者與客觀主義者其實一體兩面，都是名教的奴隸，而實感正是在對上述二者的抵拒中彰顯出其內涵。這樣一番對創作過程的體認，在我國古典文論中實有深厚傳統。《文心雕龍・物色篇》有過這樣的話：「寫氣圖貌，既隨物以宛轉；屬采附聲，亦與心而徘徊。」「隨物宛轉」「與心徘徊」向為歷代論者所重（紀昀評此八字「極盡流連之趣」），而王元化先生的注疏尤為周徹妥帖：「『隨物宛轉』是以物為主，以心服從於物。換言之，亦即以作為客體的自然對象為主，而以作為主體的作家思想活動服從於客體。相反的，『與心徘徊』卻是以心為主，用心去駕馭物。換言之，亦即以作為主體的作家思想活動為主，而用主體去鍛煉、去改造，去征服作為客體的自然對象。……在創作實踐過程中，作家不是消極地、被動地屈服於自然，他根據藝術構思的要求去改造自然，從而在自然上印下自己獨有的風格特徵。同時，自然對於作家來說是具有獨立性的，它以自己的發展規律去約束作家的主觀隨意性，要求作家的想像活動服從於客觀真實，從而使作家的藝術創造遵循現實邏輯軌道而展開。」這裡「服從」、「約束」、「遵循」、「鍛煉」、「改造」、「征服」就可以視作指向胡風主客觀化合論中「克服」、「化合」的過程。更重要的是，上述物我之間的對立，「始終貫串在作家的創作活動裡面，它們齊驅爭鋒，同時發揮各自的作用，倘使一方完全壓倒另一方，或者一方完全屈服於另一方，那麼作家的創作活動也就不復存在了。」具體而言，「僅僅以心為主，用心去駕馭物，就會流於妄誕，違反真實」，如同主

---

[24]　胡風：《論現實主義的路》，《胡風全集》（3）第497頁。

觀公式主義；「僅僅以物為主，以心屈服於物，就會陷入奴從、抄襲現象」[25]，恰似客觀主義。以上這番溝通，完全可以啟發我們在一個心物交融、主客化合的張力結構中來淬煉文學實感。

　　文學創作與知識生產在實感的支撐下，要實現的是這樣一個過程：從對於「活的人生真實」的真切把握出發，通過「相生相剋的搏鬥」，「『把客觀對象變成自己的東西』而表現出來」，即「用自己的肉體和心靈把握到了的真實」[26]。如果相反，作家首先依靠、遷就現成的說教和符號，忽略和現實生活的血肉搏鬥和情感上的感同身受，就會與實感漸行漸遠：

> 由於這種理論的影響和壓迫，使他們不敢表現他們的真實感受，但他們又不願照「理論」去說謊，就不能不發生了反感和懷疑。但時間愈久，這種「理論」的「威信」愈高，他們終於對自己的感受也採取了懷疑的態度，逐漸冷了下來，對現實無動於衷或熟視無睹了。[27]

放棄了主體與現實之間相生相剋的「艱難痛苦」的過程，對現實探入的觸角開始鬆弛，在名教壓迫下，逐漸遠離實感，「時間愈久」，「這種『理論』的『威信』愈高」，則創作精神愈是疲軟、衰竭，「冷了下來，對現實無動於衷或熟視無睹」，甚至一變成為名教的「支持者或傳播者」。上文中的「理論」，特指建國以來由「太平觀念」和「革命的樂觀主義」所釀製的公式化寫

---

[25] 參見王元化：《釋〈物色篇〉心物交融說——關於創作活動中的主客關係》，《文心雕龍講疏》第91、92頁。

[26] 參見胡風：《七年忌》，《胡風全集》（2）第176頁。

[27] 胡風：《關於解放以來的文藝實踐情況的報告》，《胡風全集》（6）第272頁。

作，今天它可以指形形色色的流行觀念、口號與意識形態……實
感是一道挺立在臨界點的標準，喪失了實感，就容易倒向名教的
懷抱；爭得了實感，就能夠脹破僵化的名詞符號，也就是胡風每
常說的：「理論已經失去了理論的形態，它已經變成了作家的思
想要求，思想願望」[28]。

三、實感的意義：文學的態度與知識生產的有效性

誠如上文所述，實感要求「置身」生活世界，「跟它建立親
切的關係」，從而獲得「明確掌握現實世界中現實形象的資稟和
興趣」。所謂「置身」，最簡單的說，就是不脫離具體事物、日
常生活……文學「應該把握那些最基本的東西」，「能在文學史
上留下來的作品，它們所描述的大多是生活中基本的事物，日常
的、具體的」[29]，文學的精神從來不是凌空蹈虛的而必須紮根於

---

[28] 胡風：《答文藝問題上的若干質疑》，《胡風全集》（3）第207頁。我
們借助胡風的主客觀化合論來描述實感，儘管他的論述中不可避免地留
有特殊時代中僵化的本質論痕跡，但即便是沿用本質論，現代名教炮製
的本質與實感燭照下的本質還是天差地別：在前者，生活本質似乎並不
存在於客觀真實中，也不存在於人的感覺世界所能觸及的範圍內，而完
全封閉在人們在現實生活中無法感知和經驗的空洞世界中，這樣的本質
顯然可以由「偽士」來任意更換、決定。而後者追求的「時代本質」、
「歷史規律」必須是在真實的生活中被感知，時代與歷史包含了人民的
生活與實踐，以及從生活與實踐中產生的理想、規律，而徹底的現實主
義者不脫離人民，置身在「活的人生真實」與實踐中，那麼他必然能夠
從切身的經驗感受中領悟、「用自己的肉體和心靈」來把握時代的理想
與歷史的趨向。胡風所處的時代對文學的理解愈趨偏狹，對文學的要求
日益峻急，但總體來說，胡風沒有聽任文學為時代名教所裏挾，沒有將
文學與政治抽象化後再對立起來。他心意中的文學結構必須處於流動狀
態，能夠自我更新而非凝固不變，近似一種「實踐」或「機能」。

[29] 于堅、謝有順：《于堅—謝有順對話錄》第16、18頁，蘇州大學出版社
2003年12月。

此，實在地從具體事物的細節中生長出來。《論語》「陽貨篇第
十七」有一段：「子曰：『小子何莫學夫詩？詩可以興，可以
觀，可以群，可以怨。邇之事父，遠之事君。多識於鳥獸草木之
名。』」詩尚比興，多取眼前事物，比類而相通，感發而興起。
所以林林總總的鳥獸草木，凡俗人世的閭巷瑣細，莫不寄寓著高
尚情志。錢穆先生對這段話的評述是：「俯仰之間，萬物一體，
鳶飛魚躍，道無不在」，就是從鳥獸草木出發，可以「廣大其
心，導達其仁」[30]。文學在生活世界的細微呈現中開掘出通往精
神價值的通道。

　　一位學者曾這樣反省：「陷溺在符號的八卦陣中，其實已讓
我們產生了雙重的斷裂。我發覺自己生活在符號中後付出了無可
挽回的代價，那就是我已經失卻了對於生活的真切與實在的感
受。」[31]「陷溺在符號的八卦陣中」使人「失卻了對於生活的真
切與實在的感受」，這也就是名教的危害：將個人的存在從其置
身的世界中、從其與周遭事物的交互關係中抽離出來；那麼反過
來，如果我們保有實感，則能夠有力地抵拒名教膨脹，而保有實
感的關鍵顯然在於置身生活世界而不脫離，否則「對於生活的真
切與實在的感受」就是空談。而文學恰恰為此提供了助力，飽含
著實感的文字、文學，來自與具體事物最直接的接觸，「我與自
然為一」，將「具體事物和運動」「直籠其辭句中」，認可這樣
一種文學，就最大限度地關聯著生活世界，也就是說，主體直接
置身於存在，而不是被關於存在的種種整合、編排所淹沒。魯迅
發現「偽士」、「精神窒塞」、「軀殼雖存，靈覺且失」，其徵

---

[30]　錢穆：《論語新解》第451、452頁，三聯書店2002年9月。

[31]　唐小兵：《偽深刻的皮相──學院生活自白》，《文學報》2007年1月
　　18日。

象表現為「昧人生有趣神悶之事，天物羅列，不關其心」，魯迅由此啟發世人：與「百昌」、「萬物」保持生動、息息相關的呼應，用文學的「顧瞻百昌，審諦萬物」來涵養「靈覺」，這是抵拒「偽士」與「名教」的一種力量[32]。胡風的一系列命題，主觀戰鬥精神、自我擴張、主客觀化合、形象思維等等，無不強調人的生命本體與對象接觸的絕對必要性，力求在人的認知與對象之間構成一種沒有仲介的對應關係，在主體與客體對象之間戒絕被任何形態的名教訓誡所阻隔，「把自己置身於對象之內」。

再往根處說，「把自己置身於對象之內」與海德格爾所謂把世界把握為圖像[33]是兩種對立的思維方式。在後者，人成為主體的同時世界被把握為圖像，人的僭越表面上使得人高大、自由，實際上卻淪落為用於規劃、建造的原料。現代名教「挾大勢以發聲」（《破惡聲論》），根本上就是「挾大勢」的強力迫使「名」的種種符號承載現代意識形態，這些形形色色的現代意識形態必然施行主體化的人對於圖像化的世界的宰制，而這同時就是不關涉人心的規劃思維，還是借魯迅的話說，「不關其心」，遂使「人喪其我」。「把自己置身於對象之內」恰與此相悖反，世界不是被規劃、宰割的圖像，而自有其活潑流轉的生命，人是主體，世界也是主體，對晤交流，會契於心，恰如李白的詩：「眾鳥高飛盡，孤雲獨去閒。相看兩不厭，只有敬亭山。」這首五絕，在鳥飛雲去的天地環抱中，創造出「傳『獨坐』之神」的境界（沈德潛：《唐詩別裁》），那人與自然相對而視間的含情脈脈，是真正的千古風流。這就是一種文學的態度，文學藝術處

---

[32] 魯迅：《破惡聲論》，《魯迅全集》（8）第30頁。
[33] 參見海德格爾：《世界圖像的時代》，收入《海德格爾選集》（下），孫周興選編，上海三聯書店1996年12月。

理的是實存、豐富，戒絕簡單庸俗的思維與規劃造作的工程，文學依憑著實感來親證自然與生命，在二者間建立生動、回環的聯繫，由此生發，亦受其涵養……

魯迅素來不以嚴格的概念、範疇和邏輯推理作為表達手段，而是依據人鮮活的實感與生存體驗來形成一種切身的、不脫離感性經驗的判斷；「不是從抽象的理論出發，而是從具體的事實出發的，在現實生活中得其結論」[34]。從根本上說，魯迅把握世界的方式是一種文學的方式，具體到他的思想形態與知識生產方式，更是與文學具有同一性。魯迅之所以能夠避免眾多同代人因理念操作的失度而身陷名教世界的命運，根本上源於文學的成全。文學這一「終極的場所」使得思想消逝於其間復又誕生於其間。文學，以及種種學說、主義、思想等，都不是空洞的名詞堆砌與冷漠的符號操作，而必須在最深切的生命經驗背景上具化、證驗、展開、落實；高蹈的對於現代理論的依附，只要無從與實感經驗和個人內心發生深切的關係，統統不可靠。胡風受到魯迅啟發，在一個充斥、膨脹著形形色色的「合理概念」的時代中，勉力為文學「自己的道路」辯護。按照魯迅、胡風的思路，要揭破名教，須得將「合理概念」化為自身的血肉，這樣一個過程，不是去否定諸如「健康的人生觀」的「一般原則」，以及「人民的要求」、「革命的主題」等為一個時代所共用的「至理」，而是要求主體通過「對於具體歷史情勢下面的具體事象的理解或感應」來承接這些「原則」、「至理」，收歸個人、含納於心。胡風以為，這是一條「文學的路」、一條文學「自己的道路」[35]。

---

[34] 許壽裳：《我所認識的魯迅・魯迅的人格和思想》，《魯迅回憶錄》（專著，上冊）第520頁，北京出版社1999年1月。

[35] 參見胡風：《論戰爭期的一個戰鬥的文藝形式》，《今天，我們的中心

　　收歸個人、含納於心，首先指向的是一種立身處世之「本」：從實感經驗出發對生命本源的體會、了悟（不為名教訓誡所隔），由此來溝通、體貼生活與世界。在知識生產的過程中反抗名教，就如同賽義德所謂「對理論進行抵抗」：「批評家的本職工作就是對理論進行抵抗，使理論向歷史現實敞開，向社會、向人的需要和利益敞開，指向取自處於闡釋領域之外或邊際的日常生活現實的那些具體事例。」[36]比如在魯迅那裡，啟蒙必須在誠實的生命源頭上得以確立：在現代中國，思想與價值，必須褪去抽象甚至僵固的「名」的形態，轉而肉身化，被個體的血肉掙扎所檢驗，被生命氣息所浸潤。魯迅曾感歎「今之中國，其正一擾攘世哉！」，正因為「偽士」當道，名教遂風靡天下。但是他「未絕大冀于方來，則思聆知者之心聲而相觀其內曜。內曜者，破黮暗者也；心聲者，離偽詐者也」[37]。「內曜」、「心聲」，都不是「靠著『多數』」、「外來」、「自上而下」的聲音，而是人發自內心的真的聲音（「誠於中而有言」），這才是啟蒙。西文中Enlightenment一詞的原義（「照亮內心」）同樣指向人內心的自覺。魯迅褒揚「白心」，珍視其中與生命本源相接通的自由暢達的創造力，從這一意義上說，啟蒙與「內曜」、「心聲」、「白心」本無扞格，原為同一。進而，「偽士」與反抗名教者揭示出兩種截然不同的對待現實與進入知識活動的方式：以現代名教組織出來的種種口號、標語來宰割現實；依借實感，從生命最深切處摸索現實，求得「對於具體歷史情勢下面的

問題是什麼？》，《胡風全集》（2）第510、511，613、614頁。

[36] 賽義德：《理論旅行》，《賽義德自選集》第154頁，謝少波、韓剛等譯，中國社會科學出版社1999年8月。

[37] 魯迅：《破惡聲論》，《魯迅全集》（8）第25頁。

具體事象的理解或感應」。前者「急於坐著概念的飛機去搶奪
思想錦標的頭獎」[38]，攘臂爭先自命新潮、先進，甚或「騰空俯
視」，以為「把思想概念當作一面大旗，插在頭上就可以嚇軟讀
者的膝蓋」[39]，但實則為名教「大勢」所挾持而「滅裂個性」、
「人喪其我」。後者從切己處出發，沒有「騰空俯視」的姿態，
卻是對己對人對世界的負責，胡風所謂「極老實、極誠懇」[40]。
但也正因為他不為名教所惑而從生命經驗最深切處出發，則其追
索方式必與流俗判然有別，唯「聲發自心」故「自別異」，這一
精神上的探索者往往遭遇心靈內部的巨震，魯迅、胡風莫不如
此，這就是「掙扎」。現代以來，許多知識份子都希望找到一條
終南捷徑而取代血淋淋的自我搏鬥，在所謂的「終極真理」面前
安於做一個廉價的販運者。而胡風恰恰相反，他不但一針見血地
戳破種種「最省事」的迷夢，苦口婆心的勸說眾人忠實於掙扎過
程，還清醒地要求大家正視這一過程的「艱苦」、「緊張」、
「痛楚」與「血肉考驗」。

　　其次，我們知道，實感的發揮、運轉指向這樣一個過程：
從對於客觀事實的真切把握出發，通過「相生相剋的搏鬥」，
「『把客觀對象變成自己的東西』而表現出來」，這就是要求將
文學（或知識、思想）化成與作家血肉不可分離的存在，「布乎
四體，形乎動靜」，「對於有害的事物，立刻給以反響或抗爭，
是感應的神經，是攻守的手足」[41]。讓身外的知識內入於心的治
學工夫，古人用「如切如磋，如琢如磨」來形容，這個短語的本

---

[38] 胡風：《如果現在他還活著》，《胡風全集》（2）第669頁。

[39] 胡風：《今天，我們的中心問題是什麼》，《胡風全集》（2）第614頁。

[40] 參詳收入本著的《語言與「實感」——通過一封家書釋讀胡風的文字與
理論形態》一文。

[41] 魯迅：《〈且介亭雜文〉序言》，《魯迅全集》（6）第3頁。

意——不管是鑿石還是治玉，處理的對象都質地堅硬——指向艱苦卓絕的工作，所以這個過程必然是艱難而漫長的（誠如伊藤虎丸先生的由衷感慨：「『思想』是一種多麼脆弱的東西，或者換言之，將『思想』真正變成自己的東西是多麼困難。」[42]）。偽士在種種「終極真理」面前安於做廉價的販運者，而對名教有反抗意識的人則拒絕被施予「省事」的捷徑與幻想。章太炎自述學問精進「得於憂患者多」，實因飽含豐富生存體驗的精神痛苦往往是文化創造的契機，這與魯迅的「掙扎」經驗一併啟示著後人正視、忠實、並勇於身受心思與學說之間痛苦而必要的磨勘淬礪，否則只在思維世界中留下空白的「跑馬場」，供名教大行其道地加以填塞。

也只有這樣，才能將文學或知識活動等通常被理解為實體性領域的精神樣式開放為一種不斷流動、通過與現實的呼應而實現自我更新的空間，這裡的「自我」，與生命的具體性[43]緊密關聯，不是一個形而上的抽象個人，而是一個生氣淋漓有著生存慾望、無法將他從所置身的周圍事物的複雜關係中抽離出來，因而才試圖通過文學活動或知識生產反過來為自我的生存尋找可能性的現實個體。這就如尼采說思想者並不是「純粹的求知者」，而必須「切身地對待他的問題，在其中看到他的命運、他的需要以及他的最高幸福」[44]。同樣，正因為文學與知識從來就置身在一個廣袤無邊的現實世界中；所以這一現實世界，反過來通過文學

[42] 伊藤虎丸：《日本的魯迅研究》，轉引自趙京華：《竹內好的魯迅論及其民族主體性重建問題》，《中國現代文學研究叢刊》2006年第3期。

[43] 參見拙作：《罪的自覺、生命的具體性與機能化的文學》，《小說評論》2008年第4期。

[44] 尼采：《快樂的知識》，轉引自周國平：《尼采》第46、47頁，上海人民出版社1986年7月。

與知識活動，提供給主體反省自身和實現自身的力量，通過不斷
更新與豐富而獲得存在的意義與可能。

2008年9月6日

語言與「實感」
——通過一封家書釋讀胡風的文字與理論形態

借路翎的話來說，胡風是用「有『血肉』感覺的」、「充滿實感」[1]的語言方式來表達其見解。他的文字最直接的，是其持續緊張的內心圖景的外化，這是他文字風格的內在成因。羅洛曾記有如下一則回憶：有一次胡風請吃橘子，「他拿起一只橘子，剝了皮但沒有吃，突然對我說：『自然界真是奇妙，你看這橘子，外皮是粗粗拉拉的，說不定還有細菌，但它的內心卻是這樣乾淨，這樣純潔，沒有雜質，沒有污濁，你可以毫無顧慮地吃下去。』」[2]胡風文字的內外情形恰如這只橘子，「外皮是粗粗拉拉的」，不但論敵們譴責他理論「晦澀」，即便是中立派的知識份子也譏誚其行文「糾纏」[3]。但是內裡卻「這樣乾淨，這樣純潔，沒有雜質，沒有污濁」，完全忠實於主體內部的「自我鬥爭」，真正實現了「言為心聲」。

---

[1] 路翎：《一起共患難的友人和導師：我與胡風》，《我與胡風》第727頁，曉風主編，寧夏人民出版社2003年12月。

[2] 羅洛：《瑣事雜憶：我所認識的胡風》，《我與胡風》第966頁。

[3] 參見葉聖陶日記（1948年10月19日）：「此君（指胡風——筆者注）自名不凡，否定一切，人家之論皆不足齒數，而以冗長糾纏之文文其淺陋。余於文藝理論向不措意，唯此君之行文，實有損於青年之文心。」《葉聖陶集》（21）第325頁，江蘇教育出版社2004年11月。又：王實味也曾批評過胡風的語言「疙疙瘩瘩」，晦澀、纏夾幾乎成為各派知識份子對胡風行文風格的共識。參見王實味：《文藝民族形式問題上的舊錯誤與新偏向》，《中國新文學大系（1937-1949）·文學理論卷》（二）第292頁，上海文藝出版社1990年12月。

其次，胡風的理論是自己頭腦「一寸一寸地思考」得來的，他從來不作蹈空之論，從來不極目遠眺未來的黃金世界而輕易放過當下的理論破綻。而一旦將所要表達的理論化作了自身血肉，則在表達過程中充滿自信、激情洋溢。這是一種「屬己」的文字，有這麼多只屬於他的「個人辭彙」：燃燒、主觀戰鬥精神、思想力、擁抱力、突擊力、把捉力……胡風的很多句子都如燃燒一般，毋寧說，他自己就燒在他的文字裡面，透顯出「真的悲痛，真的追求，真的反抗」[4]。在文字觀上，他對人對己都作如是要求，在給妻子的信中說：「你知道，我是沒有真情就寫不出一行字來的。」又教誨年幼的女兒：「你應該學會寫出自己的感情。」[5]對於那些從他的批評中「抽出一些理論似的端緒來加以討論」的舉措，胡風往往不以為然；但是有普通讀者從中讀出了「我的『願望』和我的『憤怒』」，胡風卻「深為感動」[6]。胡風對文字的要求如此一絲不苟，簡直達到了「以心見心」、「以心傳心」、「以心契心」。他要求自己、也勉勵讀者能夠越過表述的本體，而洞察本體背後以及表述過程中的精神、心性，「能夠從詩本身（僅僅是詩本身！）直接讀出作者本人的心、感應那血脈湧動的源頭和流向」[7]。

1965年，胡風在獄中給妻子梅志寫了一封家書[8]，其中有這樣兩段：

4　胡風：《密雲期風習小紀‧序》，《胡風全集》（2）第349頁，湖北人民出版社1999年1月。

5　胡風致梅志信（1952年10月24日）、致曉風信（1952年12月12日），《胡風家書》第329、460頁，復旦大學出版社2007年4月。

6　胡風：《在混亂裡面‧序》，《胡風全集》（3）第4頁。

7　朱健：《胡風這個名字……》，曉風主編：《我與胡風》第746頁。

8　胡風：《致梅志》，這封家書可以參見《胡風遺稿》，山東友誼出版社

常見的把感覺和思想分為二事的說法，只有在極限定的意義上才可以用。至於語言，它所表現的既是思想也是感覺，二者為一物的兩面，恐怕連抽象的邏輯語言都可以這樣說的。人對某些語言（文字）所以沒有感覺，是因為那語言所表現的事物和運動他沒經驗過。沒有注意過哲學問題或讀過哲學書的人，「哲學」這個詞就對他是無感覺的，神秘的，正如熱帶沒有見過雪的人對「雪」和「下雪」這類詞一樣。所以，從基本性格上說，語言是極老實、極誠懇的東西。沒有被客觀事物所引起的感覺（思想），人怎麼會創造某一個詞呢？

那麼，為什麼又出現了極不老實，極不誠懇的語言？……在統治階級利用下的這種語言，有的原來就沒有實際事物和運動的感覺，有的在這樣使用中失去了具體事物和運動的感覺，即所謂陳詞濫調。……這種東西，除了以思想內容本身毒害人以外，更可怕的是，它使人的感覺力偽化，因而使人的思想力虛化，也就是，完全拒絕新鮮的具體的事物和運動進入受害者的主觀世界。

在形而上學的傳統中，知識是依靠理性獲得的，只有理念代表了真正的存在，而人的感官直覺與本能被忽略、甚至完全否定。而胡風在這裡卻無限壓縮了「感覺」與「思想」的區隔（恰如尼采對西方哲學傳統的反抗），「感覺和思想分為二事的說法，只有

1998年；或《胡風全集》（9），以上這兩個版本均有刪節；新近出版的《胡風家書》提供了一個較為完整的版本，本文對《致梅志》一信的引錄，均自《胡風家書》，以下不再注出。

在極限定的意義上才可以用」、「二者為一物的兩面」。文字所表達的感情、感覺與思想合而為一、高度融合，其實正是胡風心目中理想狀態的文學，這是他素所追求的。在1930、40年代，左傾機械論讓很多人迷信作家的頭腦是反映生活的「鏡子」、傳達思想的「容器」、或宣傳某種觀念的「留聲機」，對所有這些比喻胡風都是不屑為之的，他所鍾愛的是「熔爐」。第一次出現是在1935年的《為初執筆者的創作談》，他勸告文學青年們「不要看到了一點事情就寫，有了一點感想就『寫』，應該先把這些放進你的熔爐裡面」，胡風的意思是作家應該寫自己受了感動的、消化了的東西，「真正的藝術上的認識境界只有認識的主體（作者自己）用整個的精神活動和對象物發生交涉的時候才能夠達到」[9]。「交涉」的過程就像「熔爐」的熔鑄，所有外界「客觀的東西」、「借來的思想」，都要經過選擇、滲透的化學過程，胡風還用過「燃燒」、「沸騰」、「糾合」等等來形容。「一個作家，懷著誠實的心，在現實生活裡面有認識，有感受，有搏鬥，有希望或追求，那他的精神就會形成一個熔爐，能夠把吸進去的東西化成溶液」[10]，從「現實生活裡面」來的結論，就彷彿是身外的「固體」，即便是科學的、合理的，但總也顯得隔身，這個時候就需要用主觀精神來鑄造一個熔爐，「把吸進去的東西化成溶液」，灌輸到體內各個部分，終於結合為感性機能與實踐意志。正是為了強調這個過程中的主觀因素（所謂「通過作家的主觀而結晶」[11]）參與，所以胡風特別關注想像、直觀、感覺……而很少講思想、觀念的指導作用，思想、觀念不應該是

---

[9] 胡風：《為初執筆者的創作談》，《胡風全集》（2）第239、247頁。

[10] 胡風：《關於創作發展的二三感想》，《胡風全集》（3）第15頁。

[11] 胡風：《為初執筆者的創作談》，《胡風全集》（2）第240頁。

創作過程中外加的指標。晚年胡風昇華了這一表述:「托爾斯泰所說的感情,正是指的表現包括思想在內的作者的主觀實際和客觀實際的感情。」[12]這裡對應的正是他早年摘譯過的托爾斯泰的格言:「為了使作品有魅力,不只是一個思想指導作品,那作品的一切還非被一個感情所貫串不可。」[13]胡風晚年指出的是:只要「熔爐」中主觀戰鬥精神燃燒到極致,那就不止於思想褪去純粹觀念的形態,而是思想完全融解在感情之中,如鹽入於水彼此再難分解。

在這封家書中胡風多次提到魯迅(並且說產生這番「感慨」的導引之一正在於「去年又重讀了魯迅有關漢字和文字改革的文章」),其中的那個比方顯然來自《摩羅詩力說》,「直示以冰,使之觸之,則雖不言質力二性,而冰之為物,昭然在前,將直解無所疑沮」[14]。突出感覺的作用,是因為「感覺」來自主體與具體事物最直接的接觸,飽含著「感覺」體溫的文字,「直語其事實法則」、將「具體事物和運動」「直籠其辭句中」,認可這樣一種語言文字,就最大限度地關聯著具體事物、日常生活和生活世界,也就是說,主體直接置身於存在,而不是被關於存在的種種整合、編排所淹沒。胡風的「極老實、極誠懇」的語言,是為了強調言辭符號的模糊而腫脹,會使人「失去了具體事物和運動的感覺」。強調生動而豐富的感性機能,執著於感覺和促生感覺的具體事物,往往可以避免被名教世界所攻陷。

---

[12] 胡風:《簡述收穫》,《胡風全集》(6)第609頁。

[13] 列夫・托爾斯泰著、胡風譯:《關於文學與藝術(摘錄)》,《胡風全集》(8)第658頁。

[14] 魯迅:《摩羅詩力說》,《魯迅全集》(1)第74頁,人民文學出版社2005年11月。

　　魯迅通過《域外小說集》的翻譯實踐，「有意識地使用盡可能古的字詞義，這與魯迅『白心』的思想緊密結合。這個『白心』，是與中國知識份子的文化傳統正相反的東西，是被這一傳統污染之前的、執著於內部生命真實的心靈狀態」[15]。這種溯求的方向並不意味著簡單的文化復古，而是指向「厥心純白」的「樸素之民」那種未經文化沉痾與思想腐葉所遮蔽的、最自然而真實的心靈圖景，而語言文字應該在這樣的心靈圖景中孕育而生。「心思－語言－文字」，正是在這樣一幅圖景中，胡風來結構文字與主體的關係。無「心思」則無主體，不與「心思」往返溝通的語言文字則不是主體性的語言文字。他在信中說得很明白：「語言是什麼呢？那是普通勞動者在勞動中在生活中彼此表現他們的理解和需要等等的感覺（思想），那是還沒有受到有害的舊思想的腐蝕的純樸天真的兒童表現他們的慾望和印象的感覺（思想）……」正是著眼於語言和心靈之間最自由而真實的映射，胡風在家書中這樣勸告妻子：「你雖然寫了點什麼，但你不是以什麼作家身份寫，而是以一個青年母親的身份寫。你的語言是青年母親的語言，是兒童和老母親之間的語言，幼稚一點，但沒有存心騙人，存心唬人，或存心媚人的感覺，你只是想憑單純的願望向你用血肉餵養的孩子們訴說一點平凡的單純的歡喜或悲哀，希望他們少點苦難，多點純潔、聰明和堅強。」

　　在這樣「心思－語言－文字」往返溝通的結構中來觀照胡風的看法，則可發現：不脫離「具體事物和運動」，主要是追求主體對「具體事物和運動」的「經驗」與「感覺」，並且必須在文

---

[15]　參見張新穎：《主體的確立、主體位置的降落和主體內部的分裂：魯迅現代思想意識的心靈線索》，《20世紀上半期中國文學的現代意識》第74頁，三聯書店2001年12月。

字中實現這一「經驗」與「感覺」。而這就是胡風所謂的「實
感」[16]，他在文論中如此偏愛地使用這一辭彙：「對客觀事物要
有實感，自己主觀上發的要是真情。這不是能不能的問題，而
是誠不誠的問題。」[17]大量公式化的寫作「從信念出發」，「從
觀念看現象，看生活」，高懸著「抽象、空洞」的「人民的本
質」，而不去「探測到他們內心的存在」，這樣的寫作「是不
會有生活實感」的[18]……「感覺」與「感受」這樣的字眼在胡風
筆下高頻率的出現，因為在「實感」的依託下，它們都有特殊
的涵義，它們指主體對對象真誠無偽的、「血淋淋」的突進與擁
合，在這一過程中所迸發的力量往往就能刺穿概念的空殼而抵達
鮮活的具體事物與流動的生活世界。有的時候，為了強調這一突
進、擁合過程的動態性，尤其是為了將這一突進、擁合的力量實
體化，胡風還創造了「思想力」、「感覺力」這樣的詞。也就是
說，「思想力」、「感覺力」是為了抓取、獲得「實感」的力
量，經由它們的作用，文字就能夠置身於「具體事物和運動」之
中，就能夠呈現生命內部真實的心靈狀態。

　　而相反，「思想力虛化」、「感覺力偽化」，往往就會導致
胡風所說的「極不老實，極不誠懇的語言」。這個問題值得再深
入一步討論。胡適在《新文學大系・建設理論集》「導言」中盛
讚周作人《人的文學》是「最平實偉大的宣言」，因為它顧及到
了新文化草創期「我們還沒有法子談到」或僅僅是「懸空談」的
議題，即「新文學應該有怎樣的內容」。顯然，這個問題不解決

---

[16] 關於「實感」的討論，參見收入本書的《文學「實感」論——以魯迅、
　　胡風提供的經驗為例》一文。
[17] 胡風：《簡述收穫》，《胡風全集》（6）第650頁。
[18] 胡風：《創作上的三個現象和一個問題》，《胡風全集》（6）第16、
　　17頁。

好，「非人」的思想或內容，仍然能借殼而生，故鬼重來，白話文仍然可能淪為腐朽價值內容的載體。所以，胡適將「活的文學」與「人的文學」視作「我們的中心理論」，前者解決了「文字工具的革新」，後者保證了「文學內容的革新」，1935年在寫下這一長篇「導言」之際，胡適大有「總結」歷史的意味：「中國新文學運動的一切理論都可以包括在這兩個中心思想的裡面。」[19]那麼，是不是有了這兩個條件就足夠了，顯然胡風在家書中並沒有如此樂觀，相反，他憂心忡忡：

> 用革命的人民的要求推翻了這個傳統，在語言（文字）上說，於是出現了表現新鮮活潑的具體事物和運動的感覺（思想）的語言，反映革命的思想內容的語言，新的文風。但反映革命思想的語言，如果脫離了具體事物和運動，從語言本身說，那同樣也可以成為陳詞濫調，那就是所謂教條主義、公式主義、新八股、庸俗社會學的語言即文風，……這種東西，同樣會使人的感覺力偽化，思想力虛化，具有點金成石、化神奇為腐朽的「本事」，也就是「禍國殃民」。

胡風是從白話文運動的實績開始談起的，但是在他看來，具備了革新後的工具（白話文）與內容（反映革命思想），仍然會產生危險。他素來強調：「題旨有某種人生意義或政治意義以至應時的或重大的直接政治意義但作者的感情淡漠或虛偽作態，文字沒有實感，也很難讀下去」，「不願看那些解釋或演繹原則的寡淡

---

[19] 胡適：《中國新文學大系·建設理論集》「導言」，《中國新文學大系·建設理論集》（影印本）第18、28-30頁，上海文藝出版社2003年7月。

的所謂通俗文章，也不願看那些用沒有切膚之感的政治術語來表
白自己的文章，甚至對它們的客觀效果也懷疑，以為是假效果或
反效果」。[20]也就是說，「思想力虛化」、「感覺力偽化」，文
字不能具備「實感」，「沒有切膚之感」，那麼即便它表達著
「某種人生意義或政治意義」的題旨，也會導致「假效果或反效
果」。這一點被前人極大的忽視了，但是它又為害甚廣，胡風甚
至提到了「禍國殃民」的高度，這只是杞人憂天、危言聳聽麼？
如果我們長期使用「脫離了具體事物和運動」的語言，人的思
維和感受「虛化」、「偽化」，對現實逐漸隔膜，轉而在空言
的說教中不能自拔。而如果整個社會被這一喪失「實感」的語
言所控制，即用胡風的話說，「完全拒絕」「具體的事物和運
動進入」人的「主觀世界」，被名教所製造的幻夢所集體俘虜，
那麼確實已經離「禍國殃民」不遠了。胡風這封家書寫於1965年
9月，正是階級鬥爭話語愈演愈烈之際，而「文革」也正在顯出
「黑雲壓城」之勢，由此你不得不佩服胡風的目力深邃。根據黃
宗智對「文革」中「表達主義政治」的研究，當時的很多悲劇，
往往來自於官方正統建構的現實和人們感受到的現實之間的差異
和衝突，「遠離客觀現實的表達成為劃分階級、階級鬥爭的唯一
標準」，「在文革中，表達現實和客觀現實之間的距離變得如此
遙遠和如此明顯，以至於導致了階級鬥爭話語的整個崩潰。……
當階級和階級鬥爭越來越脫離現實之時，它們也越來越成為僅
僅是官方通訊社製造的空洞口號，只被充滿懷疑的人們掛在口
頭。」[21]從這一意義上來說，胡風的主張，實非無的放矢，而新

---

20 胡風：《簡述收穫》，《胡風全集》（6）第602、614頁。

21 參見黃宗智：《中國革命中的農村階級鬥爭——從土改到文革時期的表
達性現實與客觀性現實》，收入《中國鄉村研究》（第2輯），黃宗智主

時期在「實事求是」的引導下要求表達現實與客觀現實的重新同一，倒與胡風的意見不謀而合。

胡風在胡適、周作人「工具」、「內容」的主張之外，出示了更為嚴苛的標準（胡適在《文學改良芻議》中以「真摯之情感」來討論「言之有物」，但基本上是以個性伸張作為「真」的實現；胡風強調語言不脫離具體事物似乎也不外於《芻議》所開示的範圍，但顯然胡風的設想與標準遠為艱深），嚴苛到會讓你覺得這一標準觀照下的語言已經不是一種自然狀態裡的語言（或者可不可以說，他追求一種至高標準的「自然」）。在家書中他反覆強調語言的「極老實、極誠懇」，又以魯迅為典範，號召學習他「極端誠懇地對待語言的勞動精神，學習他的語言的血肉的感覺力」。終於，胡風作了這樣的總結：「我的意思是，語言是做人的工具；要做一個真誠的人，非有對語言的真誠的感情不可。」由此我們真正可以理解上面提到的「心思—語言」往返溝通的內涵，這裡嚴苛的標準是雙向的：語言要真實地呈露主體對生活世界的「置身」以及這一「置身」狀態中生命內部的心靈圖景，而主體要對語言付諸「真誠的感情」——綜合起來，就是「極老實、極誠懇」的語言與「一個真誠的人」。由此不難理解胡風的如下表白：「文字能對感情負責，自己的行為能對文字負責。否則，寧可擲筆不寫。」[22]

同樣可以理解的是，胡風在家書中添上的這樣一段話：

> 如果占主導地位的是使人的感覺力偽化，思想力虛化的文
> 風，即令它打的是堂皇的大原則的旗子，或者不如說，尤

編，商務印書館2003年12月。

[22] 胡風：《簡述收穫》，《胡風全集》（6）第607頁。

其因為它打的是堂皇大原則的旗子，到時機一轉，那些原
則話（空洞話）和過頭話（積極話或漂亮話）所造成的如
花似錦的大戲場，即刻現出全是假像的本質，變成最卑污
的東西。

主體對語言應該有嚴格、自覺的擔當與責任，由此，浸透著「實
感」的語言才不是身外可以相機而變的「空言」、「空名」。
「實感」是「心思－語言」往返溝通時的介質，語言文字的「實
感」，是指文字的及物性，現代名教往往編織出名詞符號的迷夢
讓人身陷其中與現實世界隔離，而「實感」昭示的是一種「回到
事物本身」的力量。語言文字的「實感」，同樣指向主體與語言
彼此之間的高度認可、彼此「負責」。按照胡風的推論，「語言
是極老實、極誠懇的東西」，它親密地附著於「被客觀事物所引
起的感覺」，而如果「原來就沒有實際事物和運動的感覺」或者
在「使用中失去了具體事物和運動的感覺」，那麼你就根本沒有
必要去放言高論這種沒有「實感」的「陳詞濫調」，「熱帶之
人」何以妄言「冰雪」？所以反過來，如果是浸透著「實感」的
語言，它必然最真實地反映著人的內心世界，在心思與語言之
間，本就沒有虛假的「空名」所橫亙，本就沒有「原則話（空洞
話）和過頭話（積極話或漂亮話）」。語言是「極老實、極誠
懇」的，而「行為能對文字負責」，這樣真正主體性的語言，即
和主體彼此「認定」後的語言，既不自欺，又不欺人，當然不會
隨「風向」而轉變。

　　在與外界隔絕的情況下，胡風取得的這番思索，顯然來自歷
史、現實的特殊境遇以及這一境遇對他心靈造成的強大壓力。也
可以說，他是從語言文字的角度，對纏繞著他的現代名教衛士、

「作戲的虛無黨」以及整個時代敗壞的語言，進行探本溯源的清理[23]。所以，這又不僅僅是一個語言的問題，借用胡風上面的話，從語言文字擴展開去，主張、思想、主義等等，都可以包容在「堂皇的大原則的旗子」之下，所以，不僅是對語言真誠、負責，對主體標舉的所有主張、思想、主義……一併都要真誠、負責。而「實感」，以及為求得「實感」而存在的「思想力」、「感覺力」，往往能夠使合理的主張、思想、主義溶解在主體生命的機能裡，變成一種自覺的實踐。故而，它們才不會淪為身外的「空言」，「到時機一轉」。而相反在「如花似錦的大戲場」裡可以隨「風向」轉變的語言、主張、思想、主義，則全是喪失主體性的道具罷了（先前「你」高擎這些「堂皇的大原則的旗子」時，是否真的出以「真誠的感情」真的相信它們？）

胡風在這裡討論的問題似乎和「文風」有關，但又未必盡然，至少在他本人看來遠沒有如此簡單。胡風晚年曾多次表示「觀念不變」，甚至固執堅定更勝往昔[24]。有位研究者曾敏銳地

---

[23] 關於那樣一個時代環境中語言的敗壞，可參見何兆武先生的回憶：「人與人之間，領導和基層之間非常隔膜，彼此不能瞭解內心真正的想法，甚至於文風都是一樣的……」（何兆武：《上學記》第261頁，三聯書店2006年8月）「文革」後巴金在《隨想錄》中反思自己喝「迷魂湯」的經歷，空話大話「越講越多」，「一旦成了習慣，就上了癮，不說空話，反而日子難過」（巴金：《豪言壯語》，《隨想錄》第144頁，人民文學出版社2000年7月）。個人對這樣的「豪言壯語」完全沒有倫理擔當。在「習慣」、「上了癮」中，將個人的權利交付給假話的製造者，自我扭曲成人云亦云的傳播者，以致謊言滿天飛，說謊者得勢，人人自危不敢講真話……語言的敗壞顯然為專制的合法性提供了保障，「文革」正是建立在這種名教烏托邦之上。身處獄中的胡風不知是否有所預感，但面對語言的毒化與控制，胡風所謂「極老實、極誠懇」的語言之可貴顯然不言而喻。

[24] 參見胡風致王福湘信（1970年10月25日），《胡風全集》（9）第556頁；及李輝：《胡風集團冤案始末》第403頁，人民日報出版社1989年2月。

指出：胡風案發生的重要原因在於，當對手們早已「脫胎換骨」時（比如1940年代末的喬木和1950年代初的舒蕪），胡風卻一再延宕、拒絕了意識形態的「詢喚」[25]。換言之，胡風為什麼對既定的、一統的意識形態拒表臣服？對這一問題的複雜原因作探討，可能萬語千言也難窮盡；但是也可以斬釘截鐵地歸結到一個最基本的陳述上：因為胡風有他無法移易的根柢所在，這是他以身相抗、抵死苦鬥的基點；胡風所秉持的理論，是他經過多麼創痛酷烈的掙扎過程、以及狂風巨浪般的人生淬煉而獲得的，當它一經化合為體內的血肉存在，則再也不是任何外力所能輕易動搖的了。

早在1930年代末，胡風就在與一次與吳奚如的爭吵中，凜然地說：「我等待將來革命成功後受鎮壓！」[26]十幾年後，胡風在案發前夕對路翎含淚坦陳：「我和你路翎，和阿壠、綠原、牛漢、徐放、謝韜、嚴望、冀汸、蘆甸等結伴而行，我們也有不小心也有莽撞。我現在感慨，像做最後地奮鬥似的。但結果駁回來，說你反黨，如何呢？我們走到困難的境地了，終於不能顧忌什麼了。為了文藝事業的今天和明天，我們的衝擊會有所犧牲。……我要奮鬥，和我多年的願望一起，衝出去，哪怕前面是監牢。」[27]這些表白再聯繫後來的實際情形，可以證明：胡風是以一種什麼樣的代價在捍衛自己的信仰，甚至預知會粉身碎骨也

---

[25] 參見王麗麗：《在文藝與意識形態之間：胡風研究》第二章第五節，中國人民大學出版社2003年11月。

[26] 參見吳奚如：《我所認識的胡風》，曉風主編：《我與胡風》第28頁。胡風是在以書信與吳奚如交相指責時作如是說，具體時間不可靠，從上下文推斷，應在1930年代末與1940年代初之間。

[27] 路翎：《一起共患難的友人和導師：我與胡風》，曉風主編：《我與胡風》第734頁。

在所不辭。而以此反過來推究，我們也不難明白：這位「九死未悔」的理想主義戰士，為了樹立、獲得這一信仰所身受的過程、境遇是如何極端艱難卻又至為寶貴。

我在遙想胡風的人與文時，眼前經常會浮現那尊巨大的拉奧孔雕像。這位古代先知為了警告特洛伊人不要接受希臘人留下的木馬，而觸怒了神明，以致痛苦掙扎在海蛇的絞纏之下[28]……胡風一次次對那些淪陷在名詞概念的空洞世界中而喪失精神能力的人出聲示警，最終同樣觸怒了「神」。「我雖不配稱為猛獸，但卻宛如被鎖在欄中，即偶有喊聲，看客們也覺得與己無關，哀哉！而另一些人們，卻覺得這喊聲也可厭可惡，還想鑲上不通風的鐵板。」[29]他總是被誤解、攻擊、孤獨與悲涼糾纏著，常常發出「末路」之慨，以致在《論現實主義的路》的扉頁上題寫但丁的詩句：「我跑到一個沼澤裡面，蘆葦和污泥絆住我，我跌倒了，我看見我的血在地上流成了一個湖。」但恰恰是在血污中抵死苦鬥的姿態，通體散發著莊嚴。

> 我的理論是我多年積累的，一寸一寸地思考的。我要動搖，除非一寸一寸地磔。

這是他在血污中屢仆屢起的自信之源、力量之源。他的文字、理論與他的身體、生命、生存如此親密無間、合而為一，即便利刃相磔，如剝魚鱗般片片脫離，那也定然「一寸一寸」地滲出血來……

---

[28] 綠原先生也曾有此記述，參見綠原：《胡風和我》，曉風主編：《我與胡風》第605頁。

[29] 胡風致舒蕪信（1944年1月4日），《胡風全集》（9）第475頁。

　　我要問的是：茫茫世界，理論家前後輩出各領風騷，理論話語紛繁更迭讓人目不暇接，但是憑心而言，其中有多少當得起這一個「礫」字？

2007年9月15日初稿
2013年8月18日改定

輯三
散論與札記

章太炎語言文字觀略說

　　本文並非對章太炎語言文字觀的全景展示，只是涉及其中若干方面，特別是考察其與「五四」新文化運動在語言革新規劃上的重合與分殊。意義在於：探討這樣一種與外來西方影響迥異的內發性思想資源，如何對中國現代文學的發生產生意義。而這一重要資源長期處於被壓抑的狀態，對它的考掘與重識，興許有助於我們梳理新、舊文學的關係，現代語文建設與現代性的勾連，方言寫作等等至今影響我們文學發展的問題。

上篇：章太炎語言文字觀的若干描述

　　章太炎在《中國文化的根源和近代學術的發達》中談及中西文字長短，說「拼音字只容易識它的音，並不容易識它的義，合體字是難識它的音，卻是看見魚旁的字，不是魚的名，就是魚的事；看見鳥旁的字，不是鳥的名，就是鳥的事；識義倒反容易一點。兩邊的長短相較，也是一樣。」[1]又如《常識與教育》中批評一些人盲視中國歷史：「自然曉得本國的歷史，才算常識，不曉得本國的歷史，就曉得別國的歷史，總是常識不備。」[2]這裡，章太炎充分重視中西文化的差異性，反對以西方的標準來考

---

[1]　章太炎：《中國文化的根源和近代學術的發達》，《章太炎的白話文》第13頁，遼寧教育出版社2003年3月。

[2]　章太炎：《常識與教育》，《章太炎的白話文》第24頁。

量中國問題：「可見別國人的支那學，我們不能取來做準，……強去取來做準，就在事實上生出多少支離，學理上生出多少謬妄，並且捏造事蹟。」這一切無不見出章太炎「凡事不可棄己所長，也不可攘人之善」[3]的齊物思想。

值得注意的是，在相近的時間段裡，魯迅和他老師章太炎思考的問題，每每有神和之處。比如《摩羅詩力說》中，魯迅盛讚浪漫派眾詩人「各稟自國之特色，發為光華」，引申一下說，拜倫等人是承繼著各自地域的風貌、以獨立主體的身份進入、參與到世界文化的序列中，這樣才能產生豐富的意義。又比如，《破惡聲論》中的名句：「偽士當去，迷信可存」，伊藤虎丸的解釋是：「『偽士』之所以『偽』……其論調之內容雖然是『科學』的，『進化論』的，然而正因為其精神是非『科學』的，所以是『偽』的」[4]，章太炎在《經的大意》中也給出了幾乎一樣的表達：「至於別國道德的話，往往與中國不投，縱算他的道德是好，在中國也不能行」[5]。因為，真正的思想、學問必定根植於自我內心而排除外界權威。對自由心性和「依自不依他」的精神能力的強調，章太炎和魯迅並無二致。

不齊而齊的哲學，並非忽略事物之間固有的差異，恰恰相反，正是在充分承認、尊重差異的基礎上摒棄對不同社會、歷史、文化等作輕率的優劣高下評判。由這樣文化的相對主義和多元主義出發，很容易過渡到章太炎的文字觀。

---

[3]　章太炎：《教育的根本要從自國自心發出來》，《章太炎的白話文》第48、49頁。

[4]　伊藤虎丸：《早期魯迅的宗教觀》，《魯迅研究動態》1989年11期。

[5]　章太炎：《經的大意》，《章太炎的白話文》第35頁。

　　章太炎說：「若是提倡小學，能夠達到文學復古的時候。這愛國保種的力量，不由你不偉大。」[6]何以賦予一般看來殊少意識形態色彩的語言文字研究，以興邦愛國的巨大力量和經世致用的實踐品格？我想這裡涉及到兩種不同的語言文字觀。

　　一種是將文字視為書寫表意的工具，另一種則不僅認識到文字的工具性，更是把它當作民族構成的要素。如果贊同前者，那麼掌握、書寫、傳播的便利等無疑可以作為評判文字高下的標準；如果贊同後者，文字關聯著興邦亡國，其存廢革新當然應該慎之又慎。章太炎從語言文字同社會文化、民族心理的緊密聯繫出發，「文字者，語言之符。語言者，心思之幟。遂天然語言，亦非宇宙間素有此物，其發端尚在人為，故大體以人事為準。人事有不齊，故語言文字亦不可齊」[7]，對於將各民族不同文字，排定序列等級，分出高下優劣的做法，章太炎最是反對，「萬國新語者，本以歐洲為準，取其最普通易曉者，糅合以成一種，於他洲未有所取也。大地富媼博厚矣，殊色異居，非白人所獨有，明其語不足以方行世界」[8]。在關於「萬國新語」的論爭中，李石曾「文字所尚者，惟在便利而已，故當以其便利與否，定其程度高下……于進化淘汰之理言之，惟良者存」[9]的判斷，和章太炎一貫的主張「所以衛國性、類種族者，惟語言歷史為亟」[10]針

[6]　章太炎：《我的生平與辦事方法》，《章太炎的白話文》第74頁。

[7]　章太炎：《規〈新世紀〉》，轉引自姚奠中、董國炎：《章太炎學術年譜》第123頁，山西古籍出版社1996年8月。

[8]　章太炎：《駁中國用萬國新語說》，《中國現代學術經典·章太炎卷》第594頁，河北教育出版社1996年8月。

[9]　李石曾：《進化與革命》，轉引自羅志田：《國家與學術：清末民初關於「國學」的思想論爭》第171頁，三聯書店2003年1月。

[10]　章太炎：《重刊〈古韻標準〉序》，《章太炎全集》（卷四）第203頁，上海人民出版社1985年9月。

鋒相對，彰顯出兩種文字觀——工具論和以語言文字「激動種性」的殊途。

　　進一步說，章太炎的文字觀與其用以建構民族認同的依據和對待歷史的態度黏結在一起。首先，章太炎以歷史譜系為依據，強調文化在定位民族身份時的重要意義：「文字政教既一，其始異者，其終且醇化。……所謂歷史民族然矣。」[11] 又將包括語言文字在內的民族文化作為「立國之元氣」：「國家之所以能成立於世界，不僅武力，有立國之元氣也。元氣維何？曰文化。……然吾國自比年以來，文化之落，一日千丈，是則所望于國民力繼絕任，以培吾國者耳。」[12]

　　其次，在《駁中國用萬國新語說》中，章太炎將歷史觀作為人類與動物區別的標誌：「人類所以異鳥獸者，正以其有過去未來之念耳。若謂過去之念當令掃除，是則未來之念亦可遏絕，人生亦知此瞬間已而，何為懷千歲之憂而當營營於社會改良哉？」[13] 在此，他非常強調過往對現在以及未來的重要意義，歷史不是單純的回溯往昔，而意味著一個由過去到現在向未來的動態發展過程。想要抽刀斷水，橫空造就一個「未來的黃金世界」根本不可能，因為「過去的事，看來像沒有什麼關痛癢，但是現在的情形，都是從過去漸漸變來；凡事看了現在的果，必定要求過去的因，怎麼可以置之不論呢！」[14] 朱維錚先生曾辨析章太炎

---

[11]　章太炎：《訄書重訂本・序種性上》，《章太炎全集》（卷三）第172頁，上海人民出版社1984年7月。

[12]　章太炎：《尚賢堂茶話會諸名流之演說》，轉引自《章太炎學術年譜》第267頁。

[13]　章太炎：《駁中國用萬國新語說》，《中國現代學術經典・章太炎卷》第608頁。

[14]　章太炎：《中國文化的根源和近代學術的發達》，《章太炎的白話文》第15、16頁。

的「提倡國粹」並不簡單等同於「復古主義」，「他被清末最熱衷於在中國實現義大利式『文藝復興』的一派學者，視作精神領袖……章炳麟一再把他『提倡國粹』，與義大利的『文學復古』相比擬」[15]。建設新的與考掘舊的必須同時進行，閉塞了哪一個向度都不行。正如魯迅所說：「時時上徵，時時反顧，時時進光明之長途，時時念輝煌之舊有，故其新者日新，而其古亦不死。」[16]

在章太炎看來，歷史就好比默然流淌的長河，漫過今天的流水，必然來自那過往的源頭；倘使那水流被污染了，那麼治污的工作當然離不開發見被掩埋的源頭。也就是說，要再造新世界，必得正本清源，必得復原被各種因素清理、抹除的歷史記憶。而語言「上通故訓，下諧時俗，亦可以發思古之幽情」[17]它記載了一個民族在各個歷史片斷中的豐富生活經驗，語言文字對考掘歷史資源的重要性不言而喻，「蓋小學者，國故之本，王教之端，上以推校先典，下以宜民便俗，豈專引筆劃篆、繳繞文字而已」[18]。正是在這個意義上，「別的有新舊，文字的通不通，也有新舊麼？」[19]有意思的是，近代以降的學者，取回溯的姿態在歷史情境中發見思想、文化資源時，往往提到那個流水的比喻和新與舊的辯證統一，比如周作人將現代散文的源頭上溯到明末公安派文學時，說：「現代的散文好像是一條湮沒在沙土下的河

---

[15] 朱維錚：《〈訄書〉發微》，《求索真文明》第265頁，上海古籍出版社1996年12月。

[16] 魯迅：《摩羅詩力說》，《魯迅全集》（1）第67頁，人民文學出版社2005年11月。

[17] 章太炎：《〈新方言〉自序》，《章太炎全集》（卷四）第156頁。

[18] 章太炎：《小學略說》，《國故論衡》第10頁，上海古籍出版社2003年4月。

[19] 章太炎：《留學的目的和方法》，《章太炎的白話文》第6頁。

水，多少年後又在下流被掘了出來；這是一條古河，卻又是新的。」[20]

《留學的目的和方法》中，章太炎斷然否定官方辦學的功效：「不過看中國幾千年的歷史，在官所教的，總是不好。民間自己所教的，卻總是好。」[21]《我的平生與辦事方法》中直言批評孔子教育弟子，「總是依人作嫁，最上是帝師王佐的資格」。這裡，對民間私學傳統的維護和對讀書人依傍權勢的批判（「他的志氣，豈不是一日短一日嗎？」[22]）——二者固然出於章太炎對求學導致「熱中於富貴利祿」的反感。但我以為這也同他重視復原歷史記憶的觀點一致，因為官方辦學和學術獨立的損傷，最容易使得歷史經驗被刪改。

綜上，在章太炎看來，文字是文化的血脈，它為民族認同提供了一張重要的身份證；同時，文字對接古今，正可複現被壓抑的歷史記憶。而此二者正是現代民族國家奠基的重要基石。從探討文字新舊出發，章太炎的思考彙入到宏大的國族話語建構中。

相反，那種工具論的語言觀，似乎抹除了章太炎在語言文字上的抱負，凸現其工具色彩。其實這種淡化反而強調的是另一種意識形態：以便利與否判決文字高下，「便利」隱喻著進步，從文字的革故鼎新自然可以過渡到文化的新陳代謝，由低級向高級進化。這顯然為章太炎所不取。《〈新方言〉後序》中，好友劉師培揭示章太炎文字研究的寄託，一語中的：「昔歐洲希、意諸國受制非種，故老遺民保持舊語，而思古之念沛然以生，光復之勳薀濫於此。今諸華夷禍與希、意同，欲革夷言而從夏聲，又必

---

[20] 周作人：《雜拌兒跋》，《永日集》第77頁，河北教育出版社2002年1月。
[21] 章太炎：《留學的目的和方法》，《章太炎的白話文》第9頁。
[22] 章太炎：《我的生平與辦事方法》，《章太炎的白話文》第70頁。

以此書為嚆矢。此則太炎之志也。」[23]劉師培如此透徹理解章太炎的戞戞苦心，真可謂知己。

值得一提的是，劉師培在語言文字上的觀點，極為複雜。1903年，劉師培作《中國文字流弊論》，將「字形遞變而舊意不可考」、「一字數義而丐詞生」、「假借多而本意失」、「數字一義」、「點畫之繁」作為中國文字的弊端。進而提出兩種補救之法：一是「宜用俗語」，「致弊之原因，由於崇拜古人。凡古人之事，無不以為勝於今人」；二是「造新字」，「物日增而字不增，故所名之物無一確者」，「今欲矯此弊，莫若於中國文字之外，別創新字以名之」。[24]這樣建基於工具論的文字觀，顯然走在與章太炎立論迥異的理路上。尤其這「於中國文字之外」另造新字的主張，聯繫到劉師培無政府主義思想，那麼從另造新字到採用「普及全球」的萬國新語，這背後截斷本根，趨向世界大同，默認西方現代性的「文字進化觀」清晰可見，這與揭示「太炎之志」的劉師培真是判若兩人！然而到了1908年，劉師培在《國粹學報》上作《論中土文字有益於世界》，指責時人「妄造音母」，「其識尤謬」，並申述漢字「文字繁減，足窺治化之淺深，而中土之文以形為綱，察其偏旁，而往古民群之狀況，昭然畢呈」，「顧形思義，可以窮原始社會之形」，「世界抱闡發國光之志者，尚其從事於茲乎！」[25]此番言論，真可視為「太炎之志」的翻版。劉師培這個例子，是思想本身的對峙、分裂也罷，是觀念的發展、更迭也罷（不可忽視章太炎對其的影響），足以

---

[23] 劉師培：《〈新方言〉後序》，《章太炎全集》（卷七）第135頁，上海人民出版社1999年5月。

[24] 劉師培：《中國文字流弊論》，《劉師培文選》第2、3、4頁，上海遠東出版社1996年4月。

[25] 劉師培：《論中土文字有益於世界》，《劉師培文選》第295頁。

說明西潮東侵時，中國讀書人在語言文字觀，進而在應對西方現代性的大規模展開時，其心靈世界的內在衝突與緊張。

下篇：章太炎語言文字觀同「五四」新文化運動的重合與分殊

1、「文言合一」與「博考方言」

　　章太炎與白話文運動諸人「文言合一」的倡導，皆導源於「聲音中心主義」[26]。章太炎說：「夫字失其音，則熒魂喪而精氣萎，形體雖存，徒糟粕也，義訓雖在，猶盲動也。」[27]。堅持聲音中心主義的立場，即在口頭語言與書寫文字二者的關係中強調以語言為本，故章太炎主張以語體行文以使言文一致。後來在新文化運動中引領風騷的錢玄同，即深受老師章太炎上述論點的啟發，在為《嘗試集》作序時，錢玄同說：「我現在想：古人造字的時候，語言和文字，必定完全一致。因為文字本來是語言的記號，嘴裡說這個聲音，手下寫的就是表這個聲音的記號，斷沒有手下寫的記號，和嘴裡說的聲音不相同的」，「周秦以前的文章，大都是用白話；像那『盤庚』、『大誥』，後世讀了，雖然覺得佶屈聱牙，異常古奧；然而這種文學，實在是當時的白話告示」[28]。既然文言不過是先人日常使用的白話，那麼既無必要看輕白話，更沒必要抬高文言。

---

[26] 近代以降，中國知識份子將聲音設定為語言的本質，對該問題的理解可參見郜元寶：《音本位與字本位》，《當代作家評論》2002年第2期。

[27] 章太炎：《論漢字統一會》，《章太炎全集》（卷四）第321頁。

[28] 錢玄同：《嘗試集序》，《中國新文學大系·建設理論集》（影印本）第106、107頁，上海文藝出版社2003年7月。

「中華的字形，無論虛字實字，都跟著字音轉變，便該永遠是『言文一致』的了」，而「二千年來」，之所以「語言和文字又相去到這樣的遠」，完全是人為造成，一是「給那些獨夫民賊弄壞的」，二是「給那些文妖弄壞的」[29]，故而言文一致才是歷史發展的正道。從聲音中心主義的堅持，到溯源出一個言文合一的古典時代，再到現實中言文合一的倡導，章太炎的理論客觀上為白話文運動奠定了歷史的合法性，儘管這也許原非他主觀意旨。

目的相同，但所取用的理論規劃與方案卻各異，下面分兩項粗略描述章太炎的觀點，並見出他與白話文運動的某些殊途。

一、考掘舊有作為開新資源。在章太炎看來，語言文字記錄著本民族的歷史，它並未死亡，依然制約著今天的生活。而胡適等人文學革新的主要利器——所謂白話詩，原非劈空造出，《國學概論》中的這個例子，章太炎經常拿來取用：

> 提倡白話詩人自以為從西洋傳來，我以為中國古代也曾有過，他們如要訪祖，我可請出來。唐代史思明（夷狄）的兒子史朝義，稱懷王，有一天他高興起來，也詠一首櫻桃的詩：「櫻桃一籃子，一半青，一半黃；一半與懷王，一半與周贄。」那時有人勸他，把末兩句上下對掉，作為「一半與周贄，一半與懷王」，便與「一半青，一半黃」押韻。他怫然道：「周贄是我的臣，怎能在懷王之上呢？」如在今日，照白話詩的主張，他也何妨說：「何必用韻呢？」這也可算白話詩的始祖罷。[30]

---

[29] 錢玄同：《嘗試集序》，《中國新文學大系・建設理論集》（影印本）第106、107頁。

[30] 章太炎：《國學概論》第66頁，上海古籍出版社1997年12月。

語雖調笑，但白話「古代也曾有過」的論斷卻乃章太炎素所秉持。正因為他將白話視為語言流變的自然產物，否認其橫空出世與西方血緣，「古今語言，雖遞相嬗代，未有不歸其宗，故今語猶古語也」[31]，所以開新之法在於返本：「本之古音，以為綱紀，而下尋其品目，化聲雖繁，可執簡而馭也」[32]。

考訂舊有的語言資源，求出正音，以便統一語音，推行國語——這樣一番推本溯源的功夫，無論在工程實施上的浩繁還是精神特質上的復古，都不合於白話文運動。胡適認為死的文字不能表現活的話語，工具的破舊不堪與思想的日新月異之間愈益顯出的分裂，催逼著時人「隨時造詞」，「所造的詞多半是現代生活裡邊的事物；這事物差不多全是西洋出產；因而我們造詞的方法，不得不隨西洋語言的習慣，用西洋人表示的意味」[33]。對於「新事新物，逐漸增多，必須增造新字，才得應用」的說法，章太炎雖然以為「這自然是最要」，方法卻是「但非略通小學，造出字來，必定不合六書規則。至於和合兩字，造成一個名詞，若非深通小學的人，總是不能妥當」[34]。「隨西洋語言的習慣」與「深通小學」——二者旨趣迥異，可見一斑。其實對於那種抱怨工具破舊、不堪使用的言論，章太炎也是不以為然的，他分明有如下質疑：「別的有新舊，文字的通不通，也有新舊麼？」

對於章太炎念念不忘的文字，傅斯年是大加討伐的，他明確將「初民笨重的文字保持在現代生活的社會裡」作為「中國人

---

[31] 章太炎：《自述學術次第》，《中國現代學術經典・章太炎卷》第647頁。

[32] 章太炎：《重刊〈古韻標準〉序》，《章太炎全集》（卷四）第203頁。

[33] 傅斯年：《怎樣做白話文》，《中國新文學大系・建設理論集》（影印本）第224頁。

[34] 章太炎：《我的生平與辦事方法》，《章太炎的白話文》第73頁。

知識普及的阻礙物」中「最禍害」的兩條之一[35]；而章太炎偏偏要在這樣「笨重的文字」、「阻礙物」中考訂正音。另外，傅斯年提出鑄造「精純的國語」，方法在於「留神自己和別人的說話」[36]，這一立足當下的立場又與章太炎「本之古音，以為綱紀」的返本態度大相徑庭。進而，在上述「增造新字」須得「深通小學」的主張後，有一段揭櫫太炎寄託的文字：「若是提倡小學，能夠達到文學復古的時候。這愛國保種的力量，不由你不偉大。」傅斯年則針鋒相對：「文字的作用僅僅是器具，器具以外更沒有絲毫作用嗎？我答道，是的，我實在想不出器具以外的作用。唯其僅僅是器具，所以只要求個方便」，「造字的時候，原是極野蠻的時代，造出的文字，豈有不野蠻之理。一直保持到現代的社會裡，難道不自慚形穢嗎？……哼！這是國粹！這要保存！好個萬國無雙的美備文字！」[37]

值得一提的是，「用國粹，激動種性，增進愛國的熱腸」[38]——章太炎這一「孤行己意」的苦心，在近三十年後的特殊歷史時刻，得到了一位新文化運動主將的「歷史的回應」，胡適在1936年坦陳：

> 當然我們希望將來我們能做到全國的人都能認識一種公同的音標文字。但在這個我們的國家疆土被分割侵佔的時

---

[35] 傅斯年：《漢語改用拼音文字的初步談》，《中國新文學大系‧建設理論集》（影印本）第147頁。

[36] 傅斯年：《怎樣做白話文》，《中國新文學大系‧建設理論集》（影印本）第222頁。

[37] 傅斯年：《漢語改用拼音文字的初步談》，《中國新文學大系‧建設理論集》（影印本）第149頁。

[38] 章太炎：《我的生平與辦事方法》，《章太炎的白話文》第69頁。

候……我們必須充分利用「國語、漢字、國語文這三樣東西」來做聯絡整個民族的感情思想的工具。這三件其實只是「用漢字寫國語的國語文」一件東西。這確是今日聯絡全國南北東西和海內海外的中國民族的唯一工具。[39]

　　二，「博考方言」作為實現文言合一的有效手段。上文「考掘舊有作為開新資源」只是對章太炎整體態度的一個概述，下面討論他文言合一的具體理論與實踐。

　　先來看胡適。胡適在處理國語統一與各地方言之間的關係時，態度是十分複雜的。1936年，他在一封致周作人信的開頭，有一段極為誠懇的自剖：「我對於這個『國語與漢字的問題』，向來沒有很堅強的意見。把文字看作純粹的教育工具，我們當然誠心的贊成漢字的廢除和音標文字的採用。但我又是個有歷史癖的人，我的歷史眼光使我相信文字是最守舊的東西，最難改革的，──比宗教還更守舊，還更難改革。」[40]也許正是出於這樣一種「歷史眼光」（這又讓人想起章太炎所謂「過去未來之念」），在同輩人中胡適能清醒的意識到語言文字內在的主體性與外緣性之間複雜的關聯，以及強行改革的困難：

　　國語統一，談何容易，我說，一萬年也做不到的！無論交通便利了，政治發展了，教育也普及了，像諾大的中國，過了一萬年，終是做不到國語統一的。這並不是我一味武

---

[39] 胡適：《國語與漢字──覆周作人書》，《胡適學術文集‧語言文字研究》第330頁，中華書局1993年10月。

[40] 胡適：《國語與漢字──覆周作人書》，《胡適學術文集‧語言文字研究》第329頁。

斷；用歷史的眼光看來，言語不只是人造的，還要根據生
理的組織，天然的趨勢，以及地理的關係，而有種種差
異，誰也不能專憑一己的理想，來劃一語言的。[41]

在對待方言問題上，胡適也是客觀而通脫的。他承認「方
言，我看是沒有方法消滅的，聽他自然的好」[42]，甚至「國語統
一，在我國即使能夠做到，也未必一定是好」。著眼於新文學的
整體建設，胡適充分意識到了方言文學的珍貴與存在的合理性：
「蘇州的廣東的文學家，能夠做他們蘇廣的優美的文學，偏是不
做，使他們來強從劃一的國語，豈不是損失了一部分文學的精神
嗎？豈不是淹沒了一部分民族的精神嗎？如果任他們自由發展，
看似和國語有些妨礙，其實很有幫助的益處」[43]。這裡，胡適基
於方言文學獨具的神韻以及其中內含的「民族的精神」，質疑
「強從劃一」的手段，給予居於邊緣和異質性的文學資源充分的
褒獎和關注（這一點又和章太炎是一致的）。

對於國語統一與文學革新的步驟，胡適有自己詳盡的規劃：
「若要造國語，先須造國語的文學。有了國語的文學，自然有國
語」，「我們提倡新文學的人，盡可不必問今日中國有無標準國
語。我們盡可努力去做白話的文學……中國將來的新文學用的白
話，就是將來中國的標準國語」[44]。胡適所謂「國語的文學，文
學的國語」，既是前後相繼的步驟安排，也潛藏了手段達成目的

[41] 胡適：《國語運動與文學》，《胡適學術文集·語言文字研究》第310、311頁。

[42] 胡適：《提倡拼音字》，《胡適學術文集·語言文字研究》第333頁。

[43] 胡適：《國語運動與文學》，《胡適學術文集·語言文字研究》第311頁。

[44] 胡適：《建設的文學革命論》，《中國新文學大系·建設理論集》（影印本）第130頁。

的策略性規劃。方言作為一種零散資源，是豐富國語的「取材的資料」，它的被吸納與引鑒，最終服務於犧牲、抹煞差異性的民族共同語的建構。就在上面那篇盛讚方言代表了「一部分文學的精神」和「一部分民族的精神」，主張「任他們自由發展」的文章最後，胡適也不忘下這樣一個結論：「總之：我們能夠使文學充分的發達，不但可以增加國語運動的勢力，幫助國語底統一——大致統一……」，話說得很明白，方言推進文學的發達，最終服務於國語統一。正如張新穎先生所指出的：「雖然文言的因素、方言的因素都可以利用，但它們只能作為這種新的現代普遍語言的極為有限的零星資源而被吸納，整體性的取向是被排斥的。方言的多樣性、差異性，特別是它的土根性，正是需要克服和犧牲的東西。」[45]大勢所趨，求同背後的存異，只能漸遭遺忘。這樣的例子正能見出：在大轉型時代，一種先行的理論倡導與實際情形發展的悖異，以及一個學者的學理判斷在現代性大潮的催逼下，往往隨風消散。

而在章太炎那裡，博考方言土語以作現代語文的建設之用，不僅僅是一種理論主張，更是身體力行的實踐。章太炎在漢字發生學上找到了他研究的合法性，將聲音作為文字的始基，文字的沿革變換都離不開聲音古今相禪這個本根。「夫治小學者，在乎比次聲音，推跡故訓，以得語言之本；不在信好異文，廣征形體」[46]，又說：「文字原是言語的符號，……凡聲相近的，義也相近。……對於很複雜的文字，不求瞭解彼底根源，專從形體上去講求，既覺得紛煩而且無實用。這是小學的途徑」[47]。在聲音

---

[45] 張新穎：《行將失傳的方言和它的世界》，《上海文學》2003年第12期。

[46] 章太炎：《理惑論》，《國故論衡》第43頁。

[47] 章太炎：《說新文化與舊文化》，轉引自《章太炎學術年譜》第309頁。

中心主義的立場下，方言研究的重要價值在於：「中國文字自古文、小篆以至今隸，形體稍減省，而聲音訓詁，古今相禪」[48]，而「方國殊言，間存古訓」[49]。在《新方言》後序中，劉師培聲氣相應，進一步伸張了章太炎方言研究的意義所在：「語言遷變，罔可詰窮。惟僻壤遐陬之間，田夫野老宥於鄉音而語不失方」，「夫言以足志，音以審言，音明則言通，言通則志達。異日統一民言，以縣群眾，其將有取於斯」[50]。在申明了方言研究的意義後，章太炎開出了他文言合一的藥方：「果欲文言合一，當先博考方言，尋其語根，得其本字，然後編為典語，旁行通國」[51]。而《新方言》十一卷正是他推究根源、梳理流變的艱辛著述。

針對有人提出以北京語音統一全國的方案，章太炎斷然否棄：「今虜雖建宅宛平，宛平之語未可為萬方準則」，「夫政令不可以王者專制，言語獨可以首都專制耶？」[52]進而再次申明「博考方言」的重要性：「凡諸通都省會之間，舊語存者以千百數，其字或世儒所不識，而按之雅記，皆有自來」，這一對在既存官話基礎上綜合各地方方言來推究統一語音的堅持，對「首都專制」的抵抗，自然有他反滿的考慮，但多少讓人想起章太炎對不齊而齊的差異性立場的守護吧。

章太炎正是憑藉這樣一種往復回環的語源學考訂為「言文一

[48] 章太炎：《論漢字統一會》，《章太炎全集》（卷四）第319頁。

[49] 章太炎：《理惑論》，《國故論衡》第44頁。

[50] 劉師培：《〈新方言〉後序》，《章太炎全集》（卷七）第134頁。

[51] 章太炎：《博征海內方言告白》，轉引自《章太炎學術年譜》第121頁。

[52] 章太炎：《駁中國用萬國新語說》，《中國現代學術經典・章太炎卷》第608頁；《規〈新世紀〉》，轉引自羅志田：《國家與學術：清末民初關於「國學」的思想論爭》第184頁。

致」奠基。如此這般縝密的「推見本始」的理論主張並且身體力行的加以實踐，這番功夫不是胡適所具備的。

由周秦之前文言一致論，到聲音中心主義，到文言合一，章太炎同新文學倡導者的理論多有神和之處。不過有些問題卻也不容忽略。

比如對待白話文，章太炎總體態度是不以為然的。他批評「現在的白話文只是使人易解，能曲傳真相卻也未必」，並以玩笑口吻舉例：「假如李石曾、蔡子民、吳稚暉三先生會談，而令人筆錄，則李講官話，蔡講紹興話，吳講無錫話，便應大不相同，但記成白話卻又一樣。所以說白話能盡傳口語的真相，亦未必是確實的」[53]，「何若一返方言，本無言文歧異之徵，而又深契古義」[54]。章太炎的批評，直指白話文「我手寫我口」的允諾。究其實質，趨向國語統一雙方都無異議，只是在實現手段上，胡適等人倚靠白話，而章太炎始終落腳在博考方言上。

章太炎並不反對新文化諸人將白話文視為歷史發展過程中的一支潛流。然而後者用白話建構起一種文學史闡釋觀，目的在於為白話文張本提供合法性依據，與其說借鑒舊有，他們更注重的是自創新生，比如傅斯年承認「作文章雖然要創造。開頭卻不能不有憑藉，不能不求個倚賴的所在」，然而緊接著筆鋒一轉，「可惜我們歷史上的白話產品，太少又太壞，不夠我們做白話文的憑藉物」[55]。而章太炎的態度，從他經常舉證的所謂「白話文始祖」的例子中，當可見出他只將白話視為古已有之物，言下之

---

[53] 章太炎：《國學概論》第17頁。

[54] 章太炎：《論漢字統一會》，《章太炎全集》（卷四）第320頁。

[55] 傅斯年：《怎樣做白話文》，《中國新文學大系·建設理論集》（影印本）第219頁。

意是無甚新奇，反倒在譏諷胡適等人力舉白話大旗時的浩大聲勢實為少見多怪。博考方言與「國語的文學，文學的國語」，正體現了章、胡對塑造民族共同語以及文言合一的不同規劃方案。從後來的實際情形來看，有以魯迅為代表的創作業績為白話文打造基礎，胡適的設想得以實現。而章太炎雖有白話文行世，但他自己並不看重，甚至發表後隻字不提，更未有以淺顯白話道精透之說，以備讀者典範的主觀意圖。

邵力子不滿於章太炎《國學概論》中對白話文不能曲傳口語真相的批評，反駁：「太炎先生又疑白話文記述方言各異的口語，不應盡同，似乎他於近人『文學的國語』的主張未曾看過」[56]。自然，胡適理解「方言最能表現人的神理」[57]，主張用方言來豐富「國語的文學」；但是邵力子興許未能明白的是：在章、胡關懷方言生存相類的表象背後，章太炎「推跡故訓」、撢見本始的繁複實踐、「殊言別語，終合葆存」的襟懷志向，乃至「思古之念沛然以生，光復之勳薀蕴於此」的苦心孤詣。

2、「無庸排擊，惟其所適可矣」與「極端驅除，淘汰淨盡」

《國故論衡》中《文學總略》一篇，要在辨析文學義界：「文學者，以有文字著於竹帛，故謂之文。論其法式，謂之文學。凡文理、文字、文辭，皆稱文。」進而區分「文章」與「彣彰」的不同：「夫命其形質曰文，狀其華美曰彣，指其起止曰章，道其素絢曰彰，凡彣者必皆成文，凡成文者不皆彣，是故搉

---

[56] 邵力子：《志疑》，《國學概論》第73頁。

[57] 胡適：《海上花列傳序》，《胡適文集四·胡適文存三集》第408頁，北京大學出版社1998年11月。

論文學，以文字為準，不以彣彰為準。」[58]儘管在為《革命軍》作序時，出於鼓動民心、宣傳革命的目的，他提倡過「跳踉搏躍」的文風；但總體說來，在修辭問題上，章太炎注重語言的「質素」、樸拙，反對虛浮、誇張。並且本著「修辭立誠其首也」的原則，要求文章有真情實感，尤其在《國學概論》中品評歷代詩歌發展，每每以「真性情流出」為要則：「詩是發於性情。三國以前的詩，都從真性情流出，我們不能指出某句某字是佳，他們的好處，是無句不佳無字不佳的」，「陶詩脫口自然而出，並非揉作而成，雖有率爾之詞，我們總覺得可愛。如謝詩就有十分聱牙之處，我們總覺得他是揉作的」，「楊素武人不愛雕琢，亦不能雕琢，所以詩獨能過人」，「流於典故的堆疊，自然的氣度也漸漸遺失」[59]。這裡對「真性情」、「脫口自然」、「自然的氣度」的推崇，對「揉作」、「雕琢」、「典故的堆疊」的否棄，與胡適、陳獨秀等人在白話文運動草創時的立論多有重合之處。毛子水在為傅斯年大加讚賞的《國故和科學的精神》一文中，道出了個中來龍去脈：

> 從章太炎先生作《文學總略》……把一切著於竹帛的文字都叫做「文」，大家因此就可以知道「文」的用處就是達意思代語言。他這篇論略裡又提出「作文取法疏證」和「修辭立誠」的兩個意思，大家因此就可以覺得媚生諓死的濫作和憑空說理的妄言的討厭……胡君的《芻議》的意思，和章君的《總略》的意思，有沒有一點關係，……章君的《總略》實在有「培植灌溉」的功勞，一個人能夠知

---

[58] 章太炎：《文學總略》，《國故論衡》第49、50頁。
[59] 章太炎：《國學概論》第61、62、63、64頁。

道「文」的功用就是達意思代語言，又知道時間的可貴，
斷沒有絕對的去反對「國語的文學」的。一個人能夠明白
「修辭立誠」的意思，斷沒有不覺得從前中國的大部分的
文學是沒有文學的價值的。設使現在有一個人，他已經贊
成章君的《總略》，但是又反對胡君的《芻議》，這個人
就可以說得沒有真正的知道章君《總略》，亦就可以說得
沒有科學的精神。[60]

從毛子水的話中，可以清晰窺見章太炎思想與白話文運動主張之
間內在的承繼脈絡。

但值得注意的是，章太炎意識到文章寫作方法的變化多方，
並不強求齊量劃一。《檢論》中所附《正名雜義》，指陳「表象
主義」的危害：「文辭愈工者，病亦愈劇。是其分際，則在文言
質言而已。文辭雖以存質為本幹，然業曰『文』矣，其不能一從
質言，可知也。文益離質，則表象益多，而病亦愈篤。」[61]。這
樣似顯矛盾的認識恰恰是貼近文學本質的，在濫用修辭與一味反
修辭間維繫一種張力的平衡，或者如張新穎先生所言，章太炎自
己行文古奧，也許「出於一種嚴格至極的修辭要求」[62]。又比如
《文學總略》中，章太炎批駁阮元重申六朝「文」「筆」之辨乃
是為了獨尊駢偶辭采，雖然反對堆砌浮誇為太炎一貫堅持，但他
辯證的認識到應用性與文學性（「文之美麗者」）的職用有異，
以及文體選擇的自由：「文章之妙，不過應用，白話體可用也。

---

[60] 毛子水：《國故和科學的精神》，《新潮》第1卷第5號，1919年5月。

[61] 章太炎：《正名雜義》，《檢論》，《中國現代學術經典・章太炎卷》
第277頁。

[62] 張新穎：《中國現代意識的發生與原有文化資源的考掘與重造》，《20
世紀上半期中國文學的現代意識》第47頁，三聯書店2001年12月。

發之於言，筆之為文，更美麗之，則用韻語，如詩賦者，文之美麗者也。約言之，敘事簡單，利用散文，論事繁複，可用駢體，不必強，亦無庸排擊，惟其所適可矣。」[63]

如果做一粗糙的區分，將「文」分為應用文與文學性文章，那麼「五四」文學革新處理的一大問題，就是「文學」不加節制的發展，鋪排、誇張等修辭技巧衝擊了語言交流時簡捷明瞭的應用功效。新文學諸人對文體分類特別敏感，陳獨秀有「應用之文」與「文學之文」的區分，劉半農更是「取法於西文」，將「文字」與「文學」對立，以定文學之界說：「『何處當用文字、何處當用文學』與夫『必如何始可稱文字、如何始可稱文學』」，「文字為無精神之物。非無精神也。精神在其所記之事物。而不在文字之本身也。故作文字如記帳，只須應有盡有，將所記之事物，一一記完便了。不必矯揉造作、自為增損」，這番申論的目的即要求眾人「不濫用文學，以侵害文字」[64]。傅斯年討論「駢文」與「新文學」的差異，認為前者「實難能而非可貴，又不適用於社會」，而新文學「篇篇有明確之思想，句句有明確之意蘊，字字有明確之概念」[65]用三個「明確」來闡釋「新文學之偉大精神」，偏重更多的是應用性吧。說新文學諸君忽視文學倒也有失公允，如胡適、周作人都很看重文學實績；只是在應對「現在學校中的生徒，往往有讀書數年，能做『今夫』『且夫』，或『天下者天下之天下也』的濫調文章，而不能寫通暢之

---

[63] 轉引自《章太炎學術年譜》第329頁。

[64] 劉半農：《我之文學改良觀》，《中國新文學大系‧建設理論集》（影印本）第64、65頁。

[65] 傅斯年：《文學革新申議》，《中國新文學大系‧建設理論集》（影印本）第118頁。

家信，看普通之報紙雜誌文章」[66]的窘迫時，取一定程度的「文字本位主義」也勢所難免。所以當時許多人都將規範應用文視為當務之急，比如劉半農寫了《應用文之教授》，錢玄同寫了《論應用文之亟宜改良》。

文言／白話，駢文／散文，這些文體選擇上的寬鬆，在白話文運動初期還是得到倡導者支援的。劉半農說文言和白話「各有所長，各有不相及處，未能偏廢」，而韻文中凡「不以不自然之駢儷見長，而仍能從性靈中發揮……仍不得不以其聲調氣息之優美，而視為美文中應行保存之文體之一」[67]；傅斯年說：「文言合一者，歸於同之謂也，同中有異寓焉……有其異，不害其為同，有其同，不應泯其異。然則合一後遣詞之方，亦應隨其文體以制宜。論者似未可執一道而將合之也。」[68]。上述這些看法，都很接近章太炎。而錢玄同更是對老師的思想多有發揚，「普通應用之文，尤須老老實實講話，務期老嫗能解；如有妄用典故，以表象語代事實者，尤為惡劣」，「一文之中，有駢有散，悉由自然。凡作一文，欲其句句相對與欲其句句不相對者，皆妄也」[69]。對「表象語」的批判和「駢散之事，當一任其自然」的申張，其理論淵源都來自章太炎。然而話雖如此，身當那樣一個改弦更張的時代，偶一放任，難免存污，出於保護新興事物的策略性考慮，錢玄同還是在《嘗試集序》中以不容置疑的口吻呼

<hr />

[66] 劉半農：《應用文之教授》，《中國新文學大系・建設理論集》（影印本）第96頁。

[67] 轉引自《章太炎學術年譜》第67、68頁。

[68] 傅斯年：《文言合一草議》，《中國新文學大系・建設理論集》（影印本）第125頁。

[69] 錢玄同：《寄陳獨秀》，《中國新文學大系・建設理論集》（影印本）第50頁。

告：「現在我們認定白話是文學的正宗……對於那些腐臭的舊文學，應該極端驅除，淘汰淨盡，才能使新基礎穩固。」[70]「極端驅除」、「淘汰淨盡」，大有斬草除根之意，可見與章太炎觀點的斷裂之深。

上文中章太炎那段對於駢、散「無庸排擊，惟其所適可矣」的話，出自1922年的講學，也許正是他針對文學革新的矯枉過正而有感而發吧。緊接著「惟其所適可矣」，他又說：「然今日之新詩，連韻亦不用，未免太簡。既以為詩，當然貴美麗」，章太炎對白話新詩的偏見，曹聚仁在《討論白話詩》的信札中已有批駁；但章太炎關於當時新詩缺乏文學性的指陳，仍然有其可取之處。總體而言，以錢玄同為代表的新文學諸將，儘管一定程度上延續了章太炎對文體選擇自由權的保留，但為了維護白話作為文學正宗的地位，實質上並未給居於異質性的文學資源留下發展空間，後來實際情形的發展也證明了這一點。

3、「使無歧聲，布于一國」與「方國殊言，間存古訓，亦即隨之消亡」

1902年，章太炎到日本後，《文學說例》分三次刊於《新民叢報》，後來修訂《訄書》，將此文修改入《正名雜義》，作為《訂文》附錄。章太炎關於語言文字的許多見解在這篇文章中已見端倪，比如關於文與言的關係：

世言漢文難識，不若歐洲之簡易。若專以字母韻首為綱，上、下傳於平聲，加之點識，以示區別，所識不過百名。

---

[70] 錢玄同：《嘗試集序》，《中國新文學大系·建設理論集》（影印本）第109頁。

> 而切字既有定矣，雖咳笑嗀音之字，使無歧聲，布于一
> 國，若鄉邑相通，可也。[71]

1908年，與巴黎《新世紀》編撰者論戰，寫《駁中國用萬國新語說》，提出：

> 今各省語雖小異，其根柢固大同。若為便俗致用計者，習
> 效官音，應非難事。若為審定言音計者，今之聲韻，或正
> 或訛，南北皆有偏至。……南北相校，惟江漢處其中流，
> 江陵、武昌，韻紐皆正，然猶須旁採州國，以成夏聲。[72]

1910年，在《論文字的通借》一文中，又說：「今人若添寫許多別字，各處用各處的方音去寫，別省別府的人，就不能懂得了。後來全國的文字，必定彼此不同，這不是一個大障礙麼？」[73]。從上述言論中，中我們不難辨識出漢字注音、推廣普通話和統一國語的先聲。也就說在20世紀早期，民族共同語初建時，章太炎已然為國語統一奠定了堅實的學理依據。

章太炎的這些主張，主要通過以錢玄同為代表的他的一批弟子得以實踐。比如1913年在教育部召集的讀音統一會上，「有些人主張用國際音標，有些人主張用清末簡字，各執一偏，爭執甚烈。而會員中，章門弟子如胡以魯、周樹人、朱希祖、馬裕藻及壽裳等，聯合提議用先生之所規定，正大合理，遂得全會贊

---

[71] 章太炎：《正名雜義》，《中國現代學術經典・章太炎卷》第273頁。

[72] 章太炎：《駁中國用萬國新語說》，《中國現代學術經典・章太炎卷》第596、597頁。

[73] 章太炎：《論文字的通借》，轉引自《章太炎學術年譜》第152頁。

同。」[74]會議選定章太炎所擬「紐文」、「韻文」，略作改動，後來成為推行全國的注音字母。特別是錢玄同，任教育部國語統一籌備會常駐幹事，其製作、推廣國語、國音、注音符號、簡體字等舉措背後，皆可見出老師的影子，正如他的自述所言：「我得了這古今一體，言文一致之說，便絕不敢輕視現在的白話，從此便種下了後來提倡白話之根。」[75]

有趣的是，1932年，黃侃、錢玄同當著老師的面大吵一架，主要原因在於黃侃主張繼續深入研究古音韻，而錢玄同主張設計注音字母。復古與趨新，關懷方言古韻與倡導統一語，這學術路徑的悖離可以理解，然而兩人皆為章太炎高足，立論、方法同出一門。可見差異與同一，這看似難以調和的旨趣在章太炎身上竟然微妙共存。一個強大統一的民族國家是章太炎心嚮往之的，然而潛心於學術研究之際，他又特別注意語言文字同社會文化、民族心理的聯繫，重視語言「自然之則」的本體性，反對在優劣評判的基礎上實施突變與強行轉換、「貿然變革」：

> 文言合一，蓋時彥所嘩言也。此事固未可猝行，藉令行之不得其道，徒令文學日窳。方國殊言，間存古訓，亦即隨之消亡。以此閻閭烝黎，翩其反矣。余以為文字訓故，必當普教國人。九服異言，咸宜撢其本始，乃至出辭之法，正名之方，各得準繩，悉能解諭。當爾之時，諸方別語，庶將斠如畫一，安用豫設科條，強施檃括哉！[76]

---

[74] 許壽裳：《章炳麟》第67頁，重慶出版社1987年7月。

[75] 熊夢飛：《記錄玄同先生關於語文問題談話》，轉引自《章太炎學術年譜》第195頁。

[76] 章太炎：《正言論》，《國故論衡》第44頁。

　　類似的例子還有魯迅。《摩羅詩力說》中盛讚「義大利分崩矣，然實一統也，彼生但丁，彼有意語」[77]；《華德焚書異同論》中，不滿於當時有論者將希特勒焚書比之於秦始皇，「然而秦始皇實在冤枉得很」，希特勒焚書，「而可比於秦始皇的車同軌，書同文……之類的大事業，他們一點也做不到」[78]。從魯迅的褒貶以及稱秦始皇「書同文」為「大事業」來看，他非常清楚一種標準的、內部消滅差異的國家語言對現代民族國家建立的重要意義。然而在未完成的長篇論文《破惡聲論》中，原擬有駁斥「同文字、棄祖國、尚齊一」的主題[79]。

　　正如齊格蒙特・鮑曼所言：「共同體（community）是一個『溫馨』的地方，一個溫暖而又舒適的場所。它就像是一個家（roof），在它的下面，可以遮風避雨；它又像是一個壁爐，在嚴寒的日子裡，靠近它，可以暖和我們的手。」共同體允諾了安全感，但同時剝奪了差異性的自由——這是建立、進入共同體必須支付的代價。「從文化上統一的、同質的『國家民族』（state nation）的角度看，這些建立在國家統轄之下的地域基礎上的語言或風俗習慣上的差異，是還沒有完全消除的歷史陳跡」，「『地方的』和『部落的』意味著倒退；而啟蒙卻意味著進步……在實際中，它就意味著國家的同質性——而且在國家的邊境內，只存在一種語言、文化、歷史記憶和愛國情感」。[80]

---

[77] 魯迅：《摩羅詩力說》，《魯迅全集》（1）第66頁。

[78] 魯迅：《華德焚書異同論》，《魯迅全集》（5）第223頁。

[79] 關於魯迅「堅持語言差異性之不可替代的價值」，可參見郜元寶：《同一與差異》，《上海文學》2003年第10期。

[80] 參見齊格蒙特・鮑曼：《共同體》第3、111、112頁，「序曲」以及「從平等到多元文化主義」，歐陽景根譯，江蘇人民出版社2003年10月。

很顯然，章太炎「使無歧聲，布于一國」的實踐正是一種同質化的過程，它為民族國家的建立提供了意識形態動員與合法化基石。然而在「方國殊言，間存古訓，亦即隨之消亡」的慨歎中我們又分明感受到無可奈何的哀惋。也許正是在這種矛盾中，我們才能理解一個有著現代性訴求而又敏感於殊言別語中蘊藏神理的讀書人，其內心世界的複雜。

結語

章太炎用語言文字來「激動種性，增進愛國的熱腸」、「動人愛國的心思」，在上探語源、下明流變時念念不忘用共同語作民族建立之津樑，這似乎視學問為政治的輔翼；然而潛心學術時又每每執一於語言「自然之則」的主體性，再三強調學術獨立的重要性：「學問本來是求智慧，也不專為致用」，「求學不過開自己的智，施教不過開別人的智」[81]，「僕謂學者將以實事求是，有用與否，固不暇計」[82]。周作人評價章太炎：「我以為章太炎先生對於中國的貢獻，還是以文字音韻學的成績為最大，超過一切之上的。」[83]而魯迅卻要推倒章太炎「自己所手造的和別人所幫造的牆」，恢復其「革命家」的身份：「先生的業績，留在革命史上的，實在比在學術史上還要大」[84]兩位弟子對老師判然不同的評價，其中管窺出的東西很耐人尋味。

---

[81] 章太炎：《留學的目的和方法》，《章太炎的白話文》第4頁。

[82] 章太炎：《與王鶴鳴書》，《中國現代學術經典・章太炎卷》第622頁。

[83] 周作人：《周作人回憶錄》第205頁，湖南人民出版社1982年1月。

[84] 魯迅：《關於太炎先生二三事》，《魯迅全集》（6）第565頁。

　　然而或許也正是在學問與政治、求是與致用、「懷抱學術」與「思古之念沛然以生，光復之勳蘦滿於此」的寄託──這些微妙的分離與黏聯中，我們可以見出在一個「華夏雕瘁，國聞淪失，西來殊學，蕩滅舊貫」[85]的轉型時代，在一個被黑格爾稱作「非歷史的歷史」境遇中，在被動捲入現代化的進程中，一位非西方知識者的思想與實踐，倡言與矛盾，追求與困惑以及那「百折不回，孤行己意」的姿態所包蘊的涵義。

2005年2月

---

[85] 黃侃：《〈國故論衡〉贊》，《國故論衡》第4頁。

漢園裡的青春：
讀《斷章》和《畫夢錄》

　　1936年春，上海商務印書館推出《漢園集》，內收何其芳的《燕泥集》、李廣田的《行雲集》與卞之琳的《數行集》。作者均為北京大學學生，讀書之地在「漢花園」，故以《漢園集》名之，記錄著三位青年學子憂鬱而寂寥的心曲。

> 你站在橋上看風景，
> 看風景人在樓上看你。
>
> 明月裝飾了你的窗子，
> 你裝飾了別人的夢。[1]

關於這首《斷章》的創作情況，作者回憶道：「這首短詩是我生平最屬信手拈來的四行，卻頗受人稱道，好像成了我戰前詩的代表作。寫作時間是1935年10月，當時我在濟南。但是我常把一點詩的苗頭久置心深處，好像儲存庫，到時候往往由不得自己，迸發成詩，所以這絕不是寫眼前事物，很可能上半年在日本京都將近半年的客居中偶得的一閃念，也不是當時的觸景生情。」[2] 這

---

[1] 卞之琳：《斷章》，引文依據《卞之琳文集》（上卷），安徽教育出版社2002年10月。
[2] 卞之琳：《洗星海紀念附驥小識》，《卞之琳文集》（中卷）第208頁。

首詩最初收入1935年底出版的《魚目集》，不久李健吾在評《魚目集》的一文中，附帶提到：「還有比這再悲哀的，我們詩人對於人生的解釋？都是裝飾：明月裝飾了你的窗子，你裝飾了別人的夢。但是這裡的文字那樣單純，情感那樣凝練，詩面呈浮的是不在意，暗地卻埋著說不盡的悲哀……」[3] 對於這番評論，卞之琳表示了異議。

《斷章》兩節寫了兩組意象：當你站在橋上把周遭活動、景象當作風景欣賞的時候，樓上的人把你當作風景的一部分來欣賞；明月裝飾了你的窗戶，你的形象卻進入他人的夢中成為裝飾。這每節之內是相對關係；兩節之間是對稱結構，並列而不相互統攝。李健吾只取「裝飾」做文章，以偏概全，所以卞之琳強調「我的意思也是著重在『相對』上」[4]。這一表現宇宙間萬物息息相關，互為依存的「相對」主題，在卞之琳當時的創作活動中得到了集中展示，比如寫於同一年1月9日的《距離的組織》、2月4日的《舊元夜遲思》、6月19日的《尺八》、7月8日的《元寶盒》、10月26日的《航海》等等。

在「相對」的主題之下，《斷章》卻另有獨出機杼處。詩行簡短，卻運用類似「頂針」的修辭法，句子首尾相聯；同時「對舉互文」，表示行為的動詞不變，主、賓語卻發生置換。可以將詩歌展現的意象、情境簡化為：

> 人（看）你（看）風景，
> 明月（裝飾）你（裝飾）人。

---

[3] 李健吾：《魚目集》，《咀華集》第113頁，花城出版社1984年6月。
[4] 卞之琳：《關於〈魚目集〉》，《咀華集》第118頁。

「你」站在橋上看風景，「你」是主體，風景是被看的客體，同時在樓上人的注目下，「看風景人」成為主體，「你」成了作為客體的風景之一。第二節同然，「你」是畫中主體，明月作為裝飾物是服務於「你」的客體，然而「你」又進入「別人」的夢，做著夢的「別人」是主體，「你」是夢中裝飾，變成客體。這裡主語／賓語、主體／客體的互換，既構造出一種不斷破除定位視點、自由流動、迴旋更替的審美空間；又將即時輕巧的日常偶見與廣博豐厚的宇宙人生相對應，抒發萬物相對又互為關聯，主客之勢變易不居的哲理。

　　《斷章》言簡意豐，為讀者生發想像提供了無數可能性。可以品出言情意味，探究其中有意或者無心的複雜情緒。也能超出男女範疇，達到對更普遍的人生現象的觀察：美醜、善惡、哀樂……一切都並非絕對孤立的存在，何妨跳出一時得失以求內在自由。當然也能上升到哲學領域，從「其間提供了不斷換位、不斷遮破定位的宰制」，引申出「對主觀偏執情見、主觀利益宰制、圈定、歪曲、減縮現象界，包括了西方以『我』制『非我』的目的功用論、單面工具理性科學思維，作了批判」[5]。

　　以《斷章》為代表、最能體現卞之琳創作成就的那幾首詩作，往往避免直抒胸臆，而是通過客觀形象、意象以及繁複的組織來暗示、傳達現代人精微、隱秘的心緒。按照卞之琳自述，「沒有真情實感，我始終是不會寫詩的」[6]，然而「我寫詩，而且一直是寫的抒情詩，也總在不能自已的時候，卻總傾向於克

5　參見葉維廉：《卞之琳詩中的距離的組織》，收入《〈斷章〉取義》，江弱水編，安徽教育出版社1999年4月。
6　卞之琳：《〈雕蟲紀歷〉自序》，《卞之琳文集》（中卷）第446頁。下文中關於卞之琳的自述，除另外標明外，均引自這一自序，不再一一注出。

制，彷彿故意要做『冷血的動物』。規格本來不大，我偏又喜愛淘洗，喜愛提煉，期待結晶，期待昇華，結果當然只能出產一些小玩藝兒」。《斷章》中掩藏的複雜心跡，外人只道晦澀，偏偏作者又是一個「總怕出頭露面，安於在人群裡默默無聞，更怕公開我的私人感情」的年輕人。然而這份心底波瀾就真的可以掩飾得不見蹤跡？李健吾看出其中深寓著「說不盡的悲哀」，雖經作者本人否定，其實未必不是慧識，因為青春哀愁本就是結結實實的。

更何況，並不就僅僅只有個人的哀愁。「一方面憂思中有時候增強了悲觀的深度，一方面惆悵中有時候出現了開朗以至喜悅的苗頭」。有研究者討論卞之琳1935年詩作中出現的「鏡子」意象，「在卞之琳來說，鏡子的意象，無論用於有關愛情的詩或是其他的詩，都不是採取納蕤思『顧影自憐』，或即使『自我欣賞』的意義。反之，鏡子是用來走出自我，跟別人溝通的。」[7]卞之琳避免了鏡子這一意象容易設置的凝固而封閉的世界、自戀而孤獨的感受，恰恰相反，「在『山雨欲來風滿樓』的幾陣間歇裡」，寫這些「表現相對相親、相通相應的人際關係」[8]的詩。身處一個令人失望的時代，「關山難越，誰悲失路之人；萍水相逢，盡是他鄉之客」，「當一個年輕人在荒街上沉思」，想到風雨如晦的現實吧，想到落寞惆悵的青春吧，可是當這個自稱「小處敏感，大處茫然，面對歷史事件、時代風雲，我總不知要表達或如何表達自己的悲喜反應」的年輕人，漸漸地吟哦出

7　參見張曼儀：《「當一個年輕人在荒街上沉思」：試論卞之琳早期新詩（1930-1937）》，收入《卞之琳與詩藝術》，袁可嘉、杜運燮、巫甯坤主編，河北教育出版社1990年7月。

8　卞之琳：《冼星海紀念附驥小識》，《卞之琳文集》（中卷）第208頁。

「你站在橋上看風景，看風景人在樓上看你。明月裝飾了你的窗子，你裝飾了別人的夢」，這個時候，他多少會有豁然開朗的感覺吧。

卞之琳後來在回憶同為「漢園三詩人」之一的何其芳時，有這樣一段話：「在『紅樓』前面當時叫漢花園的那段馬路南邊，常有一個戴著深度近視眼鏡，一邊走一邊抬頭看雲，旁若無人的白臉矮個兒同學，後來認識，原來這就是何其芳。」[9]「抬頭看雲，旁若無人」，寥寥幾個字形神兼備地勾勒出青年何其芳的氣質。

而《畫夢錄》中的人物，大多就是這樣一個「旁若無人」的獨語者形象。典型的比如第一篇《墓》中的雪麟：「草蟲的鳴聲，野蜂的翅聲都已無聞，原野被寂寥籠罩著，夕陽如一支殘忍的筆在溪邊描出雪麟的影子，孤獨的，瘦長的。他獨語著，微笑著。他憔悴了。」[10]作者醉心於這一獨語姿態以排遣寂寞：「我的生活一直像一個遠離陸地的孤島，與人隔絕。而且這就是使我偶然寫起散文來的因子。」[11]《畫夢錄》所建造的一個個獨語的世界，與何其芳的個人性格、生活環境以及成長危機有著緊密關聯。「對於人生我實在是充滿了熱情，充滿了渴望」，但是「我當時的最不可饒恕的過錯在於我抑制著我的熱情，不積極地肯定地用它去從事工作，去愛人類；在於我只是感到寂寞，感到苦悶，不能很快地想到我那種寂寞和苦悶就是由於我脫離了人群；

9　卞之琳：《何其芳與〈漢園集〉》，《何其芳研究專集》第33頁，四川文藝出版社1986年3月。

10　何其芳：《墓》，《畫夢錄》第10頁，上海書店據文化生活出版社1937年版本影印，1990年9月。

11　何其芳：《我和散文──〈還鄉雜記〉代序》，《何其芳研究專集》第234頁。以下所引用的何其芳的自述，除另外注明，均出自這一序言，不再一一注出。

在於我頑固地保持孤獨，不能趕掉長久的寂寞的生活留給我的沉重的陰影」[12]。這個被寂寞的痛楚反覆咬齧的青年人，壓抑著體內熱情，儘管「不能很快地想到」陰影的根源，卻有著向內心深處掘進的自省，他分明「很早很早便感到自己是一個拘謹的頹廢者。或者說一個書齋裡的悲觀論者。因為這種悲觀的來源不在於經歷了長長的波瀾起伏的人生（當你在那裡面沉浮並掙扎時是沒有閒暇來唱厭倦之歌的），而在於孤獨」。《畫夢錄》就是這種孤獨的審美體驗的外化，「不過是一個寂寞的孩子為他自己製造的一些玩具」，它不能緩解成長的危機，反而讓作者更加沉醉於自己製造的「美麗的、安靜的、充滿著寂寞」[13]的小天地中，用寂寞安慰著寂寞。有意思的是，上文中討論《斷章》時提到了卞之琳詩作中「用來走出自我，跟別人溝通的」鏡子的意象，而在《畫夢錄》的開篇序言中，對月夜、微風、睡蓮、簷影、流螢的金翅、板橋上的白霜等有著特殊敏感的青年何其芳，卻唯獨將「鏡子」懸置了——「設若少女妝台間沒有鏡子，成天凝望懸在壁上的宮扇，扇上的樓閣如水中倒影，染著剩粉殘淚如煙雲……」（《扇上的煙雲》）。卞之琳抒發著萬物關聯、互為依存的哲理，何其芳卻感慨著人心無法相通的「隔」：「黑色的門緊閉著：一個永遠期待的靈魂死在門內，一個永遠找尋的靈魂死在門外。每一個靈魂是一個世界，沒有窗戶。」（《獨語》）外部世界多少總會來打擾這個羞怯的青年，但是即便他也心知「當我們只想念自己時，世界遂狹小了」（《夢後》），即便心底潛藏了交流的「熱情」，然而卻被「抑制著」，越不過「孤獨的牆壁」。

---

[12] 何其芳：《給艾青先生的一封信》，《何其芳研究專集》第172頁。

[13] 何其芳：《一個平常的故事》，《何其芳研究專集》第140、143頁。

　　不過，一個怯於同外部世界溝通的人，內心圖景卻並不蒼白。那些迷離的幻夢中，有不被人理解的苦悶：「去家千年今始歸」的丁令威被故鄉少年引弓威嚇（《丁令威》）；有對命運惘然的悲歎：「甚麼是命運呢：在老人或者盲人的手指間顫動著的弦」（《弦》）；有綺麗春夢：「在花香與綠陰織成的春夜裡，誰曾在夢裡摘取過紅熟的葡萄似的第一次蜜吻？」（《墓》）；有思婦悲秋：「她的懷念呢，如迷途的鳥漂流在這歡息的夜之海裡」（《秋海棠》）；當然也有愁雲慘霧：「冥坐室內，想四壁以外都是荒漠……使我老的倒是這北方歲月，偶有所思，遂愈覺遲暮了」（《夢後》），這多少有些「強說愁」的味道（「當你在那裡面沉浮並掙扎時是沒有閒暇來唱厭倦之歌的」）。儘管《伐木》寫工人的辛苦，《哀歌》寫傳統籠罩下少女禁錮閨閣的苦悶，都來自現實，作者也自謂「現實的荊棘從來就不斷地刺傷著我」，但這些都是「比較輕微的刺傷」，更何況，這只「受了傷的獸」，一旦在外界遇到抵觸，雖然「憤怒」，又只能「哭泣」[14]，一陣驚悸後，又趕緊蜷縮起身子，退回那自己製造的「美麗的、安靜的、充滿著寂寞」的洞穴中。同青年何其芳的氣質——敏於纖細豐富的內心生活而拙於外部世界的接觸——相適應，他掌握了一種呈現感受的特殊手法，往往通過組織精微的比喻、意象來傳遞心靈悸動的瞬間，比如「一縷寒冷如纖細的褐色的小蛇從她指尖直爬入心的深處，徐徐的紆旋的蜷伏成一環，尖瘦的尾如因得到溫暖的休憩所而翹顫」（《秋海棠》）。

---

[14]　何其芳：《一個平常的故事》，《何其芳研究專集》第145。

從1933年到1935年，《畫夢錄》的創作「有著兩年多的時間
上的距離」，1937年的一篇自序中，何其芳如下描述他開始散文
創作時的自覺與信心：

> 在中國新文學的部門中，散文的生長不能說很荒蕪，很屏
> 弱，但除去那些說理的，諷刺的，或者說偏重智慧的之
> 外，抒情的多半流入身邊雜事的敘述和感傷的個人遭遇的
> 告白。我願意以微薄的努力來證明每篇散文應該是一種
> 獨立的創作，不是一段未完篇的小說，也不是一首短詩
> 的放大。

這番對於創作心理動因的事後「追認」，與《畫夢錄》的創作
實踐，二者是否能夠相互支撐、驗證，很值得注意。在同一篇
文章中，何其芳承認像《墓》這樣的篇章，「我寫的時候就不
曾想到散文這個名字。又比如《獨語》和《夢後》，雖說沒有
分行排列，顯然是我的詩歌寫作的繼續，因為它們過於緊湊而
又缺乏散文中應有的聯絡」，然而他緊接著就把這些未入「純
熟之境」的篇目排斥到「我有意寫散文的起點」之前（不過在
一些研究者看來，《墓》、《獨語》等恰是《畫夢錄》中「最
好的幾篇」[15]）。申明散文「在中國新文學的部門中」的重要
意義和作家創作時的嚴肅態度，這些都是應該的；然而高舉著
「獨立」的標準來劃定文類間不相往來的疆界，其實並不明
智。何其芳所厭棄的「荒蕪」，如果理解為缺少「有意」的、
嚴密規整的夾雜生長，倒很可能恰恰生機勃發，尤其對於散文這

---

[15] 參見司馬長風：《何其芳確立美文格調》，《何其芳研究專集》第581頁。

一天性自由、開放的文體而言。即以《畫夢錄》來說，遠古的
遐想、往事的追憶、鬱結的鄉愁……無論是取材還是表現手法
都搖曳多姿。《貨郎》是一幅離亂時代中人生橫截面的速寫，
《爐邊夜話》、《弦》、《樓》等在編織一個個故事，其中《魔
術草》略顯神妙而迷幻，《丁令威》、《淳于棼》和《白蓮教
某》近乎「故事新編」，而《墓》、《黃昏》多少帶著一點蒙
太奇的手法。《畫夢錄》表面上紛披雜陳的敘述形態，恰恰契
合著一個纖弱敏感的年輕人斑斕的內心世界和「嘈嘈切切錯雜
彈」般的自言自語。也許並非為散文劃定疆界的自覺的文體意
識幫助了何其芳，相反，正是涉世未深的年輕人的自由天性
（在青年何其芳那裡，主要體現為內心世界的敏感豐富與天馬
行空、瑰麗曼妙的奇思幻想）和未經規訓的生命原初形態，與
散文這一文體固有的開放性相暗合，成就了《畫夢錄》不可替
代的地位。

　　到寫《還鄉雜記》的時候，何其芳驚訝於「我的情感粗起來
了」，「最近一年，我從流散著污穢與腐臭的都市走到鄉下，
曠野和清潔的空氣和鞭子一樣打在我身上的事實使我長得強壯
起來，我再也不憂鬱地偏起頸子望著天空或者牆壁做夢」，對
於先前那些「微妙的也就是纖弱的情感、思想和感覺」，多
少生出「悔其少作」的意思，這個「雖有舊夢，不願重溫」的
青年人，真的可以把當年困頓在「孤獨的牆壁」中而編織的幻
夢，完全從內心的角落中一一剔除麼？個人的獨語終究被戰爭
的炮聲所淹沒，但那感傷的告白總是生命的一份底色吧；「輕
微的刺傷」比不上真正創痛的酷烈，但其中多少浸潤著青春的
淚水。「設若少女妝台間沒有鏡子，成天凝望懸在壁上的宮
扇」，這就是一個「不讀理論書而僅僅依靠自己從生活所得到

的一點點感受和經驗」[16]的懵懂少年，向浩茫人世投去的最初的一瞥。

2006年5月

---

[16] 何其芳：《給艾青先生的一封信》，《何其芳研究專集》第168頁。

一言何以成新說

——關於文學史理論「共名與無名」的學習札記

一、對「共名」與「無名」理論的提出與基本面貌的描述

　　「共名」與「無名」是一對專指文化形態的相對立的概念。按照提出者陳思和老師的闡釋[1]，所謂共名，是指時代本身含有重大而統一的主題，知識份子思考問題和探索問題的材料都來自時代主題，個人的獨立性因而被掩蓋起來。20世紀文學史的發展過程中，共名的文化狀態占絕大部分，它們多半是知識份子在實踐社會理想過程中創造或者自覺參與創造的。這種創造形式隨著各個歷史階段知識份子對時代的不同職能而改變：有時是知識份子對時代主題的抽象提煉和概括，如「五四」時期提出「民主」與「科學」和「反封建」、「個性解放」等命題；有時是客觀歷史環境規定了時代主題，然後由知識份子提出來，如抗戰時期的「民族救亡」；也有些是國家制定的文藝政策讓知識份子回應和執行，如1960年代的「階級鬥爭理論」等。文學史的經驗證明，共名文化狀態對文學創作的影響是複雜的。共名不但概括了時代

---

[1]　以下對共名與無名的概念說明與理論闡釋，參見陳思和：《共名與無名》，收《陳思和自選集》，廣西師範大學出版社，1997年9月；《研究90年代文學的幾個概念的說明》，收《談虎談兔》，廣西師範大學出版社，2001年6月。

主潮，而且可能成為作家表達自己社會見解的主要參照。不管藝術能力高低，只要通過對時代關鍵字的闡述，都有可能創作出被時代認可的流行作品。但共名制約作家的創作時，只能以抽象的觀念為先導，如過多地接受共名制約，充當時代精神的「打工者」，創作難免發生概念化的弊病。我記得胡風在共名時代中就敏感到共名對創作的「吞沒」：「文藝家和這偉大的事件相碰，他底精神立刻興奮起來，燃燒起來，感到時代要求一下子把他吞沒了進去，使他達到了一種無我狀態的安慰，覺得個人的主觀精神性格再也沒有什麼特殊的意義。於是，飛來了種種的政治號召，他立刻被這些號召本身吸住了，覺得每一個號召本身都是抗戰內容的全部，變成了它們的直接的傳佈者，沒有想到政治號召應該通過他底主觀的認識或主觀的融合而取得更深廣的內容，更豐富的生命。」[2]所以，在共名狀態下，「個人的主觀精神性格」與作家精神勞動的獨創性可能會被掩蓋，作家的個人性因素（個人的精神立場和審美把握）不能不與共名構成緊張的關係。一種情況是，作家把對時代某種精神現象的思考熔鑄到個人獨特的經驗中去，或者說以作家對時代敏銳而強烈的個人感受，包容以致消化共名，即胡風所謂以主觀精神的發揚來參與、豐富時代主題。這一類作家需要特別頑強的個人性。還有一種情況是，作家拒絕認同時代共名，有意迴避時代主題，以強烈的個人因素擺脫時代共名的限制，在創作裡完全是表達個人性的生活經驗、審美情趣和精神立場。但這也是相當冒險的藝術追求，如果作家個人化的藝術感召力不足以抗衡共名，就可能被時代大音所淹沒，或者長期排斥在社會公眾可能接受的視野之外。

---

[2] 胡風：《文藝工作的發展及其努力方向》，《胡風全集》（3）第175頁，湖北人民出版社1999年1月。

　　與共名相對立存在的，是無名狀態。所謂無名，則是指當時代進入比較穩定、開放、多元的社會時期，人們的精神生活日益變得豐富，那種重大而統一的時代主題往往攏不住民族的精神走向，於是出現了價值多元、共生共存的狀態。在現代文學史上，無名文化狀態出現的時間非常短暫，如1930年代有「京派」文學、南京官方「民族主義」文學、上海左翼文學、海派都市文學、大眾消費文學，以及東北流亡文學等多種文學並立的格局，這些文學思潮之間雖然也互相衝突和激烈鬥爭，但始終不能使文壇統一成一種共同聲音。這種格局就有點接近「無名」文化狀態。

　　由於國家文藝政策的制約，以及作家們社會理想的相對統一，1990年代以前的中國當代文學創作基本上被各種時代共名的主題所貫穿，如社會主義革命、文革、批判文革、改革開放等等，1980年代的「傷痕文學」、「反思文學」、「改革文學」等基本上都是依仗著強大的時代共名而產生。但隨著1990年代初知識份子精英集團的瓦解與商品大潮的衝擊，曾經瀰漫在80年代改革開放共名周圍的二元對立思維模式逐漸發生改變，意識形態爭鬥逐漸淡化，整個社會文化空間日益開放，文化的共名狀態開始渙散，為那種更偏重個人性的多元化的無名狀態所取代。1990年代文學出現無主潮、無共名的現象，幾種文學走向同時並存，表達出多元的價值取向。如宣傳主旋律的文藝作品以政府部門的經濟資助和國家評獎鼓勵來確認其價值；隨著大眾文化市場形成，群眾性多層次的審美趣味分化了原先國家主流意識形態和知識份子各自所提倡的單一的藝術標準；純文學創作則以圈內行家認可和某類讀者群的歡迎為標誌……由於無名狀態擁有多種時代主題，構成相對多層次的複合文化結構，才有可能出現文學多元走向的自由局面；各種文學思潮和寫作現象逐鹿文壇，但誰也佔據

不了主導性地位。而作家的立場也發生變化，從共同社會理想轉
向個人敘事立場。

　　共名與無名理論，陳老師最早在1995年為上海文藝出版社出
版的《逼近世紀末小說選》（第二卷）所寫序言裡提出，文收
《犬耕集》；後來以「這兩種狀態下的文學創作現象為考察對
象，對百年來的中國文學發展規律作一些討論」，形成論文《共
名與無名：百年中國文學管窺》，刊於《上海文學》1996年第10
期，文收《寫在子夜》、《陳思和自選集》等；此後在《試論90
年代文學的無名特徵及其當代性》、《簡論抗戰為文學史分界的
兩個問題》等文章中又有所發揮、深入。上述理論的提出過程引
發我興趣的是，對1990年代文學的解讀成為了20世紀中國文學史
研究的「觸媒」。

　　這些年來，1990年代文學日漸淪為尷尬、可有可無的文學史
「餘數」。以前它曾被作為「一個偉大文學時代」（80年代）的
風光不再的「陪襯」；近段時期，曾被指責為非文學的十七年文
學甚至文革文學都引發越來越多人從文化政治、社會實踐等角度
去探究的興趣，而90年代文學則被認為退縮、保守……可能在慣
常的文學史敘述觀念中，文學史應該是由偉大作家和偉大作品
（或者重大事件）組成的、不斷推陳出新的大鏈條，而1990年代
當然沒有貢獻魯迅、茅盾、沈從文等級別的大師，沒有引起「轟
動效應」的巨著，100年後甚至50年後的文學史著述中，它可能
成為一筆帶過甚或忽略不提的空白──這並非危言聳聽，「中國
文學史」不是經常這樣處理古代某一歷史時期嗎？那麼，一個文
學的平庸時代是否具有被文學史書寫的意義？[3]中國傳統書畫論

---

[3] 我們可能都記得史學家黃仁宇那部影響深遠的《萬曆十五年》，有意思
的是此書英文名叫「*1587: A Year of No Significance*」，直譯就是「一個沒有

關注「無畫處也有畫」，未曾著色的飛白處可能正隱藏著莽莽蒼蒼的水色雲天。關鍵是看研究者如何理解和闡釋，說到底，文學史研究離不開文學史理論觀念的突破，每一次文學史的寫作，可能都需要重新建立若干價值標準。陳老師堅持編選多卷本的《逼近世紀末小說選》並在此過程中提出「無名」理論，正是在時代本質之類的神話漸次被打破、連已往研究者津津樂道的思潮、流派、風格等術語也似落花流水不攻自破的境遇中探究、保存文學提供的多種可能性，「不嗤之以鼻地對待90年代文學，哪怕面對的都是相當混亂和曖昧的文本，也能夠從具體的文本裡提升出傾向性的精神因素」[4]，文學的多種可能性不過是世界萬象的一個斷片，探索它們的存在，不僅僅是為推動文學史研究的進展，更是知識份子努力在當下精神世界裡有所發現的一種企圖。文學在1990年代並不輝煌，恰如「亂雲飛渡」，看似亂象駁雜，但「其實是一個過渡，是一個積累。這個積累將來就有可能孕育出能夠站在個人的立場上看社會，再把眼光重新回到社會，回到一個不再是按照某一國策或者某一意識形態，而是按照自己的立場上來表達的作家……90年代總的來說我認為走向還是對的」[5]。

重要意義的年頭」。

[4]　陳思和：《世紀之門談「無名」》，《山花》2001年第2期。與其他研究者相比，陳老師對1990年代文學評價不低：「很多人對90年代的文學看得比較低，但我不這麼認為。學術上我認為90年代是進入一個低谷，但是在文學創作上我不這麼認為。」「繼本世紀初現代小說打破了傳統程式以後，世紀末小說所具有的『各式各樣』特點同樣也打破了現代小說自身的程式化，使小說的生命力在文學與社會之間的無數次魔方式的演變中經受住了考驗。」參見陳思和、邵寧寧：《知識份子的崗位意識與人文情懷——陳思和先生訪談錄》，《甘肅社會科學》2007年第2期；陳思和：《跨越世紀之門——〈逼近世紀末小說選（卷一）〉序》，《不可一世論文學》第166頁，人民文學出版社2003年12月。

[5]　陳思和、邵寧寧：《知識份子的崗位意識與人文情懷——陳思和先生訪

二、無名狀態中的知識份子立場

從自身的疑惑開始說起吧。當知識、思想、文學乃至信仰遭遇到一個共名的合理化、系統化的總結失效之後，在一個碎片四散的世界中，知識份子是否已無所作為？

根據陳老師的研究，「從大陸的文學史發展來看，只有30年代前半葉有過繁複多元的文學無名狀態；而在90年代的前半葉，又似乎出現了類似的狀態」。不妨就這兩個時期稍作討論。在1930年代，國民黨當局曾試圖用「三民主義」來統一文藝作品，即將其所解釋的「三民主義」來打造成壓倒一切的共名。當時梁實秋寫了《論思想統一》：「我們要思想自由，發表思想的自由，我們要法律給我們以自由的保障。我們並沒有什麼主義傳授給民眾，也沒有什麼計畫要打破現狀，只是見著問題就要思索，思索就要用自己的腦子，思索出一點道理來就要說出來，寫出來，我們願意人人都有思想的自由，所以不能不主張自由的教育。」[6]梁實秋顯然是體會到了無名狀態的特質，「沒有什麼主義傳授給民眾」，換句話說，就是不相信還有任何「主義」可以轄制思想自由、整合出眾所認同的時代主題；也不願意接受主流文化所炮製、給予的對生活的解釋，而選擇在具體處境中對問題「用自己的腦子思索」並表達。按照陳老師的研究，在1930年代的無名狀態中，知識份子有如下幾種選擇：一部分自覺認同小範圍的社會理想和時代的局部主題，在多元化的格局中找到自身的崗位來履行社會使命，如巴金；一部分徹底摒棄外在於生命的文

談錄》，《甘肅社會科學》2007年第2期。

[6] 梁實秋：《論思想統一》，《新月》第2卷第5期，1929年7月10日。

化價值，甚至以生命來肉搏虛無的黑暗，如魯迅；有的走向民間
尋找新的價值和樸素新鮮的氣象，如沈從文、老舍；這三類知識
份子的價值立場都不模糊。還有一類在王綱解紐之後躲入自己的
園地，看似與時代隔絕，其實仍然在從事思想文化建設，如周作
人所謂「在僧房裡譯述幾章法句」[7]。梁實秋的取向似在上述第
一和第四之間，側身於胡適派學人群以《新月》等刊物為陣地表
達自由主義的理想，但同時予人的印象又總是避居雅舍書齋經營
純美精緻的文字，在小天地裡流連忘返。但保持個人性並不意味
著可以隔絕時代環境，不常以金剛怒目示人也並不是放棄批判的
使命。1930年代的文學花開多枝，各種思想潮流風起雲湧，知識
份子的選擇與姿態也各有所據，「但其中有些屬於知識份子內在
的共同性並沒有消失」[8]。

　　再回到1990年代的語境中。「90年代的文化思潮產生於兩個
來源，80年代末知識份子精英文化在不斷膨脹中暴露出自身不可
克服的缺陷和客觀上的政治風波導致了精英文化的大潰敗。這以
後是穩定壓倒一切的政治氣氛和市場經濟迅速發展引起的社會經
濟體制轉軌，知識份子在計劃經濟體制下所居社會中心的傳統地
位隨之失落，向邊緣化滑行。」[9]在此背景下，作家們在創作裡
放棄了全知式的啟蒙立場和意識形態的執著態度，通過相對主義
來糾正80年代創作中精英主義的偏執。但這並不意味著對自身崗
位責任的自覺放棄，也不必誇大知識份子人文精神被現實力量摧
毀後產生的妥協情緒。

---

[7]　參見陳思和：《共名與無名》，收《陳思和自選集》第148~152頁。
[8]　陳思和：《「無名」狀態下的90年代小說──答〈小說界〉編輯問》，
　　《豕突集》第285頁，漢語大詞典出版社1998年12月。
[9]　陳思和：《變化中的敘述與不變的立場──〈逼近世紀末小說選（卷
　　二）〉序》，《不可一世論文學》第171頁。

　　以1990年代兩股主要的創作力量為例，走向民間的作家們不
待多言，他們融個體生命入廣袤野地，以此抗衡歷史的惰性與現
實的壓力；而置身於社會邊緣的新生代作家則很難得到負責的理
解。記得陳老師曾用「低姿態飛翔」一語來把握韓東與朱文小
說在敘事上最顯著的特點。這與1980年代現代派小說強調人的精
神活動、甚至脫離生活處境抽象地描寫精神世界，是不一樣的；
但與1990年代新寫實小說完全排斥人的精神活動，將精神消融於
日常生活也有所不同。新生代作家魯羊認為小說的價值是「行走
在現實泥土之中的人內心的一種飛翔的願望」[10]，這恰好揭示出
「低姿態飛翔」的兩個向度。在我看來，所謂的「低姿態」，首
先是指回到現實生活的直接存在，和生活本相糾纏在一起。當代
生活以急劇變化甚至誇張的姿態奔騰向前，沒有人能夠抓住它的
本質，新生代只有選擇飄流在表象，而所謂的「本質」——例如
社會的本質、時代發展的規律，甚至指向未來的希望等——統統
不可靠。這本就是無名狀態中最真實的感受。另一方面，雖然
「行走在現實泥土之中」，但並沒有泯滅內心「飛翔的願望」；
雖然是與生活本相糾纏在一起的「低姿態」，但「飛翔」終究意
味著一種精神活動，而沒有放棄對人性以及生存意義的探究，當
然這種探究並非凌空高蹈的想像，而是深植於個體生命的血肉真
實之中。他們對主流價值和世俗社會的拒絕，也不妨理解為某種
自我精神拯救的企圖，以世紀末式的自我放縱來表達知識份子失
落了話語中心地位以後的自負和孤傲。在個人與社會之間的緊張
關係中描繪出一代人渴望自我確立的艱難境況，這是韓東與朱文
小說的重要主題。優秀的文學創作往往強調個人性，但這未必是

---

[10] 魯羊：《天機不可洩露》，《鍾山》1993年第4期。

指脫離社會與時代，尤其在無名狀態中，更應該嘗試通過個人化的精神勞動來包容、表達巨大的社會資訊和時代資訊。我覺得，所謂「個人」，所謂「私人」，都與生命的具體性緊密關聯，不是一個形而上的抽象個人，而是一個生氣淋漓糾結著生存慾望和困惑、無法將他從所置身的周圍事物的複雜關係中抽離出來，因而才試圖通過獨異的精神感受和審美方式來為自我的生存尋找可能性的現實個體。這就如尼采說思想者並不是「純粹的求知者」，而必須「切身地對待他的問題，在其中看到他的命運、他的需要以及他的最高幸福」[11]。在這個時代裡，無論再怎麼自居「邊緣」，再怎麼沉湎於「私人生活」，只要作家「切身地對待他的問題」，認真地感受世界，那麼他的文字中總會折射出時代、環境的力量，以及與這力量相碰撞、發自心靈深處的慾望與感受。這些「碎片」中的心靈資訊，暗藏著向現實社會提供的、屬於自己的那一份思想表達，因而也就履行了自己對於時代所承擔的那一份職責。

對於以韓東、朱文為代表的新生代，陳老師鍾愛有加，《逼近世紀末小說選》中多次選入，各卷序言中也不惜篇幅地加以解讀，這與一般的評論意見是拉開距離的，「我之所以不強調小說裡的放浪形骸因素，也不是不看到，只是覺得這些因素對這些作家來說並非是主要的精神特徵。『無名』的特點在於知識份子對某種歷史趨向失去了認同的興趣，他們自覺拒絕主流文化，使寫作成為一種個人性的行為。但個人生活在社會轉型過程裡仍然具有自己的精神立場」[12]。在「放浪形骸」中提取出含藏其

---

[11] 尼采：《快樂的知識》，轉引自周國平：《尼采》第46、47頁，上海人民出版社1986年7月。

[12] 陳思和：《「無名」狀態下的90年代小說——答〈小說界〉編輯問》，

間的銳氣，這多少得冒一點火中取栗的風險，「我願意把這些作品中一些隱約可見的創意性因素發揚出來，願意看到這一代作家潛藏在自己內心深處的真正激情被進一步發現，而不願意看到一些似是而非的理論去助長新生代創作中的平庸傾向」[13]；「說得坦率些，在多元的世紀末的文學語境裡，我更企望看到的正是那些從個人性敘事立場中提升的知識份子的現實戰鬥精神」[14]。陳世驤先生曾這樣描述優秀的文學批評者：「他真是同感的走入作者的境界以內，深愛著作者的主題和用意，如共同追求一個理想的伴侶，為他計畫如何是更好的途程，如何更豐足完美的達到目的。……他在這裡不是在評論某一個人的作品，而是客觀論列一般的現象，但是話儘管說的犀利俏皮，卻絕沒有置身事外的風涼意，而處處是在關心的負責。」[15]摒去那些非主要的精神特徵和「平庸傾向」，而「共同追求一個理想的伴侶」，這是真正「關心的負責」，「為他計畫如何是更好的途程，如何更豐足完美的達到目的」……

文學敘事中體現出強烈的個人化傾向，並不意味著文學就此已完全放棄了對時代與社會的承擔。同樣，知識份子置身時代的無名狀態也並不意味著放棄精神探索而遁入無所不可的虛無之地，不過是原先來自思想鉗制的單方面壓力轉化成市場等多方面的壓力，分散和減輕了壓力凝聚點所產生的沉重，但也可以說是

《叉突集》第285、286頁。

[13] 陳思和：《碎片中的世界與碎片中的歷史——〈逼近世紀末小說選（卷三）〉序》，《不可一世論文學》第195頁。

[14] 陳思和：《「何謂好小說」的幾個標準——〈逼近世紀末小說選（卷五）〉序》，《不可一世論文學》第252頁。

[15] 陳世驤：《〈夏濟安選集〉序》，《陳世驤文存》第194、195，遼寧教育出版社1998年12月。

陷入了精神依據和物質保障的雙重困境。知識份子只有切身感受
到困境中的壓力，才能警惕時代共名賦予的假象或對後現代理論
的膚淺操作所製造的自由神話，才能產生出真正屬於自己的獨立
思考和精神探索。甚至毋寧說，只有當一方面文化困境催壓著知
識份子，另一方面「把肉麻當瀟灑，視怯懦為幽默」等自欺欺人
的行徑大行其道之時，才真正淬煉出真實而緊張的思考與探索。
知識份子在90年代無名狀態中的境遇大致如此：從精英主義的自
我迷戀中走出來，不再依循共名來認識世界，轉而以個體的生命
直面人生，用獨特的心去感悟民間天地的磅礴元氣，他勇於身受
無涯曠野中的壓力和驚恐，勇於在種種隨波逐流和消極虛無主義
之間「自別異」，最終「選擇出自己」，由此成就屬於自己的獨
立思考和精神探索。這是否可視作知識份子在無名狀態中的「辯
證法」：敢於越出「自我同一性」的樊籠，在與「他者」的劈面
遭遇中最大程度地「失掉自我」，以便最大程度地收穫更為豐
富的自我規定的勇氣和信念。其實在提出無名狀態的那一序言
中，陳老師開篇討論的首要問題即「知識份子批判精神的再凝
聚」。我想這是有苦心的，如果滄海橫流中不堅守上述「不變的
立場」，那麼無名狀態未必就自然允諾出百花齊放、自由獨立的
人文環境。不再依照共名發表看法，失去了統一認同的參照，這
其實給知識份子的發言帶來更大困難，個人所要承擔的責任有時
也超出負荷。魯迅在無名狀態中身歷過「橫站」的孤獨和肉搏虛
無的驚心動魄，所以他別有會心地洞察到：獨一無二的共名雖然
消散了，人們的認識趨於紛繁，但這未必就能順理成章地引導出
「多元化」。魯迅將人們諷刺第二次鴉片戰爭中清軍敗將葉名
琛的名聯「不戰，不和，不守，不死，不降，不走」修改為「似
戰，似和，似守，似死，似降，似走」，因為前者「無主意，不

盲從，不附勢，或者別有獨特的見解」而使自己陷入危險的境遇不符合中國行為主體的選擇策略，後者的「『騎牆』，或是巧妙的『隨風倒』」在中國「最得法」[16]。「有宜於專吃的時代，則指歸應定於一尊，有宜合吃的時代，則諸教亦本非異致，不過一碟是全鴨，一碟是雜拌兒而已。」[17]「雜拌兒」最能活畫出無名時代中隨波逐流的「弄潮兒」們的嘴臉，「沒有一定的理論，或主張的變化並無線索可尋，而隨時拿了各種各派的理論來作武器」[18]。時代共名消散了，但釋下重負的片刻輕鬆不過是包裹在無名狀態外面的表象，無所依據的赤身摸索、各自為戰並不就意味著可以放下內心操守而玩起種種無可無不可、「借名」、「盜名」以謀私的遊戲。「我們既不能說，既然是『無名』狀態就不再需要魯迅式的知識份子的社會批評和文化批評，也不能說，既然人性應該自由發展就不需要對人性本身負有監督和批評的責任」[19]。在無名狀態中堅持知識份子立場，具體來說就是，既維護來之不易的、在主流話語之外表達個人聲音的自由；也別舉著自由的招牌作踐自由，不應放棄良知和批判。就前者而言，即深刻認識到除去個人立場之外，任何凌駕於個人之上的社會責任感都是空洞的；就後者而言，就要求知識份子在中心消散的荒原跋涉時，將中國士人「慎獨」的自省傳統與「五四」新文化的戰鬥精神結合起來，以形成自我監督的良知（「不盲從，不附勢」、不「騎牆」）和踐履社會責任的崗位。具體對作家和批評家而

---

[16] 魯迅：《我來說「持中」的真相》，《魯迅全集》（7）第58頁，人民文學出版社2005年11月。

[17] 魯迅：《吃教》，《魯迅全集》（5）第329頁。

[18] 魯迅：《上海文藝之一瞥》，《魯迅全集》（4）第304頁。

[19] 陳思和：《「無名」狀態下的90年代小說——答〈小說界〉編輯問》，《犬突集》第282頁。

言，就是「不能為了維護這樣的多聲部創作局面就抹殺了藝術的標準和良知的作用」[20]。當然，這裡的「良知」已不同於思想觀念的簡單演繹或權力系統廉價的預約訂購，而必得通過極其真誠、艱苦和個人化的藝術創造性勞動來展現。

三、整體觀方法論的支援與活力

　　共名與無名的理論概括，最先得自於對1990年代個人化敘事立場的考察，然後再結合文學史現象提出來，進而「對百年來的中國文學發展規律作一些討論」。很明顯這是陳老師「整體觀」方法論的研究成果，「從文學史的發展中尋找這些新的創作現象的存在依據和依據新的創作因素來重新解釋文學史構成中一種互動的關係」。陳老師曾多次議及受惠於李澤厚對不同代際中國知識份子的劃分與論述，「在大四準備寫畢業論文時，我一度就想用李澤厚劃分中國現代知識份子的方法來研究中國新文學史，但終因沒有形成系統的方法而中止，直到1985年在『方法論』的推動下，才開始完成《中國新文學研究的整體觀》，從方法論的角度來描述新文學史」[21]。這是孕育整體觀的機緣之一。而整體觀研究的目的與旨要，仍然是試圖通過對20世紀文學史的研究來探討中國現代知識份子的道路和命運。具體到《共名與無名》一文，處理的正是知識份子在實踐社會理想過程中與時代精神的關係問題，以此為參照，來探究知識份子在當下的社會定位、價值

---

[20] 陳思和：《面對逼近世紀末的中國文學——答〈讀書人報〉記者問》，《豕突集》第276頁。

[21] 陳思和：《中國新文學整體觀·緒論》，《中國新文學整體觀》第13、14頁，上海文藝出版社2001年1月。

取向和工作崗位。2001年，該文收入《整體觀》一書的修訂版，
自然順理成章。

隨著後結構主義思潮的發展，文學、文化的「歷史規律」被
視作站不住腳，文學史和文化史的整體性往往被當成一種不可
能、不受歡迎的研究對象。北美學界自1980年代以來文學範式的
變遷強化了一種對整體性消失的共識，這一共識激勵以異質性和
片段化為標誌的研究，追求他者性和非連續性。在這樣的知識氛
圍中，整體觀方法論的活力與可能性如何體現？這自非筆者學力
所能置喙。不過，包括整體觀在內的文學史理論本就不追求放之
四海而皆準的規律，陳老師早就指出過：「在文學史理論領域
裡，任何帶有統一『結論』性質的企圖都是徒勞的，它的目的應
當是建立多元的、豐富的文學史空間。」[22]這點已毋庸贅述。通
過對共名與無名理論的學習，我感覺到：拒絕「紀念碑式」的研
究（「『紀念碑式的』文學史提供了一種『天才和傑作的遊行表
演，它所提出的思想、寫作風格和創造性脫離社會現實，從而使
文學脫離語境」[23]）而不斷將理論語境化（從1990年代這一「非
紀念碑」的文學年代中發現文學的多樣性）；尤其是通過傳統與
當代的不斷溝通、互釋和重新梳理，可以建立起描述文學史的途
徑。張英進在談到歷史整體性的重構時說：「對話論的概念拒絕
實證主義的客觀性，把主體性還給史學家和讀者。通過『主體間

---

[22] 陳思和：《「20世紀文學史理論創新探索叢書」導言》，《獻芹錄》第
281頁，復旦大學出版社2009年5月。文中還指出：「文學史作為一種研
究類型，呈現的是研究者對於文學發展規律的探究成果，文學發展只能
在現實社會環境中進行，所以沒有一成不變的文學發展規律，也沒有普
遍適用的文學發展規律。文學史總是在文學事實已經存在的前提下，考察
文學的產生機制、運行機制、傳播機制以及它自身價值的辨識與確立。」
[23] 張英進：《歷史整體性的消失與重構》，《文藝爭鳴》2010年第1期。本
節對相關問題的介紹，主要依據此文。

的』對話論關係，過去和現在進行互動對談，總體和碎片形成一種辯證的關係：『文學史從人類經驗到的主體間的整體中發現的現象，是通過對文獻、作者所處的環境和過去的閱讀和描述才得以建構的。』」所謂「過去和現在進行互動對談」正合乎整體觀的旨趣：「中國新文學史是一個開放型的整體，唯其開放，所以作為一種文學史而沒有時間的下限，它將在不斷的文學實踐中不斷發展和自新；唯其是一個整體，所以任何一種新的文學因素的滲入都會引起整體格局的變化，導致對以往文學史現象的重新理解和解釋。」[24]

　　可舉一例說明。陳老師在《共名與無名》一文中曾考察左翼文學的生存環境：「左翼文藝運動其實是政治運動，它始終處於半地下的活動狀態，許多左翼刊物都出不了幾期即被取締，許多左翼作家或遭逮捕槍殺，或被迫亡命海外，它在文學上的影響畢竟有限……」通過「對文獻、作者所處的環境和過去的閱讀和描述」得出1930年代的無名特徵：「那個時代的知識份子有可能信奉任何一種思想學說和政治思想：三民主義、馬克思主義、民族主義、自由主義，……各種社會思潮共同構成了30年代的多元文化格局，但沒有一種學說和理想能成為民族精神走向的凝聚點。」揭示無名特徵就意味著提出如下質疑：當時的左翼文化思潮是否能像「五四」新文化運動那樣，制約整個時代精神，攏住整體文化走向？如果確實無法作出肯定性回答，那麼就有必要重新描述文學史的圖景：過去的文學史以左翼文學運動為30年代的主流和加以濃墨重彩的描述中心，以與左翼文學的關係親疏來劃分革命文學、進步文學、自由主義文學和反動文學，即以虛擬的

---

[24] 陳思和：《中國新文學整體觀‧緒論》，《中國新文學整體觀》第14頁。

共名來評價作家作品，使得京派、海派、小品文等大量文學現象無法進入或者只能被歪曲地進入文學史。所以有必要把無名狀態下豐富多元的文學史場景重新描述出來。以上的研究路徑，顯然不是提供封閉的認識模式，而是在「過去和現在進行互動對談」中啟動了對話的可能。

　　以共名和無名的理論解說來整體性地考察20世紀中國文學發展，大到文學史分期，小到某一階段的文學特徵或具體作家的創作風貌，都會導出頗具生長性的話題。比如如何理解共名狀態與二元對立的思維模式？陳老師認為：「二元對立的思維特徵是知識份子建構時代共名的基本方法，用共名來概括複雜的生活現象，就必然把複雜的生活簡化成幾個概念（時代共名），然後以此為標準劃分出兩極陣營。」[25]這段話曾讓我一度難以理解：如果有二元存在，且其中的任何一元都無法勾銷對方，無法消解對方的有效性，那麼如何能指稱它們統一於共名，而不是無名狀態中的共存？劉志榮先生顯然與我有一樣的困惑，他進而以「五四」為例，當時有學衡派、玄學派等存在、活躍著，他們的聲音與新文化運動一方「提倡科學與民主」的聲音處於競爭、交鋒的狀態，並不消隱，所以用「啟蒙」、「提倡科學與民主」的主題「很難涵蓋已經表現在公開層面上的這一階段文學、文化、歷史的複雜性」，由此推出：1917-1927這一階段不能被看作共名而是無名狀態[26]。

---

[25] 陳思和：《試論90年代文學的無名特徵及其當代性》，《開端與終結——現代文學史分期論集》第156頁，章培恆、陳思和主編，復旦大學出版社2002年8月。

[26] 參見劉志榮：《抗戰爆發：中國20世紀文學史上的重要分界線》，收入《開端與終結——現代文學史分期論集》。

　　這是一個值得考辨的問題。雙方其實都意識到了「五四」時代激進與保守之爭，歧異在於，劉志榮先生認為學衡派、玄學派是無名狀態中多元並存的一方「名」的代表，而陳老師則認為他們是共名狀態下二元對立中的一元。其實我覺得無名狀態中多元並立的一種「名」和共名狀態下二元對立的一元是存在很大差別的：前者是各說各話，有時互不搭界，即便有衝突但這樣的多聲部也不會形成集約化；後者儘管意見不一，卻同在一個舞臺上，面對共同的議題而交相駁難，共名產生的凝聚力把大多數議題都聚攏到同一論域中。我的想法是，對於共名的認識可以再細緻一點，有的共名和價值立場結合在一起，比如反滿、抗戰，甚至成為知識份子良知的評判標準；有的共名卻不一定顯示鮮明的傾向性，而是提供一種將人們的注意力都吸納進去的論域（共名狀態中並非一定不存在與共名構成差異的「名」，只是這樣的「名」不處於論域之內只能是隱退的狀態）。關於1917-1927這一階段中的共名主題，陳老師在《共名與無名》一文中歸納為「啟蒙、提倡民主與科學」，而五年後在《試論90年代文學的無名特徵及其當代性》一文中則歸納為「啟蒙、民主與科學、白話文」，這一修訂我覺得是恰當和必要的。同樣，我們可以把1980年代的共名狀態理解為：以「改革開放」為中心議題，劃定論域，在各個領域內派生出二元對立：思想領域的解放／保守、政治領域的改革／僵化、對外政策的開放／自閉、學術領域的創新／傳統、經濟領域的市場經濟／計劃經濟、生活形態的自由活潑／守舊古板、文學藝術觀上則是「文學回歸自身」／「文藝為政治服務」……

　　「五四」時期，學衡派主要人物的西學素養恐怕還超過新文化陣營中的很多人；而張君勱敢於「菲薄科學」，打出的旗號都

是倭鏗、柏格森，這份自信也是西來的。不論是激進保守之爭、還是科玄之戰——借用羅志田先生的話說——「在在均是西與西戰」。學衡、玄學諸人之所以和新文化運動一方構成二元對立，是因為他們都圍繞著共同的主題（科學、白話文）在演說、辯論，儘管意見相悖（提倡或反對）、態度不一（激進或保守），但都處在共同的論域內。「五四」時期的新文化運動可以用陳老師的說法，理解為一種含有先鋒因素、仍處於生長狀態的力量，它和學衡派、玄學派等取向不同的派別，一起圍繞著時代主題，以交鋒角力的姿態、辯證地推進著社會思想文化建設。同樣重要的是，之所以雙方能同台唱戲，是因為他們有競爭性的話語資源與平等的對話能力。志榮先生認為：「共名狀態的產生，來源於知識人與權力者對於『時代主題』的建構，這種建構借助權力獲得了某種本質論的意義，它才能對其他聲音形成有效的壓抑。」這當然是對的，不過，對「權力」的理解可能應更加開放，它不一定來自政權、集團或暴力機關等實體，而可能是不那麼實在但同樣強大的思想權勢或話語權勢。當知識人與這樣的權勢結合在一起的時候，就好像打開了一柱強光，照亮了舞臺；不與此或沒有能力與此結合的人則只能退出舞臺，漸漸隱沒在暗夜中。比如新文化運動中的林紓就是典型的失「勢」者，雖曾是「介紹西洋近世文學的第一人」[27]（不過這已是新舊之爭事過數載，心境已較為平和的新文化運動主力胡適「追贈」林紓的定語），但其翻譯多是隔靴搔癢的功夫，「桐城護法」的那句「吾識其理，乃不能道其所以然」，讓胡適等新文化諸人一再取笑、鞭撻，其實倒老老實實地點出了林紓自身「失語」的尷尬，舞臺上的那套話他

---

[27] 胡適：《五十年來中國之文學》，《胡適文集》（4）第340頁，人民文學出版社1998年12月。

說不來，如何理解、表達、議論甚至駁難共名論域中的那些話題，他無所取徑。後來欲借助「偉丈夫」的政治外力，適足說明在話語權勢一面林紓已一無所有。

在「五四」時代，知識份子和共名是互倚互塑的關係：知識份子參與建構了共名，共名也為知識份子提供了表演舞臺。共名設定、規範了知識份子的論域，也搭建了傳揚其聲音的舞臺。共名狀態中當然有逸出上述論域、沒有能力「登臺獻演」的人，他們的聲音就被壓抑了。學衡派、玄學派都是共名狀態下二元對立中的一元，他們可以和新文化派圍繞著白話文、科學等時代共名一較短長，他們佔有自己的陣地，發出自己的聲音，即便後來被打入另冊，但在當時的境遇中仍然是有競爭力的一元；而林紓既無梅光迪們的新學養，也無張君勱們的自信心，無法和佔據舞臺中央的胡適、錢玄同等形成對話（附和或反駁都無妨，關鍵是形成有效對話），其個人因素與立場又不足以抗衡或突破共名，於是只能漸漸隱沒。在科玄之戰的最初，張君勱「不過在學校裡隨便講演」[28]，而丁文江卻一再表示張的講話「決計不能輕易放過」[29]，幾次同張晤談，重視程度可見一斑；而對林紓，胡適直到晚年仍然表示只是「不堪一擊的反對派」[30]。一個是共唱對臺戲的勁敵，一個是被趕下舞臺的失勢者，其間的認同天差地別。相較而言，知識人在無名狀態中的生存空間就寬闊一些。左翼文藝思想在1930年代初起時確實有很新鮮的吸引力，當時以施蟄

---

[28] 梁啟超：《人生觀與科學》，《科學與人生觀》第126頁，遼寧教育出版社1998年3月。

[29] 丁文江致胡適（1923年3月26日），《胡適來往書信選》（上）第188~190頁，中華書局1979年5月。

[30] 唐德剛譯注：《胡適口述自傳》第165頁，華東師範大學出版社1993年4月。

存、穆時英等為核心的小團體一度不甘落伍地加入其中，出版內容左傾的刊物、策劃《科學的藝術論叢書》、創作普羅小說，但很快「就知道是失敗了」，「並不是我不同情於普羅文學運動，而實在是我自覺到自己沒有向這方面發展的可能」[31]。尤為典型的是穆時英，他的創作一度被左翼評論家錢杏邨等視為普羅文學的豐碩成果與範本，但是當《上海的狐步舞》等散發著都市糜爛光芒的小說橫空出世後，左翼文壇瞠目結舌之餘又群起攻之……也就是說，對於由左翼話語所搭建的新興舞臺，施蟄存、穆時英等人既無能力也不願意廁身其中。但他們並沒有像「五四」時期的林紓一樣淹沒在時代大音之下，走入歷史暗影中；相反，他們以《現代》雜誌為發言陣地，尤其是在創作上以「新感覺派」為標識成為海派都市文學中重要的一股力量，在相對繁榮多元的格局中爭奇鬥豔。境遇不同的重要原因就在於，當時的左翼文化思潮不能像「五四」時的共名那樣，設定統一的論域、制約整個時代精神。

四、「史的批評」與「理論的不透明性」

近日讀到畢光明先生抱怨研究對批評的擠壓：「這是一個學術凸顯、思想淡化的時代。當代文學研究在上世紀90年代後，學術性慢慢強化起來，這是一個進步。曾經當代文學是被別人看不起的學科，走到今天應該說是和現代文學不相上下，當代文學研究的學術化值得肯定。但是我們也看到它帶來的問題，那就是文

---

[31] 施蟄存：《我們經營過三個書店》，《北山散文集》第317頁，華東師範大學出版社2001年10月；施蟄存：《我的創作生活之歷程》，《施蟄存散文》第124、125頁，浙江文藝出版社1999年1月。

學評論研究對當下文學與現實的介入性淡化了，我們現在很難看到像上世紀80年代那麼活躍的有思想的批評家。現在有個現象，有些學者看不起批評，在文學領域形成了新的等級制：研究比批評要高一個等級。但我看現在學院派出了問題，特別是博士生的培養，很多遠離了我們當下的文學，沒有文學現場感。」[32] 這當然不是無的放矢。但在另一個方面，大量追蹤「即時」的文學現象的批評，因其隨意性，確實損害著當代文學的學科自律。我也特別贊同程光煒先生的意見：「在諸多『現象批評』中，有些項目由於被認為是一項被批評家個人『發現』的最新成果，讓人產生急於攻佔的慾望，那麼在這一過程中，『歷史』的重要性就勢必降低，為『當前』所取代，甚至有可能完全被遮蔽。如在『新世紀文學』的討論中，這種現象就比較普遍。在一些批評家的文章中，『新世紀文學』被認為是『全球化』、『外國資本』和『跨國公司』一手包裝的東西，他們也許沒想到，就在上世紀二三十年代，出現在上海的『新感黨派小說』、『左翼文學』等等，也可以用同樣的話語形態、批評方式稱之為『新世紀文學的』。至少在學理上，這種聯想大概不會犯錯。……凡作家『新作』出來，或『新現象』湧現，當代批評都要『跟蹤』、『描述』，這應當是當代文學的學科任務之一。不過，在這一過程中，也有一個如何將對象儘量『沉澱』的必要，即，不僅把它當做『從未出現』的現象，同時也當做是一個『曾經有過』的現象，用『歷史』眼光將它解剖，照出紋路肌理，揭示其內在關

---

[32] 朱小如：《文學批評期刊的現狀與問題》，《文學報》2010年2月11日。引文來自「第二屆全國當代批評期刊建設與當代文學走向學術研討會」上畢光明的發言。

聯。」[33]以上不厭其煩地引錄原文是想表示：這兩方面意見都值得我們重視，提醒我們注意尋覓批評與研究的兼善兩全之道。

熟悉陳老師著述的人都能體會到他文章中將「歷史」與「當代」渾然貫穿的氣象：他對文學史的研究，總是先在當下的文學現象中發現問題並產生解釋的慾望，然後以整體觀的視野考校文學史，再從「史」的角度審視當代處境。《共名與無名》讓我們再次領略了上述鮮明的特點。從1990年代的文學現場中提出問題，同時以整體觀的方法來「沉澱」，「照出紋路肌理，揭示其內在關聯」。這樣一種路徑——以置身現場的鮮活的批評感受和問題意識來導源、啟動學術研究，再以整體觀「回視」文學史作潛心、細緻的、「歷史性」的檢討、反思，最終通過「過去和現在進行互動對談」來完成文學史考察——陳老師稱其為「史的批評」：「它要求把批評對象置於文學史的整體框架中來確認它的價值，辨識它的文學源流，並且在文學史的流變中探討某些文學現象的規律與意義。……批評者必須把文學史作為批評對象的參照系，在兩者之間尋求批評的張力；或者在文學史的宏觀研究中闡釋具體的文學現象和理論現象；或者以具體作品的特殊價值來強調它的文學史意義。」[34]於其中是否可觸摸到溝通批評與研究的可能性？陳老師自稱「一直在文學史研究與作家作品批評的兩端徘徊」，「徘徊」的姿態，恰可見出一個自由獨立、對具體時代中具體問題有豐富敏感性的心靈，在歷史長流中尋覓、歷險……

---

[33] 程光煒：《當代文學學科的認同、分歧和建構》，《文學史研究的興起》第6、15-16頁，福建教育出版社2008年12月。

[34] 陳思和：《中國新文學整體觀・緒論》，《中國新文學整體觀》第14頁。

　　陳老師在《共名與無名》中對相關的文學史理論與命題作了精彩演繹，但從我作為學生的閱讀感受來說，體會更深的是這一理論的誕生過程（本文的標題借自復旦大學胡中行教授給陳老師的贈詩，內有「一言屢屢成新說」之句[35]，何以陳老師的文學史理論與研究每每予人新意，每每創造出新的理論假設來解釋文學現象，在理論自身的基本面貌之外，我想跟其產生路徑與具體過程是有密切關聯的），或者說更吸引的我的是，如何通過把握「理論的不透明性」來學習，即「把理論回置於特定思想脈絡、其所由之產生的特定知識、理論格局、歷史實踐處境中加以反覆體會才能認識和體會的部分」[36]。我想這可能也來自陳老師文學史理論自身的特質：他並不止步於從理論圓融、自洽的認知承諾來概括文學經驗，更切要的是，他的文學史理論和歷史、現實間發生著一種「拖泥帶水」的深刻扭結，他以內在於時代的觀察為媒介，企望通過上述扭結來萃取出主體對現實的理解，而不是從文學史與現實中隨意掠取片段來證成此種理論的威力。唯有以內在於歷史和現實的真問題為媒介而助產出的理論認知，才能在我們對自己歷史和現實的理解上鑴刻下印痕。我之所以更珍視通過體貼「理論的不透明性」來學習，是因為由此方能把握一個活生

---

[35]　參見陳思和：《三十年治學生活回顧》，《當代作家評論》2009年第3期。

[36]　關於「理論的透明性」與「不透明性」的辨析，參照賀照田論述：「大部分影響、塑造人們的歷史、社會實踐的理論論述都具有雙重性，一重是憑對諸觀念、命題意義的直接分析和詳繹這些觀念命題間的關聯關係等，便可獲得的、可直接因之幫助我們認識和理解相關世界的部分；一重是只有把理論回置於特定思想脈絡、其所由之產生的特定知識、理論格局、歷史實踐處境中加以反覆體會才能認識和體會的部分。為了討論的方便，我們不妨把前者稱為理論的透明性，後者稱為理論的不透明性。」賀照田：《當代中國思想論爭的歷史品格與知識品格》，《當代中國的知識感覺與觀念感覺》第45頁，廣西師範大學出版社2006年2月。

生的頭腦和心靈在「批評缺席」[37]的喧囂聲中，如何於理論與現實之間嘗試、摸索創造性分析的經驗，從而培養我們自身更有效地面對那些無法被既成的理論儲備所容納的世界……

2010年2月27日寫，4月2日改定

---

[37] 有趣的是，正因為對無名狀態的特質有深刻體察，陳老師對「批評的缺席」之類的說法不以為然：「這種抱怨背後的社會心理相當複雜，既有權力者對批評失控的惱怒，有知識份子對文學批評與時代『共名』傳統姻緣的追懷，也有批評自身在新的文化狀態下的不適應。」「人們之所以感到批評的缺席，只是表明了關於批評的傳統觀念沒有改變，一種陳舊的批評觀念仍在作祟，那就是片面地以為批評必須與話語權力形態結合在一起，希望樹立起批評的權威意識，使批評成為主宰與論導向的力量，對文學創作構成某種威懾作用。」參見陳思和：《「無名論壇」之一：關於無名時代的批評》，《牛後文錄》第213、214頁，大象出版社2000年4月；陳思和：《個人經驗下的文學與所謂「衝擊波」——〈逼近世紀末小說選（卷四）〉序》，《不可一世論文學》第214頁。

站在「傳奇」與「詮釋」反面的沈從文研究
——評張新穎《沈從文精讀》

一、站在「傳奇」與「詮釋」的反面

米蘭・昆德拉從樸素的閱讀感受出發，抨擊氾濫成災的卡夫卡研究，他用同語反覆給這一研究命名：「卡夫卡學是為了把卡夫卡加以卡夫卡學化的論說。用卡夫卡學化的卡夫卡代替卡夫卡。」「卡夫卡學的文章數量上了天文數字，卡夫卡學以無數的變調發展著始終相同的報告，相同的思辨，這種思辨日益獨立於作品本身，但是它只靠自己來滋養自己。通過無數的序，跋，筆記，傳記和專題論文，學院報告和論文，卡夫卡學生產和維持著它的卡夫卡形象，以至於公眾在卡夫卡名下所認識的那個作家不再是卡夫卡而是卡夫卡學化的卡夫卡。」昆德拉一針見血地戳穿了卡夫卡學的本質，這「不是一種文學批評；卡夫卡學是一種詮釋。這樣一種學問，它只會在卡夫卡的小說中看到隱喻，而無其他」。

似乎還沒有「沈從文學」的說法，但是隱然可見「被閹割的陰影隱去了所有時代中一位最偉大的小說詩人」[1]，情形庶幾彷彿：沈從文學的「文章數量上了天文數字」，「以無數的

---

[1] 參見米蘭・昆德拉：《被背叛的遺囑》第37-48頁，孟湄譯，上海人民出版社1995年12月。

變調發展著始終相同的報告，相同的思辨，這種思辨日益獨立於作品本身」，在流行閱讀製造的「傳奇」和學院論文堆砌的「詮釋」中，那個作家不再是沈從文而是「沈從文學化的沈從文」。

不必再饒舌了，說清楚一種研究的誤區與困境，也就說清楚了這本書誕生的意義。張新穎先生的《沈從文精讀》（以下簡稱《精讀》）站在傳奇化與詮釋性的沈從文研究的反面，不再去比附龐然大物般的種種「隱喻」，不再放任「思辨日益獨立於作品本身」，而是「從沈從文來理解沈從文」，用個時髦的說法，如果問這本《精讀》提供了什麼方法論，那麼就在這裡。好比沈從文用千千萬萬罈罈罐罐過眼經手的「常識」來研究文物一般，這不是新鮮的、了不起的「專家知識」，只是最基礎、最老老實實的工作，可惜「就目前而言，這個基礎工作仍然沒有做得很好」[2]。其實最基礎、老實的方法往往是最根本、有效的方法，「從沈從文來理解沈從文」得出的作家形象，和傳奇化、詮釋過的沈從文並不一樣。

比如沈從文後半生的「轉型」，一個老題目，眾說紛紜。「反面」理解是，著作等身的文學家被趕到博物館裡作普通講解員，「總不免有些淒然」。「正面」理解的，以為選擇正確，「得其所哉」。兩種說法都有道理，但都含著危險：替沈從文的「轉型」而感到委屈，可能忘了這個人沉潛於素所愛戀的文物天地中的自得其樂；完全把沈從文的「棄文」作一番充滿「浪漫主義」的解說，「理解一偏，恐怕致使對沈從文後半生命運的艱難困苦，對沈從文物質文化史研究的學術嚴謹性及其價值，估計不

---

[2]　參見張新穎：《沈從文精讀》第217頁，復旦大學出版社2005年9月。以下從此書中摘引的文字，在引文後用括弧寫明頁碼，注釋中不再標出。

足」（第234頁）。更加重要的問題是，沈從文放棄了一直鍾情的文學創作不假，但是對這個人不能做「截斷式」的理解，截斷的後果，比如感慨時代的風雲邊變和壓力吞噬了才華橫溢的作家，比如在研究作為文學家的沈從文時把他1949年以後的經歷一筆帶過甚或忽略不計，都會造成認識上的偏差。《精讀》第八講《文物研究：後半生與歷史文化的長河》就是「回到具體的歷史情境中去，去看他的經歷，他的思想，和他的工作」：「每一件文物，都保存著豐富的資訊，打開這些資訊，就有可能會看到生動活潑之態；而文物和文物，也都不是一個個孤立的東西，它們各自保存的資訊打開之後，能夠連接、交流、溝通、融會，最終匯合成歷史文化的長河，顯現人類、勞動和創造能量的生生不息。」（第234頁）。如果我們把文學看作生命流通灌注的體現，那麼沈從文「文物研究的著眼點，其實也是他的文學的著眼點」（第26頁），這個「水邊的抒情的詩人」，確然沒有離開他所鍾愛的歷史文化長河。再說那些表露出「思想、情感的『私人性』與時代潮流之間的緊張關係」的「囈語狂言」，「保留了豐富的心靈資訊」，「文學也正是在這種空間裡才得到庇護和伸展，能夠對時代風尚有所疏離和拒斥」，沈從文1949年起的大量書信以「潛在寫作」的風貌面世，「至少使得那一長時期的文學史變得不像原來那樣單調乏味」，僅此而言，這批書信就不應該被文學史所忽視，「僅此而言，便不可以說沈從文的作家生涯到一九四九年就已經結束」（第188頁）。

　　還有一個關於沈從文的傳奇是：這個文學天才連標點符號也不會用而開始寫作，以小學文化而成為大家。張新穎通過對《從文自傳》的解讀而得出「沈從文在離開湘西時已經初步形成的知識文化結構」，這其中已然含蘊、沉潛了自然的千光百彙和生活

的日常人事，這無疑是一個人生命經驗中豐富而獨特的底色；即便用小了一圈的知識概念來衡量，「那也可以說，沈從文領受的人類智慧的光輝是非凡的，這其中，有中國古代的歷史和藝術，他把在陳渠珍身邊作書記的軍部稱為『學歷史的地方』；當然有中國古代文學，也有意外碰到的西洋『說部』；還有剛剛開始接觸便產生實際影響的『新文化』」，《從文自傳》早就交待了「一個小兵對人類歷史文化知識的孜孜以求和悉心領會」，這些因子奇妙地為未來的歷史埋下伏筆。理解了《從文自傳》如何「通過對紛繁經驗的重新組織和敘述」（第45、46頁），確立一個區別於他人的自我，如何「得其『自』而為將來準備好一個自我」，也就領悟了這個人生命的延續性，也就不會再驚詫於他日後的轉行或者「截斷」。

可能會有人覺得這只是瑣屑的細節，那麼來看些所謂的「龐然大物」好了。《邊城》裡寫「塔圮坍了」，經常會有論者從這一「象徵」、「隱喻」出發演繹出一番「現代性」的宏偉理論；但是倘若跳出現代性規劃的想像圖景，就會發現白塔圮坍轟然，「又重新修好了」，這正是地道的中國鄉土式的地久天長。小說第二章提到，「河中張了春水」，「沿河吊腳樓，必有一處兩處為水沖去」，而湘西民眾「對於所受的損失彷彿無話可說，與在自然的安排下，眼見其他無可挽救的不幸來時相似」；天保的身亡、儺送的出走、老祖父的故世以及翠翠的等待，這一切如果從「一個普通鄉下人」的眼光來看，正是「在自然的安排下」，面對「無可挽救的不幸」時的「無話可說」。也就是在這份地久天長和「無話可說」中，這個世界「帶著悲哀的氣質在體會、默認和領受」，將「天地不仁『內化』為個人命運」中的「自身悲劇成分和自來悲哀氣質」（第105頁）。悲哀的背後，

又有著天－地－人的不息流轉，這不是一個「現代」可以規劃的
世界。

　　還有，沈從文的鄉土立場經常為人提及，一講到這兒又不言
而喻地含有偏狹、保守、對抗都市生活與工業文明的意思。然而
「與故鄉的親密」必然意味著「狹隘、偏執的立場和視野」麼。
「他不僅是在整個民族國家的廣闊視野裡看待和思考地方性、鄉
土性的問題，而且他對現代民族國家建構的想像，並不與對地方
性、鄉土性問題的傾心關注相對立，相反，他企望能夠在矛盾糾
結中清理出內在的一致性」，「從抗戰以來到差不多整個四十年
代，現代民族國家的建構一直盤踞在」這個「鄉下人」的思想中
（第120、135頁），甚至產生切身的精神痛苦。

　　《精讀》希望為讀者勾勒出沈從文一生三個階段的三種形
象：「得其自」的文學家、痛苦的思想者和處在時代邊緣卻進入
歷史深處的實踐者。這是一個變化過渡的生命歷程，但三種形象
卻無法割裂，內中有貫穿始終的線索。以往我們的理解，並不重
視思想者的形象，甚至忽略實踐者；即便在沈從文的文學中，又
往往以「純文學」的名義只拈出《邊城》；而對《邊城》的理
解，又捨棄那個不息流轉的世界，單單看作一曲唯美、靜止的田
園牧歌──這是一道日益偏狹的軌跡、一個逐漸縮小的過程。而
伴隨著這一軌跡、過程而發生的，是我們把自己「變小」了。對
沈從文的轉型作「截斷」式的理解，從所謂文學的眼光出發看輕
他後半生的文物研究，其實是無視文學創作與文物研究那一致根
柢處流淌出的對人類歷史文化長河的深沉愛戀，無視一個中國現
代知識份子如何「在精神的嚴酷磨礪過程」中追求意義和價值，
在天翻地覆的時代中如何找尋安身立命的位置；在知識和心智的
範圍內小覷沈從文的文化結構，似乎是為了日後文學大師的「橫

空出世」作先抑後揚的張本，仰視他為天才，其實捨棄了一個人
在生命起步時所領受的自然現象的浸染和人事經驗的習得。更重
要的是，「知識和心智發展出『機心』，就是『文化』走向狹隘
的標誌」，「說一個『自然人』沒有『文化』，那是因為我們的
『文化』概念太小了，限制了我們的視野和判斷」（第98頁）；
同樣，將沈從文凝固在對抗現代性或固守鄉土性的範圍裡討論，
也就將自我陷足於人為製造的牢籠而難以自拔甚至不自知。這樣
看來，拓開對沈從文的理解，不僅僅是因為「如果這個理解空間
太小的話，是放不下這個人的」（第1頁）；拓開對沈從文的理
解，同樣是為了拓開我們自己的識見、視野，乃至胸懷、人格。

　　這是件原該如此、理所當然的工作，但實則不易。比如，倘
使固守著現代性、城鄉對立等立場，那麼一切問題就輕輕鬆鬆到
此結束了，「絕大多數學者都滿足於把遇到的問題憑藉自己的知
識積累進行歸類分析，卻無法使眼前的問題在與知識積累發生關
聯的狀況下轉變成新的問題意識」[3]，正因為我們的學術研究中
有太多慣用的「知識積累」和已成的理念牢籠——這樣的「知識
積累」和理念牢籠，實則恰與沈從文的精神與踐行相悖離——似
乎用它們可以囊括所有的問題「進行歸類分析」。就像我們很少
去反思以往理解沈從文的「尺度」是不是太小了一般，我們也很
少質疑這些積累與牢籠的有效性。所以誠實的研究首先源於對可
以熟練操持的積累與牢籠的拒絕。《精讀》悉心勾勒沈從文一生
的三個階段、三種形象，揭示這三者間複雜的過渡、轉換與內在
關聯——這些工作，就在拒絕中悄然展開，在拒絕中艱難推進。

---

[3]　竹內好：《近代的超克》第23頁「注①」，孫歌編，李冬木、趙京華、
　　孫歌譯，三聯書店2005年3月。

二、「和魯迅參照著來講」沈從文

第六講中，張新穎通過對《狂人日記》的解讀來確證沈從文從「瘋狂」中恢復、新生的意義。「然已早愈，赴某地候補矣。」《狂人日記》文言小序中的這句話如何理解？以往的說法是：狂人最終被他先前所反抗的社會體制同化了。「如果這個解釋是正確的，那就意味著，狂人的『瘋狂』是毫無意義的，對社會而言，他的反抗沒有作用」，也就是說，他的瘋狂與恢復沒有意義。「狂人其實是『超人』式的『精神界之戰士』，他的覺醒是從身在其中的世界中脫離出來，獨自覺醒；然而，這是一種『尚未經過將自身客體化的「覺醒」』，處於脫離現實世界的狀態，因而這個世界上也就沒有了自己的位置，也就無從擔負起變革現實世界的責任。因此需要獲得再一次覺醒，回到社會中來」，「然後才能展開可能產生成效的現實行為」。由此來觀照，「沈從文的恢復，也正是意義重大的新生。恢復不僅僅是恢復了現實生活的一般『理性』，變得『正常』；而且更是從毀滅中重新凝聚起一個新的自我，這個新生的自我能夠在新的複雜現實中找到自己的獨特位置，進而重新確立安身立命的事業。從表面上看，這個新生的自我與現實之間的緊張關係不像『瘋狂』時期那麼決絕和激烈了，其實卻是更深地切入到了現實中，不像『瘋狂』時期，處在雖然對立然而卻是脫離的狀態。」（第189、191頁）

通過狂人的「赴某地候補」，確證沈從文恢復所展示的「意義重大的新生」——這並不是說用魯迅詮釋沈從文，根本在於，「這兩個人在文學的深處、思想的深處是特別相通的」，所以張

新穎在開篇的《導論》裡就說：「我講沈從文，就有意識把他和魯迅參照著來講。」（第23頁）

魯迅素來反感「文學概論」或「什麼大學的講義」之類儼然、雍容的本質性規定，「比較自愛的人，一聽到這些冠冕堂皇的名目就駭怕了，竭力逃避。逃名，其實是愛名的，逃的是這一團糟的名，不願意醬在那裡面」[4]，他正是依借這一思路去捍衛他所實踐的雜文創作：「我以為如果藝術之宮裡有這麼麻煩的禁令，倒不如不進去；還是站在沙漠上，看看飛沙走石，樂則大笑，悲則大叫，憤則大罵，即使被沙礫打得遍身粗糙，頭破血流，而時時撫摩自己的凝血，覺得若有花紋，也未必不及跟著中國的文士們去陪莎士比亞吃黃油麵包之有趣。」[5]魯迅對「文學本位主義」的揭破，正是要警醒世人潛藏在「嚴肅的工作」、「繁重文學製作」之類背後的權力體系，以及在這種純文學性的「文藝價值」麻痺之下，遺忘了「生存的血路」。魯迅對文學經典化、體制化的反思，立意在於藝術、文學一旦「被命名」，往往就容易失去其原有的生命與活力，而雜文的價值正在於「對於有害的事物，立刻給以反響或抗爭，是感應的神經，是攻守的手足」[6]。其實更加重要的，是魯迅在對雜文價值的捍衛中所凸顯的那種「不願意醬在那裡面」、「倒不如不進去」的逃名、破名的思維特質。

魯迅知識生產的非觀念性與沈從文置身生活世界的文學非常一致。沈從文的文學，「有他自己的關於文學本源的意識和堅

---

[4] 魯迅：《逃名》，《魯迅全集》（6）第409頁，人民文學出版社2005年11月。

[5] 魯迅：《華蓋集·題記》，《魯迅全集》（3）第4頁。

[6] 魯迅：《且介亭雜文·序言》，《魯迅全集》（6）第3頁。

持，如果文學背離了這個本源，他會非常痛苦，他的反對商業化和政治化，反對現代規劃對文學的規訓和宰制，出發點就是這個文學的本源。這個連接著生命的文學本源是一個莽莽蒼蒼、生機活潑的大世界」（第19頁）。非觀念性格力戒觀念的實體化和絕對化，或者說，只有與生活建立了互動關係的觀念，才具有知識生產的能動性。這和反對現代的規訓和宰制，貼近「莽莽蒼蒼、生機活潑的大世界」正是一個意思。而這兩個人思想與文學深處的相通，正好切中「五四」以來思維方式的痼疾。海德格爾討論「一個時代只是因為它是『歷史性的』，才可能是無歷史學的」，於是有這樣一番話：

> 這樣取得了統治地位的傳統首先與通常都使它所「傳下」的東西難於接近，竟至於倒把這些東西掩蓋起來了。流傳下來的不少範疇和概念本來曾以真切的方式從源始的「源頭」汲取出來，傳統卻賦予承傳下來的東西以不言而喻的性質，並堵塞了通達「源頭」的道路。傳統甚至使我們忘掉了這樣的淵源。傳統甚至使我們不再領會回溯到淵源的必要性。傳統把此在的歷史性連根拔除……[7]

很不幸，「五四」以來的思維方式恰可作為上面一段論述的注腳，「這種方式：一是把『製造』出來的東西說成是『發現』的東西，從而不言自明地獲得了合法性；進而，跟這個相輔相成，

---

[7] 海德格爾：《存在與時間》「導論」第二章第六節，《海德格爾選集》（上）（陳嘉映、王慶節譯）第52、53頁，上海三聯書店1996年12月。此段譯文參照了網上的版本（http://www.bjsos.com/html/books/Heidegger），譯者同樣是陳嘉映、王慶節，但文字稍有出入，但表意更為曉暢。

它把自己暗含的理論模式和由之生發的理論話語，套到自然的東西上面，把一個理論的東西套到現實的、自然的世界上面」（第6頁）。這種遮蔽、取締的力量暢通無阻，強大到排斥任何質疑，而再生產的過程從人為的操作變成自然的心理認同，甚至這一過程在慣性中逐漸被人忽視、遺忘。其結果是，不經反省的名詞神話、主義崇拜四處氾濫，這恰是中國現代意識的核心危機。

黑格爾說：「有生活閱歷的人絕不容許陷於抽象的非此即彼，而保持其自身於具體事物之中。」[8]魯迅與沈從文都具備「保持其自身於具體事物之中」的稟賦，也正是這一「絕不容許陷於抽象」的稟賦，能夠同「製造」當「發現」、「人為」當「自然」而生產出來的名詞拜物教形成對抗。再進一步，「實際的耳聞、目睹、身受的『親證』，具體的現象和確實的狀況，比抽象空洞的理論、理念、觀念重要得多，更準確地說，後者必須在與現實具體情境的摩擦中，產生出經得起檢驗的有效性」，在沈從文看來，高蹈的對於「現代」理論的依附性，世俗的對於「政治」的依附性，只要「無從與現實經驗和個人內心發生深切的關係」，統統不可靠。「沈從文與二十世紀中國」的意義，由此可見一斑。張新穎討論到這裡，又聯繫起了魯迅，《破惡聲論》中的「偽士當去，迷信可存」，「『偽士』之所以『偽』，是其所言正確（且新穎），但其正確性其實依據於多數或外來權威而非依據自己或民族的內心」，「用沈從文的話來說，那就是這種正確性和權威是建立在依附性的基礎上的」，「如果我們能夠重視青年魯迅提出的『白心』的概念，那麼幾乎就可以說，沈從文正是一個保持和維護著『白心』思想和感受的作家」（第

---

[8] 黑格爾：《小邏輯》第176頁，賀麟譯，商務印書館1980年7月。

122、123頁）。用「白心」來抵抗理念的依附性，用「和痛苦憂患相關」的「深入的體會，深至的愛」去換取經驗中「生命的份量」，用一己切膚之痛去驗證外在經驗——我們一般很少會把魯迅同沈從文放到同一群體中去討論，但他們展示的上述種種神合，倒正應該是新文學傳統中，乃至中國現代思想史上最最值得我們寶愛的品質。

從「保持其自身於具體事物之中」，「與現實經驗和個人內心發生深切的關係」出發，可以理解很多文學現象。比如對個人主義的認識。沈從文在1946年說，只有從「轟炸饑餓」中來，才會「感覺個人未來與國家未來，都可一身擔當，都得一身擔當。明白個人憂樂與國家榮枯分不開，脫不掉」[9]，這裡的個人主義、個體意識的覺醒，與「五四」時期和今天都不一樣。在「五四」時候，個人主義往往來自書本或西方理論，它作為虛幻的符號組織進民族想像中；而今天的「個人」，正極力撇清與「國家榮枯」的干係。之所以不同，原因無它，就是經受了戰時的「轟炸饑餓」，就是經歷了與社會現實、個人體驗的相互砥礪，沈從文筆下的「個人」，才能完全包容、含納、甚至穿透民族國家建設、復興這樣的大命題，這些東西完全內在於個人的生命，所以「一身擔當」。

三、反思「五四」，返觀當代

正如上文從「五四」和當代這兩個向度來考量「一身擔當」的意義所在，通過這個人和他的文學，反思「五四」新文化的氣

[9]　沈從文：《談苦悶》，《沈從文全集》（16）第350頁，北嶽文藝出版社2002年11月。

度與容納力，返觀當代文學創作氣血衰敗的癥結，沈從文對於二十世紀中國的意義，正可以由此展開。

《湘行書簡》裡深情的關注在一條河上生活的各色人物。張新穎是在與新文學中「人的文學」的倡導相比照，來見出差異。「在相當長一段時間裡，新文學擔當了文化啟蒙的責任，新文學作家自覺為啟蒙的角色，在他們的『人的文學』中，先覺者、已經完成啟蒙或正在接受啟蒙過程中的人、蒙昧的人，似乎處在不同的文化等級序列中。」「但沈從文沒有跟從這個模式。他似乎顛倒了啟蒙和被啟蒙的關係，他的作品的敘述者，和作品中的人物比較起來，並沒有處在優越的位置上，相反這個敘述者卻常常從那些愚夫愚婦身上受到『感動』和『教育』。而沈從文作品的敘述者，常常又是與作者統一的，或者就是同一個人。」「更核心的問題，還不在於沈從文寫了別人沒有寫過的這麼一些人，而在於，當這些人出現在沈從文筆下的時候，他們不是作為愚昧落後中國的代表和象徵而無言地承受著『現代性』的批判，他們是以未經『現代』洗禮的面貌，呈現著他們自然自在的生活和人性。」（第71頁）他就是這樣地敏感於「現代」的規訓與宰制。「天道，地道，人道，人道僅居其間，我們卻只承認人道，只在人道中看問題，只從人道看自然，自然也就被割裂和縮小為人的對象了。但其實，天地運行不息，山河浩浩蕩蕩，沈從文的作品看起來精緻纖巧，卻蘊藏著一個大的世界的豐富資訊。」我們把天、地、人的呼應流轉割裂得太久太深，這還是一個「五四」思維方式的後果，人為製造的割裂，掩蓋了源頭上渾然一體的聯繫。從這個意義上來講，「沈從文對一個比人大的世界的感受，與「五四」以來唯人獨尊的觀念正相對」（第74頁）；從這個意義上來講，沈從文的文學世界，脹破了「五四」新文學的世界。

　　張新穎講1940年代沈從文《黑魘》等八篇散文，是對「充分個人化、內心化的精神狀態的『捕捉性』描述」，但是「這裡所說的個人化、內心化，絕不是與社會和外界相隔絕的結果和形式，反而是直接置身和社會紛亂蕪雜動盪不安的社會現實，並且以一己之心，對這個巨大的社會現實進行考量，與它發生劇烈的摩擦；因此而生的切身的精神痛苦，與在對待世界和現實時抽去了個人和內心的方式，當然不可同日而語」（第150、151頁）。接下去又講「這是對自己作為一個作家的工作與民族大業息息相通的關係的認同，是對自己的責任和使命的確證。沈從文所理解的文學藝術，絕不是一個狹隘封閉、無所承擔的『純』的概念」（第159頁）。「『純』的概念」，這又是一個可以延伸到今天來討論的問題，在這個問題下，我們經常被「向內轉」與外部世界、形式技巧與社會責任等看似對立的概念所糾纏。其實今天我們劈面遇到的問題在60餘年前的沈從文那裡根本不是什麼問題，今天我們對「純文學」的前途如此焦慮不安正是因為在沈從文那裡那種健康的、良好互動的，甚至互動都談不上，本來就是渾然一體的聯繫被人為割裂得太深。我們總是在一種潛在的內部／外部、文學／社會的對立框架中理解文學。畫地為牢地將二者作為一種本質主義的實體，而拒絕開放。

　　《湘行書簡》是沈從文寫給夫人的「三三專利讀物」，按眼下流行的說法，這應該是個濃情蜜意的私人空間，「就是在這些因愛而產生的信裡面，我們常見的那種兒女情長的私話卻是很少的，沈從文寫了那麼多，不計鉅細，細微如船艙底下流水的聲音，重大如民族、生命、歷史，甚至大到一個比人的世界更大的世界，而當這一切出現在書簡裡，同樣也非常自然。現在我們常常談到私人空間、個人空間的問題，這樣特意地提出來強調，其

實是把私人空間、個人空間狹窄化了，與一個更廣闊的世界割裂了。私人空間、個人空間可以有多大呢？私人的愛的空間可以有多大呢？私人性質的寫作、個人化寫作，它的空間有多大呢？《湘行書簡》可以做一個討論的例子。」（第79、80頁）

1936年10月，在《作家間需要一種新運動》中，沈從文提出近幾年來文壇的「一個特別印象」：「大多數青年作家的文章，都『差不多』。文章內容差不多，所表現的觀念也差不多」，「這種非有獨創性不能存在的文學作品上，恰恰見出個一元現象，實在不可理解」，而原因在於作家「缺少獨立識見，只知追逐時髦」[10]。在隨後的《一封信》中，批評的意圖就更加明確了，「我認為一個政治組織固不妨利用文學作它爭奪『政權』的工具，但是一個作家卻不必需跟著一個政治家似的奔跑」，而制約文學發展的阻力，具體說來是「政府的裁判」和「另一種『一尊獨佔』的趨勢」[11]，後者暗指左翼文壇。沈從文的批評被相當一部分左翼作家理解為對革命文學別有用心的攻擊，他們告誡沈從文儘管存在著概念化、公式化的作品，但是文學緊跟時代的創作方向是正確而不能改變的，文學必須「走向時代」、「走向生活」。當沈從文面對這樣的訓斥時，我想他肯定很寂寞。從30年代被左翼作家圍攻，到現在仍然經常有人在強調與政治、現實脫鉤的所謂「獨立的文學傳統」時，把沈從文搬出來，把他的作品描繪成「唯美」、靜止、固守一方天地的田園牧歌，有時我們真的沒有讀懂沈從文。在沈從文那裡，在他的「一身擔當」和「息息相通」裡面，早已建立起一種與社會生活的獨特的聯結方式，因為有了屬於這個人的這種方式，有

---

[10]　沈從文：《作家間需要一種新運動》，《沈從文全集》（17）第101頁。
[11]　沈從文：《一封信》，《沈從文全集》（17）第131頁。

了這種「文學」的方式，他根本不會在那些纏夾不清的對立中陷
足了。

四、這條長流不盡的河，漫溢過文字、文學

　　讀這本書的時候，有些個講不清的感受。比如，開頭就說，
《精讀》是「從沈從文來理解沈從文」，這個評述對象確實對張
新穎有巨大的影響；但是也可以從相反的方面考慮，即張新穎理
解的沈從文及其文學，與他自己的內心世界有緊密關聯，甚至可
以說，這裡的沈從文有強烈的張新穎的色彩，這就不僅僅是單純
的「影響」了。或者說，解讀沈從文給了張新穎正面表述他內心
複雜思考與情感的機會。

　　而這些複雜思考與情感。不僅僅關乎文學。當然這是一本從
細讀出發的文學導讀、賞鑒類的書，但裡面有更大、更豐富、更
沈鬱的東西。套用沈從文喜歡的說法，這條長流不盡的河，漫溢
過文字、文學……比如生命本源、生活遭際、個人事業，它們以
何種方式發生關聯，彼此滲透，包融。又如，人在自然、社會現
實與歷史中的位置及處身方式……這些問題看似虛闊無邊，其實
對每一個人都有迫切的意義。這些問題我講不清楚，末了還是抄
幾段書吧：

　　　　《邊城》這樣的作品蘊藏了作者以往的生命經驗，是包裹
　　　了傷痕的文學，是在困難中的微笑。……「微笑」背後不
　　　僅有一個人連續性的生活史，而且有一個人借助自然和人
　　　性、人情的力量來救助自己、糾正自己、發展自己的頑強
　　　的生命意志，靠了這樣的力量和生命意志，他沒有讓因屈

辱而生的狹隘的自私、仇恨和報復心生長，也是靠了這樣
的力量和生命意志，他支撐自己應對現實和絕望，同時也
靠這樣的力量和生命意志，來成就自己「微笑」的文學。
（第107頁）

時間流轉如水，逝者如斯；過往的歲月裡，人類的勞動、
創造和智慧，歷經沖刷淘洗之後，仍然得以各種各樣的形
式存留。沈從文的物質文化史研究，是用自己的生命和情
感來「還原」各種存留形式的生命和情感，「恢復」它們
生動活潑的氣息和承啟流轉的性質，彙入歷史文化的長
河。「一個人不知疲倦地寫著一條河的故事，原因只有一
個：他愛家鄉。」如斯言，一個人甘受屈辱和艱難，不知
疲倦地寫著歷史文化長河的故事，原因只有一個：他愛這
條長河，愛得深沉。（第247頁）

2006年5月10日

跋

　　現在這個書名，大概可以看作對全書主幹內容的概括——《現代》記憶與「實感」經驗。前者基本上是寫於八年前的文字。當時跟隨導師在做文學社團史的研究，考察以施蟄存為核心，包括戴望舒、杜衡、劉吶鷗等成員在內的文人群體的聚結、發展、離散過程，以及他們從「蘭社」而「瓔珞社」而「文學工廠」而「水沫社」、直至《現代》雜誌的文學實踐。這些論文曾結集為專著出版（《從蘭社到〈現代〉：以施蟄存、戴望舒、杜衡與劉吶鷗為核心的社團研究》，東方出版中心2006年6月）。大約半年前，結合手頭「施蟄存與海派文學」的課題，對上述文字又作了若干修訂。現在呈現在讀者眼前的，是修訂後的成果。而「實感」經驗這部分的內容，從屬於我斷斷續續做了七年的課題——「現代名教批判」，迄今還未完成，拉拉雜雜寫了二十餘萬字，收入本書中的是目前較為成熟的幾篇論文。

　　這個書名也可以泛指，「現代記憶」就是我研習現代文學史的成果。以施蟄存為核心的文人群體、「現代名教批判」、外加幾篇散論性質的文字，囊括了我在該領域研究的幾個面向。其淺薄儉陋，大概也要自感慚愧的。聊可告慰的是，我希望這些文字，是在「實感」的加持下，去研討文學現象的所得。至於如何理解「實感」，「實感」對於治學乃至個人應對社會人生有何特殊意義，文中已有述及。

　　末尾的兩篇文字，一是研習陳思和師的文學史理論，一是評

述張新穎師的專著，這兩篇文字作為全書的收束，我想貼切無比，正是向兩位恩師的致敬。

集中所收的文字，曾在《中國現代文學研究叢刊》、《文藝理論研究》、《當代作家評論》、《南方文壇》、《小說評論》、《現代中文學刊》、《東吳學術》等刊物上發表，謹向刊發這些文字的林建法、張燕玲、李國平、傅光明、劉慧英、黃平等師友致謝。

韓晗兄熱情促成此書出版，高情厚誼，至為感銘。

這本書獻給我的父親和家人。他們縱容我拋開很多原該去承擔的繁瑣事務，而安享書齋的寧靜。2010年9月6日，父親離我而去的第十天，我在日記中寫：

> 書齋總能讓我安靜下來，半個月後重返書齋，心底確實有一種親近感，想再次回復讀書、寫字的美好生活，可猛地就想到父親走了，已經不僅是揪心的痛，而是空虛、意義流失，彷彿原本盛滿水的袋子一下子被戳得千瘡百孔，堵也堵不住……我還能安靜坐在書桌前麼？可是我知道，您一定希望我重回安寧的。

是書齋生活讓我從傷痛中走出來，讓我終於想明白：每天當我伏案讀書和寫字時，或正延續著父親當年赤忱的「文學青年」的夢想與生命。

2013年8月25日

語言文學類　PG1160　秀威文哲叢書03

現代記憶與實感經驗
——現代中國文學散論集

作　　者／金　理
主　　編／蔡登山
叢書主編／韓　晗
責任編輯／劉　璞
圖文排版／楊家齊
封面設計／王嵩賀

發 行 人／宋政坤
法律顧問／毛國樑　律師
出版發行／秀威資訊科技股份有限公司
　　　　　114台北市內湖區瑞光路76巷65號1樓
　　　　　電話：+886-2-2796-3638　傳真：+886-2-2796-1377
　　　　　http://www.showwe.com.tw
劃撥帳號／19563868　戶名：秀威資訊科技股份有限公司
　　　　　讀者服務信箱：service@showwe.com.tw
展售門市／國家書店（松江門市）
　　　　　104台北市中山區松江路209號1樓
　　　　　電話：+886-2-2518-0207　傳真：+886-2-2518-0778
網路訂購／秀威網路書店：http://www.bodbooks.com.tw
　　　　　國家網路書店：http://www.govbooks.com.tw

2014年9月　BOD一版
定價：390元
版權所有　翻印必究
本書如有缺頁、破損或裝訂錯誤，請寄回更換

國家圖書館出版品預行編目

現代記憶與實感經驗：現代中國文學散論集 / 金理著. --
一版. -- 臺北市：秀威資訊科技, 2014.09
　　面；　　公分. -- (語言文學類；PG1160) (秀威文哲叢
書；3)
　BOD版
　ISBN 978-986-326-276-3 (平裝)

　1. 中國文學　2. 現代文學　3. 文學評論

820.7　　　　　　　　　　　　　　　　　103013808

讀者回函卡

感謝您購買本書，為提升服務品質，請填妥以下資料，將讀者回函卡直接寄回或傳真本公司，收到您的寶貴意見後，我們會收藏記錄及檢討，謝謝！
如您需要了解本公司最新出版書目、購書優惠或企劃活動，歡迎您上網查詢或下載相關資料：http:// www.showwe.com.tw

您購買的書名：＿＿＿＿＿＿＿＿＿＿＿＿＿＿＿＿＿＿＿＿＿

出生日期：＿＿＿＿＿年＿＿＿＿＿月＿＿＿＿＿日

學歷：□高中 (含) 以下　　□大專　　□研究所 (含) 以上

職業：□製造業　□金融業　□資訊業　□軍警　□傳播業　□自由業
　　　□服務業　□公務員　□教職　　□學生　□家管　　□其它＿＿＿＿

購書地點：□網路書店　□實體書店　□書展　□郵購　□贈閱　□其他

您從何得知本書的消息？

　□網路書店　□實體書店　□網路搜尋　□電子報　□書訊　□雜誌

　□傳播媒體　□親友推薦　□網站推薦　□部落格　□其他＿＿＿＿＿＿

您對本書的評價：（請填代號　1.非常滿意　2.滿意　3.尚可　4.再改進）

　封面設計＿＿＿　版面編排＿＿＿　內容＿＿＿　文／譯筆＿＿＿　價格＿＿＿

讀完書後您覺得：

　□很有收穫　□有收穫　□收穫不多　□沒收穫

對我們的建議：＿＿＿＿＿＿＿＿＿＿＿＿＿＿＿＿＿＿＿＿＿

＿＿＿＿＿＿＿＿＿＿＿＿＿＿＿＿＿＿＿＿＿＿＿＿＿＿＿＿＿

＿＿＿＿＿＿＿＿＿＿＿＿＿＿＿＿＿＿＿＿＿＿＿＿＿＿＿＿＿

＿＿＿＿＿＿＿＿＿＿＿＿＿＿＿＿＿＿＿＿＿＿＿＿＿＿＿＿＿

11466
台北市內湖區瑞光路 76 巷 65 號 1 樓

秀威資訊科技股份有限公司　　　收

BOD 數位出版事業部

···

（請沿線對折寄回，謝謝！）

姓　　名：＿＿＿＿＿＿＿＿　年齡：＿＿＿＿　性別：□女　□男

郵遞區號：□□□□□

地　　址：＿＿＿＿＿＿＿＿＿＿＿＿＿＿＿＿＿＿＿＿＿

聯絡電話：(日)＿＿＿＿＿＿＿＿　(夜)＿＿＿＿＿＿＿＿＿

E-mail：＿＿＿＿＿＿＿＿＿＿＿＿＿＿＿＿＿＿＿＿＿